KARIN

D.U.S.T.

DIE LETZTE
HOFFNUNG

dancing
WORDS

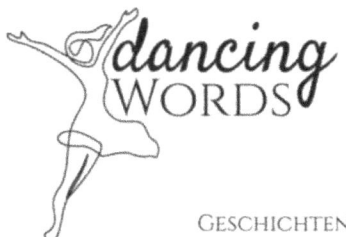

GESCHICHTEN, DIE SICH IN DEIN ♥ TANZEN

Bibliografische Information der Deutschen Nationalbibliothek:
Die Deutsche Nationalbibliothek verzeichnet diese Publikation in
der Deutschen Nationalbibliografie; detaillierte bibliografische
Daten sind im Internet über dnb.dnb.de abrufbar.

© 2021, Karin Kratt Dancing Words Verlag,
Schanzenäckerstr. 19, Philippsburg

Text © Karin Kratt
Lektorat © Dancing Words Verlag
Korrektorat © Carolin Diefenbach
Satz & Umsetzung © Dancing Words Verlag
Covergestaltung © Vivien Summer
unter Verwendung von Bildern © Chatchai.J © klyaksun ©
Creativa Images © Potapov Alexander © grynold © Jenov
Jenovallen © petrovk © Brilliant Eye

www.shutterstock.com

Herstellung und Verlag: BoD – Books on Demand, Norderstedt

ISBN: 978-3-75431-555-2

Alle Rechte vorbehalten.

www.dancingwords-verlag.de

---

1. Auflage

Bibliotheken sind schon immer der Lieblingsort der lesesüchtigen Mathematikerin Karin Kratt gewesen. Nach ihrem Studium fand sie sich in der Bankenbranche der Finanzmetropole Frankfurt am Main wieder. Doch so sehr sie Zahlen auch zu schätzen weiß, die Macht der Buchstaben begeistert sie noch weitaus mehr. Seit ihrer Teenagerzeit nutzt sie jede freie Minute, um die Träume aus ihrem Kopf auf Papier zu bannen. Heute lebt die Mittdreißigerin mit ihren drei Kindern in Südhessen und arbeitet als freie Autorin, Lektorin und Schreib-Coach, damit auch die Träume anderer Realität werden und zahlreiche Leserherzen erobern können.

Besuchen Sie die Autorin im Internet:
https://krattk.de/

Für alle Kinder in allen Welten.
Ihr seid unsere Zukunft!
Ich danke euch.

Be ...

Decent.
Useful.
Submissive.
Trustworthy.

Prolog

Phantom Point, Basis der Human Defence Organization, 8. März 2261

Insgesamt waren es vier. Aleah Holmes, Celtan Mcleod, Jase Guerrez und Neia Webster. Vier Personen, die auf den ersten Blick nicht sonderlich viel gemeinsam hatten, außer der winzigen x-förmigen Narbe im Nacken, zugefügt wenige Sekunden nach ihrer Geburt vor nunmehr sechzehn Jahren.

Aufmerksam studierte Ethan Travis, jüngster Commander der Human Defence Organization, die Fotografien und Daten, die sein Smartlet als 3D-Hologramm in den Raum projizierte. Aus für ihn unerklärlichen Gründen waren Aleah, Celtan, Jase und Neia wichtig, sehr wichtig sogar. Und aus noch unerklärlicheren Gründen war ausgerechnet ihm die Verantwortung für die exakte Lokalisierung der vier zugefallen. Die Verantwortung für ihre *Akquirierung* – was die nettere Umschreibung für Entführung war – und er trug ebenfalls die Verantwortung für ihr zukünftiges Training und ihre Missionen. Aleah, Celtan, Jase und Neia sollten schon sehr bald aktive Mitglieder seines Teams sein, etwas, das es in dieser Form noch nie gegeben hatte.

Ethan seufzte leise auf. Ja, er vertraute seiner Vorgesetzten Montcroix, auch ohne dass sie ihm jeden Plan im Detail verriet. Die Frau war schließlich nicht von ungefähr General der einzigen Bewegung, die dem herrschenden Wahnsinn wenigstens noch ein wenig Einhalt gebot. Und dennoch, in diesem speziellen Fall hätte er gerne mehr Hintergrundinformationen besessen. Was hatte es mit diesen x-förmigen Narben auf sich? Und wie sollte eine Urteilsfällerin aus der Stadt der sechsten Profession oder ein Pflanzengenetiker aus dem hohen Norden das Risiko aufwiegen, das mit der anstehenden Akquirierungsaktion einherging?

Mit vierzehn hatten Aleah und Celtan ihre jeweils zugewiesene Ausbildung beendet, aber in nur zwei Jahren Ausübung der allgemeinen Arbeitspflicht konnte man sich gar nicht derart bewähren, um an essenzielle Informationen zu gelangen.

Informationen, welche die Human Defence Organization dringend für ihren Kampf benötigte. Doch das war hier ja nicht gegeben. Auch der sportlich aussehende Jase versprach keinen sonderlich großen Gewinn. Als ehemaliger Berichterstatter, ein Beruf, der unlängst für überflüssig erklärt worden war, wartete er derzeit auf die Zuweisung einer neuen Tätigkeit. Lediglich Neia, eine dunkelhaarige, klassische Schönheit, welche nach der umfassendsten und zeitintensivsten Ausbildung, die es in der United Nation gab, in den nächsten Tagen als Magistratin vereidigt werden würde, weckte für einen Moment Ethans taktisches Interesse.

Als Spionin eingesetzt, könnte Neia irgendwann … *Nein.*

Ethan seufzte erneut. Montcroix wollte die junge Frau schließlich genauso wie Jase, Aleah und Celtan in der Basis wissen. Und einmal aus der Gesellschaft gerissen, würde Neia nach einer Rückkehr, selbst mit der besten Ausrede aller Zeiten, für ihr restliches Leben derart argwöhnisch beäugt werden, dass jeder noch so kleine Spionageversuch der reinste Selbstmord wäre. Diese Möglichkeit war also ebenfalls vom Tisch. Was war es dann, das –

Eine altmodische Patronenhülse prallte gegen Ethans Oberarm und riss ihn aus seinen Gedanken.

»Ha, ha, ha. Wirklich sehr witzig! Wirst du denn nie erwachsen?« Ethan wusste bereits, wen er in der offen stehenden Tür seines Zimmers erblicken würde, noch bevor er den Blick dorthin lenkte.

Thane, dessen Name die gleichen Buchstaben enthielt wie sein eigener, war sein um drei Minuten jüngerer Zwillingsbruder. Vor rund neunzehn Jahren waren sie in dieser unterirdischen Basis namens Phantom Point geboren worden, einem einstigen Bunker, der kontinuierlich ausgebaut worden war. Ihre Eltern hatten zu den Ersten gezählt, die einen direkten Anschlag auf die Machtinhaber der United Nation gewagt hatten. Und sie hatten zu den Ersten gezählt, die im Namen des damals frisch ernannten Magistratspräsidenten Hosni Elcaer als Feinde der Nation standrechtlich laserkutiert worden waren.

Da waren Thane und er noch Kleinkinder gewesen. Andere Mitglieder der Human Defence Organization hatten sie in ihre

Familie aufgenommen, wie das so üblich war. Und nie hatte es ihnen an Aufmerksamkeit oder Zuneigung gemangelt. Dennoch hatte es für Ethan, seit er sich erinnern konnte, immer nur ein einziges Ziel gegeben: sich tausendfach für den Mord an seinen Eltern zu rächen.

Während Thane jeden Schmerz verdrängt und ausgelassen mit anderen Kindern Fangen und Verstecken gespielt hatte, hatte Ethan bereits trainiert. Er war früher aufgestanden als sämtliche Gleichaltrige und war als Letzter ins Bett gegangen. Kein Erwachsener hatte ihn in seinem Eifer bremsen können, nur Thane war es ab und an geglückt, zu ihm durchzudringen.

Letztendlich hatte sich jeder Tropfen Schweiß und jeder blaue Fleck und jede heimlich vergossene Träne auf dem langen, steinigen Weg zu seiner heutigen Position gelohnt. Sein Verstand war genauso zur Waffe geschärft wie sein Körper und jeder ausgeschaltete Gegner bedeutete für Ethan eine kleine Insel des Friedens in einem aufgewühlten Meer voller Hass und Wut.

»Du bist ein Langweiler.« Thanes Lippen verzogen sich zu einem breiten Grinsen. Es war der gewohnte Disput zwischen ihnen. Ethan hielt seinem Zwillingsbruder ständig vor, er müsse sich endlich ernsthafter verhalten, dafür befand Thane ihn selbst für viel zu verbissen und spaßbefreit.

Rhia, ihre Ziehmutter und der gutmütigste Mensch, den Ethan kannte, schüttelte oft lächelnd den Kopf über sie beide. »So viele gemeinsame Gene und doch so unterschiedlich!«

Durch ihr völlig andersartiges Aussehen wurde diese Tatsache nur noch bekräftigt: Thanes Haut war ungewöhnlich dunkel, seine Augen tiefschwarz und die ebenfalls tiefschwarzen Haare trug er beinahe schulterlang. Ethan hingegen bevorzugte einen wesentlich kürzeren Schnitt und hätte seine Haare vermutlich sogar noch kürzer getragen, wenn es manchmal nicht sehr praktisch gewesen wäre, seine auffallend grünen Augen hinter den weißblonden Strähnen verbergen zu können.

»Ich dachte, ich könnte dir ein wenig helfen.« Thane marschierte schwungvoll zum Schreibtisch, bückte sich und hob die geschnippte Patronenhülse wieder auf. Geschickt ließ er sie zwischen seinen Fingern hin und her tanzen, während er gleichzeitig auf das Hologramm schielte. »Wie lautet denn dieser brisante neue Auftrag, den Montcroix dir erteilt hat?«

Kommentarlos nickte Ethan in Richtung der Daten. Sein Bruder besaß keinen militärischen Rang, obwohl er durchaus die entsprechende Ausbildung mitgemacht und auch alle notwendigen Prüfungen bestanden hatte. Aber die Vereidigung als Soldat hatte er schlussendlich abgelehnt. Für Thane war es am entscheidenden Tag eine unerträgliche Vorstellung gewesen, sich tatsächlich auf einen unumkehrbaren Zukunftsweg festzulegen und Pflichten zu übernehmen, die er niemals wieder loswerden würde. Im Militärwesen galt schließlich das simple Prinzip »Einmal Soldat, immer Soldat«. Man konnte zwar freiwillig oder gezwungenermaßen in den inaktiven Dienst als Reservist wechseln, doch selbst dann gehörte man noch immer dazu.

Auch heute war Thane noch der Meinung, dass es besser war, sich alle Optionen offenzuhalten, und er zählte sich gerne zu den knapp 6.000 Zivilisten, die in etwa zwei Drittel der Phantom-Point-Bevölkerung ausmachten. Gleichzeitig liebte Thane es sehr wohl, als *Nicht-Soldat* an vorderster Front mitzumischen. Seine Teilnahme an militärischen Operationen war aufgrund seines phänomenalen Gedächtnisses für alle Beteiligten erwiesenermaßen von Vorteil. Und zudem bemerkte er am schnellsten, wenn Ethans mühsam antrainierte Ruhe und Konzentration zu schwinden begannen und seine wahren Gefühle hervorzubrechen drohten, was einen Einsatz leicht in ein Debakel verwandeln konnte. Eine kurze Geste oder ein einzelnes Wort seines Bruders hatten bislang jedoch immer genügt, damit Ethan sich wieder fokussieren und seine schon beinahe unheimliche Missions-Erfolgsbilanz noch weiter hatte steigern können.

Montcroix hatte bereits vor einer ganzen Weile zähneknirschend akzeptiert, dass sie schlichtweg zu wenig gute Leute hatte, um auf einen solch vielversprechenden Commander wie Ethan Travis verzichten zu können. Oder dessen Potenzial nicht voll auszuschöpfen, indem sie seinen Zwilling von ihm fernhielt. Und da Thane nicht fortlaufend an der Grenze agieren sollte, zwischen dem, was Zivilisten erlaubt war und was nicht, war ihm ein Sonderstatus als *fachlicher Berater* zugesprochen worden.

Er besaß keinerlei Befehlsgewalt, aber die identische Sicherheitsfreigabe wie Ethan als Leiter eines zwanzigköpfigen Teams.

Mit Montcroix' Entscheidung waren längst nicht alle Militärangehörigen einverstanden, aber mit denen wurde Ethan schon fertig. Die Aufforderung zu einem Trainingskampf wirkte zum Beispiel immer wieder Wunder, hatte er doch bereits mit so manchem Großmaul gnadenlos den Boden aufgewischt.

»Versteh ich das richtig?«, erkundigte sich Thane, der die Angaben zu Aleah, Celtan, Jase und Neia inzwischen zu Ende gelesen hatte. »Du sollst vier neue Teammitglieder rekrutieren? Bürger der United Nation? Und es soll keine Isolationshaft geben, kein Abwarten, bis wir sie genauer einschätzen können?«

Thanes Skepsis war kaum zu überhören und Ethan zuckte unzufrieden mit den Schultern. »Ja. So sieht's aus.«

Um die Gefahr einer Infiltration zu minimieren, galt für sämtliche Flüchtige und Verstoßene der United Nation, die das Glück besaßen, rechtzeitig von der Human Defence Organization aufgegriffen zu werden und somit dem sicheren Tod zu entfliehen, ein striktes Sicherheitsprotokoll. Ein Protokoll, das für akquirierte Neuzugänge – die verständlicherweise oft noch eine geraume Zeit den Falschen ihre Loyalität zu schulden glaubten – noch weitaus strenger galt, für Neia, Aleah, Celtan und Jase aber kurzerhand außer Kraft gesetzt worden war.

»Hm ... wie ungewöhnlich.« Thane fuhr sich grübelnd übers Kinn und grinste dann plötzlich. »Soll ich Gilkes mit einem Kartenspiel auflauern?«

Ethans schüttelte ablehnend den Kopf. »Das würde nichts bringen.« Charles Gilkes war Montcroix' rechte Hand und ein leidenschaftlicher Pokerspieler. Thane huldigte dem Spiel ebenfalls, vor allem aber deshalb, weil das richtige Blatt die Leute zum Plaudern animierte und man mit etwas Geschick die interessantesten Geschichten und Gerüchte in Erfahrung bringen konnte.

Über ihren aktuellen Auftrag würde Gilkes allerdings kein Sterbenswörtchen verlieren, da war Ethan sich sicher. Denn sollte die Sicherheitsgarde der United Nation sie schnappen, würden sie aufs Brutalste verhört werden. Er und sein komplettes Team waren zwar darin geschult, jeder Art von Folter zu widerstehen, doch die größte Wahrscheinlichkeit, nichts Essenzielles zu verraten, bestand noch immer darin, dass man die Antworten selbst nicht kannte.

Von daher mussten sie sich eben vorläufig mit dem spärlichen Wissen über Aleah, Neia, Jase und Celtan abfinden, das Montcroix ihnen mitgeteilt hatte, ob es ihnen nun behagte oder nicht.

»Was meinst du, werden sie uns zuhören und halbwegs freiwillig mitgehen?«, erkundigte sich Thane und gab zugleich zu bedenken: »Wir sind in ihren Augen schließlich die Bösen. Und außerdem nicht viel älter als sie selbst.«

»Aber ganz bestimmt Respekt einflößender!« Entschlossen erhob sich Ethan von seinem Stuhl, deaktivierte das Hologramm und steckte das Smartlet neben seine Phaserwaffe in die dafür vorgesehene Schutzhülle an seinem Gürtel. Wie genau sich die jahrelangen perfiden Indoktrinationen, denen seine noch unwissenden Schützlinge unterworfen gewesen waren, auswirken würden, würde sich schon noch zeigen. Ethans Bauchgefühl sagte ihm allerdings, die größten Herausforderungen würden woanders liegen. Montcroix hatte ja bereits vermerkt, dass Aleah, Neia, Celtan und Jase sich nicht ganz so in Elcaers Lügennetz verfangen haben sollten wie der Rest der United Nation. Woher auch immer sie das zu wissen glaubte.

Erneut tauchte das Abbild der mysteriösen x-förmigen Narben in Ethans Gedanken auf, doch er verdrängte es sogleich wieder. Seine Aufgabe war es nun erst einmal zu klären, wie sie am gefahrlosesten in die Städte der United Nation eindringen konnten und welche Fluchtrouten ihnen offenstanden.

»Lass uns Cam, Kasdy, Wilson und den anderen Bescheid geben«, forderte Ethan seinen Bruder auf. »Nach Möglichkeit werden wir noch heute Nacht mit einem Erkundungsflug starten.«

Thane nickte und folgte ihm zur Tür hinaus. Der Gleichklang ihrer Schritte hallte durch die Flure, während sie mit gedämpften Stimmen das weitere Vorgehen besprachen. Ein Vorgehen, das vielleicht eines Tages den Neuanfang für weit mehr als nur vier

Personen besiegeln würde. Oder aber den endgültigen Untergang der letzten freien Individuen dieser Welt ...

Ethan zog es vor, sich die zweite Option lieber nicht allzu genau auszumalen.

PART ONE

»Viam inveniemus! Wir werden einen Weg finden!«
– einstiges Credo des Canadian Special Operations Forces Command –

Eins

City VI, Stadt der sechsten Profession, Sitz der Judikative der United Nation

Das Leben, der Tod – alles war nur eine Frage eines kurzen Tastendrucks. Fehler durfte sie sich nicht erlauben und dennoch beschlich Aleah einmal mehr das Gefühl, absolut falsch zu handeln.

Frustriert strich sie sich eine kupferfarbene Haarsträhne aus dem Gesicht, die der Wind aus ihrem Pferdeschwanz gelöst hatte. Als sie ihr Gewicht verlagerte, gab das Eisengitter unter ihren Füßen ein bedrohliches Quietschen von sich, trotzdem wich Aleah nicht zurück. Der winzige Balkon war schließlich das einzig Brauchbare an ihrem Quartier und der einzige Grund, warum sie bisher jedem Umzug vehement widersprochen hatte. Den Schimmel an den Wänden, die zerbrochenen Fenster, ein ewig defekter Aufzug, all das würde sie jedenfalls nicht vermissen.

Der desolate Zustand des Bezirks R7A3 war selbst in den Augen der Stadtverwalterin Tory besorgniserregend und die sah für gewöhnlich nur das, was sie sehen wollte. Die Häuser in R7A3 waren die letzten, die aus der Zeit vor der Teilung stammten, eine letzte Erinnerung an Chaos und Verderben.

Aleahs Smartlet piepste und präsentierte ihr die erneute Aufforderung, zukünftig ein supermodernes Quartier in S5T9 für die nächtliche Ruhe zu nutzen. Dort gab es keinen Schimmel an den Wänden, keine zerbrochenen Fenster und keinen defekten Aufzug. Und keinen Balkon.

Aleahs Blick wanderte über die Lichter der Stadt. Ihrer Stadt, die Stadt der sechsten Profession. Vor etwas mehr als einem Jahrhundert war der Magistrat zu der Überzeugung gelangt, dass sich jeder Standort der Nation nur einer einzigen Aufgabe widmen sollte. Das Motto lautete: Synergien heben. So war es praktischer, effizienter, schneller. Kontrollierbarer.

Denn Städte konnte man schrumpfen lassen. Die biologischen Forschungsmetropolen im Norden verkleinerten sich seit Jahren, genetische Wundermanipulierungen von Flora und Fauna wurden nicht mehr länger benötigt. Das Optimum war schließlich nahezu erreicht.

Im Westen stand die einstige Medienhochburg City CXIII sogar unmittelbar vor der Schließung. Der Magistrat verkündete relevante Neuigkeiten lieber selbst. Kritik wurde nicht mehr länger benötigt, stand die Vollkommenheit der United Nation doch außer Frage.

Die Stadt der sechsten Profession hingegen boomte, breitete sich mehr und mehr aus und die Wohnblöcke wurden höher und höher. Anklagen gab es genug. Exekutionsurteile ebenfalls.

Bedrückt verzog Aleah das Gesicht. Nur am Rande registrierte sie ein weiteres Piepsen ihres Smartlets, mit dem die nahende Sperrstunde angekündigt wurde. Letzte Chance, ein nächtliches Quartier aufzusuchen oder das Risiko einzugehen, von einem patrouillierenden Gardisten geschnappt zu werden. Noch ein Grund, warum Verwalterin Tory Bezirk R7A3 nicht sonderlich mochte: Es gab zu viele Verstecke.

Punkt Mitternacht verriegelten sich die Türen der Stadt. Die Bewohner sollten ruhen, damit sie sich erholen konnten, erholen für einen neuen Tag voller Bestimmungen und Direktiven.

Aleah fand jedoch keine Ruhe. Sie starrte auf ihr Smartlet, das inzwischen in den Stand-by-Modus gewechselt hatte und eine grellweiße Botschaft vor einem dunklen Hintergrund präsentierte. Eine automatische Erinnerung des Magistrats an jeden Bürger, wie er oder sie sich zu verhalten hatte.

Be ... **D**ecent. **U**seful. **S**ubmissive. **T**rustworthy. Be ... **D.U.S.T.!**

Sei anständig. Nützlich. Demütig. Erweise dich als vertrauenswürdig! Dass ausgerechnet das Wörtchen Dust bzw. Staub in dieser Botschaft verankert war, jenes zerstörerische Element, das das Leben auf der Erde seit über zweihundert Jahren auf fundamentalste Weise prägte, war natürlich kein Zufall. Sondern der Beweis des Magistrats dafür, dass selbst aus dem größten Unglück heraus immer noch etwas Positives, ein sinnvolles

Miteinander in einer hochentwickelten Gesellschaft, entstehen konnte.

Positiv ... sinnvoll ... hoch entwickelt. Aleah schnaubte auf und überlegte, ob ihr eines Tages wohl jene Adjektive von ihrem Smartlet entgegenleuchten würden, mit denen sie in ihrer frühsten Kindheit so oft gerügt worden war. *Different. Unforeseeable. Stubborn. Troubling.*

Natürlich war ihre Überlegung totaler Quatsch, denn kein Magistratsmitglied würde sich je die Mühe machen, einen Techniker zu autorisieren, die Stand-by-Einstellung ihres Smartlets zu verändern. Und außerdem war sie längst kein bockiges Kind mehr, führte die Be-D.U.S.T.-Maxime nicht länger ad absurdum. In einem Alltag wie dem ihren blieb kein Platz für Unvorhersehbares. Es blieb kein Platz für Störungen, Sturheit oder Andersartigkeit.

Sacht strich Aleah über das Display ihres Smartlets und das Gerät erwachte zum Leben.

»What are you looking for?«, erkundigte sich eine projizierte sechsseitige Pyramide mit freundlicher Stimme. Ein Hilfsavatar, der Aleah den Zugriff auf sämtliche Unterlagen und Dokumente ermöglichte, die sie für ihre Arbeit benötigte.

Statt die Spracherkennung zu nutzen und ihre Frage verbal zu formulieren, tippte Aleah die entsprechenden Buchstaben in das Suchfeld ein. Buchstaben, die sie Nacht für Nacht schrieb, weil ihr Gefühl, falsch zu handeln, ihr keine andere Wahl ließ.

»Absurd« hatten die anderen Urteilsfäller ihre Zweifel genannt, nachdem sie sie ein einziges Mal erwähnt hatte. Wahnvorstellungen. Eric, ihr Supervisor, hatte sie sogar gefragt, ob sie Sehnsucht nach der *Toten Zone* verspüre, und daraufhin hatte Aleah nie wieder etwas gesagt.

Auf die unglücklichen Seelen, die in das dunkle, eisige Areal außerhalb der United Nation verbannt wurden, wartete nichts als ein qualvolles, unwürdiges Sterben und jede Erinnerung an die bloße Existenz dieser Menschen wurde aus den Geschichtsarchiven getilgt.

Mit der Zeit waren Aleahs Bedenken geringer geworden – der Strom zog sie mit sich –, aber sie waren niemals ganz verschwunden. Und so stand sie nun wie bereits Hunderte Male zuvor auf ihrem Balkon und blickte auf ihren innigsten Wunsch.

»Is there someone else?«

War da draußen nicht vielleicht doch jemand, der so empfand wie sie? Irgendwer? Irgendwo?

»No results«, vermeldete die holografische Pyramide. *Ob ein Tippfehler vorliege. Ob der User die Suchphrase anders ausdrücken könne.* Konnte Aleah nicht. Müde und erschöpft krabbelte sie in ihr Bett und müde und erschöpft krabbelte sie fünf Stunden später wieder heraus. Die Schlafstörungen, an denen sie litt, wurden mit jeder Nacht heftiger.

Mit dunklen Ringen unter den Augen wandte Aleah sich ihrem Frühstücksbrei zu. Exakt zehn Sekunden dauerte es, bis der Food-Steamer aus einem gepressten Würfel eine nahrhafte Mahlzeit produzierte, welche sämtliche Mineralien, Vitamine und Spurenelemente enthielt, auf die ihr Körper angewiesen war. Das Essen schmeckte allerdings scheußlich und Aleah ließ die Hälfte davon stehen.

Sie schlüpfte in die hellgraue Uniform, die jeder Urteilsfäller zu tragen verpflichtet war, und erreichte eine Minute vor dem offiziellen Systemstart ihren Arbeitsplatz. Eric sah sie mahnend an. Eine Minute war für ihn nicht ausreichend genug, denn Pünktlichkeit rangierte auf seiner Wichtigkeitsskala ganz weit oben. Seit Aleahs Zuweisung war nur ein einziger von Erics Unterstellten je zu spät gekommen und sie hatte den entsprechenden Mann niemals wiedergesehen.

Pass besser auf!, schalt Aleah sich in Gedanken selbst. Sie berührte eilig die interaktive Tischplatte, woraufhin das Computersystem ihre Anwesenheit registrierte und mit mehreren dreidimensionalen Projektionen den heutigen Arbeitsplan verkündete.

Sichtung des Antrags von Fusionstechnologiemagnat Thad Bellamy. Mister Bellamy wollte seine aktuell zugewiesene Gattin gemäß des Fünf-Jahres-Rotations-Prinzips austauschen.

Aleah genehmigte den Antrag, schließlich sah das Verehelichungsprogramm des Magistrats genau solche Wechsel vor, selbst wenn einer der beiden Gatten nach Ablauf der Frist Einspruch erhob und um Verlängerung bat.

Die Teilnahme am Programm erfolgte auf freiwilliger Basis, ein späterer Widerruf war allerdings ausgeschlossen. Trotzdem entschieden sich immer mehr Menschen für diese einzig legale Form des Zusammenlebens und – sofern man keine Privilegien genoss – die einzig legale Möglichkeit, Intimitäten auszutauschen. Für alle anderen Bürger galt schließlich das Gebot der Enthaltsamkeit und der körperlichen Distanz.

Was nun Frau Bellamy anbelangte: Sie würde sich schon sehr bald an der Seite eines anderen Mannes wiederfinden. Jedenfalls dann, wenn sie Glück hatte und der Matching-Algorithmus für optimale Verbindungen einen weiteren Gatten anhand ihrer Daten ermitteln konnte. All diejenigen nicht-privilegierten Männer und Frauen, die nicht erneut verehelicht werden konnten, wurden nämlich einer Stadt zugewiesen, die Aleah niemals im Leben betreten wollte. Die rote Stadt, die Stadt des körperlichen Vergnügens ...

Rasch löste sich Aleah aus ihren düsteren Grübeleien und wandte sich ihren nächsten Aufgaben zu. Telefonate, Besprechungen, ein Lunch mit Ste-Sheri, ihrem Kollegen, einem liebenswürdigen, stets zufriedenen Mittzwanziger, der an der Station ihr gegenüber arbeitete. Es folgten noch mehr Besprechungen. Und dann war die Durchsicht der Klagen aus der Stadt der Kinder an der Reihe.

Zwei Siebenjährige wurden bezichtigt, sich während einer unbeaufsichtigten Lernphase unerlaubt aus dem Studienraum geschlichen zu haben. Wohin der Junge und das Mädchen gegangen waren, ob sie sich entschuldigt und etwas zu ihrer Verteidigung vorgebracht hatten, verriet der Bericht der Erzieher nicht, die Empörung der Erwachsenen war den Textzeilen jedoch deutlich anzumerken. Sie selbst durften allerdings nur kleinere Verstöße ahnden, für alles andere waren speziell geschulte, neutrale Außenstehende verantwortlich. Urteilsfäller eben.

Laut Strafmaßnahmenkatalog konnte Aleah zwischen einem und drei Jahren in völliger Überwachung für die beiden Kinder wählen, schließlich hatten sie bewiesen, dass man ihnen nicht vertrauen konnte.

Aleah entschied sich für die Höchststrafe, denn ein weiterer gleich gearteter Regelbruch würde eine ungleich härtere Sanktion nach sich ziehen als der unbedeutende Verlust von ein wenig Privatsphäre. In drei Jahren waren der Junge und das Mädchen vielleicht schlau genug, sich auch in vermeintlich unbeobachteten Momenten zusammenzureißen. Oder sich zumindest nie wieder bei einem Vergehen erwischen zu lassen.

Der letzte Punkt auf Aleahs Agenda war die wöchentliche Leistungseinschätzung von Eric.

»Mangelnde Hingabe«, kritisierte ihr Supervisor sie. »Untererfüllung der Urteile auf Stufe Neunzehn und Zwanzig.« Stufe Neunzehn war der Tod. Stufe Zwanzig noch schlimmer, die Verbannung in Kälte und Dunkelheit und das kollektive Vergessen des Täters.

Aleah unterdrückte ein Schaudern und nickte brav, gelobte Besserung, obwohl sie nicht wusste, wie sie sich an ihr Versprechen halten sollte. Jene angeforderten Exekutionen und Ausweisungen in die *Tote Zone*, welche sie bereits zu genehmigen gezwungen gewesen war, bescherten ihr noch immer Albträume. Dabei musste sie die getroffenen Urteile ja nicht einmal selbst vollstrecken. Dies entfiel in den Zuständigkeitsbereich der Garde.

»Für heute war's das.« Mit einem gelangweilten Winken bedeutete Eric ihr zu gehen. Und das tat Aleah, sie kehrte zurück auf die Straße, zurück in ihr Quartier in Bezirk R7A3. Kaum hatte sie die Türschwelle übertreten, piepste ihr Smartlet, die übliche Aufforderung, künftig bitte ihr zugewiesenes supermodernes Quartier in S5T9 zur nächtlichen Ruhe zu nutzen.

S5T9 kann mich mal!, dachte Aleah. Sie chattete eine Weile mit Ste-Sheri, der ihr voller Enthusiasmus von einem neuen Projekt der Stadtverwalterin Tory berichtete. Ein Projekt, das ihren Standort noch wichtiger, noch unabkömmlicher für die gesamte Nation machen sollte.

Statt sich für die Details zu interessieren, drifteten Aleahs Gedanken immer weiter ab. Bislang wurden lediglich die Städte mit Fokus auf Sicherheit, Energie, Nahrung, Medizin und

Rohstoffgewinnung höher eingestuft als die sechste Profession. Und natürlich der Sitz des Magistrats. City Zero befand sich unantastbar auf dem obersten Rang.

Für alle Ewigkeit.

Dieses Mal gelang es Aleah nicht mehr, ein Schaudern zu unterdrücken.

~ x ~

City IV, United Nation, medizinischer Bereich »In-Vivo-Geburten«

Als Molly Lowes aufgedunsener Leib erneut erbebte und ihr vor Schmerz schwarze Punkte vor die Augen traten, zweifelte sie allmählich daran, ob sie die richtige Entscheidung getroffen hatte.

Sie hatte das Leben in ihrem Bauch unbedingt selbst austragen wollen, anstatt den Embryo in fachliche Hände abzugeben und ihn in einem künstlichen Uterus bis zur Geburtsreife heranwachsen zu lassen.

Ihr Ehegatte Tomas war von Anfang an dagegen gewesen. Er war sogar zunächst erschrocken und entsetzt gewesen, als er von der Schwangerschaft erfuhr.

»Warum sollte sich eine Frau heute noch solche Widrigkeiten zumuten, wenn die nächste Generation wesentlich perfekter und sicherer in vitro entstehen kann?«, war seine erklärte Meinung.

Von jedem Mann und jeder Frau wurde ab einem Alter von sechzehn Jahren einmal jährlich im Rahmen umfangreicher gesundheitlicher Vorsorgeuntersuchungen entsprechendes Erbgutmaterial entnommen und von daher hatte Tomas völlig recht, dass alte Verfahrensweisen nicht mehr nötig waren.

Molly hatte das Angebot zur Verhinderung einer natürlichen Schwangerschaft jedoch nicht angenommen und nach anfänglicher Wut und Panik hatte schließlich auch Tomas akzeptiert, dass sie nun bald eine Verbindung zu einem Kind haben würden.

Gut, dass er jetzt nicht hier ist!, schoss es Molly durch den Kopf, nachdem sie die nächste Wehe mit aller Kraft herausgeschrien hatte. Tomas liebte sie und seine starren

Ansichten rührten vor allem daher, dass er sie nicht leiden sehen wollte, davon war Molly fest überzeugt.

»Sie wissen, dass das unnötig ist?«, erkundigte sich Dr. Whitley seufzend. Seit ihrer Einlieferung war der grauhaarige, hochgewachsene Hilfsarzt Molly nicht mehr von der Seite gewichen und fürsorglich wischte er mit einem Tuch über ihre schweißnasse Stirn.

Molly konnte nicht antworten, weil sie schon wieder von einer Welle überrollt wurde, die sie innerlich zu zerreißen drohte.

»Arrr ...« Sie versuchte, so zu atmen, wie Dr. Whitley ihr das erklärt hatte, aber es half so gut wie gar nicht. Molly wusste nicht genau, warum, aber als sie irgendwann vor Schmerzen und Erschöpfung aufgab und Dr. Whitley gestattete, das Baby an ihrer Stelle auf die Welt zu bringen, kam sie sich vor wie eine Verräterin.

Die Qualen verebbten nach nur einer einzigen Spritze und Molly verlor für kaum zehn Minuten das Bewusstsein. Das wäre für den Kaiserschnitt nicht unbedingt notwendig gewesen, aber in der medizinischen Verordnung war diese Methode festgelegt worden, um die nachfolgenden Prozesse zu vereinfachen.

Als Molly die Augen wieder aufschlug, war ihr Bauch fast so flach wie vor der Schwangerschaft. Trotzdem fühlte es sich so an, als wäre ein riesiges Loch zurückgeblieben.

»Darf ich mein Kind sehen?«, flüsterte Molly, obwohl sie die Antwort bereits kannte.

Dr. Whitley schüttelte einfühlsam den Kopf. »Nein. Es ist besser so, das wissen Sie. Aber in ein paar Minuten werden Sie den ersten Bericht erhalten.«

Er schenkte ihr ein Lächeln, das Molly nicht erwidern konnte. Es tröstete sie nicht, dass egal auf welche Weise ein Kind gezeugt und geboren wurde, beide Elternteile zeitlebens einen monatlichen Statusbericht über die Entwicklung ihres Kindes erhielten. Genauso wie auch umgekehrt dem Kind Informationen zu Mutter und Vater zur Verfügung gestellt wurden.

Molly wusste, dass ihre Mutter Martha hieß und genau wie ihr Vater Kent als Aircraft-Monteur tätig war. Die beiden kannten sich jedoch allenfalls flüchtig. Und das auch erst, seit sie erfahren hatten, dass ihre Gene als kompatibel genug erachtet worden waren, um ein Baby zu erschaffen – Molly.

Sie hatte die beiden niemals getroffen. Ihr Interesse an Martha und Kent hielt sich sehr in Grenzen, wie es umgekehrt ebenso war. Sie alle waren Fremde füreinander. Und für ihr eigenes Baby ... würde sie ebenfalls eine Fremde sein.

Molly schluckte, drehte den Kopf zur Seite und versuchte, sämtliche belastenden Gedanken zu verbannen. Nach einer Zeitspanne, die sie unmöglich benennen konnte, gestattete man ihr, aufzustehen und einen abgeschirmten Raum aufzusuchen, in dem die Nutzung von Smartlets erlaubt war. Dr. Whitley begleitete sie.

»Es ist ein Junge. Und er hat den Namen Aice erhalten.« Den Tränen nah vergrößerte Molly die Holografie, die kurz nach der Geburt ihres Sohnes entstanden war. Mit großen Kulleraugen schien Aice sie anzublicken und der Schmerz, den Molly in diesem Moment empfand, war tausendfach heftiger als die quälenden Wehen zuvor. Sie scrollte weiter, überflog Einträge zu Größe und Gewicht ihres Sohnes, bis sie plötzlich abrupt innehielt.

»Ein ... ein Herzfehler?« Hätte Dr. Whitley sie nicht geistesgegenwärtig an den Armen gepackt, wäre Molly vermutlich umgekippt.

»Keine Sorge«, beruhigte er sie und nahm rasch das Smartlet an sich, bevor es ihr aus den taub gewordenen Fingern gleiten konnte. »Es wird nur ein kleiner Eingriff notwendig sein. In ein paar Tagen kann Aice bereits in die Stadt der Kinder überstellt werden. Kritisch wäre es für ihn höchstens in der Umgebung von Laien geworden, die nicht wissen, auf welche Anzeichen es zu achten gilt. Dann wäre er wohl einfach eingeschlafen und nie wieder aufgewacht.« Dr. Whitley schürzte verächtlich die Lippen, lächelte aber gleich darauf wieder.

Eingeschlafen und nie wieder aufgewacht, echote es auf grausamste Weise in Mollys Bewusstsein.

In der Umgebung von Laien ... So wie sie sich doch überhaupt nicht mit Babys auskannte! Schließlich war sie weder eine Ärztin noch eine Erzieherin, sondern nur eine niedere Abwasserreinigerin.

Hunderte Szenarien wirbelten urplötzlich durch Mollys Gedanken. Wie ihr Baby sich verschluckte und erstickte, weil sie nicht wusste, was zu tun war. Wie es Fieber bekam und krampfte, die herbeigerufenen Medicops allerdings zu spät kamen, um noch etwas ausrichten zu können. Wie Aice sich verbrannte oder stürzte oder einen Stromschlag erhielt, weil sie eine Gefahr nicht rechtzeitig erkannt hatte. Wie er bei den Schultests derart versagte, dass ihm keine Ausbildung zugewiesen werden konnte, und das nur, weil er nicht seinen Gaben entsprechend in jungen Jahren gefördert worden war.

Mollys Beine zitterten mehr und mehr. Dr. Whitley half ihr besorgt, sich auf einen Stuhl zu setzen. »Geht es Ihnen nicht gut? Ihre Werte waren in Ordnung, als Sie das Bett verlassen haben, aber womöglich –«

»Ich bin eine furchtbare Mutter!«, brach es aus Molly hervor und sie schluchzte laut auf.

»Aber nein, was reden Sie denn da?« Dr. Whitley ging in die Hocke und sah ihr ernst ins Gesicht. »Sie sind eine wundervolle Mutter! Weil Sie das tun, was für Ihr Baby am besten ist! So wie es eben jede gute Mutter tun würde.«

»Ach ja?« Molly ließ sich ein Taschentuch reichen und atmete ein paarmal tief ein und aus. Alles in ihr drängte danach, Aice zu suchen, ihn an sich zu pressen und ihn nie wieder loszulassen. Aber das war selbstverständlich völliger Quatsch! Je länger Molly dasaß und Dr. Whitleys Ruhe und Besonnenheit auf sie einwirkten, desto egoistischer kam sie sich vor. Dr. Whitley hatte ihr genau das gesagt, was auch in unzähligen Vorgesprächen Thema gewesen war. Wie hatte sie es überhaupt in Betracht ziehen können, ihren Sohn in ihrer Nähe behalten zu wollen?

Entscheidend war doch lediglich, dass es ihm gut ging! Und was konnte es Idealeres geben als einen Ort, der auf sämtliche kindliche Bedürfnisse ausgelegt war?

Molly zerknüllte das Taschentuch in ihrer Hand, straffte sich und erhob sich langsam von ihrem Stuhl. »Danke, Dr. Whitley, ich fühle mich bereits viel besser. Wann genau können Sie mich denn entlassen? Tomas wartet bestimmt schon.«

»Sie dürfen jetzt gleich gehen. Wir haben alles Notwendige geklärt und von diesem kleinen Zwischenfall hier muss ja niemand wissen.« Dr. Whitley zwinkerte ihr verschwörerisch zu und als Molly gleich darauf die Tür durchschritt, war das Loch in ihrem Innersten verschwunden und ihr Lächeln zurückgekehrt.

~ X ~

City XCIX, Zentrum der pflanzlichen Forschung innerhalb der United Nation

Eine Stunde vor Mitternacht. Obwohl Celtan wusste, dass er sich keinen Verweis wegen Nichteinhaltung der nächtlichen Ruhezeit erlauben konnte, verharrte er auf der Brücke zwischen Areal Vier und Areal Fünf.

Er schloss die Augen und blendete das schrille Pfeifen des Windes und das leise Scharren kleiner Tiere auf Futtersuche aus, bis er nur noch das gleichmäßige Geplätscher des Flusses vernehmen konnte.

Die bohrende Frage in seinem Schädel, die Celtan überhaupt erst hierhergetrieben hatte, blieb aber bestehen. Wie nur sollte er seinen aktuellen Auftrag bewältigen? Die Perfektionierung der Silberschlehe, eine der wenigen Pflanzen, die bislang vom Magistrat als Dekorationsobjekt sehr geschätzt worden war.

Zur menschlichen oder tierischen Nahrungsergänzung taugten weder die ledrigen Blätter noch die steinharten Früchte der Silberschlehe. Die Zweige wurden jedoch von wunderschönen, filigranen Blüten in changierenden Silbertönen geschmückt. Und von äußerst robusten Stacheln.

Vor wenigen Tagen hatte sich ein Assistenzregent tiefe blutige Kratzer zugezogen, als er die Zweige nicht vorsichtig genug in einer Vase arrangierte, und Celtan war nun angewiesen worden, dieses Gefahrenpotential endlich zu eliminieren.

Warum nicht gleich die gesamte Natur eliminieren statt nur einiger Stachel? Zynisch öffnete Celtan die Augen und rieb sich über die Arme. Nachts wurde die Beheizung der Städte erheblich gedrosselt und seine funktionale grüne Uniform schütze ihn nur mäßig gegen die beißende Kälte.

Kein bisschen schlauer als zuvor machte sich Celtan schließlich auf den Rückweg zu seinem Quartier. Sich immer wieder vorsichtig umsehend schlüpfte er zwischen den Gewächshäusern hindurch, in denen unter künstlichem Sonnenlicht eine neue Sorte geschmacksneutraler, aber sehr proteinreicher Betalfasprossen gezüchtet wurde.

Als Celtan einen besonders schmalen Durchgang passierte, hob er instinktiv den Blick zum Himmel empor. Oder besser gesagt zu den grauschwarzen Schlieren, die niemals schwanden. Es waren unzählige Schmutzpartikel, die keinen einzigen Sonnenstrahl bis an die Oberfläche der Erde ließen.

Celtan kannte Abbildungen des Himmels vor der Katastrophe nur aus den Unterrichtsstunden in seiner Kindheit. Trotzdem wünschte er sich in solchen Momenten wie diesem inständig, er könnte die Sterne sehen, die sich irgendwo dort oben, weit, weit weg von ihm, verbergen mussten ...

Zwei

In den Ruinen von City CXIII, einstiger Medienstandort der United Nation

»Ich habe ihn!«
Von wegen! Noch war es nicht so weit. Jase' Reflexe waren geradezu beängstigend schnell, das einzig nützliche Vermächtnis seines Vaters, der es nicht wert war, so genannt zu werden.
Jase' Problem war nur, er rannte und rannte und rannte und trotzdem schienen die Männer in Schwarz immer näher zu kommen. Egal wie oft er einen Haken schlug, die Sicherheitsgardisten folgten ihm, und egal wo er sich auch versteckte, sie fanden ihn. Einzig dem Umstand, dass sich die Garde bislang auf die bedeutsameren Flüchtigen konzentriert hatte, hatte Jase es zu verdanken, dass er noch nicht mit auf den Rücken gefesselten Händen in eines der Aircraft-Mobile gezwungen worden war.
Vor nicht einmal ganz achtundvierzig Stunden hatte die Räumung von City CXIII begonnen und wahrscheinlich war sie vor Ablauf der nächsten achtundvierzig Stunden auch schon wieder beendet. Präsident Elcaer und sein Gefolge hatten schließlich Übung in solchen Dingen, es war nicht die erste Schließung, die angeordnet worden war. Nur zum Wohle der Nation verstand sich. Die Fähigkeiten der Medienspezialisten wurden an anderer Stelle benötigt. Er selbst zum Beispiel sollte zukünftig ein Backup-Protokollant in der Stadt der sechsten Profession mimen, Todesurteile abheften, mildere Strafen dokumentieren, die Gesetzesarchive hüten bis ans Ende seines Lebens, für den mehr als unwahrscheinlichen Fall, dass sämtliche Computersysteme versagen würden und altmodische schriftliche Kopien relevant werden könnten.
Niemals! Jase ballte die Fäuste, raste um die Ecke eines leer stehenden Wohnblocks und spuckte dabei verächtlich auf den Boden. Niemals würde er einwilligen, seine Meinung für sich zu behalten. Sein Vorgesetzter Cooper und all die anderen

Berichterstatter seiner Abteilung hatten ihn gelehrt, zwischen den Zeilen zu lesen, den wahren Grund von sinkenden Verbrecherraten und steigender Produktivität zu erkennen, Fragen zu stellen, wo keine erwünscht waren, Antworten zu liefern, die drakonische Maßnahmen nach sich zogen, und trotzdem stolz und ungebrochen jede neue Lüge aufzudecken.

Und während so viele von ihnen die letzten nutzbaren Büros in City CXIII verlassen hatten, um neuen Zuweisungen zu folgen, Cooper war geblieben, seine Abteilung war geblieben, Jase war geblieben. Selbst dann noch, als sämtliche ihrer Netzwerkverbindungen nach außen gekappt und die Straßen hermetisch abgeriegelt worden waren.

Sie hatten genügend Material, um Tausende Kritiken und Enthüllungen zu verfassen, Berichte, die vielleicht irgendwann irgendwie einen Weg in die Gesellschaft fanden.

Ein Risiko, das Elcaer gleichzeitig mit der Räumung der Stadt zu lösen gedachte. Jase' Augen tränten, als der Wind die Richtung wechselte und ihn in eine tiefschwarze Rauchwolke einhüllte. Eine Rauchwolke, die den beißenden Gestank von brennendem Kunststoff und schmelzenden Datenträgern mit sich trug.

~ x ~

City VI, United Nation, Aleahs Quartier

Abgespannt und ausgelaugt von den vielen Stunden, in denen sie nicht sie selbst hatte sein dürfen, lag Aleah in ihrem Bett und versuchte erfolglos, in den Schlaf zu finden. Schließlich gab sie auf, erhob sich und setzte sich an den kleinen Tisch, auf dem sie ihr Smartlet abgelegt hatte. Aleah aktivierte das Display und ihre Finger huschten über die Buchstaben, die sie Nacht für Nacht schrieb, weil ihr Gefühl, falsch zu handeln, *falsch zu leben*, ihr keine andere Wahl ließ.

»Is there so–«

Aleahs Zeigefinger rutschte ab, noch während sie die Taste für das »m« drückte. Sie hatte einfach keine Kraft mehr.

Zum letzten Mal hob sie die Hand, wollte das Smartlet deaktivieren. Wollte ihre Zweifel deaktivieren. Aber Aleah vergaß, was sie gerade noch tun, was sie gerade noch hatte aufgeben wollen.

»Im there so ...«, verkündete das Textfeld der holografischen Pyramide. *Ich bin da, also ...*

Unmöglich. Absurd. Wahnvorstellungen. Nur meinte Aleah für einen winzigen Moment, jemandes Anwesenheit zu spüren. Mit klopfendem Herzen wandte sie sich um, spähte durch das gesprungene Fenster auf die Straße hinab. Nichts.

Sie stand auf, nutzte das kleine Sichtfenster in ihrer Balkontür, um die Schatten dahinter zu durchforsten. Wieder nichts. Natürlich nichts.

Aleah begriff und ihre Augen füllten sich mit Tränen. Sie selbst hatte es geschrieben, hatte das »s« in ihrer Frage mit einem »m« ersetzt und dadurch in die einzig mögliche Antwort verwandelt, nach der sie sich ihr ganzes Leben lang gesehnt hatte.

Wahnvorstellungen. Die anderen Urteilsfäller hatten es ihr ja gesagt. Müde und erschöpft schleppte Aleah sich zurück in ihr Bett und müde und erschöpft krabbelte sie fünf Stunden später wieder heraus. Der Food-Steamer bereitete ihr in exakt zehn Sekunden einen nahrhaften Frühstücksbrei zu, mit sämtlichen Mineralien, Vitaminen und Spurenelementen, auf die ihr Körper angewiesen war. Aleah würgte jedoch nur kurz und ließ das Essen zur Gänze stehen.

Acht Minuten vor dem offiziellen Systemstart erreichte sie ihren Arbeitsplatz und Eric nickte ihr wohlwollend zu. Sobald sie die interaktive Tischplatte berührte, registrierte das Computersystem ihre Anwesenheit und verkündete mit mehreren Projektionen den heutigen Arbeitsplan.

Sichtung von Anträgen, Meetings, Lunch am frühen Nachmittag, ein Telefonat, die finale Entscheidung im Zuweisungsstreit Charmian Milo.

Im Laufe des Tages stellte Aleah fest, dass es überaus sinnvoll wäre, ihre Aufzeichnungen zu konsultieren, wenn sie den Phaserwaffenexperten Milo nicht in die falschen Hände einer der zahlreichen Parteien geben wollte, die derzeit Anspruch auf ihn erhoben.

Konnte sie jedoch leider nicht, denn die entsprechenden Unterlagen befanden sich immer noch gut versteckt in einem der leer stehenden Gebäude in R7A3 und selbstverständlich hatte sie keine elektronische Abschrift angefertigt. Nur der Maske der Verborgenheit und ihrer immensen Wachsamkeit hatte sie es zu verdanken, noch nie selbst angeklagt und mit einem Urteil der Stufe zwanzig konfrontiert worden zu sein.

»Aleah, Ste-Sheri, außerordentliche Sitzung in einer Stunde!«, rief Eric in einem harschen Tonfall, während er mit raschen Schritten durch den Gang auf sie zueilte. »Kann die gesamte Nacht dauern, in City Zero fand ein Angriff statt.«

Ein Angriff auf einen Assistenzregenten oder Magistraten, entweder körperlicher oder verbaler Art. Lief meist auf das gleiche Urteil hinaus.

»Hier. Trinkt das.« Eric platzierte je einen Thermobecher mit einem dickflüssigen, nervenstimulierenden Okro-Konzentrat vor Aleah und ihrem Kollegen. Nicht weil er es gut mit ihnen meinte, sondern damit sie der zusätzlichen Belastung standhalten würden.

»Klingt nach einer spannenden Aufgabe! Danke, dass du dabei an uns gedacht hast.« Während Ste-Sheri sofort lächelnd nach seinem Okro-Konzentrat griff und in großen Schlucken trank, schwieg Aleah und nippte wesentlich verhaltener an dem Getränk.

»Den Fall Milo musst du noch vor unser Besprechung abschließen«, forderte Eric sie auf und verschwand zurück in sein Büro.

Aleah hatte diese Anweisung bereits befürchtet und beäugte kritisch die Uhr. Achtundfünfzig Minuten – das dürfte knapp werden. Sie schnappte sich ihren Becher, sprang auf und hastete los.

Einundvierzig Minuten, als sie bei dem Haus in R7A3 ankam, in dem sie ihre geheimen, höchst prekären Notizen versteckte. Der Aufzug in diesem Gebäude funktionierte ausnahmsweise, ein kleines, aber sehr willkommenes Wunder.

Ein rascher Check der Unterlagen und Aleah wusste, dass es nur eine einzige Person gab, die ihr womöglich in Anbetracht der knappen Zeit bei ihrer Entscheidung helfen konnte. Noch ein letzter Schluck des Okro-Konzentrats, dann gab Aleah eine ganz bestimmte Nummer in ihr Smartlet ein.

Der hoch angesehene und viel beschäftigte IT-Spezialist Leo Deforest meldete sich bereits nach dem ersten Klingeln. Ein weiteres Wunder, ebenfalls sehr willkommen. Für gewöhnlich musste Aleah es zwei- oder dreimal probieren, ehe sie Leo erreichte, einen Mann, der aufgrund seiner Arbeit Einblick in viele Bereiche besaß, von deren Existenz der Durchschnittsbürger noch nicht einmal etwas ahnte.

»Hi, ich bin's.« Zügig und in möglichst unverfänglichen Worten erklärte Aleah ihr Anliegen, obwohl sie nicht wirklich glaubte, dass das Gespräch abgehört wurde. Es wurden einfach viel zu viele Telefonate geführt, als dass jedes Einzelne von einem Gardisten überwacht werden konnte. Und was die akustischen autonomen Sicherheitsprogramme des Magistrats anbelangte – nun, sie sprach ja mit jemandem, der diese Programme in- und auswendig kannte und sich entsprechend zu schützen wusste.

Wie gut, dass sie Leo damals nicht verpetzt hatte, als sie als neugierige Fünfjährige den fast acht Jahre älteren Jungen dabei erwischt hatte, wie er das Computersystem ihrer Erziehungsanstalt hackte. Für was genau Leo damals seine fast abgeschlossene Ausbildung und zudem sein Leben auf Spiel gesetzt hatte, hatte Aleah nie erfahren. Aber es musste etwas verdammt Wichtiges gewesen sein, da er sie noch heute ab und an mit illegalen Auskünften versorgte. Er war zwar nicht die einzige hoch gestellte Persönlichkeit, die das tat, jedoch hatte er als Einziger nie eine Gegenleistung dafür verlangt. Eine Gegenleistung, die viel zu häufig mit ebenfalls illegalen, sehr intimen und außerordentlich ekelhaften Berührungen einherging ...

Stopp! Hastig vergrub Aleah die furchtbaren Erinnerungen in einer dunklen Ecke ihres Bewusstseins und konzentrierte sich darauf, Leo zu erklären, was ihr solches Kopfzerbrechen bereitete.

»Ich ziehe unsere schwarzen Freunde eher nicht als direkten Kontakt in Betracht. Denn wenn es mehr als nur ein Gerücht ist, dass es diese neue Sache gibt, die innerhalb des menschlichen Körpers ... *Schlimmes* anrichten kann, dann –«

Leo unterbrach sie mit einem knappen »Ich ruf dich zurück«.

So ein Mist! Aleah starrte missmutig ihr Smartlet an. Es brachte ihr nichts, wenn Leo ihr nachträglich sagte, dass sie sich genau falsch entschieden hatte. Sie brauchte jetzt sofort eine Antwort.

Unruhig scharrte sie mit dem Fuß über den Boden. Weniger als eine halbe Stunde. Und der Rückweg und die Eingabe ihres Urteils würden bereits einen Großteil dieser Zeit verschlingen, sie musste also unbedingt los. Aber vielleicht noch eine einzige Minute?

Beschwörend fixierte Aleah ihr Telefon und – es klingelte tatsächlich!

»Keine Gerüchte. Dieser Ionen-Phaser-Prototyp existiert«, erklärte Leo mehr als nur besorgt. Zum Aufatmen taugte diese Nachricht wirklich nicht, aber immerhin bewies Leos offene Sprechweise, dass er das Gespräch wie angenommen auch dieses Mal abschirmte.

»Bei Beschuss werden die inneren Organe quasi geröstet, was zu einem schrecklich qualvollen Tod führt. Am meisten ist man jedoch davon beeindruckt, dass der Leiche von außen absolut nichts anzusehen ist. Nur eine Obduktion könnte die Todesursache aufdecken.«

Beeindruckt ...? Es fiel Aleah schwer, keine bissige Bemerkung darüber abzugeben, was wesentlich beeindruckender sein sollte als eine innerlich zermatschte und äußerlich unversehrte Leiche. Aber für solche Diskussionen blieben ihr leider keine Zeit.

»Soweit ich weiß, dauert die Testphase für eine Massenproduktion noch an«, fuhr Leo fort. »Charmian Milo der Sicherheitsgarde zu überstellen, wäre also vielleicht gar nicht so verkehrt. Weil ... nun ja, in City X gibt es schließlich Tausende Menschen, die unglaubliche Kosten verursachen, ohne einen nennenswerten Beitrag zu unserer Gesellschaft zu leisten. Und bevor womöglich unbescholtene Bürger involviert werden ...«

Ein unwohles Räuspern folgte. So ganz schien Leo sein Vorschlag doch nicht zu gefallen. Und Aleah ohnehin nicht. Allein bei der Vorstellung, wie die Garde die in City X überwiegend lebenslang inhaftierten Verbrecher zu abscheulichen

Versuchszwecken heranzog, wurde ihr übel. Dabei waren Studien am lebenden Objekt für die Entwicklung fortschrittlicherer Technologien, neuer Pharmaka, alternativer Nahrungsmittel und Ähnliches eine gängige, allseits bekannte Praxis. Und sogar die Inhaftierten selbst schätzten die Möglichkeit, sich zu rehabilitieren und wieder zu einem wertvollen Zahnrädchen im großen Getriebe zu werden. Sofern sie die Experimente eben überstanden ...

»Auch Technikwissenschaftlerin Dr. Reynolds lässt sich neuerdings von *Freiwilligen* unterstützen. Nur Semaj Hall zeigt sich in dieser Angelegenheit konservativ und schwört weiterhin auf die Verlässlichkeit von Augmented-Virtual-Reality-Testreihen.«

Industrieboss Hall koordinierte die komplette Fertigung von bewaffneten sowie unbewaffneten Helikoptern und war Aleah nicht im Mindesten sympathisch. Nach dem, was sie gerade erfahren hatte, kam allerdings nur er als neuer Supervisor von Charmian Milo infrage.

»Danke«, murmelte sie und beendete das Gespräch mit Leo. So schnell sie konnte, verließ sie das Gebäude und rannte zurück in Richtung Midtown. Gleichzeitig überlegte Aleah fieberhaft, welche Begründung ihr Urteil plausibel genug erscheinen lassen würde. Noch vierzehn Minuten bis zur Besprechung mit Eric, verkündete die Anzeige ihrer Uhr. Die Straßen wurden zunehmend voller, doch niemand störte sich an Aleahs Eile, ihrem Gedrängel und ihren Schubsereien. Alle hatten es genauso eilig, drängelten und schubsten zurück.

Nur noch ein Block trennte Aleah von der fristgerechten Abgabe ihrer Zuweisungsentscheidung. Mit einer Flut von Passanten schlängelte sie sich über die Kreuzung, den leeren Thermobecher in der einen Hand, ihr Smartlet in der anderen, den Blick starr auf eine neu eingegangene Holo-Mail gerichtet.

So könnte es klappen, dachte sie erleichtert.

So könnte es klappen, dachte ein Aircraft-Fahrer, Thermobecher in der einen Hand, das Lenkrad in der anderen, den Blick starr auf eine neu eingegangene Holo-Mail gerichtet. Den warnenden Alarmton des Smartdrive-Assistenten überhörte er.

Bremsen quietschen, als ein ausgeklügeltes System die Kontrolle übernahm und den Wagen stoppte, allerdings eine

Nanosekunde zu spät. Menschen schrien, ein lauter Knall ertönte und Aleahs Welt kippte. Nicht zum ersten Mal, aber ausnahmsweise waren nicht ihre absurden Wahnvorstellungen daran schuld.

Ein unbeschreiblicher Schmerz presste ihr die Luft aus den Lungen und trübte ihre Sicht. Nur verschwommen nahm sie eine Gestalt wahr, Beine, die in einer hellgrauen Uniformhose steckten. Das Gesicht der Person gehörte seltsamerweise Eric, der wild durch die Gegend fuchtelte.

»Du bist zu spät!«, brüllte er und der Zorn grub hässliche Falten in seine Stirn. »Das werde ich nicht dulden!«

»Aber ich habe einen guten Grund«, versuchte Aleah, mit schwacher Stimme zu erklären.

»Welchen?«

»Ich bin tot. Autounfall ...«

»*Was für ein Pech*«, könnte Eric nun sagen. »*Tut mir leid*«, könnte er sagen. »*Du tust mir leid.*«

»Ist das Fahrzeug auf deiner Uhr stehen geblieben?«, erkundigte er sich stattdessen frostig. »Wurde dein Smartlet geschreddert? Keiner der Passanten konnte dir sagen, wie spät es ist?«

Eric sprach lauter und lauter, bis er letztendlich zu einem tobenden Schatten wurde, der sich auf die Knie fallen ließ und mit Gewalt etwas in Aleahs Armbeuge rammte.

»Tot zu sein, ist kein Grund für Unpünktlichkeit! Merk dir das gefälligst!«

Aleah fühlte sich völlig aus dem Konzept gebracht, erst recht als sich Eric in einen jungen, blau uniformierten Mann mit einem Injektor in der Hand verwandelte. Einen Medicop.

»Zwei Tage stationärer Aufenthalt«, diagnostizierte er routiniert und kaum hatte er zu Ende gesprochen, da wurde Aleah auch schon von zwei Hilfsärzten auf eine Trage gehoben und in einen Hubschrauber verfrachtet, der mitten auf der Straße gelandet war.

Notfalleinsätze durften die öffentliche Ordnung stören, allerdings nur in einem sehr beschränkten Zeitrahmen. Mit direktem Kurs auf die Stadt der vierten Profession hob der

Hubschrauber ab, vermutlich keine drei Minuten, nachdem er auf dem harten Asphalt aufgesetzt hatte.

Aleahs Hüfte zu richten, den Bruch ihres linken Beines zu kitten, den gequetschten Lungenflügel zu stabilisieren und ihre Wirbel zurück in die richtige Position zu zwingen, dauerte nur einen der beiden Tage, die der Medicop veranschlagt hatte. Zusätzlich war jedoch nach jedem Unfall eine vierundzwanzigstündige Beobachtungsphase vorgeschrieben, um mentale Schäden auszuschließen. Geistige Defizite, bei denen sich Aleah sicher war, dass sie, sofern vorhanden, gewiss nicht von ihrem Zusammenstoß mit dem Aircraft-Mobil herrührten.

»Hallo. Ich bin Dr. Jill«, begrüßte eine aufgeweckte Hilfsärztin Aleah, sobald sie in ein Bett des Observatoriums verfrachtet worden war. »Ich habe hier etwas für dich.«

Dr. Jill reichte ihr einen Stapel mit obligatorischen Genesungswünschen, ausgedruckt auf dickem, buntem Papier, weil private elektronische Geräte hier nicht gestattet waren.

Zurückgelehnt in ihre Kissen sog Aleah den seltenen Anblick der farbenfrohen Karten tief in sich auf. *Grün, pink, lila, gelb, orange, blau ...*

Wir vermissen dich!, schrieb Ste-Sheri. Die einzige Karte mit Gefühl. Andere Urteilsfäller und Mandanten hatten nichtssagende Phrasen gewählt.

Gute Besserung, wünschte Aleahs Vater, den sie zuletzt an ihrem vierzehnten Geburtstag für weniger als eine halbe Stunde gesehen hatte. Von ihrer Mutter war überhaupt kein Gruß dabei.

Werd schnell wieder gesund, lautete schlicht Erics Genesungswunsch.

»Wie nett«, kommentierte Dr. Jill mit einem Blick auf die purpurfarbene Karte. Die Ärztin wusste allerdings nicht, dass Erics Worte in Wahrheit ein Befehl waren.

»Beantworte mir bitte einige Fragen aus dem emotionalen, psychischen und intellektuellen Bereich.« Dr. Jills Augen bekamen einen noch wachsameren Glanz, als sie, ohne abzuwarten, weitersprach. »Wie interpretierst du folgende Aussage? Die Realität ist ein Phantom und alle Phantome sind real!«

Phantome? Aleah zuckte verwirrt die Schultern. »Ähm ... soll das vielleicht bedeuten, dass die Realität nicht greifbar ist? Aber dennoch real?«

Wie oder warum es ihr gelang, jede vorgesehene Überprüfung ihres Verstands zu bestehen, konnte Aleah selbst nicht sagen. Doch spät am nächsten Abend brachte ein Helikopterpilot in gelber Montur sie zurück an ihren Bestimmungsort. Zum Abschied händigte der Pilot Aleah ein neues Smartlet aus, das bereits auf sie registriert worden war. Ihr voriges hatte den Autounfall nicht überstanden und der Besitz eines Smartlets war eine gesetzliche Vorgabe. *Gewährleistung einer andauernden Erreichbarkeit. Effizienz. Kontrolle.*

Aleah nahm das Gerät widerstrebend entgegen, senkte den Blick auf die Straße und ging langsam los. Die Trostlosigkeit von Bezirk R7A3 spendete ihr Trost und eine beschädigte Straßenlaterne flackerte im Pulsschlag ihres Herzens. Der Aufzug ihres Wohngebäudes funktionierte nicht, aber dank der sensationellen medizinischen Versorgung gelang ihr die Bewältigung der vierhundertachtunddreißig Treppenstufen.

Der Geruch, der Aleah aus ihrem Quartier entgegenschlug, war gelinde ausgedrückt, furchterregend. Stadtverwalterin Tory hatte wohl die Gelegenheit genutzt und einige Leichen bei ihr abgeladen. Zu voll der eigene Keller.

Ein Blick auf den Tisch verriet, dass der Gestank doch nur vom Frühstücksbrei stammte, den Aleah am Morgen ihres Autounfalls verschmäht hatte. Schwarzrote Scruniskäfer krabbelten und wuselten über die vergammelten Essensreste hinweg. Offensichtlich waren nicht alle Lebewesen so wählerisch wie sie.

Aleah lehnte sich mit dem Rücken an die Wand und rutschte daran zu Boden. Ihr neues Smartlet piepste.

»Hab gehört, du bist schon wieder zu Hause«, lautete die Nachricht von Ste-Sheri. »Du Glückspilz!«

»Meeting um sieben Uhr«, verkündete eine zweite Holo-Mail, abgesandt von Eric. »Pünktlich!«

Aleah nahm das Smartlet und warf es auf den Haufen krabbelnder Käfer. Wenn diese schon das Nahrungsangebot des

Food-Steamers zu schätzen wussten, dann würden sie die elektronischen Bestandteile ihres Smartlets geradezu lieben.

Von plötzlicher dumpfer Mattigkeit heimgesucht, döste Aleah ein, die Hand auf die frische, noch leicht schmerzende Narbe an ihrer Hüfte gepresst.

Eine unbeugsame Stimme beendete jedoch jäh ihren kurzen Schlummer. »Hier ist jemand!«

Blinzelnd sah Aleah auf. Ein dunkelhaariger Sicherheitsgardist stand mitten in ihrem Quartier, in ihrer letzten Zufluchtsstätte. Ein zweiter, etwas älterer Gardist trat durch die Tür neben den ersten, ein Smartlet in Militärausführung in der schwarz behandschuhten Hand haltend, welches er nun auf ihr Gesicht richtete.

»Aleah Holmes?« Der Mann nickte knapp, ohne eine Bestätigung abzuwarten. Die spezielle Erkennungssoftware auf seinem Gerät hatte ihm bereits sämtliche notwendigen Informationen geliefert.

»Haben Sie es aufgrund Ihres Unfalls nicht mitbekommen? Bezirk R7A3 wurde endgültig gesperrt. Ihr neues Quartier befindet sich in S5T9. Wir werden Sie jetzt dorthin begleiten.«

Ohne die geringste Spur von Ekel oder überhaupt eine Gefühlsregung zu zeigen, griff der Gardist nach ihrem Telefon, schüttelte die Scruniskäfer ab, die nicht rasch genug geflohen waren, und streckte es ihr entgegen.

Der jüngere Gardist drehte sich so, dass seine kräftige, muskulöse Statur eine einzige Aufforderung bildete – Aleah sollte sich erheben und vor ihm auf den Flur hinaustreten. Dass jeglicher Widerstand zwecklos war, erwähnte niemand. Wozu auch?

Jeder Bürger wusste, dass ausschließlich die stärksten und fähigsten Männer die Ausbildung zum Gardisten überstanden. Männer, deren Instinkte an Unheimlichkeit nicht zu überbieten waren. Ihre Kampfkünste waren legendär, die ihnen zur Verfügung gestellten technischen Hilfsmittel und Finanzen unbeschränkt. Zudem waren sie die Einzigen, die bei Bedarf auch außerhalb des Gesetzes agieren durften.

Dieses Recht besaß noch nicht einmal Magistratspräsident Elcaer. Wer also nur einen Deut auf sein Leben gab, gehorchte den Befehlen der Garde.

Aleah nahm ihr Smartlet und stand schwerfällig auf. Das Gefühl, bereits eine alte Frau mit Knochen aus Blei zu sein, schob sie auf die Nachwirkung des Unfalls und des in City IV verabreichten Anästhetikums, obwohl sie insgeheim sehr genau wusste, dass dem nicht so war.

Medikamente mit Nebenwirkungen gehörten schon lange der Vergangenheit an und wenn es auch nur die geringsten Bedenken an ihrem Gesundheitsstatus gegeben hätte, wäre sie niemals aus der Stadt der vierten Profession entlassen worden.

Für einen winzigen Moment streifte Aleahs Blick ihre wenigen unpersönlichen Habseligkeiten – Uniformen, Einheitsbettwäsche und Handtücher, Badutensilien, Geschirr.

Zweifellos würde ein Service-Contractor all diese Dinge in den nächsten Stunden abholen und in ihr neues Zuhause befördern. Dass sie selbst dieses Quartier niemals wieder betreten würde, hatten die Worte der Gardisten nur zu deutlich gemacht.

Ohne mit der Wimper zu zucken, standen die beiden da, warteten darauf, dass sie sich endlich in Bewegung setzte und nicht länger darüber nachsann, ob es in S5T9 wohl Platz für Fehler gab. Für die Tasse mit dem Riss im Porzellan zum Beispiel. Oder für die Urteilsfällerin mit dem Riss in ihrem Herzen.

Vermutlich nicht. Trotzdem trat Aleah nun schweigend in den Gang hinaus.

Drei

City Zero, Regierungssitz der United Nation

»Nach links, wir müssen zu der Tür dort hinten!«

Neia nickte dankend und folgte der zuvorkommenden zierlichen Assistenzregentin namens Eloise, die ihr zugeteilt worden war, in die angegebene Richtung. Den dunklen Staubwolken hoch über ihren Köpfen schenkte Neia nur wenig Beachtung. Stattdessen konzentrierte sie sich auf die zahlreichen majestätischen Gebäude, in deren sorgsam polierten Außenflächen sich die warm-weiße, niemals verlöschende Beleuchtung widerspiegelte.

Das ist sie also! Die Stadt der nullten Profession ...

Neia wusste immer noch nicht, wie sie es eigentlich hierhergeschafft hatte. Beziehungsweise sie wusste natürlich, dass sie am späten Nachmittag mit einem Helikopter aus der Stadt der Kinder abgeholt worden und vor wenigen Minuten auf der Plattform eines gigantischen Regierungskomplexes gelandet war. Die Frage lautete viel eher: Warum? Warum sie? Was machte sie so besonders, um als Magistratin auserwählt worden zu sein?

Es war eine Ehre, ganz unbestritten. Mit einer gerade erst abgeschlossenen Ausbildung musste man sich schließlich für gewöhnlich mehrere Jahre – manchmal sogar Jahrzehnte lang! – als Assistenzregent beweisen, bevor der Aufstieg in den Magistrat überhaupt nur in Erwägung gezogen wurde. Selbst bei solchen Bestnoten, wie Neia sie erreicht hatte.

Von daher war da immer noch der Rest eines Zweifels, der Glaube an ein Missverständnis, an eine Verwechslung. Müsste nicht jemand Erfahreneres ihre Position einnehmen? Jemand, der bereits sein Geschick darin bewiesen hatte, das Überleben der Menschheit zu sichern?

Eine einzige Fehleinschätzung konnte genügen und die United Nation würde rasant zugrunde gehen. Genauso wie es den restlichen Zivilisationen der Erde ergangen sein musste.

Neia hätte so gerne aus den Fehlern der Vergangenheit gelernt, doch niemand wusste Genaueres über die Zeit vor der Teilung. Niemand *wollte* Genaueres darüber wissen! Die wenigen Erkenntnisse, die sie selbst herausgefunden hatte, stammten aus einem Dutzend verstaubter und halb zerfallener Bücher, die sie bei einem verbotenen Streifzug durch die Gewölbekeller ihrer Schule entdeckt und die sie aus einem Impuls heraus behalten hatte.

Einstmals gab es eine Unzahl verschiedener Reiche auf der Erde, Menschen verschiedenster Rassen und Kulturen, mit den unterschiedlichsten Gesellschaftsformen. Nicht alle hatten über das notwendige Wissen und die Mittel verfügt, um sich vor der galaktischen Katastrophe zu schützen, die den Planeten heimgesucht hatte, und ein im wortwörtlichen Sinne *dunkles Zeitalter* war angebrochen. Gewalt und Krieg hatten Einzug gehalten und egal wohin man auch sah, es herrschte nur noch einer. Der Tod.

Nach Jahren der Zerstörung und des sinnlosen Verderbens war jedoch in dem Gebiet, das einst *Kanada* genannt worden war, eine einzige Nation wiederauferstanden. Eine Nation der Einheit und des Friedens. Die United Nation.

Geschützt und gesichert durch die Führung des Magistrats, der stets danach strebte, den Wohlstand aller zu fördern. Immer weiter verbesserten sich die technischen Möglichkeiten, die zwischenmenschlichen Umgangsformen, der Gesundheitszustand und die Lebenserwartung eines jeden Bürgers.

Verständlicherweise gab es auch Restriktionen, die verfügbaren Ressourcen mussten kritisch im Blick behalten werden. Trotzdem war kürzlich sogar ein vierprozentiges Bevölkerungswachstum genehmigt worden, ein untrügliches Zeichen dafür, dass es ihnen niemals so gut gegangen war wie genau jetzt.

Was also macht mir nur solche Sorgen?, überlegte Neia. War es wegen dem Rauch und den Flammen in City CXIII, die sie bei ihrem Flug aus dem Fenster heraus erspäht hatte?

Aber sie wusste doch, dass es ab und an schmerzhafte Einschnitte geben musste, um die herrschende Ordnung aufrechtzuerhalten, war ausführlich darin unterrichtet worden, dass vereinzelte Individuen und manchmal sogar ganze Gruppierungen immer wieder gegen absolut notwendige Änderungen aufbegehren würden. Menschen, die das große Gesamtbild nicht sahen, die blind waren gegenüber den erfolgreichen Errungenschaften der heutigen Zeit.

Vielleicht wurde das ungute Gefühl in ihrem Inneren ja dadurch verursacht, dass sie es einfach nicht hatte lassen können, vor ihrem Abflug erneut jene Notizen zu lesen, die sie bereits in- und auswendig kannte. Notizen von einem Mann namens Ásdís Partha, der laut Neias Recherchen nie gelebt, sich aber dennoch mit schwarzer Tinte auf der letzten Seite eines der geheimen Bücher in ihrem Gepäck verewigt hatte. Einem Atlas voll von merkwürdig faszinierenden Karten, auf denen das ein oder andere übermalt oder mit seltsamen Symbolen versehen worden war. Der Eintrag lautete:

Niederschrift von Ásdís Partha, 14. August 2184

Ein einziges Jahrhundert und ein einziges kosmisches Ereignis haben ausgereicht, um unsere Welt komplett zu verändern. Um uns komplett zu verändern.

Dabei begann alles auf beinah romantische Weise, mit einem güldenen Sternschnuppenregen. So jedenfalls ist es in einem der vielen Traktate formuliert, die ich über die letzten Jahre hinweg studiert habe.

Es existieren erstaunlich viele Widersprüche in all den Texten, deswegen fasse ich hier kurz meine eigene Theorie zusammen:

In der Nacht vom 27. auf den 28. Februar 2053 erhellte ein stundenlanger Meteoritenschauer den Himmel über dem eurasischen Kontinent.

Die Mehrheit der sogenannten H-Chondrite – Steinmeteoriten mit eingeschlossenen kleinen Silikatkügelchen und einem hohem Metallanteil – verglühten in der Atmosphäre, so wie unsere herausragendsten Wissenschaftler das bereits Monate zuvor berechnet hatten.

Unter all den Chondriten, die auf ihrer Reise durchs endlose All rein zufällig unseren unbedeutenden Planeten passierten, befanden sich jedoch auch einige mit Ausmaßen von über hundert Kilometern. Einige von ihnen kollidierten und zerbrachen. Und etwa fünfzehn bis zwanzig dieser Trümmerstücke trafen mit verheerenden Folgen auf der Erdoberfläche auf.

Man kann es Glück oder ein Wunder nennen, dass die elliptische Bahn der Erde um die Sonne durch die Wucht der Einschläge nicht beeinflusst wurde. Aber auch so starben Millionen Menschen binnen weniger Augenblicke.

Die großräumig angeordneten Evakuierungen angesichts der kalkulierten Einschlagorte waren nur zum Teil ausreichend gewesen.

Zu viele Variablen. Einen hundertprozentigen Schutz für ein jedes Wesen, dieser Wunsch war von unseren Führungsriegen ohnehin schon längst als Utopie anerkannt und akzeptiert worden.

Ein planetarer Schutzschild, eine breitgefächerte Raketenabwehr – viele Ideen waren ersonnen worden, um das globale Desaster zu verhindern. Ausgereift genug und realistisch umsetzbar in der Zeitspanne von der Entdeckung der Meteoriten im Jahre 2051 durch die Astrophysiker Lydie Zigor und Elin Quirin bis zum tödlichen Einschlag war jedoch keiner der Pläne gewesen.

Es waren allerdings Maßnahmen zum Überleben der Menschheit ergriffen worden. Als noch weitaus verhängnisvoller wie die Einschläge war nämlich das daraus resultierende Problem eingestuft worden: der Staub.

Aufgewirbelte, dichte Partikelwolken, die sich in der Stratosphäre rasend schnell auszubreiten vermögen und das Licht der Sonne fast vollständig aussperren. Und das nicht nur über Eurasien, sondern über sämtlichen Kontinenten und Meeren. Auch die Millionen Tonnen extraterrestrischer Staub, ein Begleiter der aufeinander prallenden Chrondite im All, addieren sich zur Katastrophe hinzu.

Die Folge: der Planet kühlt deutlich ab, Massensterben wie einst bei den Dinosauriern droht.

Und wie befürchtet, so kam es dann auch. Ein Leben ist heute nur noch in den riesigen, streng gesicherten Stadtarealen möglich, die dank der Entwicklung der Plasmafusion im Jahre 2039 mit ausreichend Energie versorgt werden können.

Außerhalb der Stadtareale, ohne künstliches Licht und Wärme, gibt es nichts mehr. *Tote Zonen* werden diese Landschaften genannt, die von eisbedecktem Geröll und fruchtloser Erde geprägt sein sollen.

Ich selbst habe sie nie gesehen. Mit meiner Beinprothese komme ich im Alltag zwar gut zurecht, sie gestattet mir jedoch nicht, zu waghalsigen Abenteuern aufzubrechen.

Andererseits bieten auch meine historischen Recherchen Abenteuer zu Genüge und es ist mir unbegreiflich, warum die wohl fundamentalste Frage der menschlichen Geschichte nicht weit mehr Köpfe als nur den meinen beschäftigt.

All unsere Experten, wie konnten sie sich bei ihren ach so akkuraten Prognosen und ausgeklügelten Strategien für eine existenzfähige Zukunft in einem Punkt dermaßen irren? Wie konnten wir alle uns dermaßen irren?

In Zeiten höchster Sorge und Not, die Macht und Verantwortung über unser aller Sein an einen einzelnen Mann zu übertragen, der –

Hier endete der Eintrag mit einem dicken Tintenfleck. Neia hätte nur zu gerne gewusst, auf wen sich Ásdís Partha in seinem letzten Satz bezog und warum er seine Notizen so abrupt beendet hatte, aber das würde sie wohl nie erfahren.

Ohnehin war das alles nun schon furchtbar lange her. Und worin auch immer dieser große Irrtum bestanden haben sollte, den

Ásdís Partha erwähnte – er gehörte ebenfalls der Vergangenheit an.

Du bist einfach nur nervös, schalt Neia sich selbst. Sie straffte die Schultern und beschleunigte ihre Schritte, um endlich den Kreis der mächtigsten Männer und Frauen der Welt kennenzulernen. Jenen Kreis, dem sie nun ebenfalls angehörte.

~ X ~

In den Außenbezirken von City XCIX, United Nation

Ich muss das tun! Celtan wusste genau, welches Schicksal ihm drohte und trotzdem gab es kein Zurück mehr für ihn. Offenbar hatten sich all die Leute geirrt, die ihm während seiner Ausbildung eine außerordentlich hohe Intelligenz bescheinigt hatten. Denn wer mit diesem Attribut würde schon das dümmste Vergehen wagen, von dem er jemals gehört hatte?

Mit klopfendem Herzen stieß Celtan einen leisen Pfiff aus und ein zerrupftes braun-schwarzes Federknäul ließ sich auf seiner Schulter nieder. Ledrige Schwingen, ein seidig glattes Fell unter dem wüst aussehendem Federkleid, ein gebogener Schnabel mit äußerst spitzen Zähnen und große gelbe Augen – all das war charakteristisch für die wenigen Fledermausadler, die es noch gab.

Eine Zeit lang waren diese beeindruckenden Geschöpfe gezüchtet worden, die Ausdauer und Kraft der einstigen Könige der Lüfte vereint mit einer maximierten Echoortung von Fledermäusen. Doch heute wurden die Vögel bloß noch als eines betrachtet: als Störenfriede. Und Störenfriede mussten beseitigt werden.

Es war nicht mehr tragbar, dass die Fledermausadler, die wie die Menschen auf die Wärme der Städte angewiesen waren, bei ihrer Jagd nach Futter Einwohner erschreckten oder bei der Suche nach einem geeigneten Schlafplatz Schäden an Gebäuden hervorriefen. So selten diese Vorkommnisse auch waren.

Im letzten Jahr, als Celtan noch City LXXV, der Stadt der Tierforschung, zugewiesen gewesen war, war es seine Aufgabe gewesen, ein für andere Lebewesen ungefährliches Toxikum zu entwickeln, das sämtliche verbliebenen Fledermausadler eliminierte. Er hatte sich strikt geweigert, was ihm einen Abstieg vom Beschäftigungsfeld Fauna zu Flora und von einem wichtigeren Posten zum niedrigsten beschert hatte, aber das hatte Celtan nicht gestört.

Im Gegenteil. Die Freiheiten, die mit seiner neuen Zuweisung einhergingen, die weniger strikte Sicherheitsüberwachung, der eingeschränkte Zugang zu Personen der oberen Führungsriege, der Wegfall des wöchentlichen Austauschs mit Stadtverwalter Nova von City LXXV, all das hatte er begrüßt.

Natürlich hatte es nur einen einzigen Tag gedauert, bis ein anderer, loyalerer Tiergenetiker seinen Platz eingenommen hatte. Bis dieser allerdings endlich so weit war, um mit der Auslöschung der Vögel beginnen zu können, hatte Celtan längst ein Serum entwickelt, das die Vögel gegen alle infrage kommenden Toxine immunisierte.

Ich bin wohl doch halbwegs intelligent! Celtan gestattete sich ein kurzes Lächeln und hob den Zeigefinger, mit dem er über den Kopf seines Freundes strich.

Ami war etwas ganz Besonderes. Nicht nur dass er sich seit dem Tag ihrer ersten Begegnung stets in seiner Nähe aufgehalten hatte und ihm somit sogar von City LXXV nach XCIX gefolgt war, nein, er war auch derjenige gewesen, der seine verbliebenen Artgenossen zu den ausgelegten, mit dem Serum versehenen Ködern geführt hatte. Ihre Rettung verdankten die Vögel also Ami mindestens ebenso sehr wie Celtan.

Just in diesem Moment stieß der Fledermausadler einen schrillen Schrei aus und Celtan zuckte zusammen. Zwar konnte er nicht jeden Laut seines Freundes deuten, doch er wurde von Tag zu Tag besser darin. So verstand er auch diesen Warnruf. Wenn er sich nicht sofort bewegte, war er so gut wie tot. Celtan holte noch einmal tief Luft, dann eilte er los, einem schrecklichen, selbst gewählten Ziel entgegen.

~ X ~

City III, United Nation, Nahrungsmittelindustriestandort

Gav Leeroye war seit dem frühen Morgen auf den Beinen und nun nahte bereits die nächtliche Sperrstunde. Er war dementsprechend müde und hätte am liebsten ausgiebig gegähnt, aber das schickte sich nicht für einen Gardisten.

Also blinzelte er nur einige Male und fokussierte sich dann wieder auf seinen Auftrag. Er sollte eine Essensdruckerin namens Nadira Tatum beschatten, die sich am gestrigen Tag auffällig verhalten hatte.

Ihre Supervisorin hatte Nadira gemeldet, nachdem diese angeblich hetzerische Bemerkungen über ideologische Fesseln von sich gegeben hatte. Ein alter, fehlgeleiteter Zeitungsartikel hatte wohl kurzfristig Nadiras Gedanken verwirrt. Nachdem Gav die Frau nun den ganzen Tag unauffällig beobachtet hatte, war er jedoch zur Überzeugung gelangt, dass sie ein ausgesprochen sanftes Wesen besaß und das von ihr ausgehende Gefahrenpotential sehr gering war. Sollte sie sich je wieder von etwas aufwiegeln lassen, so wäre das Äußerste, was Nadira vermutlich jemals tun würde, dass sie absichtlich eine Kartusche mit pflanzlichen Materialien und eine mit Labor-Stammzellenkulturen vertauschen und somit für einen unausgewogene Mischung der abzuliefernden Nahrung sorgen würde. Und wahrscheinlich würde sie bereits fünf Minuten später alles gestehen, weil sie sich für die schlimmste Kriminelle in der Menschheitsgeschichte hielt.

Gav musste schmunzeln, während er von der Straße zu jenem Fenster aufsah, das zu Nadiras Quartier gehörte. Sie war direkt von der Arbeit nach Hause gegangen, wie es sich gehörte. Eine Weile hatte sie über ihr Smartlet mit einer Kollegin kommuniziert. Er hatte die Unterhaltung selbstverständlich auf seinem eigenen Gerät mitverfolgt, was für jemanden wie ihn keinen größeren Aufwand als einige wenige Tastenklicks bedeutete.

Die besprochenen Themen waren jedoch allesamt harmlos gewesen und hatten sich ausschließlich um ein neues Food-Design und die passende Wassermengenzugabe für eine bessere Verdaulichkeit gedreht.

Ich könnte eigentlich schon gehen, dachte Gav, ohne sich von der Stelle zu bewegen. Schließlich würde seine Ablösung erst in einer Stunde eintreffen und bis dahin musste er eben noch ausharren und ein langweiliges Gebäude anstarren.

In seiner Anfangszeit hatte er sich einmal bei seinen Vorgesetzten erkundigt, warum nicht alle Menschen in Schichten arbeiten würden.

Wäre es nicht weitaus effizienter, wenn man nur die Hälfte an Fabriken und Werken benötigen würde, diese aber dafür rund um die Uhr produzierten? Und so auch die Wohnquartiere geteilt werden könnten, ein Bewohner ruht am Tag, ein zweiter in der Nacht?

Vice Captain Marcelo Morris hatte ihn bei der Frage schief angesehen, hatte sie ihm aber als Zugeständnis an Gavs Leistungen trotzdem beantwortet. Immerhin hatte Gav als Fünftbester seines Jahrgangs abgeschnitten. Lediglich in einem einzigen Bereich war er zugegebenermaßen nie besonders gut gewesen: emotionale Distanziertheit.

»Du willst wissen, warum es kein Schichtsystem gibt? Nun, wenn sich bis auf ein kleines Kontingent Medicops und andere Ausnahmen alle Bürger sicher in ihren Quartieren befinden, können sich die meisten von uns ebenfalls ausruhen. Wären nachts jedoch Millionen Bürger unterwegs, müsste sich unsere Anzahl drastisch erhöhen.«

»Ja.« Gav hatte verständig genickt. Eine entsprechende Vergrößerung der Garde wäre natürlich notwendig, um jederzeit und überall auf die Wahrung der Gesetze achten zu können. Hinsichtlich des weitreichenden Nutzens wäre es seiner Meinung nach aber mehr als gerechtfertigt –

An dieser Stelle hatte Morris seine Überlegungen mit einem leisen Kommentar unterbrochen, welchen Gav niemals wieder vergessen würde.

»Mehr Soldaten bedeuten nicht unbedingt eine höhere Sicherheit! Jedenfalls nicht für alle Personen. Nicht in den Augen mancher Persönlichkeiten ...«

Gav hatte lange überlegt, wie er die Worte zu deuten hatte, war jedoch immer wieder zur gleichen Schlussfolgerung gelangt:

Präsident Elcaer wollte und benötigte elitäre Kämpfer. Zu viele von ihnen weckten allerdings Ängste in ihm. Zuerst hatte sich Gav in seiner Ehre verletzt gefühlt. Als ob er oder seine Kameraden sich je gegen ihren Präsidenten wenden oder dessen Befehle missachten würden!

Aber dann hatte er akzeptiert, dass er ohnehin nicht die Macht besaß, etwas zu ändern und das auch gar nicht wollte. Höchstwahrscheinlich steckte noch wesentlich mehr hinter Elcaers Motiven, die Nation auf genau jene erfolgreiche Weise zu führen, wie er das auch tat, als Morris oder ein noch hinter den Ohren feuchter Gardist es erahnen konnte.

Ein misstönender Alarm lenkte Gavs Aufmerksamkeit zurück auf die leere Straße. Sein Blick schnellte von rechts nach links und seine Hand senkte sich instinktiv auf den Phaser an seinem Gürtel. »Was ist das, verdammt?«

Erst nach einigen Sekunden entdeckte er das rote Flackern eines Warnmelders an der Gebäudewand, die zu jenem Komplex gehörte, in dem sich auch Nadiras Quartier befand.

Noch während er sich dem roten Licht und dem Alarm mit eiligen Schritten näherte, dämmerte es Gav, was das zu bedeuten hatte. »Scheiße!«

In City III waren, wie nur noch in sehr wenigen Städten üblich, unterirdische Gasleitungen verlegt. Früher hatte man diese seinen Kenntnissen nach für einige Prozesse in der Nahrungsmittelherstellung angezapft, heute wurden sie jedoch nur noch regelmäßig auf einen einwandfreien Zustand überprüft.

Anscheinend nicht gründlich genug! Gav roch bereits Gas, als er noch einige Meter entfernt war, und wich hastig zurück. Sein ausgeprägter Geruchssinn war mitverantwortlich dafür, warum er bei seiner Ausbildung so gut abgeschnitten und auch in den letzten Jahren einige Erfolge für sich hatte verbuchen können.

In einer solch wichtigen Stadt wie City III zu schlampen ... Da werden hoffentlich einige Köpfe rollen! Verärgert und völlig mitleidslos nahm Gav sein Smartlet in die Hand und meldete das Gasleck unverzüglich, obwohl die verantwortlichen Stellen längst automatisch von dem Warnmelder unterrichtet worden sein sollten. Das war auch der Fall, die Behebung des Problems war aber wohl nicht ganz so einfach.

»Ein offenbar verrostetes Ventil, das nicht auf den eingegebenen Absperrbefehl reagiert? Manuelles Eingreifen erforderlich? Geschätzte Dauer ... Fast zwanzig Minuten?«

Fassungslos starrte Gav auf die Nachricht, die sein Smartlet ihm anzeigte. In zwanzig Minuten konnte jede Menge Gas austreten. Besonders, wenn die Rohrleitung vielleicht noch an einer weiteren Stelle undicht geworden war.

Zögernd wandte sich Gav in Richtung von Nadiras Fenster. Es war aufgrund der Kälte natürlich geschlossen, aber ihr Quartier lag nur im zweiten Stock. Würde das Gas dort eindringen können und die Frau im Schlaf töten? Und was war mit all den anderen Bewohnern, die nichtsahnend in ihren Betten lagen?

Gav gab sich einen Ruck. Zu beschützen zählte ganz klar zu seinen Aufgaben. Mehrere Verstärkungstrupps waren ihm zwar bereits angekündigt worden, aber auf diese wollte er nicht warten.

Und so betrat er das Gebäude und hastete von Tür zu Tür, um die Verriegelung über sein Smartlet aufheben zu lassen. Der mittlere Rang, den er innehatte, gestattete es ihm leider nicht, sämtliche Türen auf einmal zu entriegeln. Morris oder dem Captain wäre das natürlich möglich gewesen, doch die Zeit, bis zumindest einer der beiden informiert wäre und ihm einen entsprechenden Autorisierungscode sandte, wollte Gav nicht untätig vergeuden.

»Aufstehen!«, brüllte er in das Zimmer, dessen Tür er soeben geöffnet hatte. »Verlassen Sie sofort das Gebäude! Es besteht die Gefahr einer Gasvergiftung.«

Ein älterer Mann, der noch an seinem Tisch gesessen und offenbar gelesen hatte, starrte ihn für einen Moment verdattert an, dann erhob er sich aber sofort und verließ Gavs Anweisungen gemäß zügig das Gebäude, um einen Sammelpunkt am unteren Ende der Straße aufzusuchen.

Gav bog um die Ecke des Flurs und seine Nase verriet ihm sofort, dass hier tatsächlich Gas eingedrungen war, von welchem Leck auch immer.

»Verflucht!« Gav verspürte einen leichten Schwindel und versuchte, flacher zu atmen, wodurch ihm allerdings noch schwindeliger wurde. Noch hektischer als zuvor entriegelte er Türen, riss sie auf und schickte die Bewohner nach draußen. Dann erreichte er Nadiras Quartier.

»Hallo? Wachen Sie auf!« Die Frau reagierte auf keinen seiner Rufe. Erst als Gav sie an den Schultern packte und gehörig schüttelte, schlug sie die Augen auf.

»Was ...?« Völlig unkoordiniert richtete sie sich auf, den Blick verschleiert. Ihre Lider flatterten nach wenigen Sekunden wieder zu und Gav blieb nichts anderes übrig, als die ohnmächtige Frau auf seine Arme zu nehmen und nach draußen zu tragen.

An der frischen kühlen Luft gelangte Nadira schnell wieder zu Bewusstsein und mit großen Augen blickte sie sich um. Der erste angekündigte Verstärkungstrupp war soeben eingetroffen und Gav nickte einigen seiner Kollegen zu, bevor er Nadira vorsichtig an einen der Medicops übergab, die jemand klugerweise gleich mit hierher beordert hatte.

»Sie sollten da nicht wieder reingehen!«, ermahnte ihn der Mann nach einem einzigen Blick in Gavs Gesicht. »Sie scheinen schon eine Menge von dem Zeug eingeatmet zu haben.«

»Ja, bleib draußen«, bekräftigte Elex, der gleichzeitig mit Gav die Ausbildung absolviert hatte und sich jetzt gerade eine Sauerstoffmaske überzog. »Alle Quartiere sind nun zugänglich. Wir schaffen das schon.«

Noch bevor Gav zu einer Antwort ansetzen konnte, war Elex bereits losgestürmt.

»Geht ... geht es allen gut?« Nadira achtete kaum darauf, wie der Medicop ihre Vitalwerte überprüfte und etwas von viel zu vielen Giftstoffen in der Blutbahn murmelte. Ihr zutiefst verängstigter Blick ruhte allein auf Gav, wodurch er sich irgendwie genötigt fühlte, ein Versprechen abzugeben.

»Wir werden jeden Einzelnen rechtzeitig herausholen!«

Es gab allerdings immer noch weitaus mehr potenzielle ohnmächtige Bewohner als Gardisten mit vollständiger Schutzausrüstung und wie weit man mit der Abdichtung der Gasleitung war oder wann endlich die zweite und dritte Verstärkungseinheit eintreffen würden, wusste Gav nicht. Also schnappte auch er sich eine Maske und rannte erneut los.

»Sie sollen doch nicht –«, setzte der Medicop schimpfend an, unterbrach sich jedoch selbst, als ihm bewusst wurde, dass Gav als Gardist derjenige mit der weitaus höheren Autorität war.

»Wie heldenhaft!«, scholl es gleichzeitig von Nadira hinter Gav her. Er war jedoch kein Held. Er tat lediglich das, wofür er berufen worden war.

Viele Male eilte er noch hin und her, rettete Leben und profitierte dabei von seiner überdurchschnittlichen Stärke und Fitness. Seine Schritte wurden jedoch zunehmend schleppender und er musste immer stärker gegen eine verheerende Schläfrigkeit ankämpfen. Er hatte zu Beginn wohl wirklich zu viel von dem giftigen Gas eingeatmet.

Sehr geehrter Präsident Elcaer, doppelt so viele Gardisten wären zumindest momentan äußerst hilfreich!, dachte Gav verworren, als er das Gebäude zum letzten Mal betrat.

»Alle sind gerettet!« Anerkennend klopfte Elex ihm auf die Schultern, nachdem sie gemeinsam einen wachen, aber unter Schock stehenden Mann zu den Medicops gebracht hatten. »Ich gebe gerne zu, ohne dich hätten wir es vielleicht nicht geschafft.«

Lachend deutete er auf zwei Trupps schwarz uniformierter Männer, die in diesem Moment von mehreren auf der Straße aufgesetzten Helikoptern ausgespien wurden. »*Jetzt* kommen sie, wo der ganze Spaß bereits vorüber ist!«

Gav lachte ebenfalls. Er zog die Schutzmaske ab, legte sich erschöpft, aber glücklich auf den Boden und stand niemals wieder auf.

Vier

City Zero, Peace Tower, Sitzung des Magistrats im Plenarsaal Quatre am nächsten Morgen

»Das könnt ihr nicht ernst meinen!«

Neia sprang entrüstet auf und es war ihr völlig egal, dass ihr Gefühlsausbruch von den dreiundvierzig anderen Magistraten im Raum mit missbilligendem Kopfschütteln quittiert wurde. Sie alle waren für den Bereich der inneren Stabilität verantwortlich, ein bedeutsames, wenn auch nicht das allerwichtigste Ressort.

In den letzten Stunden hatten Vertreter der medizinischen Abteilung, Genetiker, Humanforscher, Medicops sowie Lehrer aus der Stadt der Kinder ausführlich über die erzielten Fortschritte eines Genoptimierungsprozesses berichtet, welcher sich offenbar seit fast neun Jahren in der Testphase befand.

Den Erwartungen entsprechend wiesen die knapp einhundert Jungen und Mädchen, denen bereits als Embryonen innerhalb künstlicher Uteri spezielle Viren in die Blutbahn injiziert worden waren, um die Zellgenerierung zu steuern, eine hohe physische Resistenz auf. Auch besaßen sie im Vergleich zu gewöhnlichen Kindern eine deutlich bessere Regenerationsfähigkeit und ihre IQ-Werte waren im Schnitt um fünfzehn Punkte höher.

Leider neigten die Kinder aber auch zu extremem Temperament und unglaublicher Renitenz. Die Erschaffung einer Generation überragender Männer und Frauen, die weitaus intelligenter und körperlich belastbarer waren als ihre Vorfahren und ein hohes Maß an Integrität aufzeigten – das war das Ziel des Genoptimierungsprozesses gewesen. Stattdessen wuchs derzeit eine Armee kleiner Querulanten heran, deren Handlungsweisen niemand vorauszusehen vermochte.

Für eine Gesellschaft, deren Fortbestehen davon abhängig war, dass jeder einzelne Bürger wusste, wo sich sein Platz befand, waren das äußerst gefährliche Aussichten.

Neia hatte diese Gefahr sofort begriffen, obwohl sie zum ersten Mal von dem Genoptimierungsprozess gehört hatte und ihr der Kopf von all den Fachbegriffen wie *Spleißen*, *Exon Trapping* und *ribosomale RNA* schwirrte. Die strikte Geheimhaltung war in ihren Augen durchaus nachvollziehbar, hatte sich die Bevölkerung weder Sorgen noch verfrühte Hoffnungen machen sollen. Hoffnungen, die inzwischen für alle Beteiligten endgültig zerschellt waren.

Was für Neia jedoch nicht im Geringsten nachvollziehbar war, war der von Magistratin Jia Chen und Magistrat Joacim Hedberg geäußerte Vorschlag, wie es nun weitergehen sollte. Sie fand den Vorschlag sogar so absurd, dass sie vor Empörung immer noch am ganzen Körper zitterte.

»Egal wie sehr Dr. Reynolds nach jungen Gehilfen sucht, diese Kinder sind keine Pyromanen oder Saboteure und sie haben auch keinen Hochverrat begangen! Nur Schwerverbrecher können für solch riskante Tätigkeiten herangezogen werden, wie sie Ann Reynolds im Sinn schweben.«

»Neia.« Magistratspräsident Hosni Elcaer, ein Mann um die fünfzig mit dunklem Vollbart und unglaublich gütigen Gesichtszügen, erhob sich aus seinem schwarzen Ledersessel. »Sich gleich am ersten Tag mit einer solch schwierigen Thematik wie diese Ausnahmezuweisung befassen zu müssen, ist wirklich sehr hart. Ich kann deine Reaktion also gut verstehen, aber bitte vergiss nicht: Deine Aufgabe ist es, stets das Gesamtwohl im Blick zu behalten und dich nicht auf einzelne Individuen zu fokussieren.«

Diese Lektion hatte Neia während ihrer Ausbildung tausendfach gehört und jedes zugrunde liegende Fallbeispiel war ihr auch durchaus logisch erschienen. Aber niemals war es dabei um eine derart widerwärtige Kosten-Nutzen-Analyse gegangen, wie sie hier gerade betrieben wurde.

»Siebenundneunzig Kinder im Alter zwischen sechs und acht Jahren weiter aufzuziehen, obwohl ihnen ein *untragbares Verhalten* prognostiziert wurde, das können wir uns einfach nicht leisten.« Ein Ausdruck des Bedauerns glitt über Elcaers Miene. »Es ist mehr als ratsam, wenn diese Kinder bereits jetzt auf wertvolle Weise zum Erhalt unserer Gesellschaft beitragen. Und prozentual gesehen betrifft diese Regelung abseits der Norm lediglich …«

Elcaer blickte fragend zu Jia Chen, die blitzschnell antwortete. »Siebenundneunzig Kinder im Vergleich zu unserer gesamten Bevölkerung von beinahe fünfundzwanzig Millionen? Das sind weniger als 0,0004 Prozent.«

»Danke.« Freundlich lächelnd wandte sich Elcaer wieder an Neia. »Eine Ausnahme, die weniger als 0,0004 Prozent der Bevölkerung betrifft«, wiederholte er betont.

Der geringe Prozentsatz änderte überhaupt nichts an dem, was Neia empfand. Es ging um Kinder, die niemals die Chance erhalten würden zu zeigen, dass sie als Erwachsene durchaus ihren Wert besaßen. Dass sie nicht all das verraten würden, was von Bedeutung war. Es musste doch eine Alternative geben!

»Du interessierst dich für Geschichte, wurde mir gesagt.« Elcaer machte eine kreisförmige Bewegung. »Weißt du, wie viele Menschen während des letzten großen Kriegs überall auf der Erde gestorben sind? Ein Krieg, der womöglich hätte verhindert werden können, wenn es gelungen wäre, die schlimmsten Aufrührer rechtzeitig auszuschalten?«

Verhalten schüttelte Neia den Kopf. Die genaue Anzahl hatten weder die Geschichtsarchive noch die von ihr entdeckten Bücher preisgegeben. Egal wie sehr sie bereits danach gesucht hatte. Sie wusste nur, dass die Meteoritenkatastrophe und die nachfolgenden Kämpfe extrem viele Leben gefordert hatten.

»Unsere Bevölkerung beträgt heute weniger als zwei Prozent verglichen mit dem Höchststand nach der Katastrophe«, erklärte Elcaer eindringlich. »Millionen Menschen verendeten, nur weil einige Personen ihrer Verantwortung nicht nachkamen. Weil diese ihnen zu *unliebsam* erschien. Zu brutal. Zu unmenschlich. Aber du kannst mit der Verantwortung umgehen, die dir übertragen wurde, nicht wahr, Neia? Du verstehst, dass es am besten ist, wenn wir die Probleme von Morgen schon heute lösen?«

»Ja ... Nein ... Ich meine ...« Neia wurde unsicher und ihre Stimme nahm einen spröden Klang an. Sie schluckte und gab sich alle Mühe, um wieder überzeugender zu sprechen. »Diese Kinder sind so jung! Ihre Entwicklung lässt sich gewiss noch beeinflussen. Sie brauchen lediglich viel Hilfe und Unterstützung.«

»Nein«, mischte sich eine Frau mit mandelförmigen Augen und bereits vollständig ergrauten Haaren ein. »Ein Charakter lässt sich zwar formen, aber nicht auf solch fundamentale Weise, wie es hier von Nöten wäre. Eine Zeit lang mag ja noch alles gut gehen, aber dann wird es zu einem schwerwiegenden Ausraster kommen. Und dann –«

Maeno Seki ließ ihren Satz auf unheilvolle Weise offen und beunruhigtes sowie beipflichtendes Gemurmel ertönte.

»Die Sicherheitsgarde kann sich doch um die Jungen und Mädchen kümmern, die eine wirkliche Bedrohung darstellen. Wenn es denn erst einmal so weit ist.« Fest presste sich Neia ihre Fingernägel in die Handflächen, um sich zu vergewissern, dass das alles gerade tatsächlich geschah. Nie hätte sie gedacht, gleich zu Beginn eine derart heftige Auseinandersetzung führen zu müssen. Still und aufmerksam hatte sie das Geschehen zunächst beobachten wollen, bis sie jeden ihrer Kollegen genau einschätzen konnte. Erst dann hatte sie ihre Meinung kundtun wollen, immer besonnen und immer mit unanfechtbaren Argumenten.

Der scharfe Schmerz in ihren Händen verriet ihr allerdings, dass es sich nicht um einen Albtraum handelte, dass sie nicht in Kürze von ihrem Smartlet geweckt werden würde, um ihren ersten Tag als Magistratin entsprechend ihren guten Vorsätzen zu verbringen.

»Wir dürfen ein solches Risiko leider nicht eingehen. Zum Wohle aller.« Elcaer hielt Neias Blick mit dem seinem gefangen, immer noch gütig, aber auch mit unerschütterlicher Stärke. »Möchtest du sonst noch etwas zu diesem Thema ergänzen? Wenn nicht, werden wir jetzt mit der Abstimmung starten.«

Verzweifelt und frustriert öffnete Neia den Mund und schloss ihn wieder. Und dann tat sie das Einzige, wozu sie sich noch in der Lage fühlte. Sie schob ihren Stuhl zurück, stand auf und ging. Die Abstimmung für die Ausnahmezuweisung würde ohne ihre Anwesenheit stattfinden müssen. Was das Ergebnis allerdings nicht im Geringsten beeinflussen würde, das war Neia nur allzu bewusst.

~ X ~

Phantom Point, Basis der Human Defence Organization, Abflughangar 2b

»Ihr wisst, was ihr zu tun habt?« Forsch musterte Ethan Travis jeden einzelnen der einundzwanzig Männer und Frauen, die sich abmarschbereit vor ihm aufgereiht hatten. Hinter ihnen warteten bereits vier grauschwarze, metallische Ungetüme auf ihren Einsatz – die berühmt berüchtigten Phantom Fighter. Trotz eines Eigengewichts von über neun Tonnen waren die Kampfhubschrauber der Human Defence Organization überaus wendig. Die Panzerung aus Meteoritenstahl lenkte Laserbeschuss effektiv ab, zumindest für einen überschaubaren Zeitrahmen. Gegen Raketen waren die Hubschrauber leider nicht gefeit und unsichtbar machen konnten sie sich natürlich auch nicht. Aufgrund der speziellen Lackierung zeichneten sie sich allerdings so gut wie nicht gegen den schmutzigen Himmel ab und die eingesetzte Stealth-Technik schütze sie vor frühzeitiger Radarortung. Auch die restlichen verbauten Systeme im Inneren waren das Modernste des Modernen, wie Brendan, Ysaak und Sirah, die Technikspezialisten ihres Teams, jedem vorschwärmten, egal ob es denjenigen interessierte oder nicht.

»Ja, Commander«, bestätigten die drei nun und salutierten, genau wie der Rest von Ethans Mannschaft.

»Ziele bekannt, Ausrüstung doppelt gecheckt, Flugrouten bereits ins Navigationssystem eingegeben«, ergänzte Cam, eine aufgeweckte, schlanke Brünette, die eine der vier Trupps leiten würde, zu denen Ethan seine Leute aufgeteilt hatte.

Thane hielt sich ein wenig abseits der Gruppe und strafte ihn noch immer mit Schweigen. Seinem Zwillingsbruder missfiel die Entscheidung, einem anderen Trupp anzugehören als Ethan selbst.

Es war aber nun mal so, dass Ethan seinen Lieutenants Cam und Wilson – einem bärbeißigen Mann mit dem wohl schlechtesten Filmgeschmack auf der gesamten Basis – vollauf vertraute, auch bei einer unerwarteten Wendung der Ereignisse angemessen zu reagieren und sämtliche notwendigen Befehle auszusprechen.

Bei Ensign Kasdy war er sich nur zu neunundneunzig Prozent sicher. Mit ihren zwanzig Jahren war sie sehr jung, wenngleich nicht ganz so jung wie er selbst. Aber wo er keinerlei Probleme damit hatte, sich aufgrund seiner Qualifikationen auch gegen deutlich ältere Soldaten durchzusetzen, so ließ sich bei Kasdy manchmal ein winziges Zögern erkennen, bevor sie Aufträge erteilte und Befehle aussprach. Dabei war Kasdy eine der Besten, die jemals die Offiziersprüfung abgelegt hatte, und hatte sich auch in der Praxis schon mehrfach bewährt.

Um das eine Prozent an noch fehlendem Selbstbewusstsein auszugleichen, hatte sich Ethan gezwungen gesehen, Kasdy Thane an die Seite zu stellen, egal wie gerne er ihn in seiner eigenen Nähe gewusst hätte.

Doch die Mission, zu der sie aufbrachen, war bereits riskant genug und er würde es schon schaffen, sich auch ohne die Unterstützung seines Bruders zusammenzureißen und sich nicht von seinem Kindheitszorn überwältigen zu lassen. Hoffte er zumindest. »Wegtreten! Viam inveniemus!«

»Viam inveniemus!«, wiederholten einundzwanzig Stimmen, Thane eingeschlossen, das militärische Motto, das bereits vor zweihundert Jahren dem Canadian Special Operations Forces Command treue Dienste geleistet hatte: Wir werden einen Weg finden!

Einen Weg, um diesen Einsatz zu erfüllen. Einen Weg, um Elcaer zu trotzen. Einen Weg, um den Menschen dieser Welt endlich wieder zu ermöglichen, Mensch zu sein.

Ethan nickte seinem Trupp zu und innerhalb weniger Sekunden befanden sich alle an ihren Plätzen. Cazé und Jacquine im Cockpit, Sirah, Antoin und Zhou hinten. Zufrieden mit der bisherigen Einhaltung ihres straffen Zeitplans kletterte Ethan ebenfalls in den Bauch des Phantom Fighters One, setzte sich auf seinen Sitz direkt hinter den Piloten und schloss die Gurte, die er anschließend noch einmal gewissenhaft überprüfte. Nur weil die Kampfhubschrauber recht robust waren und jede Menge waghalsiger Manöver unbeschadet überstehen konnten, galt das schließlich noch lange nicht für ihre menschlichen, deutlich empfindsameren Insassen.

»Weniger als eine Woche Vorbereitungszeit für solch eine riskante Operation. Du möchtest wohl mal wieder einen Rekord brechen?«, scherzte Zhou, ein stämmiger Kerl mit einem nahezu vollständig tätowierten Oberkörper, der bereits fertig mit der Überprüfung seiner Gurte war.

»Der Commander möchte nur nicht, dass unser Ruf als verrückteste Einheit Schaden nimmt«, erwiderte Sirah grinsend über den einsetzenden Lärm der startenden Vierfach-Rotoren hinweg.

Dank der elektronischen Gaumensensoren, die sie sich bereits im Vorfeld in den Mund geschoben hatten und die jegliche Kiefer- und Zungenbewegungen als bestens verständliche Worte an ihre In-Ears weitergaben, vernahm Ethan die Frotzeleien seiner Leute ohne Probleme. Er lächelte jedoch nur und lehnte sich scheinbar entspannt in seinem Sitz zurück. Je gelassener er wirkte, desto eher würden die anderen ihre heitere Stimmung beibehalten und das war wesentlich besser, als wenn sie von dem gleichen miesen Gefühl beschlichen wurden wie er selbst.

Dem Gefühl, trotz aller Eile womöglich bereits zu spät zu kommen ...

Fünf

In den Ruinen von City CXIII, United Nation

Jase drängte sich tiefer in die Schatten und wünschte sich mit aller Macht, unsichtbar zu werden. Verblüffenderweise klappte es, seine Verfolger hasteten an ihm vorüber und verschwanden. Jedenfalls alle bis auf einen.

»Jase.« Der vertraute Klang gehörte der letzten Stimme an, die er hatte hören wollen. Mit zusammengebissenen Zähnen wandte Jase sich langsam um. Sehr langsam, nur um keine unbedachte Reaktion zu provozieren. So hatte man es ihm immer eingeschärft. So hatte *er* es ihm immer eingeschärft.

Dunkle, gefühllose Augen blickten Jase an, Augen, die zusätzlich zu der Dunkelheit einen schmalen silbernen Ring rund um die Pupille aufwiesen. Genau wie bei Jase selbst.

»Vater.« Jase schaffte es nicht, ruhig zu bleiben, konnte nicht den Hass verbergen, der seit Jahren in ihm schwelte, ständig neu entfacht durch die Begegnungen mit dem Überragendsten und Gefürchtetsten von Elcaers Elitesoldaten, dem Anführer der Sicherheitsgarde.

»Es wird Zeit zu gehen, Jase.« Für einen winzigen Moment schienen die Gesichtszüge seines Vaters weicher zu werden, aber vermutlich war das nur eine Illusion, hervorgerufen von dem dichten Qualm, der sie noch immer umgab. »Du bist der Letzte. Du hast am längsten durchgehalten. Aber jetzt musst du mich begleiten.«

Jase schüttelte lediglich den Kopf und überlegte krampfhaft, wie er entkommen, wo er sich dieses Mal verstecken könnte.

»Du weißt, das bringt nichts. Ich werde dich immer finden.« Captain James L. Guerrez trat weder einen Schritt nach vorne noch machte er sich die Mühe, die Hand auszustrecken, um Jase festzuhalten. Das Schlimmste war jedoch – er hatte recht.

Bereits als Kind war es für Jase unmöglich gewesen, sich vor seinem Vater zu verbergen, egal welchen Trick er auch ausprobiert hatte. Selbst wenn er es geschafft hatte, alle anderen Personen in seinem Umfeld zu täuschen, bei seinem Vater gelang ihm das nie.

Und trotzdem werde ich mich niemals unterwerfen! Jase schnellte nach links, machte einen großen Satz und einen zweiten und … Finger bohrten sich eisern in seine Schultern. Trotz Jase' Überraschung, wie es seinem Vater ohne das geringste Anzeichen einer verräterischen Bewegung gelungen war, so plötzlich frontal vor ihm aufzutauchen, schlug Jase sofort zu. Er trat, krümmte sich und bäumte sich auf. Zeitlebens hatte er auf eine körperliche Topform geachtet, dennoch drängte sein Vater ihn problemlos an die nächste Gebäudewand und hielt ihn dort fest.

Dieser Kampf war so aussichtslos, als würde man sich mit einem gepanzerten Aircraft-Mobil anlegen.

»Ich habe es dir schon so oft gesagt.« Die schwarzsilbernen Augen seines Vaters befanden sich nur noch Millimeter von Jase' Gesicht entfernt. »Sie wollte es so! Sie wollte den Ehepartner tauschen.«

»Du lügst.« Wie in tausend anderen Dingen auch. Von Wut und Verzweiflung beherrscht malmten Jase' Kiefer noch heftiger aufeinander als zuvor.

»Nein! Du erkennst die Wahrheit, wenn sie dir begegnet.« Sein Vater krallte die Finger noch fester in Jase' Schultern, schüttelte ihn beschwörend. »Es war ihre Entscheidung!«

Jase' aufgepeitschte Gefühle drohten ihn zu zerreißen und er brüllte gequält auf. Er hatte es so satt, wollte sie nicht mehr hören, diese entsetzlichste aller Lügen. Welchen Grund schon sollte seine Mutter Grace gehabt haben, nach drei Verlängerungen innerhalb des Verehelichungsprogramms plötzlich den Partner wechseln zu wollen? Welchen Grund sollte sie gehabt haben, auf all die Privilegien zu verzichten, die eine Verbindung mit einem Gardisten darbot? Zum Beispiel das Privileg, die Kinder dieser Verbindung selbst erziehen zu dürfen, fernab der Kontrolle fremder Menschen in fremden Schulen. Warum hätte sie das Risiko eingehen sollen, dass der Matching-Algorithmus keinen neuen Gatten für sie fand und sie nach einer Wartefrist von nur einem Jahr der Stadt des körperlichen Vergnügens zugewiesen wurde?

Genauso wie es ja dann auch geschehen war! In niemandes Gene war offenbar der Mut verankert, sich mit der ehemaligen Frau des ranghöchsten Soldaten der Nation einzulassen. Dafür war Grace jetzt umso begehrter. Städteverwalter, Supervisor, Regenten, Gardisten – sie alle nutzten ihre besonderen Rechte überaus gerne, um sich auf Kosten jener, die sich nicht wehren konnten, zu amüsieren ...

James L. Guerrez ließ die Hände sinken, trat sogar ein Stück zurück. »Ich habe sie geliebt«, sagte er mit fast unhörbar leiser Stimme. »Aber sie mich offenbar nicht.«

»Hör endlich auf damit!« Jase spannte sich am ganzen Körper an. Die Unterhaltungen mit seinem Vater endeten immer auf die gleiche Weise, immer mit genau diesen Worten. Und doch war es heute das letzte Mal, dass sie so aufeinandertrafen. Heute würde er sich nicht umdrehen und einfach davonlaufen. Er würde auch nicht erneut mit bloßen Händen auf seinen Vater zustürmen und sich wieder einmal eine Niederlage einfangen. Nein, heute würde er siegen!

Denn wenn er auch nicht dabei gewesen war, als sein Vater sich von seiner Mutter trennte, und seine Gedanken sich in Nebel auflösten, so oft er sich an die letzten gemeinsamen Tage kurz nach seinem sechsten Geburtstag zu erinnern versuchte, eine andere Szene hatte Jase sehr wohl mitbekommen. Eine Szene, die er niemals wieder vergessen würde, nicht das kleinste Detail davon.

Von Coopers Verhaftung gleich zu Beginn der Räumung von City CXIII. Von Coopers Widerstand. Und von dessen Tod.

Die dunklen Augen seines Vaters verengten sich, doch er rührte sich nicht von der Stelle. Selbst jetzt nicht, als Jase in die Tasche seiner Uniform griff und einen Phaser hervorzog, die Finger entschlossen um den Abzug gekrümmt. Captain James L. Guerrez blieb einfach stehen, wo er war. Und Jase schoss.

Sechs

City XXI, United Nation, Stahlwerk »Obitus«

Für Jaki Elfarsson sollte es der schlimmste Tag seines Lebens werden und das währte immerhin schon über einundsiebzig Jahre. Bereits am Morgen hatte er dieses ungute Gefühl beim Aufwachen verspürt, ein Gefühl, das ihm tunlichst riet, den Tag im Bett zu verbringen.

Was er natürlich nicht getan hatte, schließlich hatte er es noch nie versäumt, seiner Pflicht nachzugehen. Ohne Halbzeuge besäßen die Fabrikatoren keine Möglichkeit, ihre Arbeiten zu erledigen, und damit würden auch viele weitere Fertigungsstätten zum Stillstand gezwungen sein.

Elfarsson war keineswegs der einzige Stahlkoch und ein Wirtschaftszusammenbruch war somit äußerst unwahrscheinlich, allerdings zählte er sehr wohl zu den Erfahrensten in seiner Abteilung. Er war stolz auf sein immenses Wissen und sein beispielloses Geschick und die Anerkennung und Bewunderung, die er von den anderen Köchen dafür erhielt, ließ hin und wieder den Gedanken in ihm gären, dass er womöglich doch für den Fortbestand der nationalen Stahlwirtschaft entscheidend sein könnte.

Auf jeden Fall konnte er einen Frischling davon abhalten, die falsche Menge an Sauerstoff in den Konverter zu leiten und dadurch eine komplette Charge zu ruinieren!

»Holloway«, brüllte Elfarsson aufgebracht, als er den Fehler bemerkte und rasch eilte er auf den Genannten zu. »Wer hat dir erlaubt, alleine die Einstellungen vorzunehmen? Das ist viel zu viel! Willst du etwa, dass uns das verdammte Ding um die Ohren flie–?«

Sein restlicher Satz wurde abgeschnitten, als Holloway verschüchtert zusammenzuckte und die Sauerstoffzufuhr hastig wieder zu reduzieren versuchte, den Regler dabei allerdings nur noch weiter in den roten Bereich verschob.

Die einsetzende Entkohlungsreaktion war derart heftig, dass Schlacke meterweit aus dem Konverter spritzte. Holloway hatte nämlich ebenfalls nicht verstanden, wie man einen solchen sicher versiegelte.

Elfarsson brüllte erneut, dieses Mal allerdings vor Schmerz. Trotz seines Schutzanzugs brannte sich eine unbeschreibliche Hitze in seinen Körper. Und sein Gesicht ... Elfarsson tastete blindlings mit beiden Händen über zerstörtes Gewebe bis hin zu seinen toten Augen.

»Ich kann nichts mehr sehen!«

Elfarssons Schreie gingen in ein Wimmern über und er sackte in sich zusammen. Die nächsten Stunden nahm er nur wie durch einen Nebel wahr, wie er weggebracht und behandelt wurde, wie versucht wurde, alles zu retten, was noch zu retten war. Sein Augenlicht brachte das jedoch nicht zurück. Als er schließlich allein in einem Krankenbett zurückgelassen wurde, konnte er noch nicht einmal weinen. Die kochende Schlacke hatte selbst die Tränenkanäle vernichtet.

Besser, ich wäre gestorben!, dachte Elfarsson verbittert. Sekunden, Tage oder Jahre vergingen, bis eine freundliche männliche Stimme ganz in seiner Nähe erklang.

»Können Sie mich verstehen?«

Zunächst fiel es Elfarsson nicht ein, warum ihm die Stimme so bekannt vorkam. Aber dann verebbte urplötzlich seine Lethargie und er setzte er sich mit einem Ruck auf.

»Sind Sie ... sind Sie es wirklich?«

Ein tiefes, sympathisches Lachen erklang. »Ja. Ich habe von dem bedauerlichen Vorfall gehört und wollte es mir nicht nehmen lassen, persönlich nach Ihnen zu sehen. Die Leistungsvermerke in Ihrer Akte sind überragend! Und wer derart mustergültig seiner Nation dient, dem dient auch die Nation! Seien Sie völlig unbesorgt, was Ihren Gesundheitszustand angeht, Sie werden noch viele Jahre im Obitus-Werk zum Erhalt und Ausbau unserer Gesellschaft beitragen können.«

»Blind?«, entfuhr es Elfarsson zynisch. Ihm gefielen natürlich das Kompliment und die Bestätigung, dass sein Fleiß sogar auf höchster Ebene aufgefallen war. Aber was den letzten Teil anbelangte –

»Nehmen Sie die Binde ab«, verlangte sein Besucher sanft. Zuerst zögerte Elfarsson, schließlich wusste er ja bereits, zu welcher erneuten Enttäuschung und zu welchem inneren Schmerz das führen würde. Aber dann ging es ihm plötzlich nicht schnell genug und hektisch riss er den Stoffverband von seinem Kopf herunter.

Elfarsson blinzelte, einmal, zweimal, dreimal ... und blickte in das lächelnde Gesicht eines Mannes mit dunklem Vollbart und intelligenten grauen Augen.

»Wie ich bereits sagte, auf Sie warten noch viele verheißungsvolle Jahre. Mit einem synthetischen, aber einwandfrei funktionierendem Augenpaar.«

Elfarssons Lippen bebten und Tränen, von denen er gedacht hatte, dass er sie niemals mehr spüren würde, tropften seine Wangen hinab. Unter größter Anstrengung hievte er sich aus dem Bett. Er ignorierte die schwarz gekleideten Männer neben der Tür, die eilig vortreten wollten, auf ein Zeichen hin jedoch wieder zurückwichen. Er ignorierte auch die Tatsache, dass wohl eher ein äußerst begabter Medicop und ein herausragender Techniker für das ihm widerfahrene Wunder verantwortlich waren.

Elfarsson fiel auf die Knie, neigte den Kopf und hauchte ein ehrfurchtvolles »Danke« in Richtung jenes Mannes, den einige als Hosni Elcaer oder wohl eher Präsident Elcaer kennen mochten. In Wahrheit war er allerdings so viel mehr.

Er ist ein Gott!, dachte Elfarsson und verneigte sich erneut. Und in dieser Stellung verharrte er für eine sehr, sehr lange Zeit.

~ x ~

City VI, United Nation, Abteilung von Dr. jur. Eric Powell

Gerade noch rechtzeitig erreichte Aleah den grau gefliesten Waschraum in der Nähe ihres Schreibtischs, dann bahnte sich ihr Mageninhalt auch schon einen Weg nach oben. Sie würgte und würgte und würgte und erst als sie die letzten Überreste ihres ach so scheußlichen Frühstückbreis von sich gegeben hatte, ließ sie sich erschöpft neben der stählernen Toilettenschüssel nieder.

Er war tot. Leo Deforest, der angesehene IT-Spezialist, derjenige Mann, der ihr so oft eine Hilfe gewesen war und den sie beinahe sogar als Freund bezeichnet hätte – es gab ihn nicht mehr. Nie wieder würde sie ihn anrufen, nie wieder seine Stimme hören können.

Ohne von der Verbindung zwischen ihnen zu wissen, hatte Ste-Sheri ihr vor wenigen Minuten die Neuigkeit aufgeregt plappernd verkündet. Leo Deforest war vor wenigen Stunden an den Folgen eines unachtsamen Sturzes verstorben. Genickbruch, tja, da kam auch der sensationelle medizinische Fortschritt nicht gegen an.

Ste-Sheri hatte sorglos gelacht und gleichzeitig geseufzt, hatte immer weitererzählt und nicht gemerkt, welchen Schmerz er mit seinen Worten verursachte. »Du hast die Eilmeldung echt nicht gelesen, Aleah? Die Informationsabteilung des Magistrats hat doch sogar schon verkündet, dass bereits ein Nachfolger für Deforest gefunden wurde!«

Zweifellos jemand, der Insider-Informationen für sich behielt und auch sonst mit keinen Regeln der Gesellschaft brach. Ein dumpfes, quälendes Pochen erwachte hinter Aleahs Stirn und am liebsten wäre sie überhaupt nicht mehr an ihren Arbeitsplatz zurückgekehrt. Sie tat es schließlich nur deshalb, weil das Computersystem jede Abwesenheit akribisch verzeichnete und bei Auffälligkeiten sofort den entsprechend zuständigen Supervisor verständigte. Und ein Gespräch mit Eric über ihre physischen und psychischen Unzulänglichkeiten zu führen, das würde sie derzeit unmöglich überstehen.

Außerdem würde es ihr nichts bringen, sich in ihrem Quartier in S5T9 zu verkriechen. Ihr neues Zuhause war nicht dafür geschaffen worden, Zuversicht zu schenken. Oder Mut. Oder Glück. Oder Vertrauen.

Es war lediglich ein kaltes, steriles Zimmer, ausgestattet mit Bett, Tisch, Küchenzeile und einem einzelnen, nicht zu öffnendem Fenster, ergänzt durch ein winziges Bad und eine Eingangstür aus nahezu unzerstörbarem Stahl. Einmal verriegelt war eine Flucht völlig ausgeschlossen.

Sechs graue Uniformen warteten dort auf sie, im präzisen Abstand an eine Kleiderstange gehängt. Sechs Handtücher, akkurat gefaltet auf ein Board gelegt. Sechs Tassen fein säuberlich aufgereiht in einem Regal. Ihre Lieblingstasse mit dem Riss wartete nicht auf sie, der Service-Contractor hatte sie aussortiert.

Aleah starrte auf die Projektionen über der interaktiven Tischplatte, ohne wirklich etwas zu sehen. Mit aller Macht versuchte sie, den Gedanken zu verdrängen, dass sie sich auch morgen wieder verstellen musste. Und übermorgen. Und am Tag danach. Es gelang ihr nicht. Der schale Geschmack in ihrem Mund war selbst dann noch vorhanden, als das Büro sich langsam zu leeren begann und sie schließlich allein zurückblieb. Allein auf dem Stockwerk. Und allein in der Welt.

~ x ~

Irgendwo im Nirgendwo

Eisregen peitschte Celtan gnadenlos ins Gesicht und obwohl er drei Uniformen übereinander trug, waren seine Finger und Zehen bereits taub vor Kälte. Seit einer Ewigkeit wanderte er nun schon neben dem mit Stacheldraht bewehrten Elektrozaun her, in der Hoffnung, irgendwo eine Lücke zu entdecken, durch die er hindurchschlüpfen konnte. Doch das Einzige, was er in der schwachen Beleuchtung des vor Strom brummenden Zauns entdecken konnte, war ein karger und steiniger Boden, Schneewehen und hin und wieder ein größerer Felsbrocken oder Mauerruinen, hinter denen wohl irgendwann mal irgendjemand gelebt hatte.

Celtan hielt für einen Moment inne und atmete tief durch. Trotz des elenden Wetters und seiner aktuellen Misere fühlte er sich so gut wie schon lange nicht mehr. Er genoss es regelrecht, hier draußen in der Dunkelheit zu sein, fernab von jeglicher Zivilisation.

Ami, der auf seiner Schulter saß, war offenbar anderer Meinung. Er flatterte einmal kläglich mit den Flügeln und stieß einen leisen Krächzlaut aus.

»Ich weiß, du findest es absolut dämlich, sich selbst in die *Tote Zone* zu verbannen. Und ich wünschte fast, du wärst nicht mitgekommen ...« Vorsichtig kraulte Celtan das nasse Gefieder seines Freundes, der sich nun allerdings empört aufrichtete und mit dem Schnabel nach Celtans Hals pickte.

Celtan musste lachen. »He, ich sagte ›fast‹. Natürlich bin ich froh, dass du bei mir bist!«

Nach dieser Beteuerung beruhigte sich der Fledermausadler wieder. »Bist du so nett und hältst Ausschau, ob hier Patrouillen unterwegs sind?«

Kaum hatte Celtan seine Bitte ausgesprochen, breitete Ami auch schon die Schwingen aus und flog davon. Celtan nutzte die Wartezeit, um seinen Rucksack abzustellen und sich etwas auszuruhen. Er war seit mehr als vierundzwanzig Stunden auf den Beinen, wobei die ersten Stunden die schlimmsten gewesen waren.

Er konnte gar nicht mehr sagen, wie oft er bereits die Hände eines Gardisten im Rücken zu spüren geglaubt und gedacht hatte, jetzt wäre alles aus. Den Zeitpunkt seiner Flucht am frühen Abend des Vortages hatte er optimal geplant, denn tagsüber wäre seine Abwesenheit am Arbeitsplatz genauso rasch aufgefallen wie sein leeres Quartier in der Nacht. Aber dennoch mussten längst alle Bescheid wissen. Dafür war er inzwischen so weit von City XCIX entfernt, dass er überhaupt nicht mehr wusste, wo er sich befand. Wahrscheinlich war das auch nicht wichtig, wichtig war nur, dass die Soldatenpräsenz hier draußen deutlich geringer ausfiel als innerhalb der Stadt.

Nachdem sie die Außenbezirke hinter sich gelassen hatten, hatte Ami ihn nur zweimal mit einem warnenden Laut und hektischem Geflatter in eine andere Richtung gelenkt als jene, die Celtan ursprünglich hatte einschlagen wollen. Nicht mehr andauernd in Gefahr zu schweben, womöglich gleich an Ort und Stelle hingerichtet zu werden, hatte natürlich ihren Preis. Hier draußen gab es keine in unterirdischen Kanälen verlegten Heizspiralen, die für eine erträgliche Temperatur sorgten. Und bevor er den Zaun erreicht hatte, war er eine ganze Weile nur im Schein einer kleinen Taschenlampe durch die Finsternis gestolpert.

Immerhin werde ich nicht verdursten. Erfrieren ist da schon weitaus wahrscheinlicher ... Celtan hatte eine Wasserflasche aus seinem Rucksack gekramt und einen großen Schluck genommen. Jetzt versuchte er, möglichst viele Regentropfen einzufangen. Seine pragmatische Überlegung, wie er sterben könnte, hätte jemand anderen gewiss entsetzt, aber Celtan hatte schließlich genau gewusst, auf was er sich einließ. Falls es entgegen aller Wahrscheinlichkeit eine Zukunft für ihn geben sollte, so befand sich diese keinesfalls in City XCIX. Und auch in keiner anderen Stadt der United Nation.

Ein heller Schrei zerriss die Stille und Celtan schraubte die Flasche hastig zu, stopfte sie zurück in den Rucksack und schwang ihn wieder auf den Rücken. Angestrengt hielt er Ausschau, aber im trüben Licht erkannte er Ami erst, als dieser dicht vor ihm in die Tiefe flatterte.

»Hey, da bist du ja. Und, wie sieht's aus? Können wir weitergehen?« Der Fledermausadler flog nach rechts, dann nach links und dann einmal im Kreis um Celtan herum, bevor er sich auf seiner Schulter niederließ. Er stieß einen zweiten Schrei aus, den Celtan allerdings nicht zu deuten wusste, und verbarg den Kopf in seinem Gefieder.

»Aha. Vor, zurück, ist wohl alles gleich dämlich.« Belustigt tippte Celtan seinen Freund an, aber der hatte offenbar keine Lust mehr zu antworten.

Celtan entschied sich dafür weiterzumarschieren und es dauerte nicht lange, bis er durch den Regenschleier hindurch zwei trutzig wirkende, beleuchtete Türme auf einer Anhöhe erspähte. Offenbar konnte man dort den Elektrozaun passieren. Auch vereinzelte, ferne Rufe drangen nun an Celtans Ohren.

»Nicht im Ernst!«, murmelte er und wich rasch in die Dunkelheit zurück, um ja nicht gesehen zu werden. Celtan kauerte sich auf den Boden, machte sich so klein wie nur irgendwie möglich, und schluckte schwer. In der Nähe der Türme wimmelte es nur so von schattenhaften Gestalten, die die Gebäude betraten, sie wieder verließen oder still Wache standen. Sich dort hindurchzumogeln, war noch weitaus unrealistischer, als dass ihm plötzlich Flügel wachsen würden und er wie Ami einfach über den Zaun hinwegfliegen konnte.

Bislang hatte Celtan den Eindruck gehabt, mit der Hilfe eines gefiederten Spähers und etwas Glück wäre es durchaus machbar, alles hinter sich zu lassen. Die Sicherheitsvorkehrungen konzentrierten sich schließlich auf größere Gefahrenpotentiale als einen Todgeweihten wie ihn, der das Nichts gegenüber allen städtischen Annehmlichkeiten bevorzugte. Aber diese letzte Hürde, die zwischen ihm und der absoluten Freiheit lag, weckte unschöne Zweifel in Celtan. Würde er es etwa doch nicht schaffen, nachdem er jetzt schon so weit gekommen war?

Ami krächzte und wollte die Flügel ausbreiten, aber Celtan hielt seinen Freund hastig fest. Er wollte nicht, dass die Gardisten den Fledermausadler entdeckten und womöglich auf ihn schossen.

»Bleib bitte von diesen Türmen weg!«, flehte er inständig und entschlossen fügte er hinzu: »Wir werden einfach einen großen Bogen machen. Und dann wird sich uns schon noch eine Chance bieten. Dieser idiotische Zaun *muss* schließlich irgendwo enden!«

»Falsch. Er bildet ein gigantisches Rechteck.«

Als die helle Frauenstimme ganz in seiner Nähe erklang, sprang Celtan voller Panik auf. Sein Herz klopfte wie wild und er rechnete fest damit, gleich das Zischen eines Laserstrahls zu vernehmen. Und danach nie wieder etwas.

Stattdessen sprach die Frau weiter. »Ich habe dich gesucht. Meine Begleiter heißen Ysaak und Darian und ich bin Cam. Wir gehören zur Human Defence Organization. Wir müssen uns sputen, Orin und Saeva werden die Kerle dort drüben nicht mehr sonderlich lange ablenken können. Und ich fände es höchst bedauerlich, wenn sie unseren wunderschönen Hubschrauber mit ihren Boden-Luft-Raketen zerfetzen würden.«

Celtan hatte noch nie etwas von der genannten Organisation gehört und auch die restlichen Sätze verwirrte ihn mehr, als dass sie irgendetwas erklärten. Er starrte zum Zaun, dorthin, wo er den Ursprung der Stimme lokalisiert hatte, und richtig – drei schwache Schemen zeichneten sich hinter dem Gittergeflecht ab.

Ein lautes, dissonantes Heulen ertönte und Celtans Blick zuckte zurück zu den Türmen. Mehrere Objekte mit gefährlich aussehenden Feuerschweifen schossen in den Himmel und Ami, den er noch immer festhielt, gab ein verängstigtes Piepsen von sich.

»Daneben«, stellte eine männliche Stimme zufrieden fest, während Celtans Herz immer heftiger schlug. *Hubschrauber ... Raketen ... Wo war er da nur hineingeraten?*

Der Schreck und ein Gefühl von Unwirklichkeit verwandelten Celtans sonst so klare Gedanken in ein heilloses Durcheinander. Krampfhaft versuchte sein Verstand, etwas zu finden, das sich vielleicht eher begreifen ließ als das absurde Gefecht hoch über ihren Köpfen. Celtans Blick fiel erneut auf den Zaun und Zahlen blitzten vor seinem inneren Auge auf. Und ohne es zu wollen, schlüpfte ihm eine Bemerkung über die Lippen, die in dieser Situation nicht belangloser hätte sein können.

»Dieser Zaun kann unmöglich die gesamte Nation umgeben! Er müsste Tausende Kilometer lang sein. Tausende Kilometer, die mit Elektrizität versorgt werden müssten, obwohl die Energie immer knapp ist. Und –«

»Es sind sechzehntausend Kilometer, plus minus ein paar Meterchen«, unterbrach die Frau ihn unter dem einsetzenden Getöse weiterer startender Raketen. »Würde dir ja anbieten, es nachzumessen, aber wie gesagt, uns fehlt die Zeit. Achtung jetzt! Ysaak, leg endlich los!«

Celtan war es noch nicht einmal ansatzweise gelungen, sich auszumalen, welche Unmengen an Energie in dieser Einöde verschwendet wurden, während in der Vergangenheit mehr als ein Dutzend Standorte aufgrund von Ressourcenknappheit geschlossen worden waren. Da schepperte es und das Summen des Zauns schien sich für einen Moment zu verstärken, bevor es wieder schwächer wurde. Ein metallisches Knirschen ertönte und plötzlich tat sich eine kaum ein mal ein Meter große Öffnung im Zaun auf, durch die jemand den Kopf streckte.

»Auf, auf«, sagte ein Mann mit kurzen dunklen Haaren und buschigen Augenbrauen. »Sobald sich diese Mistkerle nicht mehr auf ihre Radaranzeigen konzentrieren, werden sie die Störungsmeldung für diesen Zaunabschnitt bemerken.«

Er bedeutete Celtan mit eindringlichem Winken, zu ihm zu kommen. Und schlagartig schwand das Chaos in Celtans Kopf. Zwar begriff er längst nicht alles, was hier vor sich ging, aber eines fühlte Celtan mit absoluter Gewissheit: Dies war die einzige Chance, die er erhalten würde.

Also gab er den Fledermausadler frei, der sich sofort in die Lüfte schwang, und spurtete los.

»Berühr ja nicht den Zaun, sonst wirst du gegrillt!«

Der Mann – Ysaak? – legte vorsorglich eine Hand auf Celtans Kopf, während er durch die Öffnung krabbelte. Mehrere Kabel spannten sich von der einen zur anderen Seite und Celtan bemühte sich, auch diese nicht zu berühren. Als er sich wieder aufrichtete, entdeckte er auf dem Boden das herausgetrennte Stück des Zaunes und diverses Werkzeug.

»Hattest du nicht gesagt, diese Überbrückungsverkabelung sollte eine Spannungsschwankung ausgleichen?«, fragte eine Frau, die dann wohl Cam sein musste. Sie hatte ihre Haare zu einem straffen Zopf geflochten und trug genau wie ihre Begleiter hochgeschnürte Stiefel, eine robust aussehende schwarze Hose und ein ebenfalls schwarzes, langärmliges Shirt sowie eine Schutzweste. Aufmerksam beobachtete Cam die Türme und das emsige Treiben der Gardisten, die rechte Hand auf den Phaser gelegt, der an ihrem Gürtel befestigt war.

Celtan gewann den Eindruck, dass sie ausgesprochen gut mit der Waffe umzugehen wusste.

»Ich sagte, diese Verkabelung sollte eine Spannungsschwankung *minimieren*! Und das hat sie auch. Weswegen die Störungsmeldung hoffentlich eine recht niedrige Priorität erhalten hat.« Ysaak bückte sich, um sein Werkzeug in eine Tasche zu packen, und erlaubte Celtan damit zum ersten Mal einen freien Blick auf die dritte Person der Runde. Darian war nicht sonderlich groß, besaß aber die gewaltigsten Muskelberge, die Celtan je an einem Menschen gesehen hatte. Er gaffte den Mann unweigerlich an.

»Lass das Zeug hier!«, beschied Cam derweil Ysaak knapp. »Wir hauen ab. Wegen eines bescheuerten Lasermetallschneiders will ich bestimmt nicht draufgehen.«

»Das ist mein Lieblingsmetallschneider«, protestierte Ysaak halbherzig, ergänzte dann aber seufzend: »Jawohl, Ma'am!«

Von Darian erhielt Celtan die wortlose Aufforderung, ihm zu folgen. Offenbar redete der Kerl nicht gerne, denn Celtan hatte noch keinen einzigen Kommentar von ihm vernommen. Zusammen liefen sie los, Ysaak direkt hinter ihnen und Cam bildete den Abschluss.

»Ihr ... ihr habt gesagt, ihr habt nach mir ... mir gesucht.« Celtan keuchte und musste sich gehörig anstrengen, um mit Darian Schritt halten zu können. »Wieso?«

Einerseits war es durchaus beruhigend, dass diese Leute und die Sicherheitsgarde nichts miteinander zu schaffen hatten. Die Dankbarkeit, die er für die unerwartete Hilfe empfand, konnte das flaue Gefühl in Celtans Magengegend allerdings nicht ganz vertreiben.

Ysaak, der genau wie Darian und Cam einen schwach grünlich leuchtenden Stab aus seiner Tasche gezogen hatte, schloss zu Celtan auf und wies auf einen Punkt in der Dunkelheit.

»Es ist nicht mehr weit«, erklärte er, ohne auf die eigentliche Frage einzugehen und ohne das halsbrecherische Tempo auch nur um einen einzigen Deut zu verringern. »Wenn du deinen komischen Vogel mitnehmen willst, solltest du ihn jetzt besser herbeipfeifen.«

Das flaue Gefühl in Celtans Magen verschlimmerte sich und obendrein gesellten sich Ärger und Frustration dazu. *Eine Erklärung wäre echt nett gewesen!* Trotzdem stieß Celtan zwischen zwei keuchenden Atemzügen einen kurzen Pfiff aus und wie aus dem Nichts plumpste ein nasses Federknäul auf seine Schultern herab, um es sich dort bequem zu machen.

»Faszinierend«, äußerte sich Cam dicht hinter ihnen. »Saeva, Orin, hört ihr mich? Wir sind gleich da. Und bringen ein paar ungebetene Gäste mit.«

Celtan hatte keine Ahnung, mit wem Cam da kommunizierte oder auf welche Weise. Doch ihre Worte veranlassten ihn, einen raschen Blick zurückzuwerfen. Und das, was er sah, ließ ihn mitten im Schritt stolpern. Scheinwerferlicht von mehreren Aircraft-Mobilen schnitt brutal durch die Dunkelheit und jetzt, da er darauf achtete, hörte er auch das bedrohlich lauter werdende Brummen der Fahrzeuge, welches sich in das Geprassel des Regens mischte.

Celtan stolperte ein zweites Mal und nur weil Darian ihn blitzschnell am Arm packte, stürzte er nicht der Länge nach hin.

»Sie kommen direkt auf uns zu!«, rief Celtan aufgewühlt.

»Ja, komisch.« Ysaak klang verdrossen, aber keineswegs so entsetzt, wie Celtan sich fühlte. »Bei dem Wetter und dem eisigen Boden sollten Infrarotsensoren versagen.«

Zu hören, was *eigentlich* der Fall sein sollte, half Celtan überhaupt nicht weiter.

»Keine Panik, der Abholservice ist schon da.« Cams Miene wirkte fast ein bisschen enttäuscht, aber das kam Celtan in dem schummrigen Licht bestimmt nur so vor. Er selbst hatte jedenfalls eine Gänsehaut am ganzen Körper und das gewiss nicht nur wegen der Kälte.

Er wollte noch etwas sagen, aber das Dröhnen von Rotorblättern unterband jeden Gesprächsversuch. Noch nie war Celtan so froh gewesen, schweigen zu müssen.

In nur wenigen Metern Entfernung setzte ein Hubschrauber auf dem steinigen Untergrund auf, die seitliche Schiebetür bereits weit geöffnet. Celtan wurde kurzerhand von Darian gepackt und ins Innere der rettenden Maschine verfrachtet. Und noch bevor er überhaupt richtig wusste, wie ihm geschah, waren Cam und Ysaak bereits hinter ihnen hineingeschlüpft.

Eine grinsende junge Frau mit pinkfarbenen Haaren warf die Tür zu und sagte etwas, das Celtan aufgrund des Lärms nicht verstand. Der Hubschrauber schoss in die Höhe und legte sich dann in einem beinahe Neunzig-Grad-Winkel in die Kurve.

Celtan, dem es noch nicht gelungen war, die an seinem Sitz angebrachten Gurte zu schließen, rutschte von seinem Platz und knallte mit der Schläfe schmerzhaft gegen eine metallische Halterung.

Ami löste sich von seiner Schulter und flatterte vollkommen verstört durch den Bauch des Hubschraubers. Federn stoben umher und ein Lichtblitz gleiste vor dem rechten Fenster auf. Die Druckwelle der detonierten Rakete schüttelte den Hubschrauber derart heftig durch, dass Celtans Nackenwirbel knackten. Blut tropfte ihm übers Gesicht und Horrorbilder breiteten sich in seinem Bewusstsein aus, wie sich diese gewaltigen Kräfte auf einen kleinen Vogelkörper auswirken mussten.

»Ami!«, brüllte Celtan, schier wahnsinnig vor Angst. »Komm her!«

Konnte der Fledermausadler überhaupt noch gehorchen oder hatte er seinen besten und einzigen Freund bereits für immer verloren? Als der Fledermausadler gegen seine Brust prallte, hätte Celtan beinahe vor Erleichterung geweint. Gerade noch rechtzeitig barg er Ami schützend in den Armen, da ruckte der Hubschrauber unbarmherzig nach links und ging in einen steilen Sturzflug über.

Celtan schrie unweigerlich auf, aber noch bevor er sich ernsthaft verletzten konnte, legten sich muskulöse Arme genauso schützend um ihn, wie er seinen gefiederten Freund barg. Hoch und runter ging es, nach rechts und nach links und Celtan verlor mehrmals das Gefühl, wo sich überhaupt Himmel und Boden befanden.

Raketenexplosionen und Laserstrahlen durchschnitten die ewig währende Dunkelheit, ausgesandt von Verfolgern und Verfolgten. Waffentechnik, Geschick und Reaktionsvermögen – wer in welchem Punkt nun wem überlegen war, konnte Celtan unmöglich bestimmen. Und wollte es auch gar nicht, er wollte nur eins: *Es soll endlich aufhören! Schluss, stopp damit!*

Fest kniff er die Augen zusammen. Und urplötzlich war es tatsächlich vorbei. Der Flug wurde ruhig und gleichmäßig.

Celtan wagte es noch nicht wieder zu blinzeln. Jemand hievte ihn auf einen Sitz und schloss die Gurte. Erst als an seinem Ohr herumgefummelt wurde, riss Celtan überrascht die Augen auf.

»Hey! Was soll das?« Abwehrend hob er die Hand und Darian, der neben ihm Platz genommen hatte und ihm offenbar gerade etwas in den Mund hatte schieben wollen, strafte ihn mit einem genervten Blick.

Ysaak, der sie von einem Sitz schräg gegenüber aus beobachtete, lachte. »Er tut dir nichts, sondern will nur den Palate-Sensor befestigen. Aber wenn du dich lieber nicht mit uns unterhalten möchtest ...«

Ysaak zuckte die Schultern und für einen Moment befühlte Celtan stirnrunzelnd das kleine Gerät, das jetzt in seinem Ohr steckte und dank dessen er Ysaaks Stimme klar und deutlich vernommen hatte. Die Sorge um Ami beanspruchte jedoch sogleich seine gesamte Aufmerksamkeit und vorsichtig tastete Celtan den Fledermausadler in seinem Schoß ab.

Ami plusterte sich kurz auf und wirkte ganz schön mitgenommen, verletzt schien er aber zum Glück nicht zu sein. Dankbar sackte Celtan gegen die Rückenlehne seines Sitzes. Erst jetzt wurde ihm bewusst, wie angespannt er bislang gewesen war. Er flüsterte seinem Freund liebevolle Worte zu, die dieser auch ohne jegliche Technik und trotz des immensen Fluglärms zu verstehen schien.

Als Celtan schließlich wieder aufblickte, stellte er fest, dass Darian immer noch darauf zu warten schien, dass er den Mund öffnete. Zögernd tat er es und gleich darauf klebte etwas an seinem Gaumen. Es fühlte sich nicht wirklich eklig an, aber durchaus gewöhnungsbedürftig.

»Was macht der Kopf?«, wollte Cam wissen, die bislang starr aus dem Fenster gesehen hatte.

Seine Schläfe pochte unangenehm, aber als Celtan mit dem Finger neben der Wunde entlangstrich, fühlte es sich eher wie eine fiese Schramme an als eine wirklich ernsthafte Verletzung. Er wollte Cam gerade antworten, als Darian, der die Verletzung wohl schon zuvor in Augenschein genommen hatte, bereits erklärte: »Ist nicht so tragisch.«

Es war das erste Mal, dass Celtan den Mann sprechen hörte, und im Gegensatz zu den anderen klang seine Stimme seltsam blechern. Verwundert blickte Celtan in die Runde, aber Cam nickte nur. »Und wie geht's deinem Arm, Darian?«

Darian hielt seinen linken Arm dicht am Körper, vermutlich hatte er sich einige schmerzhafte Prellungen zugezogen, als er Celtan gegen die heftigste Wucht des Fluges abgeschirmt hatte.

»Ist nicht so tragisch«, wiederholte Darian jedoch nur lapidar. Cam musterte ihn eindringlich – offenbar war sie nicht ganz von seiner Beteuerung überzeugt –, sah dann aber erneut nach draußen.

»Das war fast zu einfach«, murmelte sie und die Frau mit den pinken Haaren kicherte. »Orin, hast du das gehört? Wir müssen schleunigst umkehren und uns mindestens einen Rotor abschießen lassen. Verschafft uns einen deutlich dramatischeren Auftritt in der Basis …«

»Weiß nicht, was der Commander davon halten würde«, erwiderte eine fröhliche Männerstimme, gefolgt von einem verächtlichen Schnauben.

»Wir kehren keinesfalls zurück!«, stellte Cam klar und dieser Aussage konnte Celtan nur voll und ganz zustimmen. *Niemals wieder zurück.* Völlig erschöpft von den Aufregungen und Anstrengungen des letzten Tages, aber mit einem Lächeln auf den Lippen und dem vertrauten Gefühl von Federn und seidigem Fell unter seinen Fingern, döste Celtan ein.

Sieben

City Zero, United Nation, National Sculpture Garden

»Stimmt es, dass früher ein Drittel aller Lebensmittel einfach so verschwendet wurden? Und in vielen Ländern mehr als die Hälfte der Bevölkerung stark übergewichtig war, während in anderen Nationen fast jede Sekunde jemand vor Hunger sterben musste?«

»Wie bitte?« Neia, die Eloise bislang gedankenverloren durch den Skulpturengarten auf dem Dach eines der höchsten Hochhäuser von City Zero gefolgt war, hielt abrupt an.

Ihre Assistenzregentin errötete. »Ähm, das habe ich so gelesen, Magistratin Neia. Präsident Elcaer hat mir vor einigen Tagen den Zugang zu einem geschützten Bereich der Geschichtsarchive gewährt. Er sagte, du bist von der Vergangenheit fasziniert und würdest dich bestimmte gerne mit jemandem darüber unterhalten können …«

Eloise' Gesichtsausdruck nach zu urteilen, gab sie sich große Mühe, Begeisterung für die ihr erteilte Aufgabe zu empfinden, hatte aber nur mäßig Erfolg dabei.

»Wieso produziert man Nahrung, wenn sie dann doch nicht gegessen wird? Und wie kann es sein, dass die Rationen nicht gleichmäßig auf alle verteilt wurden? Ich könnte nie einen Proteinbrei löffeln, während mein Nebenmann verhungert!« Tiefe Entrüstung färbte Eloise' Wangen noch röter. »Ineffizient und unlogisch, früher war es wohl überall in der Welt so!«

Neia wusste nicht, was sie dazu sagen sollte. Was Eloise ihr erzählte, war in keinem ihrer Bücher verzeichnet gewesen. In den uralten Reiseführern, die sie neben dem Atlas mit den Notizen von Ásdís Partha besaß, wurden zwar viele verschiedene Länder beschrieben, allerdings ausschließlich deren Vorzüge. Die Schönheit von Stränden, Wäldern und Bergen wurde angepriesen, die Gastfreundschaft der Einheimischen, das vielfältige Essen. Von Hungernden und Sterbenden hatte dort nichts gestanden.

Auch in den gefühlvollen kleinen Gedichtbänden oder den sehr verwirrenden und nur noch teilweise lesbaren Auszügen der

United States Codes kamen solche Statistiken nicht vor. Und die vergleichsweise moderne Abhandlung über die Entstehung der United Nation beinhaltete zwar durchaus Texte über Tod, Krankheiten und auch Hungersnöte, aber dass in dieser dunklen Epoche irgendetwas Essbares vergeudet worden wäre konnte sich Neia beim besten Willen nicht vorstellen.

Ob mir wohl ebenfalls das Studium dieser Dateien gestatten wird, wenn ich darum bitte? Neias Niedergeschlagenheit und ihre Wut auf Elcaer hatte sich in den wenigen Stunden, seit sie aus dem Plenarsaal gestürmt war, kaum abgeschwächt. Aber jetzt kam ihr unwillkürlich der Gedanke, dass es sehr nett gewesen war, im Vorfeld zu ihrer Ankunft ihre Interessen herauszufinden und Eloise aufzutragen, sich damit zu befassen.

»Was hast du denn noch gelesen?«, erkundigte sie sich wissbegierig.

»Einen Bericht über Analphabeten. Das sind Menschen, die kaum schreiben oder lesen oder beides nicht konnten. Und es gab offenbar ziemlich viele von ihnen.«

Eloise' Stimme nahm einen skeptischen Tonfall an und Neia empfand ebenfalls Zweifel an der Glaubwürdigkeit dieses Berichts. Schließlich musste jedes Kind ab einem Alter von vier Jahren zur Schule gehen und derart grundlegende Dinge erlernen. Die Eignung für diverse Berufe fiel natürlich ganz unterschiedlich aus, nicht jeder konnte in jedem Bereich brillieren. Umfangreiche Tests sorgten jedoch für eine optimale Zuordnung, sodass aus jedem Heranwachsenden ein erstklassiger Arbeiter werden konnte.

»Welchen Tätigkeiten sind diese Analphabeten denn nachgegangen?« Neia fiel spontan kein einziger Beruf ein, bei dem man auf Schreib- und Lesekenntnisse unter Umständen verzichten konnte.

»Hm, ich weiß es nicht so genau. Ein Teil hat anscheinend gar nicht gearbeitet. Und der Rest hat schwere körperliche und sogar gesundheitsschädigende Arbeiten ausgeführt. Die Lebenserwartung von Analphabeten war nicht sonderlich hoch.«

Das Potential von einem großen Bevölkerungsanteil derart zu vergeuden, klang tatsächlich sehr unlogisch und ineffizient. Nachdenklich setzte sich Neia neben Eloise auf eine Bank. Direkt hinter ihnen befand sich die Skulptur eines Mannes, der den Zeigefinger auf die Lippen gelegt hatte. Als wollte er um Ruhe bitten oder darum, dass ein Geheimnis bewahrt wurde.

Neia fröstelte es plötzlich. Ihr war immer klar gewesen, dass es auch vor der Katastrophe Probleme gegeben hatte. Das Leben auf der Erde war niemals perfekt gewesen.

Aber vielleicht kann es das irgendwann einmal sein! Genau deswegen wollte sie ja unbedingt aus früheren Fehlern lernen, wollte das Optimum aus Vergangenheit und Zukunft miteinander vereinen.

Nun fühlte Neia allerdings eine nur schwer in Worte fassbare Traurigkeit in sich aufsteigen, denn die Defizite der Vergangenheit waren offenbar gravierender gewesen, als sie bislang angenommen hatte. Beinahe wünschte sie sich, ihre Assistenzregentin würde das Thema vorerst nicht weiter vertiefen. Doch Eloise sprach mit aufgerissenen Augen und betroffenem Tonfall weiter.

»Die Städte früher waren kein Ort der Sicherheit! Sie waren brutal und höchstgefährlich. Menschen wurden erstochen, erwürgt, erschossen. Und die Mörder gingen oft genug straffrei aus, selbst wenn ihre Verbrechen eindeutig nachweisbar waren. Kannst du dir das vorstellen?«

Neia wollte bereits den Kopf schütteln, als ein Schnauben ihren Blick auf die beiden Sicherheitsgardisten lenkte, die vor wenigen Minuten die Wachen auf dem Dach abgelöst hatten. Es handelte sich um einen Mann um die vierzig mit einem sorgfältig gestutzten Kinnbart sowie seinen jungen, vermutlich noch unter zwanzig Jahre alten Kollegen, der ungewöhnlich dunkle Haut und nachtschwarze Augen besaß. Seine Haare hatte er in einem lockeren Dutt am Hinterkopf befestigt, aus dem sich einige Strähnen gelöst hatten. Das ließ ihn irgendwie weniger bedrohlich erscheinen als die von eiserner Korrektheit gezeichneten Gardisten, denen Neia bislang in ihrem Leben begegnet war.

Irritiert krauste sie die Stirn – hatte dieser seltsame Gardist etwa gerade Eloise' Frage *bejaht*? Er konnte sich die Straffreiheit gewisser Mörder vorstellen?

Jetzt starrte er auf einen imaginären Punkt in der Ferne und seine Miene war völlig ausdruckslos. Wahrscheinlich hatte sie sich den zustimmenden Laut nur eingebildet. Neia seufzte leise und wandte ihre Aufmerksamkeit wieder ihrer Begleiterin zu. Eloise zählte weitere düstere Fakten über das 21. Jahrhundert auf, doch Neias Gedanken drifteten ab. Sie sah sich selbst, wie sie am frühen Morgen, noch vor der verhängnisvollen Sitzung, in einer Mischung aus Demut, Ergriffenheit und auch Stolz die rechte Hand hob.

Ich, Neia Webster, erkenne meine Zuweisung als Magistratin an und gelobe hiermit feierlich, dass ich unsere Nation nach besten Kräften erhalten, schützen und verteidigen werde …

Es war eine prunklose Zeremonie gewesen, die die Wichtigkeit des Ganzen nicht schmälerte, sondern Neias Meinung nach nur unterstrich. Nebst Stadtverwalterin Tory von City VI, die ihr den Eid abgenommen und ihr mit ernster Miene den für Regenten vorgesehenen weißen Anzug überreicht hatte, waren jene Magistrate anwesend gewesen, mit denen sie am engsten zusammenarbeiten würde. Und diese Zusammenarbeit würde offenkundig alles andere als angenehm –

»Scheiße!«, hallte es über das Dach und Neias Blick ruckte automatisch in Richtung des Mannes, der den Fluch ausgestoßen hatte. Es war der junge Gardist mit dem Dutt. »Wir sind aufgeflogen. Los jetzt!«

»Rube und Abbi sind noch nicht in Position«, wandte sein Kollege ein. »Sie –«

»Egal«, wurde ihm das Wort abgeschnitten und dann stürmten beide Männer auch schon mit großen Schritten vorwärts, genau auf die Bank zu, auf der Neia mit Eloise saß.

»Was soll das?« Verwirrt und empört starrte Eloise den älteren Gardisten an, der sie einfach am Arm packte und in die Höhe zog. Sie wehrte sich jedoch nicht.

Neias Herz klopfte bis zum Hals, als sie ebenfalls am Arm gepackt, auf die Füße gezogen und hastig in die entgegengesetzte Richtung des Skulpturengarten-Ausgangs und der Glasaufzüge gestoßen wurde. Trotz der spürbaren Macht, die dem Mann mit den nachtschwarzen Augen anhaftete, war Neia nicht gewillt, sich ohne jegliche Erklärung so herumschubsen zu lassen.

»Stopp!«, sagte sie so nachdrücklich wie sie nur konnte. »Ich möchte sofort wissen, was hier los ist.«

»Gefahr im Verzug«, lautete die knappe Antwort und Eloise sah sich daraufhin ängstlich um. Als würde gleich ein Dämon hinter einer der Skulpturen hervorpreschen und sie allesamt verschlingen.

Aber vielleicht sucht Eloise ja am falschen Ort nach Dämonen. Neia hatte ein ganz mieses Gefühl. Sie konnte nicht vergessen, was sie vor wenigen Sekunden gehört hatte. *»Wir sind aufgeflogen!«* – warum sollte das jemand sagen, der um ihre Sicherheit besorgt war?

Statt sich wie Eloise schutzsuchend näher an ihren Begleiter zu drängen, nutzte Neia jenen Augenblick, als der junge Gardist eine unscheinbare Tür in einem übermannsgroßen Onyxwürfel öffnete, welche sie selbst überhaupt nicht als Tür erkannt hatte. Zu perfekt schmiegte sich das silbrige Dekor der Tür in die restlichen Verzierungen auf dem schwarzen Stein ein.

»Hilfe!«, schrie Neia und rannte los. Zumindest wollte sie es, aber der Mann reagierte sofort und hatte sie bereits wieder gepackt, bevor sie zwei Schritte weit gekommen war.

»Lass den Blödsinn! Wir sind die Guten«, murmelte er und schob sie gewaltsam in die Dunkelheit hinter der Tür.

Sein Kollege folgte ihnen mit Eloise, die immer noch nicht zu begreifen schien. Doch als im nächsten Moment die Tür mit einem Knall hinter ihnen zuschlug und zeitgleich mehrere Taschenlampen aufleuchteten, war endgültig klar, dass Neias Gefühl sie nicht getrogen hatte. Denn in einem der Lichtkegel stand jemand auf dem staubigen Treppenabsatz, der nie und nimmer zur Sicherheitsgarde gehörte. Eine *Frau* mit rotblonden, schulterlangen Haaren. Der Kerl neben ihr trug zwar die Uniform der Garde, aber für einen elitären Kämpfer war er viel zu schlaksig.

Hektisch, aber auch grinsend tippte er auf einem Smartlet herum. »Wooho, sind die gut! Eure IDs hätten mindestens noch eine Viertelstunde jeder Überprüfung standhalten sollen, aber sie haben unsere Hacks bereits entdeckt. Ich kann keine erneuten Positionszuweisungen vornehmen und euch wird auch niemand mehr glauben, dass ihr als Unterstützung aus City LX abkommandiert worden und neu hier seid.«

Die Frau rollte mit den Augen. »Bitte etwas weniger Begeisterung für die Fähigkeiten deiner Techfreak-Gegenparts, Brendan!«

»Wenn er sich über so was nicht mehr freuen würde, müssten wir uns Sorgen machen, dass er krank ist.« Der ältere Mann mit dem Kinnbart hatte Eloise losgelassen und einen breiten Stahlriegel in die Vorrichtung an der Tür geschoben. Jetzt zwinkerte er dem Schlaksigen mit dem Smartlet zu und sah dann wieder ernst zur Frau hinüber. »Sonderlich lange wird das niemanden aufhalten.«

Auf Neia wirkte es nicht so, als könnte man die Tür noch ohne den stundenlangen Einsatz von Spezialwerkzeug von außen öffnen, aber sie kannte sich mit solchen Dingen auch wirklich nicht aus.

»Was wollt ihr von uns?« Mit weichen Knien schlich sie zu Eloise, die furchterfüllt bis zur Wand zurückgewichen war. Bestimmt hätte sie nie auch nur im Traum daran gedacht, dass ausgerechnet City Zero ebenfalls kein Ort der Sicherheit sein könnte, dass sie … Ja was? Erstochen, erwürgt und erschossen werden würden?

Dreh nicht durch! ermahnte Neia sich selbst. Angestrengt versuchte sie, die aufsteigende Hysterie in sich zu bekämpfen, was umso schwieriger wurde, als der dunkelhäutige Mann erneut nach ihrem Arm griff und sie und von Eloise wegzog.

»Von ihr wollen wir überhaupt nichts«, sagte er erstaunlich sanft. »Wir sind nur deinetwegen wegen hier.«

Worte, die Neia nicht im Mindesten als beruhigend empfand. Die rotblonde Frau machte ein Zeichen und Neia wandte gerade noch rechtzeitig den Blick, um zu sehen, wie der ältere Kerl Eloise auffing, die plötzlich leblos in sich zusammengesackt war. Er legte sie auf dem Boden ab, wie einen Gegenstand, der nicht mehr benötigt wurde. Ein stummer Vorwurf aus weitgeöffneten Augen traf Neia mitten ins Herz.

»Neeein!« Es war kaum mehr als ein tonloser Schrei, den sie zustande brachte. Ein surreales Rauschen erfüllte Neias Kopf und ihr wurde heiß und kalt zugleich. Sie kannte Eloise noch keine vierundzwanzig Stunden, doch insgeheim hatte sie bereits gehofft, dass sie eines Tages mehr verbinden würde als nur ihre Arbeit. Dass sie Freundinnen werden könnten.

Jemand sagte etwas und drängte sie im Licht der Taschenlampen auf die Treppe zu, aber Neia nahm nur am Rande wahr, wie sie mit Tränen in den Augen die Stufen hinabstolperte. Fremde Namen und Begriffe schwirrten durcheinander – *Brendan, Tobis, Kasdy, Thane, Phantom Fighter, Rube und Abbi*. Von der Human Defence Organization, den schlimmsten Terroristen, die es in diesen Dekaden gab, hatte Neia aufgrund ihrer Zuweisung natürlich schon gehört. Für einen Moment löste Verachtung und Wut den dumpfen Schmerz ab, der sich in ihrer Brust ausgebreitet hatte. »Mörder!«

Abrupt wurde sie herumgewirbelt. »Hast du nicht zugehört? Wir sind nicht die gewissenlosen Killer, die sich hier überall herumtreiben! Es ist mehr als wahrscheinlich, dass du eher früher als später gestorben wärst, wenn wir nicht aufgetaucht wären. Wir versuchen, dich zu retten!«

Die Stimme des jungen Rebellen klang so entschieden, als würde er tatsächlich glauben, was er da sagte. »Deine Freundin ist nicht tot. Sondern nur gelähmt. Für den Fall, dass du das auch nicht mitbekommen hast.«

Diese Ergänzung ließ Neia sämtliche Beleidigungen vergessen, die sie ihrem Gegenüber an den Kopf hatte werfen wollen. Eloise lebte?

»Weiter«, rief die rotblonde Frau, die sich als Kasdy vorgestellt hatte, zu ihnen hinauf. »Wir müssen von der Treppe weg, sonst wird's gleich unschön.«

Sofort wurde Neia weitergezerrt und durch eine Tür in ein Stockwerk gestoßen, in dem offenbar allerlei Kisten und verhangene Kunstwerke aufbewahrt wurden. Im letzten Moment, bevor sich die Tür schloss, meinte Neia, Rufe und schwere Stiefelschritte im Treppenhaus zu vernehmen.

Endlich schaltete sich wieder ihr gesunder Menschenverstand ein. Mit voller Wucht trat sie Thane auf den Fuß und krallte sich gleichzeitig an einem Regal fest. Zurück zur Treppe würde sie es niemals schaffen, das hatte bereits ihr erster Fluchtversuch bewiesen. Aber sie würde sich auch keinesfalls länger wie ein dummes Insekt durch die Gegend scheuchen lassen. »Wir sind hier!«, schrie sie, so laut sie konnte. »Schnell, sie –«

Eine Hand legte sich auf ihren Mund und unterbrach den Schrei.

»So viel zur Theorie, dass sie Elcaer nicht völlig hörig ist.« Tobis schnitt eine Grimasse.

»Blockier die Tür!«, befahl Kasdy, ohne auf das Gesagte einzugehen. »Und du«, sie bedachte Neia mit einem Blick aus gefährlich aufblitzenden Augen, »versuchst so einen Scheiß noch ein einziges Mal, dann bist du ebenfalls gelähmt! Verstanden?«

»Bei ihr können wir aber nicht riskieren –«, setzte Brendan an, aber ein Stoß von Kasdys Ellenbogen brachte ihn zum Verstummen.

Thane zog seine Hand zurück und als Neia zu ihm hochblickte, erklärte er ernst: »Mach lieber, was sie sagt.«

Völlig unpassend zu dem strengen Tonfall registrierte Neia ein winziges Zucken seiner Mundwinkel. Ein Zucken, das sich leicht zu einem verschmitzten Lächeln hätte ausweiten können und etwas unglaublich Sympathisches an sich hatte. Rasch blickte Neia in eine andere Richtung, die Lippen so fest aufeinandergepresst, dass sie einen schmalen Strich bildeten.

Während ihrer Ausbildung war sie eindringlich vor den Tricks der Terroristen gewarnt worden, wie sie sich Zuneigung, Mitgefühl und Verständnis zu erschleichen versuchten, bis man vergaß, auf welcher Seite man eigentlich stand.

Aber das wird mir niemals passieren! Sie musste lediglich auf die günstigste Gelegenheit warten, darauf, dass die Sicherheitsgarde dicht genug heran war, um einzugreifen. Dieser ganze Wirrwarr würde genauso schnell vorbei sein, wie er begonnen hatte, und dann würde sie sich wieder der Aufgabe zuwenden, für die sie bestimmt worden war.

Mit hocherhobenem Kopf marschierte Neia los, nachdem Thane ihr einen sachten Schubs versetzt hatte.

Brendan tippte erneut hektisch auf seinem Smartlet herum, Kasdy hatte die Taschenlampe gegen einen Phaser getauscht und auch Tobis, der einen wuchtigen Schrank vor die Tür geschoben hatte und ihnen nun rasch nachfolgte, hielt inzwischen eine Waffe in der Hand.

Als wenn ihnen das nützen würde. Neia verstand nicht, wie sich die vier überhaupt noch Hoffnungen machen konnten, aus dem Gebäude zu entkommen. Zwar schienen sie sich erstaunlich gut in dem Labyrinth aus Gängen zurechtzufinden, von denen Brendan anscheinend einen Plan auf seinem Gerät besaß. Dennoch war es nur eine Frage der Zeit, bis –

Neia zuckte zusammen, als ein ohrenbetäubendes Jaulen erklang.

»Keine Sorge, ist nur der Feueralarm«, raunte Thane ihr zu, wieder mit diesem amüsierten Zucken seiner Mundwinkel. Am liebsten hätte sie ihm eine geklatscht.

Er dirigierte sie in eine Nische neben der Tür zu einem weiteren Treppenhaus und wies durch das kleine Sichtfenster auf die vorbeihuschenden Schatten, die die Stufen hinabeilten. »Die Evakuierung hilft uns, dich in Sicherheit zu bringen.«

»Kapiert es endlich, ich muss nicht in Sicherheit gebracht werden!« Ein wütendes Fauchen begleitete Neias Worte. »Wenn ihr unbedingt jemanden retten wollt, dann rettet diejenigen, die darauf angewiesen sind!«

Thane schenkte ihr einen nachdenklichen Blick und Neia biss sich schleunigst auf die Zunge. Was redete sie denn da für einen Blödsinn? Warum musste sich ausgerechnet jetzt das Bild einer Horde unzähmbarer Kinder in ihre Gedanken schleichen, wo sie sich doch vollauf konzentrieren musste?

Kasdy, die sich mit Tobis rechts neben der Tür befand, linste über Brendans Schulter auf dessen Smartlet. »Okay«, murmelte sie angespannt. »Runter und dann dort entlang.«

Sie warf Neia einen warnenden Blick zu und riss die Tür auf. Gleich darauf befanden sie sich alle inmitten der ordentlich nach unten strebenden Reihen von Assistenten, Service-Contraktoren und vereinzelten Magistraten. Auch eine kleine Gruppe von Erbauern und Werkern, die man wohl zu irgendeiner Reparatur am Gebäude herbeigerufen hatte, war dabei. Aber niemand versuchte, die Terroristen aufzuhalten, im Gegenteil. Das kleinste Aufblitzen von Schwarz genügte und den vermeintlichen Gardisten und ihren beiden Begleiterinnen wurde bereitwillig Platz gemacht.

Neia fiel es schwer, nichts zu sagen und sich unauffällig zu verhalten, aber sie wollte auch keinesfalls ein Blutbad heraufbeschwören. Kasdy und Tobis hielten ihre Phaser nämlich lediglich zu Boden gesenkt, anstatt dass sie diese endlich wieder weggepackt hätten.

Fünf Etagen tiefer lotste Brendan sie in einen verwaisten Gang, bevor er an der nächsten Gabelung urplötzlich erstarrte. »O nein, nein, nein!« Er schüttelte wie ein Verrückter sein Smartlet, doch anscheinend nicht mit dem gewünschten Ergebnis. »Mist! Das war unfair. Ich hatte diese Backdoor gesichert und –«

»Rechts oder links?«, unterbrach Kasdy brüsk und zum ersten Mal sah Neia Hilflosigkeit und echte Besorgnis in Brendans Miene aufflammen.

»Ich habe keine Ahnung. Wir werden es nie bis zu unserem Notfalltreffpunkt mit Rube und Abbi schaffen, wenn ich keinen Zugriff mehr auf das staubverdammte Sicherheitssystem habe!« Er steckte sein Smartlet ein, sah nach rechts, dann nach links und zuckte ratlos mit den Schultern. »Wer weiß schon, welche Route diese Arschlöcher inzwischen eingeschlagen haben. Vermutlich rennen wir ihnen direkt in die Arme.«

»Umkehren geht aber auch nicht.« Fieberhaft starrte Kasdy zurück durch den Gang, den sie gerade entlangmarschiert waren. Noch war nichts von den Gardisten zu sehen, die sie bislang verfolgt hatten. Es konnte sich jedoch nur noch um Sekunden handeln, bis sie aufkreuzten.

Neia gestattete sich ein kleines zufriedenes Lächeln, während Tobis und Brendan mal die rechte, mal die linke Abzweigung fixierten und Kasdy etwas murmelte, was klang wie »Viam inveniemus ... Aber welchen Weg nur?«.

»Links!« Ohne ein Wort der Erklärung setzte sich Thane in Bewegung und zog Neia mit sich. Fluchend und mit gezückten Waffen folgte der Rest der Gruppe.

»Warum denn links?«, wollte Tobis wissen.

»Hm, weil links immer gut ist.«

»Thane, zur Hölle!«, setzte Kasdy an, sprach jedoch nicht zu Ende.

»Geben wir Rube ein Zeichen, wo sie uns finden können.« Scheinbar bestens gelaunt und vollkommen sorglos trat Thane auf eine breite Fensterfront zu.

»Bist du denn jetzt völlig übergeschnappt?« Brendan raufte sich die Haare. »Ein Kommunikationssignal auf diese Entfernung ist viel zu stark, das haben wir doch besprochen. Sie würden sofort geortet und eliminiert werden! Und wir ebenfalls.«

»Ich habe auch an ein direkteres Zeichen gedacht.« Thane zog seinen Phaser aus dem Holster an seinem Gürtel und Neia gelang es gerade noch, die Hände schützend vor den Kopf zu heben, bevor ein sirrender Energiestrahl die Glasfront traf. In Erwartung, von Myriaden kleinster Scherben aufgeschlitzt zu werden, keuchte Neia entsetzt auf und schloss die Augen. Ein Gedicht aus einem ihrer geheimen Bücher geriet ihr unvermittelt in den Sinn, von einer Frau namens Emily Dickinson, die schon seit Jahrhunderten nicht mehr existierte. »Der Tod ist ein Dialog zwischen dem Geiste und dem Staub ...«

Unwillkürlich sprach Neia die Worte aus, deren Wahrheitsgehalt sie jetzt wohl herausfinden würde. Doch es kam anders: Statt eines millionenfachen Klirrens vernahm Neia lediglich ein lautes Zischen. Sie blinzelte und seufzte, erleichtert und beschämt zugleich.

Wie blöd von mir! Natürlich waren die Fenster weder ex- noch implodiert. In City Zero bestanden sie schließlich allesamt aus einem speziellen Quarz, der in einem aufwendigen Verfahren mit synthetischem, thermoplastischem Kunststoff vermischt und so gegen Brüche geschützt wurde. Dieser Aspekt war einmal Thema in ihren Unterrichtsstunden gewesen, als sie sich mit der Bauweise und Sicherheit der Stadt befassten. Sie hatte es nur wieder vergessen.

Der Strahl von Thanes Phasers hinterließ eine harmlose, oberflächliche Korrosionsspur. Hätte Thane mit seiner Waffe länger auf die gleiche Stelle gezielt, wäre das Material dort durchaus geschmolzen, aber das tat er keineswegs. Er ...

Neia runzelte überrascht die Stirn. Ja, es war ganz sicher ein Symbol, das er da auf der Glasfront erschuf. Zwei sich berührende Linien und mehrere Punkte. Dank der Innenbeleuchtung musste dieses Zeichen für alle, die draußen in der Dunkelheit harrten, weithin sichtbar sein.

»Genial!« Brendan stieß einen anerkennenden Pfiff aus, während Tobis und Kasdy den Gang nach wie vor in beide Richtungen absicherten.

»Sie kommen«, rief Kasdy, die den rückwärtigen Teil im Blick behalten hatte. Sie feuerte zwei- oder dreimal ihren Phaser ab und stürmte dann los. »Weg hier!«

»Bin schon fertig.« Thane drehte sich schwungvoll um und rannte auf Tobis zu. Neia, dieses Mal mit Brendan als Aufpasser an ihrer Seite, blieb nichts anderes übrig, als ihnen zu folgen.

»Stehen bleiben!«, ertönte es hinter ihnen und ein Phaserstrahl schoss so dicht an Neias Gesicht vorüber, dass die Hitze ihre Wange versenkte.

»Au!« Schmerzerfüllt hob Neia die Hand, doch noch bevor sie die Verbrennung befühlen konnte, stieß Brendan sie grob gegen eine Wand. Für einen Augenblick blieb Neia schier die Luft weg. Ihre Augen weiteten sich vor Schock, als Brendan sie packte und weiterzerrte und sie anhand eines verkohlten Flecks erkannte, wie gefährlich nahe ihr ein zweiter Phaserstrahl gekommen war.

»Wohin schießen die denn?« Neia konnte es nicht fassen. Warum begann die Sicherheitsgarde ein solch riskantes Feuergefecht? Vernünftiger wäre es doch, die Rebellen weiter einzukreisen und dann in Ruhe auszuschalten, *ohne* dass sie selbst in die Schusslinie geriet.

»Oh, die wissen ganz genau, worauf sie zielen!« Mit grimmigen Mienen waren Kasdy und Thane herumgewirbelt. Sie ließen sich auf die Knie fallen und feuerten zurück.

»Ich ... ich verstehe nicht ...« Ein schaler Geschmack breitete sich in Neias Mund aus und sie spürte einen furchterfüllten Schauder. Phaserstrahlen zuckten hin und her, trafen eins der Deckenlichter und lösten einen Funkenregen aus. Brendan drängte sie unbarmherzig in geduckter Haltung weiter und Tobis stieß eine ganze Reihe obszöner Flüche aus.

Was Neia am meisten verstörte, war aber, dass sie tief in ihrem Innersten sehr wohl begriff. Die Mitglieder der Sicherheitsgarde waren viel zu gut ausgebildet, um jemanden versehentlich zu erschießen. Sie mussten sie für eine Kollaborateurin halten oder zumindest waren sie der Meinung, dass eine tote Magistratin unter den gegebenen Umständen durchaus akzeptabel war. Eine lebende in den Händen der Human Defence Organization allerdings nicht.

Das Bild, das sich Neia von ihrer Zukunft ausgemalt hatte, zerbrach. All ihre Hoffnungen, etwas bewegen zu können, zerstoben und nur dieser schale Geschmack in ihrem Mund blieb ihr erhalten.

Die nächsten Minuten glichen für Neia einem sinnlosen Mosaik aus einzelnen Eindrücken. Eine wilde Jagd durch das Gebäude, Brendan, Tobis, Kasdy und Thane, die abwechselnd vor und hinter ihr auftauchten und sie abzuschirmen versuchten, bellende Kommandorufe der Gardisten und knappe Wortwechsel zwischen den Rebellen.

Sie fühlte sich, als würde sie neben sich stehen, als wäre sie lediglich eine Beobachterin in einem besonders perfiden Augmented-Virtual-Reality-Szenario. Dieses Gefühl änderte sich auch dann nicht, als ihre Gruppe mehr und mehr in die Enge getrieben wurde und sie sich schließlich in einer Ecke des Stockwerks zwischen diversen hastig umgeworfenen Schreibtischen und Aktenschränken verschanzten.

Eine Hand legte sich in Neias Nacken, drückte sie zu Boden. Und plötzlich erbebte das gesamte Gebäude unter einem heftigen Donnern. Der Krach war unbeschreiblich, lauter als alles, was Neia bislang in ihrem Leben gehört hatte, und ein misstönendes Klingeln in ihren Ohren setzte ein. Gleichzeitig regneten Staub und kleinere Bruchstücke der Decke auf sie herab und nahezu alle Lichter erloschen.

Neia schrie panisch auf, musste husten und würgen und es kam ihr vor, als würde sie mit einem schmerzhaften Ruck zurück in ihren Körper befördert. Kein bisschen mehr distanziert starrte sie auf das riesige Loch in der Wand, kaum eine Handvoll Schritte entfernt.

»Na bitte. Das richtige Timing ist doch alles!« Thane, der direkt neben ihr am Boden kniete und es offenbar genoss, wie der hereinbrausende Wind mit seinen Haaren spielte, grinste nun ganz offen. Und wie befürchtet wirkte er dadurch verflixt sympathisch.

Rasch starrte Neia auf die kleine, blutende Wunde an ihrer Hand, die sie einem Trümmerstück zu verdanken hatte, und dann wieder durch das klaffende Loch hinaus in die Dunkelheit. *Verrückt, das alles ist einfach nur verrückt!*

»Abbi und Rube haben sich hoffentlich vergewissert, dass die Statik das mitmacht, *bevor* sie die Rakete abgefeuert haben!« Kasdy spuckte aus und wischte sich über das verdreckte Gesicht, wodurch sie den Schmutz allerdings nur noch weiter verteilte. »Egal, ich will die Antwort gar nicht wissen.«

Sie half Tobis, Brendan unter einem Aktenschrank hervorzuziehen, der ihn bei der Erschütterung zur Hälfte unter sich begraben hatte. Brendan betastete fluchend seine Beine und verzog einmal kurz das Gesicht, rappelte sich anschließend aber sofort wieder auf.

Neias Blick fiel auf zwei Gardisten den Gang hinunter, die nicht so viel Glück gehabt hatten. Die Wucht der Explosion hatte sie voll getroffen. Im Schein der einzelnen Lampe, die dort noch brannte, sahen die beiden Männer so aus, als wären sie von einem riesigen Hammer bearbeitet worden. Blut färbte den einstmals weißen Boden in ein hässliches Dunkelrot und Neia musste erneut würgen.

»Sieh nicht hin«, sagte Thane leise und berührte behutsam ihren Arm. »Wir müssen jetzt springen.« Er zog sie ohne weitere Erklärung hoch.

»Springen?« Neia starrte fassungslos durch die nicht mehr vorhandene Wand. Mit einem lauter werdenden Flappen senkte sich ein schwarzgrauer Hubschrauber zügig und zugleich vorsichtig hinab, bis sich die offen stehende Schiebetür knapp unterhalb ihrer Position befand. Insgesamt betrug der Abstand kaum drei Meter, wahrscheinlich sogar weniger. Aber der gewaltige Abgrund, der unter dem Hubschrauber lauerte …

Ein Schwindelgefühl ließ Neias Knie weich werden. Sie befanden sich schließlich immer noch im neununddreißigsten Stockwerk.

»Schnell! Wir wurden bereits geortet.« Eine Frau mit einer stacheligen Kurzhaarfrisur schrie und winkte hektisch aus dem Bauch des Hubschraubers.

»Was für ein Spaß!« Tobis feixte, nahm Anlauf und sprang problemlos in den Hubschrauber hinüber. Brendan wirkte nicht ganz so begeistert und als Kasdy besorgt auf seine stellenweise rot verfärbte Hose deutete, brummte er: »Passt schon. Aber springt ihr zuerst.«

Kasdy tauschte einen Blick mit Thane, den Neia nicht zu deuten wusste, dann nickte sie. Anmutig wie ein Vogel überwand sie den Abgrund und wurde von Tobis und der fremden Frau sicher innerhalb des Hubschraubers in Empfang genommen.

»Jetzt du!« Thane zog Neia ein Stück zurück und bedeutete ihr Anlauf zu nehmen. Sie schüttelte wild den Kopf.

»Nein, ich werde auf keinen Fall –«

Der Rest ihres Satzes wurde durch einen lauten Schrei unterbrochen. Brendan riss seinen Phaser hoch und feuerte den Gang hinunter. »Trollt euch! Wir kriegen schon wieder unliebsame Gesellschaft! Ich gebe euch Deckung.«

Neia wollte sich schon alarmiert umdrehen, doch Thane ließ ihr keine Gelegenheit dazu. Er starrte flüchtig zum Helikopter, als wolle er abschätzen, ob er jemanden gegen seinen Willen an Bord würde verfrachten können. Anschließend packte er fest ihre Hand.

»Du musst springen!«, beschwor er Neia. »Wir tun das zusammen.« Und dann ergänzte er etwas, das sie nie und nimmer aus dem Mund eines Terroristen zu hören geglaubt hätte.

»*Death is a dialogue between the spirit and the dust.* ›*Dissolve,*‹ *says Death. The Spirit,* ›*Sir, I have another trust.*‹«

Woher kannte Thane dieses Gedicht, dessen Anfang sie selbst vor Kurzem gemurmelt hatte? Neia wusste nicht mehr, was sie fühlen, denken oder tun sollte. Wäre den Gardisten, deren Phaserstrahlen den Gang inzwischen wie ein Gewitter erhellten, der Name Emily Dickinson ein Begriff? Irgendwie zweifelte sie daran.

»Trust«, wiederholte Thane und der Druck seiner Finger verstärkte sich. »Vertrauen.«

Er rannte los und – Neia rannte mit. Ihre Füße glitten wie von alleine über die Kante des Gebäudes, sie schwebte in der Luft, spürte den Sog der Tiefe. Und plötzlich war da Metall unter ihren Füßen, Hände packten ihre Arme und hielten sie fest.

»Brendan«, brüllte Kasdy. »Beweg endlich deinen verdammten Hintern und –«

Ein roter Strahl schoss aus dem Loch in der Gebäudewand und traf das Heck des Hubschraubers. Bevor ein zweiter folgen konnte, kippte die Maschine zur Seite weg.

Neia schrie auf, doch Thane und die anderen waren es offenbar gewöhnt, beschossen und aus dem Gleichgewicht gebracht zu werden. Niemand außer ihr sagte etwas oder zumindest nicht so laut, als dass sie es bei all dem Lärm verstanden hätte. Und egal wie heftig der Hubschrauber auch schwankte, sie wurde immer noch festgehalten.

Als sie wieder in die Horizontale zurückkippten, schloss Kasdy mit einem lauten Rumsen die Tür. Nur Sekunden später saß Neia eingekeilt zwischen Thane und Tobis auf einem Sitz und die ihr angelegten Gurte strafften sich, als der Hubschrauber erneut in Schräglage geriet. Durch ein Fenster konnte Neia das Dach eines Hochhauses erkennen, das so nah wirkte, als müsste sie nur die Finger ausstrecken und könnte es berühren. *Was für ein Wahnsinn!* Welcher Pilot manövrierte auf solch riskante Weise durch Gebäudeschluchten?

Neias Gedanken stoppten abrupt, als ihr Blick auf Kasdys versteinerte Miene fiel. Und auf Tobis, der genauso aussah. Und Thane, dessen Mundwinkel keinerlei Belustigung mehr verrieten. Erst da wurde Neia eines wirklich bewusst: Sie befand sich nun vollkommen alleine inmitten von Rebellen. Und Brendan war nicht mehr bei ihnen.

Acht

City VI, United Nation, Main Street

»Zhou? Wiederholen!« Ethan kauerte innerhalb eines bogenförmigen Durchgangs und ballte die Faust, bevor er die Finger langsam wieder lockerte. Er hatte gehofft, er und sein Team könnten Aleah auf dem Weg von ihrer Arbeitsstätte zu ihrem Quartier in S5T9 abfangen, aber ganz so einfach würde es wohl nicht werden.

Zhou wartete noch einen kurzen Moment, bevor er aus seinem Versteck trat und in Ethans Richtung nickte. »Ich bin mir sicher. Sie wird beschattet.«

»Na super«, beschwerte sich Antoin, der sich zusammen mit Sirah eine Straße weiter postiert hatte. »Ja, jetzt sehen wir ihn auch. Wirkt leider nicht wie ein unerfahrenes Bürschchen, das nur zur Übung auf sie angesetzt wurde. Wir hängen uns jetzt an die beiden dran. So ein Mist!«

Sirah, die junge Technikspezialistin ihres Trupps, äußerte sich nicht zu Wort, aber Ethan hörte über den Kommunikator ein eindeutig verdrossenes Seufzen von ihr.

»Sollen wir abbrechen?«, erkundigte sich Zhou. »Wer weiß, wie die Kleine sonst noch überwacht wird. Wir gehen ein verflucht hohes Risiko ein!«

»Negativ«, erwiderte Ethan sofort. »Wir brechen nicht ab.« Es war schwierig genug gewesen, Aleah und die anderen drei, an denen Montcroix so unglaublich interessiert war, aufzustöbern. Dass es ihnen überhaupt gelungen war, hatten sie nur einem langjährigen Informanten innerhalb der United Nation zu verdanken. Einem Informanten, der nun tot war, darüber waren sie noch während des Flugs unterrichtet worden. Und ob da ein Zusammenhang mit ihrer aktuellen Mission bestand oder nicht – auf natürliche Weise war der Mann keinesfalls gestorben.

Ethan verdrängte die Wut, die sich seiner bemächtigen wollte, und konzentrierte sich darauf, in Gedanken noch einmal alles durchzugehen, was er über Aleah in Erfahrung hatte bringen können. »Wie hat sie gewirkt, Zhou? Zufrieden? Neutral? Traurig? Du hast sie doch frontal gesehen und ein Blick in ihr Gesicht werfen können, oder?«

»Ähm, ja. Bin mir aber unschlüssig, ihre Miene war irgendwie … leer.«

Leer … Ethan überlegte noch einmal kurz, dann war seine Entscheidung gefallen. »Antoin, Sirah, ihr kümmert euch um ihren Beschatter und verschafft mir einen Vorsprung. Zhou, du hältst Ausschau, ob sich noch jemand in der Nähe herumtreibt. Ich werde Aleah abfangen. Wir treffen uns dann alle am Punkt Noire. Denkt daran, Cazé und Jacquine werden uns …«, er sah auf seine Uhr, »in genau vierundvierzig Minuten abholen. Verstanden?«

»Verstanden«, ertönte ein dreistimmiges Echo. Im Vorfeld hatten sie mehrere Orte vereinbart, die Cazé und Jacquine nacheinander anfliegen sollten. Punkt Jaune, Grise, Marron und eben Noire. Einen von diesen Punkten mussten sie zum passenden Zeitpunkt erreichen, ansonsten würde der Phantom Fighter ohne sie zur Basis zurückkehren und man würde die Mission als gescheitert erachten.

Und uns als tot! Ethan schüttelte den unerfreulichen Gedanken ab und marschierte los. Zhou begleitete ihn ein Stück, bevor sich ihre Wege wieder trennten. »Punkt Noire?«, erkundigte er sich im Weggehen. »Warum sollte sie ausgerechnet dorthin unterwegs sein und nicht in eine andere Richtung?«

»Es gibt nichts anderes für sie.« Keinen Jemand, keinen Ort, kein irgendetwas. *Noch nicht.* Ethan durchbohrte die ewigwährende Nacht mit einem scharfen Blick und schritt schneller voran.

~ X ~

In den Ruinen von City CXIII, United Nation

»Eine Minute noch«, bestimmte Lieutenant Wilson, ohne den Blick von seinem Ziel zu nehmen. »Pax, für dich noch fünfzig Sekunden.«

»Ich kann es immer noch nicht fassen, dass wir das wirklich tun. Oder besser gesagt, es *nicht* tun!«, murrte Paxton, Spitzname »Pax«. Er war einer der besten Schützen des Teams und kniete auf dem Dach eines flachen Gebäudes in knapp zweihundert Metern Entfernung, um ihrem Trupp Feuerdeckung zu geben. Die Palate-In-Ear-Kommunikationsvorrichtung, derer sie sich bedienten, modulierte Pax' Verdruss über ihr Vorhaben in einem Maße, dass Wilson förmlich ein Grollen in seinem Innenohr zu spüren glaubte.

»Klappe und Konzentration!«, schnauzte er Pax an, während sich Liu und Elian, zwei ausgezeichnete Nahkämpfer, wohlweislich enthielten. Sie hatten ihre Verstecke so gewählt, dass sie mit ihm zusammen eine Dreiecksposition bildeten. Was ihnen hoffentlich die günstigsten Voraussetzungen dafür verschaffte, in wenigen Augenblicken und vor allen Dingen *in einem Stück* zu Ceila und dem Phantom Fighter zurückzukehren, den die erfahrene Pilotin innerhalb von Sekunden in die Luft zu bringen vermochte.

Natürlich sollte der Hubschrauber erst starten, nachdem sie den brüllenden und wie wild um sich schießenden Bengel an Bord verfrachtet hatten, auf den Montcroix so scharf war. Mit verengten Augen beobachtete Wilson, wie Jase erneut auf die Gebäudewand hinter seinem Vater zielte und der zischende Phaserstrahl weitere Bruchstücke löste, die sich polternd zu den Trümmern am Boden gesellten. Am Grad der Verwüstung des Gebäudes bemessen, musste er dieses Spielchen schon eine geraume Weile betreiben.

»Du hast sie mir genommen! Alle, die mir wichtig waren!«

Captain James L. Guerrez, dessen Portrait sich jeder Angehörige des Human Defence Militärs tief eingeprägt hatte und der schuld war an Pax' schlechter Laune – und Wilsons eigener, wie er ehrlicherweise zugeben musste –, ertrug Jase' Geschrei und Gebaren mit einem geradezu beneidenswerten Stoizismus. *Atmet der Kerl überhaupt?* Wilson konnte keine Regung an Guerrez erkennen, noch nicht mal ein Heben oder Senken von dessen Brustkorb. *Womöglich müssen Massenmörder ja nicht atmen …*

Der Commander hatte bei der Missionsplanung mehrfach darauf hingewiesen, dass es durchaus zu Zusammenstößen mit hohen Tieren der United Nation kommen könnte und die Befehle waren klar und deutlich formuliert: Die Top-Feinde ignorieren. Sie nicht ausschalten. Bei diesem Einsatz waren ausschließlich die vier Zielpersonen von Belang.

Ich glaub, ich werd zu alt für diesen Scheiß! Wilson war zwar erst Mitte dreißig, doch je unbeherrschter Jase fluchte und sich aufführte, desto älter kam er sich im Vergleich mit dem Jungen vor.

»Ich hasse dich! Ich hasse dich! Ich hasse dich!«

Stumm zählte Wilson die Zahlen des von ihm vorgegeben Countdowns zu Ende und fragte sich dabei, was Guerrez wohl getan hatte, damit sein eigener Sohn dermaßen stinksauer auf ihn war. Das lenkte ihn immerhin vom Jucken in seinen Fingern ab, Guerrez doch noch den von Pax vorgeschlagenen Kopfschuss zu verpassen. Einen Schuss, den Jase leider trotz seines immensen Zornes nicht zustande brachte.

Nicht leider!, schalt sich Wilson in Gedanken selbst. Guerrez trug mit an Sicherheit grenzender Wahrscheinlichkeit ein VPS – ein Vitalwertüberwachungssystem. Und obwohl sich derzeit nur drei seiner Männer in unmittelbarer Nähe herumtrieben, so hatten sie sich an weitaus mehr von diesen Bastarden vorbeischleichen müssen. Der vom VPS gemeldete Tod ihres Anführers würde Dutzende Gardisten auf den Plan rufen und alle Mühe, Jase ausfindig zu machen, wäre umsonst gewesen. Vermutlich würden sie es gar nicht erst zurück zum Phantom Fighter schaffen, aber selbst wenn, würde die Sicherheitsgarde ihnen jeden verdammten Kampfhubschrauber aus ihrem Arsenal hinterherjagen. Und Hunderten vor Rachedurst wahnsinnigen Verfolgern zu entkommen, das wäre auch für Ceila ein Ding der Unmöglichkeit.

Dem Commander hatte es ebenfalls nicht gefallen, ihnen aufzutragen, eine womöglich einzigartige Gelegenheit ungenutzt verstreichen zu lassen. Wilson kannte Ethan gut genug, um das zu wissen. Und dabei hatte bei den Vorbesprechungen noch niemand geahnt, *wie* sehr sich einer ihrer schlimmsten Gegner tatsächlich auf dem Silbertablett präsentieren würde. Aber im Endeffekt änderte das auch nichts an der Situation.

»Los!«, kommandierte Wilson energisch und leerte seinen Geist von allen belastenden Was-wäre-wenn-Überlegungen. Er schlich vorsichtig los, den Injektor mit dem Neurotoxin, den der Commander für jedes Teammitglied organisiert hatte, fest in der

Hand haltend. Das Nervengift sorgte innerhalb von Sekundenbruchteilen für eine Lähmung des gesamten Körpers bei gleichbleibenden Vitalwerten, wodurch weder ein VPS noch das Opfer selbst einen Alarm auslösen konnten.

So weit die Theorie. In der Praxis war es allerdings so, dass einer von hundert Organismen nicht besonders positiv auf die Vergiftung reagierte und es nach einigen Minuten zu einem heftigen Krampf der gesamten Muskulatur kam, der schlussendlich zu einem unbeabsichtigten Tod führte. Das Neurotoxin einzusetzen, war also lediglich eine Notfalloption, doch Wilson blieb keine Wahl. Sie mussten endlich aus der Stadt verschwinden.

Blieb zu hoffen, dass in den nächsten Minuten niemand starb. Oder dass der Tod eines einfachen Gardisten wenigstens nicht die gleichen verheerenden Folgen auslösen würde wie in Guerrez Fall. Denn sollten sie am heutigen Tag tatsächlich abtreten müssen, obwohl sie darauf verzichtet hatten, diesen Arschlochanführer ins Jenseits zu befördern, dann wäre Wilson wirklich angepisst!

Geduckt machte er noch einige behutsame Schritte, bevor er blitzschnell aus seiner letztmöglichen Deckung hervorbrach und auf den am nächsten zu ihm befindlichen Gardisten zuhielt. Genauer gesagt jagte Wilson auf den Schatten zu, den sie hin und wieder erspäht hatten und von dem er doch sehr stark vermutete, dass es sich um einen von Guerrez' Leuten handelte. Der Kerl war leider so schlau gewesen, sich im Torbogen eines immer noch qualmenden Gebäudes zu verbergen, sodass sie ihn kaum erkennen konnten und erst recht kein freies Schussfeld auf ihn hatten. Pax hätte wohl dennoch versucht, ihn mit einem Neurotoxinpfeil oder einem Laserstrahl zu erwischen, aber Wilson setzte statt auf schieres Glück lieber auf einen erfolgversprechenderen Überraschungsangriff aus nächster Nähe.

Blöderweise hatte er noch nicht einmal ganz die Hälfte der Strecke überwunden, die er auf völlig offenem Gelände zurücklegen musste, als die schwarz vermummte Gestalt um den Stützpfeiler des Torbogens herumwirbelte und mit dem Phaser auf ihn zielte.

Das Gehör und die Intuition dieser Typen gehören echt verboten! Wilson hechtete zur Seite, bevor ein hochenergetischer Laserstrahl genau dort durch die Luft schnitt, wo sich soeben noch sein Oberkörper befunden hatte. Er musste noch zwei weitere Haken schlagen, dann war er endlich nah genug heran, um sich mit seinem gesamten Gewicht auf den Gardisten werfen zu können. Zusammen gingen sie zu Boden und Wilson versuchte, den Injektor zum Einsatz zu bringen. Er verlor ihn jedoch, als sein Gegner sich heftig aufbäumte. Wilson kassierte einen schmerzhaften Tritt gegen das linke Knie, aber dafür gelang es ihm im nachfolgenden Gerangel wenigstens, dem Mann den Phaser aus der Hand zu schlagen.

Da die Dinger in der Regel einen Fingerabdrucksensor besaßen und Wilson die Waffe deswegen nichts nutzte, kickte er sie rasch außer Reichweite, bevor er sich herumrollte und wieder aufsprang. Diese kurze Zeitspanne der Abgelenktheit nutzte der Gardist, um ebenfalls wieder auf die Beine zu gelangen und Wilson einen kräftigen Faustschlag in die Nierengegend zu verpassen.

»Umpf.« Vor Schmerz schnappte Wilson nach Luft und bereute es im gleichen Augenblick, da er mehr Rauch in die Lungen bekam als frischen Sauerstoff. Er zwang sich trotzdem dazu, sich zu ducken, eine Finte nach rechts anzutäuschen und dann zu einem Roundhouse-Kick mit einem direkt nachfolgenden Aufwärtshaken auszuholen. Er traf das Kinn des Gardisten, der benommen zurückzuckte.

Auf diese Chance hatte Wilson gewartet. Ohne dem Kerl die Gelegenheit zu geben, sich wieder zu sammeln, beförderte er ihn mit einem Fußhebel erneut zu Boden. Er sprang auf ihn, rammte ihm das Knie in den Rücken und hielt ihn unter Aufbietung all seiner Kräfte unter sich fest. Wilson zog den Ersatzinjektor aus der hinteren Tasche seiner Kampfmontur und presste ihn gegen den Oberarm seines Feindes. Das injizierte Neurotoxin begann nahezu sofort zu wirken und der Widerstand des Gardisten verebbte endlich.

Es war allerdings nicht so schnell und unauffällig gelaufen, wie Wilson sich das vorgestellt hatte. »Pax, Liu, Elian, Statusmeldung«, befahl er knapp und humpelte mit gezücktem

Phaser los. Wenn der Mann, den er gerade erledigt hatte, kein absoluter Vollpfosten war, dann hatte er bereits Verstärkung angefordert. Jetzt blieb Wilson nichts anderes übrig, als zu beten, dass sein Trupp bereits das erreicht hatte, was er ihm aufgetragen hatte.

»Östliche Gefahrenquelle ausgeschaltet«, meldete sich Pax, der lediglich auf diesen einen von Guerrez Männern ein freies Schussfeld gehabt hatte.

»Südliches Ziel ebenfalls für den Moment ausgeschaltet«, verkündete Liu mit gelassener Stimme. Wilson konnte das zufriedene Funkeln in Lius mandelförmigen Augen quasi vor sich sehen. Mit Ende vierzig war sie eine der ältesten des Teams, aber sie zu unterschätzen, diesen Fehler machten Lius Gegner nur genau ein einziges Mal.

Wilson, der seine Schritte ungeachtet des schmerzhaften Stechens in seinem Kniegelenk und seiner Seite beschleunigte, um sich selbst ein Bild von der Lage machen zu können, nickte innerlich. »Elian?«, erkundigte er angespannt.

»Bei mir ist ebenfalls alles klar so weit«, kam dankenswerterweise die Entwarnung. »Aber dieser Idiot hat auf mich geschossen!«

Der Kommunikator übertrug Elians Fluch übermäßig laut an Wilsons In-Ear und er verzog das Gesicht.

»Sei nicht so ein Weichei. War doch klar, dass Guerrez auf dich schießt!«, beschied Liu ihrem Mitstreiter spöttisch. »Deswegen sollte Pax ja auch als Erster agieren und den Typen im Osten lähmen. Und dann Guerrez anvisieren, um diesem Scruniskäfer zu zeigen, dass er sich besser um sich selbst sorgt und dich in Ruhe –«

»Guerrez hat nicht geschossen«, unterbrach Pax glucksend, dessen Laune sich offenbar enorm gebessert hat. »Jase war es, der dem armen Elian den Arm versenkt hat! Sein Vater macht immer noch nichts.«

Das sah Wilson nun selbst und er konnte nachvollziehen, dass Pax' letzte Worte verblüfft, ungläubig und misstrauisch zugleich gelungen hatten. Von rauchenden Trümmern umgeben, befand sich Elian keine zehn Meter mehr entfernt. Er hatte Jase die Arme auf den Rücken gedreht und hielt ihn dicht an sich gepresst. Der Streifschuss an seinem Oberarm schien zum Glück nur oberflächlich zu sein und wurde von Elian auch nicht weiter beachtet.

Jase zappelte ununterbrochen, um sich aus dem festen Griff zu befreien. Gleichzeitig war ihm jedoch deutlich anzumerken, wie erschöpft er im Grunde genommen war. Das Gesicht war rußverschmiert, seine Atmung ging hektisch und die Arme zitterten. Aber auch gut erholt wären Jase' Chancen, Elian zu entkommen, wohl eher gering ausgefallen. Denn der Sechzehnjährige besaß zwar offenkundig reichlich Kraft und wandte diese auch verbissen an, nutzte allerdings eine vollkommen falsche Technik für seine derzeitige Situation. Guerrez hatte seinem Sohn anscheinend einige wertvolle Lektionen vorenthalten.

Durchdringend musterte Wilson den Captain der Sicherheitsgarde, der bewegungslos vor dem gleichen demolierten Gebäude stand wie zuvor und den gut sichtbaren, roten Zielerfassungspunkt von Pax' Phaser auf seiner Brust vollkommen ignorierte. Stattdessen hatte Guerrez den Blick nachdenklich auf seinen Sohn geheftet. Er wusste natürlich nicht, dass Wilson und seinen Leuten aufgetragen worden war, Jase unter allen Umständen zu schützen, ihn lieber entkommen zu lassen, als dass er starb. Doch von einem Mann ohne jegliche Moral und jeglichem Gewissen hätte Wilson erwartet, dass er trotz des Risikos für das Leben seines Jungens zum Gegenangriff ansetzen würde.

Ob er etwa noch den Rest eines Herzens hat?, überlegte Wilson. *Hat er Angst um seinen Sohn?*

Da hob Guerrez unvermittelt den Blick und sah Wilson direkt in die Augen. »Vielen Dank, dass Sie meine Männer nicht ermordet haben. Ich weiß das zu schätzen.«

Nun, Wilson hätte es zu schätzen gewusst, wenn er dem Gardecaptain auch einfach eine Ladung des Neurotoxins hätte verpassen können. Aber er befürchtete, dass Murphys Gesetz zum Tragen kommen würde und ausgerechnet Guerrez der eine unter den Hundert war, der aufgrund des Nervengifts abkratzte. Und dann hätten sie ihn auch gleich erschießen können.

Wie geht's jetzt also weiter? Guerrez' Bemerkung verdeutlichte, dass es innerhalb des Kommunikationsnetzwerks der Garde tatsächlich bereits irgendeine Art von Informationsaustausch gegeben haben musste. Von daher drängte die Zeit noch mehr, als Wilson ohnehin schon angenommen hatte. Wahrscheinlich würde es nur noch Sekunden dauern, bis Pax von seiner erhöhten Position aus das Auftauchen zahlreicher neuer Feinde vermelden würde.

»Pass auf dich auf, Jase. Mögen wir uns niemals wiedersehen.« Captain James L. Guerrez blickte seinen Sohn ein letztes Mal ernst an, dann nickte er Elian und Wilson kurz zu und spazierte in aller Seelenruhe davon.

Wilson fiel die Kinnlade herunter.

»Was zum Teufel?«, zischte Pax, gefolgt von einem besorgten »Was ist denn bei euch los?« seitens Liu, die keinen freien Blick auf das Geschehen hatte.

»Ist er …?« Elian stand offenbar ebenfalls unter Schock. »Ist er gerade einfach *gegangen*? Er überlässt uns freiwillig seinen Bengel und versucht noch nicht einmal, uns auszuschalten?«

Sieht ganz so aus! Womit sich Guerrez sein eigenes Grab geschaufelt hatte. Denn Aufrührer entkommen zu lassen, das galt in der United Nation als Hochverrat und wurde mit dem Tod bestraft, unabhängig davon, ob Guerrez sie als Mitglieder der Human Defence Organization erkannt hatte oder sie für eine kleine Gruppe von eher bedeutungslosen Widerständlern hielt.

Wilson hätte seinen rechten Arm dafür gegeben, um die undurchsichtige Taktik von Elcaers elitärem Gardeanführer zu verstehen. Womöglich schlug gleich eine Hochgeschwindigkeitsrakete an ihrer Position ein oder Guerrez wartete ihnen mit einer noch unliebsameren Überraschung auf.

»Bewegung!«, bellte er von daher und versetzte dem immer noch wie erstarrt dastehenden Elian einen Schlag auf die Schulter. »Rätselraten können wir später, wenn wir in Sicherheit sind. Gilt auch für euch, Pax und Liu, bewegt eure Ärsche. Ceila, geschätzte Zeit bis zu unserer Ankunft … vier Minuten dreißig. Dann will ich den schönsten Alarmstart von dir sehen!«

»Alles klar, Boss«, bestätigte Ceila. »Ich werf schon mal die Rotoren an.«

Jase, der in den letzten Sekunden keinen einzigen Mucks mehr von sich gegeben hatte, stolperte los, als Elian ihn mit sich vorwärts riss. Wilson achtete nicht weiter auf die beiden, stattdessen sondierte er aufmerksam die Umgebung. Kurz geriet ihm der abgedroschene, uralte Spielfilm in den Sinn, den er sich vor dem Missionsstart reingezogen hatte und in dem kein im Hinterhalt lauernder Gardistentrupp, sondern glitschige Aliens das Verderben gebracht hatten. Er verdrängte das Bild des blutigen Gemetzels jedoch sofort wieder und spähte wachsam in die nächste Seitenstraße.

»Niemand in Sicht«, verkündete Pax, als hätte er die Unruhe seines Vorgesetzten gespürt. »Ich gebe euch noch Deckung, bis ihr die Fünfhundert-Meter-Entfernungsmarke überschritten habt, und komm dann hinterher.«

Abwesend bestätigte Wilson das Manöver für den Rückzug, das er im Vorfeld selbst so festgelegt hatte.

»Ihr ... ihr gehört zu Montcroix, nicht wahr?« Jase lief mittlerweile freiwillig neben Elian her, der trotz Pax' Entwarnung gar nicht daran dachte, seinen Phaser einzustecken und sich zu entspannen. Seine linke Hand hielt er ausgestreckt, um Jase bei Bedarf sofort wieder zu packen und festhalten zu können.

»Gut kombiniert«, murmelte Wilson. Dass ausgerechnet ein Sechzehnjähriger, der gewiss nicht zu Elcaers Vertrauten zählte, den Namen des Generals kannte, verstieß hundertprozentig gegen zig interne Sicherheitsvorschriften. Wurde doch allein die Existenz der Human Defence Organization für die breite Bevölkerungsmasse der United Nation sorgfältig unter Verschluss gehalten. Nach Guerrez schrägem Abgang wunderten Jase' Kenntnisse Wilson allerdings nur noch mäßig. Da fand er es schon weitaus erstaunlicher, dass Jase für die restliche Strecke wieder in Schweigen verfiel und sich nicht ein einziges Mal erkundigte, was sie überhaupt von ihm wollten und wohin sie ihn zu bringen gedachten. Andererseits war Wilson auch froh, sich nicht allzu sehr auf den Jungspund in seiner Obhut konzentrieren zu müssen, rechnete er doch noch immer mit einem bösen Erwachen.

Aber nichts geschah. Unbehelligt erreichten sie den Phantom Fighter und Liu und Pax trafen kurz darauf ebenfalls ein. Jase nahm nach einer knappen Geste auf dem ihm zugewiesenen Sitz Platz, ein grüblerischer Ausdruck statt des früheren Zorns im Gesicht. Als sie endlich in der Luft waren, verspürte Wilson ein unbändiges Gefühl der Erleichterung und zum ersten Mal wandte er seine volle Aufmerksamkeit Jase zu. Er bedeutete ihm, aus dem Fenster zu sehen, in Richtung der Einöde, die sich scheinbar grenzenlos vor ihnen ausbreitete. »Hinaus aus bekannten Gefilden«, sagte er freundlich. »Und hinein in neue.«

Die Antwort bestand aus lediglich drei Worten, ausgesprochen ohne Furcht, dafür mit großer Überzeugung.

»Ich bin bereit.«

~ X ~

Auf halben Weg zwischen City XCIX und der Basis der Human Defence Organization

Ein abgeschossener Rotor? Also bitte! Cam starrte Saeva wegen ihrer vorlauten Bemerkung immer noch strafend an, aber die nahm ihre Blicke überhaupt nicht wahr. Stattdessen musterte sie neugierig den seltsamen Vogel, der auf Celtans Unterarm hockte und genau wie er zu dösen schien.

Wie dieses Tier auf nahezu jedes Wort von Celtan reagierte, fand Cam zugegebenermaßen ebenfalls sehr spannend. Derzeit war ihr Kopf allerdings noch völlig überflutet mit den Eindrücken ihrer Flucht und ihr Körper wurde von dem Drang beherrscht, sich zu bewegen, zu kämpfen und dem Adrenalin in seinen Adern gerecht zu werden.

Eine winzige, angekohlte Stelle am Außenlack des Hubschraubers ... das hätte Cams Bedürfnis nach Action, danach, auf Messers Schneide zu tanzen, bestimmt ausreichend befriedigt! Zu Ethans Mannschaft gehörte niemand, der die Gefahr scheute, und einige waren eben noch etwas süchtiger nach dem gewissen Kick als andere. Aber nein, ausgerechnet ihr war lediglich ein kleines Raketenspektakel vergönnt gewesen. Und auch wenn Cam es vor ihrem Team natürlich nie offen zugegeben hätte, ein wenig frustriert war sie schon. Sie war nie höhere Risiken eingegangen als unbedingt notwendig, weder für sich selbst noch für ihre Leute oder ihre Missionen. Die Human Defence Organization hatte sich schließlich hehren Zielen verschrieben, die so viel bedeutsamer waren, als ein nerviges Kribbeln loszuwerden. Heute würde sie eben nach ihrer Rückkehr ein ausgiebiges Training absolvieren und–

»Cam?« Orins tiefer Basston erklang in ihrem In-Ear. »Cazé hat sich gerade gemeldet. Der Funkspruch war ziemlich abgehackt und ich habe nicht alles verstanden. Aber ihnen sitzen anscheinend mehr als ein Dutzend Verfolger im Nacken und sie könnten dringend Unterstützung gebrauchen.«

»Na wenn das so ist ...« Cam hielt ihre Stimme vollkommen sachlich, aber den freudigen Glanz in ihren Augen konnte sie offenbar nicht ganz verbergen. Ysaak gab einen hüstelnden Laut von sich, der verdächtig nach einem unterdrückten Kichern klang, und sogar Darians Lippen verzogen sich zu einem Schmunzeln.

Als der Phantom Fighter eine enge Kurve flog, fuhr Celtan hoch. »Was ist los?«, murmelte er schlaftrunken.

»Och, nichts.« Saeva konnte es einfach nicht lassen. »Du erinnerst dich sicherlich an Cams *Wir-kehren-keinesfalls-zurück!*-Aussage, oder?«

»Ja?« Celtan wurde merklich blasser und Cam funkelte ihre Untergebene vorwurfsvoll an. Die erwiderte jedoch nur fröhlich: »Das *keinesfalls* kannst du streichen. Wir kehren um.«

»Alles wird gut!«, beeilte sich Cam beruhigend zu versichern, als Celtan noch bleicher wurde. Gleichzeitig kam sie nicht umhin, sich zu fragen, ob sie eine weitere Aussage revidieren musste. Durch den unerwarteten Teamzuwachs, der von Montcroix' Wünschen bislang nicht das Geringste ahnte, gab es jetzt offenbar doch jemand unter ihnen, der auf Nervenkitzel und Adrenalin-Kicks lieber verzichtet hätte.

Ob wir wohl auf ihn oder er auf uns abfärben wird?, überlegte Cam mit einem Seitenblick auf Celtan. Diese Frage musste aber erst einmal warten.

»It's showtime!«, sagte sie zu niemand Bestimmtem. Cam lehnte sich in ihrem Sitz zurück, überkreuzte die Finger und gestattete sich ein kleines teuflisches Grinsen.

~ x ~

City VI, United Nation, Bezirk R7A3

Immer wieder sah Aleah sich prüfend um, schließlich durfte sie sich überhaupt nicht in dieser Gegend aufhalten. Einmal glaubte sie, eine Silhouette zu erspähen, die sich gegen das grelle Licht der Straßenlaternen abzeichnete.

Eine Patrouille? Oder nur jemand, der sich ebenfalls nicht hier aufhalten durfte? Ersteres wäre verheerend, aber auch Letzteres wäre schlecht, denn sie wollte keinerlei Aufmerksamkeit auf sich ziehen. Innerlich fluchend verharrte Aleah. Erst als sie den dunklen Umriss erneut erspähte und dieser zügig in eine Seitenstraße abbog, atmete sie wieder auf.

Aleah huschte weiter und betrat das ihr wohl am vertrauteste Gebäude von R7A3. Die Tür zu ihrem einstigen Quartier war verriegelt und mit einem melancholischen Lächeln strich sie über das kalte Metall.

So viele schlaflose Nächte, so viele unerfüllte Hoffnungen ...
Mit einem leisen Seufzen kehrte Aleah zur Treppe zurück. Knapp tausend Stufen musste sie bewältigen, bevor sie durch eine marode Luke, die nur noch halb in den Angeln hing, auf die Dachplattform hinausschlüpfte. Von den gut drei Dutzend angebrachten Blinklichtern, die Piloten vor einem Zusammenstoß mit dem Gebäude warnen sollten, brannten höchstens noch ein Drittel, aber es war hell genug, um sich orientieren zu können.

Langsam trat Aleah an die verrostete Brüstung heran, lehnte sich dagegen und schloss die Finger um die Gitterstäbe. Da stand sie nun und betrachtete wieder einmal die Lichter der Stadt. Ihrer Stadt, die Stadt der sechsten Profession, in der *Gerechtigkeit* ein Fremdwort war.

Aleah spürte, wie es in ihrer Kehle immer enger wurde, und musste mehrfach schlucken. Sie beugte sich vor, den Blick auf den

Asphalt fünfundsechzig Etagen unter ihr gerichtet. Wenn man ganz genau hinsah, konnte man kleine, glitzernde Einschlüsse erkennen, ein Makel beim einstigen Bau der Straße mit antiquierten Gerätschaften und falsch ausgewähltem Gestein.

So jedenfalls hatte es Stadtverwalterin Tory einmal genannt. Aleah aber liebte diese glitzernden Einschlüsse. Und wenn sie nur lange genug in diesen Abgrund starrte, wenn sie sich nur noch ein kleines Stückchen weiter nach vorne beugte, sie, die ebenfalls mit so vielen Makeln behaftet war, dann –

»Was machst du denn da?« Eine raue, männliche Stimme durchschnitt die Stille und Aleah wurde von hinten gepackt und von der Brüstung zurückgerissen.

»Lass mich los!« Hektisch schlug Aleah um sich und es gelang ihr tatsächlich, sich zu befreien. Mit klopfendem Herzen wirbelte sie herum, stolperte zwei Schritte rückwärts und blieb dann wie erstarrt stehen.

Der Mann, der sie eben noch festgehalten hatte, versuchte kein zweites Mal, sie zu packen, musterte sie jedoch eindringlich, bevor er sich mit einer beiläufigen Bewegung eine Haarsträhne aus der Stirn strich. Er war groß und muskulös, höchstens Anfang zwanzig und trug ähnliche Kleidung wie ein Gardist. Das silberne Emblem an seiner Schutzweste – ein Stern und drei gewellte Linien – war Aleah allerdings unbekannt. Und seine Augen … sie glaubte nicht, dass sie schon einmal ein solch intensives Grün gesehen hatte. Ein Grün, das geradezu zu leuchten schien, in dessen Tiefe jedoch unbestreitbar etwas Dunkles brodelte.

Wer bist du? Aleah wich noch ein Stück zurück, wusste, sie sollte schleunigst den größtmöglichen Abstand zwischen sich und diesen seltsamen Kerl bringen, der vollkommen ruhig stehen blieb und sie weiterhin musterte.

Warum renne ich noch nicht? Aleahs Herz raste noch immer, trotzdem verspürte sie keine Todesangst. Da war etwas an der Art dieses Mannes, das sie erstaunt innehalten ließ. Er befahl ihr nichts, drohte nicht, verletzte sie nicht. Im Gegenteil. Der Ausdruck in seinem Gesicht wurde eine Spur sanfter. Nicht viel, kaum wahrnehmbar. Gut möglich, dass Aleah es nur sah, weil sie es sehen wollte. Bis in ihr Innerstes schien sein Blick vorzudringen, bis in die letzte Ecke ihres Seins. Gut möglich, dass Aleah nur so fühlte, weil sie es fühlen wollte.

Jetzt bewegte er sich wieder, ging auf sie zu, streckte die Hand nach ihr aus. Aleah schreckte vor der Berührung zurück, hob die Arme, um sich gegen einen Angriff zu wappnen. Ein Raunen ließ sie erneut erstarren.

»Was ...?« Aleahs Stimme brach, sie war unfähig zu reden, unfähig zu denken, unfähig, irgendetwas anderes zu tun, als diesen Fremden anzustarren, von dem sie noch nicht einmal wusste, wie er hieß. Der Mann wiederholte seine Worte. Laut. Deutlich. Unmissverständlich.

Aleahs Herz raste nicht mehr. Es setzte aus.

Und der Ausdruck im Gesicht ihres Gegenübers wurde noch eine Spur sanfter. Nicht viel, kaum wahrnehmbar. Gut möglich, dass Aleah es nur sah, weil sie es sehen wollte. Bis in ihr Innerstes schien sein Blick vorzudringen, bis in die letzte Ecke ihres Seins. Gut möglich, dass Aleah nur so fühlte, weil sie es fühlen wollte.

Er ergriff ihre Finger, zog sie näher. Kein Widerstand mehr von ihrer Seite, kein Zurückscheuen, noch nicht einmal ein Zucken. Erneut erklangen die Worte, nach denen sie sich ihr ganzes Leben lang gesehnt hatte.

»I'm there, Aleah. Ich sagte: Ich bin da!«

PART TWO

»Alle Jahrhunderte
ähneln sich durch die Bosheit der Menschen.«
– Voltaire –

Neun

Basis der Human Defence Organization, Beta-Sektor, militärischer Besprechungsraum »Nemesis«

Das ist sie also ... Abschätzend musterte Jase die Frau, die am Kopfende des ovalförmigen Tisches Platz genommen hatte. Harte Jahre hatten vorzeitige Falten in ihr Gesicht gegraben, sie konnte jedoch nicht viel älter als Anfang vierzig sein. Ihre Haltung war kerzengerade, ihre Bewegungen ruhig und zielstrebig. Die Schatten unter ihren Augen kündeten von viel zu wenig Schlaf. Nichtsdestotrotz war ihr Blick so scharf, dass Jase daran zweifelte, dieser Frau würde auch nur irgendeine Kleinigkeit entgehen.

Sie war die Einzige, die saß. Dadurch wirkte sie keineswegs unterlegen oder gar schwach, im Gegenteil, ihre Präsenz nahm den gesamten Raum ein. Alle schienen auf ein Zeichen von ihr zu warten.

Neben sich spürte Jase eine Bewegung. Eine junge Frau mit langen dunklen Haaren verlagerte das Gewicht immer wieder von einem Bein auf das andere, sie fühlte sich offenkundig unwohl in ihrer Haut. Eine Brandwunde prangte auf ihrer Wange und ihre rechte Hand war mit einem Verband umwickelt. Neia hieß sie, wenn er sich das bei der kurzen Vorstellungsrunde in den Räumen von Commander Ethan Travis richtig gemerkt hatte.

Jase' Blick huschte kurz zu dem Mann mit den weißblonden Haaren, an dessen Seite Aleah mit vor der Brust verschränkten Armen stand. Sie war eine Urteilsfällerin aus City VI, wo er nun auch hätte arbeiten sollen. Aleah wirkte, als könnte sie noch gar nicht fassen, hier zu sein, immer wieder sah sie ungläubig von einem zum anderen. Anders als bei Neia fand sich keine offene Ablehnung in ihrem Gesicht, sondern lediglich Wachsamkeit und eine gewisse Vorsicht.

Dann war da noch Thane, der wohl Ethans Bruder war, auch wenn er ihm zumindest optisch kein bisschen ähnelte. Unbeugsamkeit und Dominanz strahlten jedoch beide Männer aus.

Der letzte der Runde, dieser Celtan, der eine üble Schramme an der Schläfe hatte ... Jase fand es merkwürdig, wie der Kerl dem ebenfalls komischen Vogel auf seiner Schulter immer wieder etwas zuflüsterte. Aber ein harmloser Spinner war Jase allemal lieber als jemand, den er als verkommen und brandgefährlich eingestuft hätte. Mit letzterer Art Menschenschlag hatte er schließlich bereits genügend negative Erfahrungen gesammelt.

»Willkommen«, setzte nun die Frau am Kopfende des Tisches mit einer befehlsgewohnten Stimme an. »Ich bin General Scarlett Montcroix. Vorhin, während ihr eine Kleinigkeit gegessen und euch ausgeruht habt, habe ich mich bereits kurz mit Commander Travis unterhalten. Ich weiß, dass ihr in der Vergangenheit viel Leid erlitten habt und es für euch eine anstrengende und aufwühlende Reise war, um hierherzugelangen. Bald werdet ihr erkennen, wofür all diese Strapazen gut waren.«

Strapazen ... Jase verzog das Gesicht. Strapazen war ein reichlich harmloses Wort, wenn man bedachte, welchen Preis es alleine gefordert hatte, Celtan, Neia, Aleah und ihn aus der United Nation zu schaffen. Die Gerüchte, die er während des Essens im Aufenthaltsraum aufgeschnappt hatte, besagten, ein Mann – Leo oder so ähnlich – war tot und ein zweiter entweder auch oder noch schlimmer dran. Ein Kerl namens Antoin war beim Kampf mit einem Gardisten schwer verletzt worden und hätte fast nicht mehr rechtzeitig zum rettenden Hubschrauber gebracht werden können, der dann auch noch beinahe abgeschossen worden wäre. Mindestens eine weitere Maschine besaß wohl ebenfalls nur noch Schrottwert. Und einzig dank der schnellen Unterstützung und weil die Piloten bestens darin geschult waren, Verfolger in der zerklüfteten, eisbedeckten Landschaft – einer Gegend geprägt von tiefen Meteoritenkratern, verwinkelten Canyons und den schroffen Gipfeln eines Gebirges namens Rocky Mountains – abzuschütteln, hatten sie es letztendlich ungesehen zur Basis geschafft.

Die unzähligen Prellungen, Kratzer und blaue Flecken, die es neben Antoins lebensgefährlichen Verletzungen gegeben hatte, darüber hatte sich keiner der Betroffenen groß beklagt. Der Verlust ihres Freundes Brendan war das Hauptthema gewesen und hatte für eine reichlich gedrückte Stimmung unter denjenigen gesorgt,

die im Aufenthaltsraum ebenfalls einen Snack zu sich genommen hatten. Vorwürfe und Schuldzuweisungen in Richtung Neia, Aleah, Celtan und Jase waren jedoch ausgeblieben. Anscheinend wusste man um das Risiko, wenn man sich mit Elcaers Schergen einließ.
»Ihr habt mit Sicherheit viele Fragen«, fuhr Montcroix fort.
»Und –«
»Was sollen wir für Sie tun?«, unterbrach Jase knapp. Er glaubte keine Sekunde lang, dass der ganze Aufwand aus reiner Herzensgüte betrieben worden war. Nein, Montcroix plante irgendetwas. Und je schneller er herausfand, was genau das war, desto eher konnte er sich daranmachen, seine eigenen Pläne umzusetzen. Denn wenn es möglich gewesen war, ihn und die anderen aufzuspüren und zu retten, dann galt das ganz sicher auch für eine Bewohnerin der roten Stadt! Für Grace. Seine Mutter, die einzige Person, der er je wichtig gewesen war.
»Nun, fürs Erste lebt euch ein wenig ein.« Montcroix lächelte sie der Reihe nach an. Ein Jase' Meinung nach äußerst kalkuliertes Lächeln. »Commander Travis und sein Bruder werden euch alles Wichtige zeigen. Hört ihnen genau zu, wenn sie euch etwas über eure Nation und unsere Basis erzählen. Redet selbst mit den Leuten hier, verschafft euch ein eigenes Bild. Schlaft, esst, trainiert, begleitet Travis' Einheit bei ihrem Arbeitsalltag. Werdet ein Teil dieser Einheit!«
So viel Nachdruck in einem einzigen Satz. Lauernd entgegnete Jase Montcroix' Blick. »Was sonst noch?«
»Ich denke, das ist für den Anfang mehr als genug.« Montcroix' Lächeln veränderte sich in keiner Weise. Sie wollte sich also nicht in die Karten sehen lassen. *Aber das kann sie vergessen!* Bevor Jase jedoch erneut etwas sagen konnte, kam ausgerechnet Neia ihm zuvor.
»Ich kann nicht hierbleiben«, platzte es aus ihr heraus. »Ich dachte, ich hätte keine andere Wahl, aber ich muss zurück. Mich der Verantwortung stellen, die ich übernommen habe. Bislang habe ich als Regentin vermutlich versagt, aber ich möchte es besser machen! Irgendwann werden sie mir zuhören. Der Traum von einer perfekten Gesellschaft muss kein Traum bleiben.«

»Mhm.« Mitleid schlich sich für einen kurzen Moment in Montcroix' Miene. Als sie Aleah, Neia, Celtan und Jase nacheinander musterte, wurde der Ausdruck jedoch immer bohrender. Jase wusste ihn nicht so recht zu deuten. *Erwartungsvoll* traf es vielleicht noch am besten. Nur was, staubverdammt, erwartete Montcroix?

»Bitte!« Neia hatte sich inzwischen mit feuchten Augen an Thane gewandt. »Bitte lasst mich gehen und versuchen, Präsident Elcaer alles zu erklären! Wenn er erst versteht –«

»Er wird nicht verstehen. Du wärst tot, noch ehe du überhaupt dazu kämst, mit ihm zu sprechen.« Thane steckte die Hand in seine hintere Hosentasche und zog einen kleinen Metallgegenstand hervor. Eine antiquierte Patronenhülse. Jase erkannte sie, weil sein Vater in einer Vitrine in seinem Büro Waffen aus vergangenen Epochen gesammelt hatte. Als Thane bemerkte, dass er ihn beobachtete, steckte er die Hülse sofort wieder ein.

»Aber ...« Hilflos sah Neia zurück zu Montcroix.

»In City Zero herrscht eine andere Vorstellung von Perfektion, als du sie besitzt«, erklärte diese unerwartet sanft und egal wie sehr Jase ihr auch misstraute, in diesem Punkt stimmte er vollkommen mit Montcroix überein.

Neias Augen wurden noch feuchter. Vermutlich wusste sie selbst, dass sie einem Hirngespenst hinterherjagte, von dem sie sich noch nicht ganz zu lösen vermochte. Mit schnellen Schritten verließ sie nun den Raum.

»Ich geh ihr hinterher«, murmelte Thane.

»Ich hätte da auch eine Frage«, startete Celtan zurückhaltend, während Thane zur Tür ging. Bevor er hinaustrat, machte er eine rasche Geste mit der Hand und blickte fragend zu seinem Bruder. Der zögerte kurz und nickte dann, als wollte er sagen: »Ja, kann nicht schaden.«

Jase wurde von dem starken Gefühl beschlichen, dass es bei dem lautlosen Austausch nicht ausschließlich um Neia ging. Von Montcroix erfolgte keinerlei Reaktion auf die stumme Kommunikation der Brüder. Entweder war sie zu sehr auf Celtan konzentriert, der unruhig über das Gefieder des seltsamen Vogels strich, oder – wovon Jase eher überzeugt war – sie ignorierte den Austausch bewusst.

»Nun, also ...«, druckste Celtan herum. »Was wir vorhin gegessen haben, war sehr lecker. Diese Pilze ... Riesentintlinge, richtig? Und die violetten Algen und diese gebackenen Teigfladen aus ... aus ...«

»Dunkelknollen«, warf Ethan unterstützend ein.

»Ja, genau. Wirklich kein Vergleich zu synthetischer Nahrung oder geschmacklosen Sprossen oder dergleichen!« Celtan holte tief Luft. »Ami ist jedoch andere Nahrung gewöhnt. Und er ist daran gewöhnt zu jagen. Ich muss also mit ihm an die Oberfläche.«

»Das ist derzeit leider nicht möglich.« Montcroix' Tonfall ließ keinerlei Verhandlungsspielraum erkennen. Statt aufzugeben, straffte sich Celtan und wirkte plötzlich sehr viel kämpferischer. Ihm schien wirklich viel an diesem Vogel zu liegen.

»Dann gibt es also Ratten hier unten, die Ami jagen könnte?«

»Ich hoffe nicht!« Montcroix verengte kurz die Augen.

»Wie soll –?« Mit einer Handbewegung wurde Celtans empörter Aufruf unterbrochen.

»Du kennst dich hier noch nicht aus, Celtan. Es gibt viele Regeln, die beachtet werden müssen, wenn wir uns an der Oberfläche bewegen. Elcaer lässt regelmäßig Erkundungsflüge durchführen und unser Standort darf keinesfalls entdeckt werden. Und deswegen bleibt es dabei. Du wirst diese Bunkeranlage momentan nicht verlassen.«

»Soll Ami etwa verhungern?« Das wütende Blitzen in Celtans Augen gefiel Jase irgendwie, auch wenn er das Attribut *harmlos* in Bezug auf diesen Kerl wohl noch einmal überdenken musste. Dennoch, Celtan stand überdeutlich für jemanden ein, der ihm am Herzen lag, und das hatten sie beide gemeinsam.

»Ich sagte, DU wirst diese Basis momentan nicht verlassen.« Montcroix wandte sich seufzend an Ethan. »Commander, Sie kennen doch bestimmt jemanden, der sich dieses Vogels annehmen und ihn so oft wie nötig zum Jagen nach oben bringen kann?«

»Sicher.« Ethan nickte. »Jacquine liebt Tiere. Celtan, ich zeige dir, wo ihr Zimmer ist, damit ihr euch unterhalten und alles Wichtige klären könnt.«

Immens begeistert wirkte Celtan über dieses Vorgehen nicht. Er drehte sich sogar ein Stück mit seinem gefiederten Freund zur Seite, als müsste er ihn vor einer imaginären Bedrohung schützen. Der Kragen von Celtans Anzug rutschte dabei ein Stückchen tiefer.

Was zur Hölle ...? Völlig perplex starrte Jase auf die kreuzförmige Narbe in Celtans Nacken. Es war die gleiche, wie auch er sie besaß! Wie war das nur möglich? Sein Vater hatte ihm immer erzählt, er hätte sich diese Narbe beim Spielen in seiner Kindheit zugezogen. *Er hat gelogen. Wie immer!* Voller Wut atmete Jase lautstark ein.

Montcroix musterte ihn völlig ungeniert, während Ethan, der in der Zwischenzeit zu Celtan getreten und ihm freundlich eine Hand auf den Arm gelegt hatte, nur einen flüchtigen Blick in Jase' Richtung warf und dann beschwichtigend erklärte: »Wir werden dir Ami nicht wegnehmen, Celtan, das verspreche ich dir. Du kannst Jacquine gerne bitten, dir unsere unterirdischen Farmen zu zeigen, vielleicht findet sich ja doch verträgliches Futter für deinen Freund. Aber selbst wenn nicht, so ein Jagdausflug dauert keine Ewigkeit. Und gewisse Sicherheitsbestimmungen müssen eben eingehalten werden, sonst wäre diese Organisation schon längst ausgelöscht.«

Widerwillige Zustimmung breitete sich in Celtans Miene aus und er wollte gerade zu einer Antwort ansetzen, als Jase sich aufgebracht erkundigte: »Diese Narbe in deinem Nacken – woher hast du sie?« Zeitgleich zu seinen Worten drehte er sich um, zog sein Shirt tiefer und entblößte seinen eigenen Nacken.

»Ich habe auch so eine!« Aleah, die bislang keinen einzigen Ton von sich gegeben hatte, strich verblüfft ihren kupferfarbenen Pferdeschwanz zur Seite. Und tatsächlich, auch in ihrem Nacken prangte ein winziges Kreuz.

»Tja, ich schätze, Neia besitzt ebenfalls eine.« Jase starrte finster zu Montcroix und Celtan und Neia taten es ihm gleich.

»Du hast recht.« In einer Ausgeburt von Gelassenheit erhob sich Montcroix von ihrem Stuhl. »Jeder von euch vieren besitzt diese Narbe. Und sie ist genau das, was sie zu sein scheint: eine Markierung. Um euch eindeutig zu identifizieren. Ihr seid außergewöhnlich und wie ich bereits sagte, bald werdet ihr erkennen, warum alles so gekommen ist, wie es kommen musste. Jetzt entschuldigt mich bitte, ich habe noch eine Menge zu tun.«

Sie ging auf die Tür zu. *So nicht!* Jase ballte unbewusst die Fäuste. »Wenn Sie schon nicht über uns reden wollen, wie wäre es, wenn wir über Sie sprechen?« Seine Stimme klang selbst in Jase' eigenen Ohren ätzend und respektlos, doch er dachte gar nicht daran, dies zu ändern. »Verraten Sie uns doch mal, warum Sie sich dieser Organisation angeschlossen haben, nachdem Sie jahrelang glücklich und zufrieden in City Zero gelebt haben!«

»Sie waren eine Magistratin? Wie Neia?« Celtan und Aleah tauschten erstaunte Blicke, aber Jase war noch längst nicht fertig.

»Wen haben Sie dermaßen verärgert, dass Sie fliehen mussten? Sie galten als eine der loyalsten Verfechterin der United Nation, haben sich die höchsten Privilegien erarbeitet. Aber anscheinend haben Sie nie gelernt, mit Kränkungen umzugehen. Muss wirklich hart gewesen sein ...« Jase legte eine bedeutungsschwere Pause ein, wartete, bis Montcroix, die mitten im Türrahmen gestoppt hatte, ihre gesamte Aufmerksamkeit auf ihn fokussierte, bevor er die Bombe endlich platzen ließ. »Muss wirklich hart gewesen sein, von einem auf den anderen Tag nicht mehr Elcaers Geliebte zu sein!«

Commander Travis stieß ein ungläubiges Knurren aus. Er kannte seine Vorgesetzte offenbar schlechter, als er gedacht hatte. Für einen winzigen Moment meinte Jase sogar, einen Ausdruck blanken Hasses in Ethans Gesicht zu erkennen, doch dieser verschwand sofort wieder.

»Sie haben auf eine Zuweisung als Präsidentengattin gehofft?« Aleah sah aus, als ob ihr gleich schlecht werden würde. Selbstverständlich ging Montcroix nicht auf die Frage ein. Ruhig fixierte ihr Blick sie der Reihe nach, bis er schließlich wieder an Jase hängen blieb.

»Du weißt erstaunlich viel, junger Mann. Woher hast du diese Informationen?«

Als ob ich das verraten würde! Jase schnaubte verächtlich auf. Nur zu gerne hätte er Montcroix mit weiteren Begebenheiten ihrer Vergangenheit konfrontiert, aber leider erinnerte er sich nicht an mehr.

Er war noch ein Kind gewesen, um die fünf Jahre alt, als er wieder einmal unerlaubt mit den Sachen seines Vaters gespielt hatte. Weil er damals noch unbedingt so hatte sein wollen wie er. So mächtig und stark und unbesiegbar. An diesem einen speziellen Tag war ihm das kleine schwarze Büchlein in die Finger gefallen, in das sein Vater allabendlich seine Gedanken eintrug, obwohl es viel bequemer gewesen wäre, ein Smartlet oder Terminal zu nutzen.

Er hatte das Büchlein kaum durchblättert und einen kurzen Text entziffert, als sein Vater unbemerkt neben ihm aufgetaucht war und ihm das Büchlein mit einem milden Lächeln wieder abgenommen hatte. Keine Silbe eines Tadels war über die Lippen des meist gefürchtetsten Gardisten gekommen, dabei hatte Jase genau gewusst, was er anfassen durfte und was nicht. Sein Vater hatte ihm jedoch lediglich die für ihn viel zu große Schutzweste seiner Uniform übergestreift und bis zur Schlafenszeit mit ihm herumgetobt.

Ein Foto aus dem Buch seines Vaters war Jase für immer im Gedächtnis geblieben. Es zeigte eine Frau, die das Kinn herausfordernd angehoben hatte, die genauso stark und mächtig wirkte wie sein Vater. Montcroix.

Lediglich drei Worte waren dem Absatz vorausgegangen, den er gelesen hatte, Worte, die er ebenfalls nie vergessen hatte. *Enemy Number One*. Montcroix war der Staatsfeind Nummer 1 und sein Vater hatte offenbar versucht, ihr Leben nachzuvollziehen, um sie dadurch eines Tages aufspüren zu können. Er hatte es jedoch nie in die Basis der Human Defence Organization geschafft. Jase dagegen schon.

»Vielleicht erzählst du es mir ja ein anderes Mal. Und wenn du einen Rat von mir annehmen möchtest: Hüte dich vor dem Verhängnis, welches zwischen Wahrheit und Lüge ruht.«

Montcroix wandte sich ab und verschwand. Er blinzelte angesichts ihrer kryptischen letzten Botschaft. Aber worauf auch immer sie hinauswollte, eines stand für Jase inzwischen unumwunden fest: Nicht nur die United Nation war ein Hort voller dunkler Geheimnisse. Die Basis des Widerstands war es ebenfalls.

Zehn

Phantom Point, südlicher Beta-Sektor

Reichlich verloren wirkte Neia auf Thane, wie sie so dastand an der Kreuzung zweier Wege und offenbar nicht wusste, welchen sie einschlagen sollte. *Ob sie immer noch ihrem Wunsch nachhängt, eine perfekte Welt zu gestalten?*

»Le mieux est l'ennemi du bien!«, sagte er nachdrücklich, überwand die letzten Meter und berührte Neia sacht an der Schulter. »Komm mit, ich möchte dir etwas zeigen.« Er bog nach links ab und registrierte zufrieden, wie Neia zunächst zögerte, ihm dann jedoch argwöhnisch durch die labyrinthähnlichen Gänge folgte. Sie achtete sehr darauf, größtmöglichen Abstand zu sämtlichen entgegenkommenden oder im Eilschritt an ihnen vorüberhastenden Soldaten zu halten, und Thane musste innerlich lächeln.

»Was hast du vorhin gesagt?«, erkundigte sie sich mit einem widerwilligen Hauch von Neugier in der Stimme, als sie erneut abbogen.

»Ich sagte, ich möchte dir etwas zeigen.« Thane konnte es sich nicht verkneifen, Neia zu necken, obwohl er natürlich genau wusste, worauf sie sich bezog. Prompt kassierte er einen strafenden Blick.

»Ich meinte das davor!«

»Ach sooo ... Das war Französisch. Ein Zitat eines Mannes namens Voltaire. ›Das Bessere ist der Feind des Guten!‹ Ich schätze, er wollte damit ausdrücken, dass wir nicht immer nach mehr streben sollen, wenn wir dadurch all das Gute übersehen, das wir doch bereits besitzen. Dass sich durch dieses Streben sogar viele positive Absichten in negative verkehren können.«

Aufmerksam beobachtete Thane seine junge Begleiterin, die auf Montcroix' Drängen hin schnellstmöglich ihren Platz in einer für sie völlig fremden Welt finden sollte. Ein grüblerischer Ausdruck war in Neias große braune Augen getreten und die Stirn hatte sie nachdenklich gerunzelt.

»Vielleicht hatte dieser Voltaire ja nur Angst vor dem, was sich Fortschritt nennt, und bevorzugte einen gefährlichen Status Quo«, erwiderte sie schließlich stur.

Wenn das nicht der Auftakt zu einer grandiosen, philosophischen Diskussion bot! *Zu schade, dass ich gleich noch etwas erledigen muss*, bedauerte Thane in Gedanken. Dennoch musste er grinsen, als Neia ihn trotzig anfunkelte. Es gefiel ihm wesentlich besser, sich mit ihr zu streiten, anstatt Enttäuschung, Traurigkeit und Verzweiflung in ihrer Miene zu lesen. Gar nicht zu streiten, wäre natürlich noch erstrebenswerter.

»Vielleicht«, lenkte er also vorerst versöhnlich ein.

Die nächsten Minuten verbrachten sie überwiegend schweigend, nur hin und wieder grüßte Thane ein bekanntes Gesicht. Sie erreichten ein verriegelbares, feuerfestes Stahltor, welches den Übergang zwischen dem militärischen Bunkerabschnitt und dem zivilen markierte. Elektronische Sensoren blinkten grün auf, als sie das Tor passierten und Thane nickte dem wachhabenden Ensign kurz zu.

Die Gänge wurden nun spürbar voller, immer wieder mussten sie sich durch Grüppchen fröhlich schwatzender Leute in bunter Alltagskleidung drängen. Die Flure zu blockieren, war entgegen der Vorschriften, in diesem Bunkerabschnitt und beim derzeitigen Alarmzustand »DEFCON 3« wurden jedoch gewisse Regelverstöße geduldet. Was bei Stufe 2 oder gar 1 vollkommen anders aussah.

»Sie wirken alle so unbekümmert.« Neia starrte zu einer Frau, die lächelnd versuchte, ein kicherndes Kleinkind einzufangen, welches immer wieder davonwitschte. Dann fixierte sie ein Pärchen mittleren Alters. Eng aneinandergeschmiegt küssten sich die beiden innig, was hier ein vollkommen gewöhnlicher Anblick war, Neia aber prompt zum Erröten brachte.

Sie gehört wirklich zu einer vollkommen anderen Welt, dachte Thane. Irgendetwas an Neias Unschuld rührte ihn so sehr, dass er sich am liebsten zu ihr gebeugt und sie ebenfalls geküsst hätte. Aus reiner Neugier, verstand sich. Nur um zu sehen, wie sie reagieren würde.

Wahrscheinlich knallt sie mir eine! Und zwar zu Recht! Thane schnitt eine Grimasse und zwang seine Konzentration zurück auf die Beantwortung von Neias Frage.

»Jeder macht sich natürlich Sorgen, was passieren könnte, wenn Elcaer diesen Ort entdeckt. Und wir alle wissen, wie es sich anfühlt, etwas aufgeben zu müssen. *Jemanden* aufgeben zu müssen. Tote beklagen zu müssen. Das Leben hier ist nicht einfach, Neia. Es erfordert enorm viel Arbeit, ausreichend Nahrung, Kleidung, Waffen und anderes herzustellen, notwendige Technik zu installieren, neue Rohstoffquellen zu erschließen, neuen Wohnraum zu erschaffen. Trotzdem sind die meisten glücklich. Sie sind einigermaßen sicher, dürfen sich persönlich entfalten, können Mensch sein und keine bedeutungslose Marionette.«

»Niemand in der United Nation ist bedeutungslos!«, ereiferte sich Neia sofort. »Das gesamte System funktioniert nur, weil jeder Einzelne wertvoll und wichtig ist und alles ineinandergreift und … und … Ach, vergiss es!«

Mit einem brüsken Kopfschütteln ließ Neia das Thema fallen und Thane hielt sich wie zuvor zurück, obwohl er am liebsten noch einiges zum Wert des Einzelnen in einer total verkorksten Gesellschaft gesagt hätte.

»Wie schaffst du es, dich nicht andauernd zu verlaufen?« Ratlos folgte Neia ihm in einen hexagonförmigen Übergangsraum, von dem strahlenförmig sechs verschiedene Gänge abzweigten. Eine Handvoll giggelnder und tuschelnder Elf- und Zwölfjähriger hatte es sich in einer Ecke am Boden bequem gemacht. Kaum jemand nahm Notiz von ihnen und Thane hätte es wohl ebenfalls nicht getan, wenn beim Anblick seiner Uniform keine auffällige Unruhe entstanden wäre. Die Jungs rutschten noch dichter zusammen und der Älteste der Gruppe, ein dürrer Rotschopf, verbarg hektisch etwas hinter seinem Rücken.

»Es gibt Standortbezeichnungen, um sich zu orientieren.« Thane blieb genau vor den Jungs stehen, deutete auf die Aufschrift *Delta 4.II* hinter ihnen an der Wand und ließ die Hand wie beiläufig ausgestreckt. »Außerdem hatte ich noch nie Probleme damit, mir etwas zu merken. Eher mit anderen Dingen.«

Nach dieser Ergänzung musterte Neia ihn verwirrt und sie wirkte noch verwirrter, als der rothaarige Junge nach wenigen Sekunden grummelnd aufstand und Thane ein kleines Plastiktütchen übergab.

»Wie heißt du?«

»Mazen Sheppard, Sir«, murmelte der Junge.

»Huscht euch!« Thane steckte das Tütchen ein und machte eine scheuchende Handbewegung. Sofort verzogen sich Mazen und seine Freunde, nicht ohne leise vor sich hin zu schimpfen. Thane musste ein Schmunzeln unterdrücken.

»Was haben dir die Jungs da gegeben?« Neia blickte noch immer verständnislos drein.

»Getrocknete Psilo-Pilze.«

»Psilo-Pilze? Wie die, die wir vor dem Treffen mit General Montcroix gegessen haben?«

»Nein.« Thane wurde wieder ernst. »Die Sorte Pilze, die für Probleme sorgt.« Die Halluzinationen erzeugten, sämtliches Gefühl für Raum und Zeit auflösten, verschiedene Sinneseindrücke miteinander vermischten. Psilo-Pilze waren perfekt dafür geeignet, der Realität zu entfliehen, die Rückkehr gestaltete sich allerdings als äußerst schwierig. Weswegen Thane nach nur einem einzigen Trip auch tunlichst die Finger von dem Zeug gelassen hatte. Um all das zu verdrängen, was er verdrängen wollte, um zumindest zeitweise die quälende Liste zu vergessen, die von den Namen seiner Eltern angeführt wurde und seit heute einen weiteren schrecklichen Eintrag enthielt – dafür hatte er längst andere Möglichkeiten gefunden. Mit grimmigem Blick marschierte Thane wieder los, Neia dicht an seiner Seite.

»Sie kriegen jetzt gehörigen Ärger, oder?« Neia deutete seinen Gesichtsausdruck offenbar falsch, sorgenvoll sah sie zurück in jene Richtung, in die Mazen und die anderen Jungs verschwunden waren. »Wird es sich mildernd auswirken, dass sie dir die Pilze sofort freiwillig überlassen haben?«

Welch grausamen Bestrafungen ihr wohl gerade durch den Kopf gehen? Einmal mehr verfluchte Thane im Stillen die gesamte verdammte United Nation. Und er verfluchte sich selbst, weil er sich hatte ablenken lassen und Neias Miene nun erneut Traurigkeit widerspiegelte.

»Hier wird niemand laserkutiert oder verbannt, falls du das befürchtest!«, erklärte er bestimmt. »Diese Kids haben niemandem geschadet und solange sie nur ihre eigene Gesundheit ruinieren wollen ... Nun, Einsperren oder dergleichen wird ihre Vernunft auch nicht steigern. Es ist verboten, psychoaktive Pilze zu konsumieren, aber Mazen hat sie mir nicht wegen dieses Verbots sofort ausgehändigt. Sondern weil er hier aufgewachsen ist, sich hier sicher fühlt, uns vertraut. Reden, aufklären und überzeugen bringt weitaus mehr als die Androhung von Gewalt, glaube mir. Ich werde den Vorfall melden und es wird höchstwahrscheinlich in den nächsten Tagen im Schulunterricht einen Vortrag über Biodrogen und deren Auswirkungen geben. Und dann werden wir weitersehen.«

In der Hoffnung auf ein kleines Lächeln zwinkerte Thane Neia zu. »Ich war im gleichen Alter von diesen Vernunftsappellen übrigens ganz schön genervt. Besonders wenn mein vorbildhafter Bruder mir wieder mal eine Predigt gehalten hat.«

Es glitt tatsächlich ein kleines Lächeln über Neias Lippen, wenn sie auch noch nicht ganz vom Sinn und der Nachhaltigkeit des hier praktizierten Konzeptes überzeugt zu sein schien. Aber das konnte sich ja noch ändern.

»Wir sind da.« Thane deutete auf ein zweiflügeliges, metallisches Tor, auf das mit schwarzer Farbe die Buchstaben L-I-B-R-A-R-Y gesprayt worden waren. Er drückte gegen den rechten Türflügel und ließ Neia an sich vorbei als Erste eintreten.

»Wahnsinn«, hauchte sie kaum wahrnehmbar. Die in der Mitte des zweistöckigen Raumes platzierten Terminalstationen streifte Neias Blick nur flüchtig, dafür betrachtete sie die zahlreichen Bücherregale umso intensiver. An sämtlichen Wänden, auf der ringförmigen Empore und sogar mitten im Raum, überall drängten sich die Werke der bedeutsamsten Autoren der vergangenen Jahrhunderte dicht an dicht.

Entzückt drehte sich Neia im Kreis. »Wahnsinn«, wiederholte sie mit leuchtenden Augen und deutlich lauter als zuvor. »Was für eine Schatzkammer!«

Er hatte also das richtige Ziel für ihren kleinen Ausflug gewählt. Thane lächelte, zog ein Buch aus dem Regal zu seiner Linken und drückte es Neia in die Hand. Voller Ehrfurcht fuhr sie über den dunkelroten Einband.

»Du kannst dich hier gerne in Ruhe umsehen, wenn du möchtest«, sagte Thane. »Ich treffe mich noch mit jemandem und würde dich in ungefähr zwei Stunden wieder abholen. Wenn du früher gehen möchtest, dann denke daran, dass du zum Sektor Beta 7.IV musst. Die Wachen an den Übergangstoren wissen Bescheid, sie werden dich durchlassen. Und falls du dir etwas ausleihen möchtest ...« Er deutete auf eine grauhaarige Frau hinter dem Tresen in der Nähe der Tür. »Mrs Beasley hilft dir mit Sicherheit.«

»Du meinst, ich darf alles lesen, was ich möchte? Und mir sogar ein Buch mitnehmen?« Ungläubig ließ Neia ihren Blick erneut durch den riesigen Raum schweifen.

»Du kannst dir auch zwei, drei oder noch mehr Bücher ausleihen.« Beinahe hätte Thane es nicht geschafft, sich abzuwenden, so sehr nahm ihn Neias seliges Strahlen gefangen. Ein merkwürdig warmes Gefühl erwachte in seinem Inneren. Vermutlich purer Beschützerinstinkt. Er gab sich einen Ruck und marschierte los.

»Thane?«, rief Neia ihm hinterher. »Gibt es hier zufällig auch ein Buch von einem Mann namens Ásdís Partha? Oder ein anderes, in dem er erwähnt wird?«

»Der Name sagt mir leider nichts. Aber vielleicht kennt Mrs Beasley ihn.«

»Dann werde ich sie auf jeden Fall fragen. Ich ...« Neia biss sich auf die Lippe. »Danke.« Rasch vertiefte sie sich in das Buch mit dem roten Einband.

Ob es die richtige Wahl gewesen ist? Tief in Gedanken versunken verließ Thane die Bibliothek. Es waren keine schönen Worte, die darauf warteten, von Neia gelesen zu werden. Sie passten allerdings ausgezeichnet zu dem Krieg, mit dem sie schon bald wieder konfrontiert sein würde.

Ein Krieg, in dem jeder noch so kleine Wissensvorteil entscheidend sein könnte! Und so lief Thane zügig weiter, im Geiste jene Zeilen der englischen Übersetzung rezitierend, die er Neia ausgehändigt hatte:

Voltaire, eigentlich Francois-Marie Arouet, französischer Philosoph und Schriftsteller, 1694–1778

In einer irrsinnigen Welt vernünftig sein zu wollen, ist schon wieder ein Irrsinn für sich! Erzählungen über die Vergangenheit sind Lügen, auf die man sich geeinigt hat.
Sicher ist schließlich nur – alle Jahrhunderte ähneln sich durch die Bosheit der Menschen ...

Elf

Phantom Point, Sektor Gamma 2.IV

Jase und Celtan hatten offenbar keinerlei Probleme damit, sich in dem kleinen vollbepackten Schneiderladen, in den Commander Ethan Travis sie geführt hatte, zurechtzufinden und passende Kleidung für sich auszuwählen. Aleah wurde jedoch angesichts der vielen Farben und der untypischen Schnitte beinahe schwindelig. Dort lag ein Stapel enger roter Jacken und blau gestreifter Hosen, dicht daneben Hemden in verschiedenen Grüntönen, kuschelige Tücher und warme Mützen türmten sich auf der anderen Seite. Kurze und lange Pullover, dicke und dünne hingen an mehreren Ständern, dazwischen standen Kisten mit sportlichen Training-Outfits und militärischen Uniformen. Es gab auch einige Regale mit allerlei Schuhen, flachen und hohen, mit Schnallen und ohne...

»Nimm einfach irgendetwas!« Jase knallte einen Berg Klamotten zwischen die Stoffballen auf einem halbrunden Tisch in der Mitte des Raums, wo auch bereits Celtans Sachen lagen. Hinter dem Tisch stand eine schlanke Mittzwanzigerin, die bis zur Taille reichende Locken und hellblaue Augen besaß. Neugierig beobachtete sie das Geschehen, während ihre Finger gleichzeitig wie von alleine ein buntes Stoffstück säumten.

Zögernd griff Aleah nach einem Shirt in der Farbe, die sie gewöhnt war – grau.

»O nein, nein, nein!« Die Frau warf ihre Nadel von sich, schnellte nach vorne uns riss Aleah entsetzt das Shirt aus der Hand. »Herzchen, deine Haare haben einen so wunderschönen, einzigartigen Kupferton, dazu würde ...«, prüfend sah sie sich um, »... das hier ideal passen! Probier es mal an.«

Völlig verdattert beäugte Aleah das Kleid, dass sie überreicht bekam. Ein Kleid hatte sie zuletzt als kleines Mädchen in der Stadt der Kinder getragen. Und es war definitiv länger geschnitten gewesen. Und hatte nicht geglitzert!

»Es sieht nicht sonderlich praktisch aus.«

Die Frau schnaubte. »Praktisch ist langweilig!«

Ein amüsierter Laut ertönte aus der Ecke, in der Ethan stehen geblieben war. Er hatte sich nicht an der Auswahl beteiligt, sondern die letzten Minuten stirnrunzelnd eine Nachricht auf seinem Smartlet studiert, welches er nun wieder wegsteckte.

»Ich sehe schon, bei Isbel bist du in besten Händen. Lass dich doch von ihr beraten, Aleah.« Sein Blick schweifte zu Celtan, der bereits ungeduldig an der Tür stand und seinen Fledermaus-Adler-irgendwas-Vogel am Davonfliegen zu hindern versuchte. »Dich bringe ich schon mal zu Jacquine, damit ihr euch um Ami kümmern könnt.«

»Ich komme mit!«, verkündete Jase sofort. »Ein Rundgang und die Besichtigung eurer unterirdischen Farmen interessieren mich sehr.«

Vermutlich interessiert dich auch noch einiges mehr, dachte Aleah. Sie wurde das schleichende Gefühl nicht los, dass Jase irgendetwas vorhatte, was weit über einen Streit mit Montcroix hinausging. Sie selbst wüsste ja ebenfalls gerne, warum ausgerechnet sie so außergewöhnlich sein sollte und wie es zu dieser Narbe in ihrem Nacken gekommen war. Und sie war keineswegs so dumm zu glauben, dass urplötzlich ein bequemes, friedliches Leben vor ihr lag. Alles war jedoch besser, als weiterhin Urteile zu fällen, die sie nicht fällen wollte. Als sich weiterhin so furchtbar schlecht und einsam zu fühlen. Wenn Montcroix im Gegenzug eines Tages bei was auch immer um Hilfe bitten würde – nun, dann wäre sie es der Frau zumindest schuldig, sie anzuhören.

Mehr über diese Basis zu erfahren und bessere Ortskenntnisse zu erlangen, war allerdings gewiss kein Fehler. Isbel stimmte Ethan jedoch bereits eifrig zu. »Ja, geht ihr nur! Wir Mädels kommen alleine klar. Wenn wir fertig sind, schicke ich euch Aleah hinterher. Und die Sachen lasse ich wie immer bringen.«

»Danke.« Ethan warf Aleah einen eindringlichen Blick aus seinen tiefgrünen Augen zu. Er wollte sich wohl vergewissern, dass es für sie wirklich okay war, alleine bei Isbel im Laden zu bleiben. *Aber was ist schon dabei?* Isbel schien nett zu sein und die wenigen Stunden, die Aleah Celtan, Jase und Ethan nun schon länger kannte, fielen kaum ins Gewicht. Also nickte sie schulterzuckend.

Gleich darauf waren die drei Männer weg und auf Isbels Drängen hin probierte Aleah statt des Kleides immerhin einen anschmiegsamen weißen Pulli und eine robuste dunkelrote Hose an.

»Steht dir total gut!«, befand Isbel begeistert. »Die Hose kürze ich dir um zwei, drei Zentimeter, das ist kein Problem. Jetzt zieh noch diese Jacke an. Und die schwarzen, halbhohen Stiefel. Ich tippe derweil schon mal die ersten Sachen in meine Inventur-Liste, damit ich den Überblick behalte. Später kommt noch jemand, der eine Erstausstattung braucht. Neia, richtig?«

»Ja«, erwiderte Aleah, während sie skeptisch in die angepriesene Jacke schlüpfte und Isbel zu ihrem Terminal an den Tisch trat. Nachdem Aleah auch die Schuhe angezogen hatte, beäugte sie sich mit zusammengekniffenen Augen in einem Spiegel. War das wirklich noch sie?

»Ich muss unbedingt Lilli Bescheid geben, damit sie noch einige dieser Sweatshirts schneidert«, murmelte Isbel, sortierte die entsprechenden Kleidungsstücke zur Seite und tippte etwas in die Tastatur. »Und Victor sollte ... Oh, verflixt!« Sie schlug mit der flachen Hand gegen das Terminal.

»Ist alles okay?« Aleah wandte sich um.

»Ach, dieses Programm spinnt dauernd. Jetzt muss ich alles noch mal eingeben.« Isbel seufzte und sah plötzlich furchtbar traurig aus. »Ich wünschte, mein Bruder wäre hier. Er würde den Fehler im Nullkommanichts finden. Wahrscheinlich würde er sogar gleich ein neues Programm schreiben, das nicht nur bei Bestellungen und Abrechnungen helfen würde, sondern sogar noch kochen könnte. »Ein schwaches Lächeln glitt über Isbels Lippen. »Weißt du, er war wirklich ein Genie in diesen Dingen.«

»War?«, vergewisserte sich Aleah leise. Ihr schwante nichts Gutes. »Was ist passiert?«

»Er ist tot.« Isbel wischte sich über die Augen. »Ich weiß es auch erst seit Kurzem. Ich habe ihn so sehr geliebt! Immer wieder habe ihn gebeten, sich nicht in Gefahr zu bringen. Er hat jedoch nie auf mich gehört und bei seinem letzten Auftrag ... Nein, vergiss es! Du bist ja nicht hier, um zugeheult zu werden. Komm, ich möchte dir noch ein paar Sachen zeigen, die du unbedingt anprobieren musst!«

Energisch richtete sich Isbel auf und gab Aleah mit einem Wink zu verstehen, ihr zu folgen, bevor sie in den rückwärtigen Teil des Ladens schritt.

Wie betäubt kam Aleah der Aufforderung nach. Natürlich hatte sie mitbekommen, dass Ethans Team einen schweren Verlust erlitten hatte. Aber sie hatte nicht gewusst, dass Brendan Isbels Bruder gewesen war. Da sie dem Mann nie persönlich begegnet war, hatte sie ehrlich gesagt auch nicht groß über seinen Tod nachgedacht. Zu viele neue Eindrücke waren auf sie eingeprasselt, zu viele ihrer Emotionen waren seit dem Aufeinandertreffen mit Ethan in einem ständigen Widerstreit gelegen.

Warum hat er nicht gesagt, dass Brendan Isbels Bruder war? Und warum ist sie momentan überhaupt hier? Aleah hatte nur eine vage Auffassung davon, was es bedeutete, Teil einer Familie zu sein. Doch wenn sich je das erfüllen würde, wovon sie zeit ihres Lebens geträumt hatte, und sie es dann wieder verlor – dann wäre sie sicherlich nicht in der Lage, Hosen und Pullis an Neuankömmlinge zu verteilen. Erst recht nicht an jene, die gewissermaßen mitverantwortlich für ihren Schmerz waren!

»Es tut mir so unendlich leid.« Verzweifelt rang Aleah nach passenden Worten. Es fiel ihr jedoch absolut nichts ein, was in dieser Situation ein Trost hätte sein können.

»Schon gut. Du kannst ja nichts dafür.« Isbel wechselte rasch das Thema. »Ich müsste echt mal aufräumen. Dann wäre vielleicht auch genügend Platz, um hier alle Einreiher und Mäntel zu lagern.«

Isbel schob eine Kiste mit Schnittmustern in eine Ecke und eine zweite vor einen Tisch mit einer Nähmaschine. Dann öffnete sie eine Bodenluke, wo zuvor die Kartons gestanden hatten, und deutete auf die Treppe. »Nach dir.«

Ob sie gar nicht weiß, bei welcher Mission genau Brendan gestorben ist?, überlegte Aleah und stieg die Stufen hinab. Anscheinend waren eine Vielzahl Soldaten der Human Defence Organization fortlaufend im Einsatz und die meisten dieser Einsätze waren streng geheim. Das hatte zumindest Ethan während des Flugs zur Basis erwähnt. Und wenn die Wahrheit schon nicht offenbart wurde, sollte sich Isbel wohl wenigstens durch das ablenken dürfen, was sie offenkundig sehr gerne tat: ihre Arbeit. Ein klein bisschen Normalität, ein klein bisschen von dem, was neben ihrem Bruder ihr Herz erfüllte.

Ja, so ergibt das alles einen Sinn. Was jedoch überhaupt keinen Sinn ergab, war der plötzliche Knall, der über Aleah ertönte! Von einem Augenblick zum nächsten herrschte völlige Dunkelheit. Beinahe wäre Aleah die unterste Stufe hinabgestürzt.

»Hallo? Isbel, hörst du mich? Was ist passiert?« Lauter und lauter rief Aleah und schließlich tastete sie sich sogar die Treppe wieder hinauf, um gegen die zugefallene Luke zu hämmern. Heftiger und immer heftiger und bald schon rann kalter Schweiß über Aleahs Rücken. Die Antwort blieb stets die gleiche – Schweigen.

~ x ~

Phantom Point, Sektor Alpha 1.I, Kommandozentrale

Scarlett Montcroix musste dringend entscheiden, wo welche zusätzlichen Kräfte stationiert werden sollten, schließlich würde Elcaer definitiv auf ihren Affront reagieren. Statt sich jedoch auf die raumfüllende holografische Projektion des umliegenden Geländes und den strammstehenden Sergeant zu konzentrieren, der ihre Befehle erwartete, hing sie in Gedanken immer noch Jase' Worten nach.

»Sie galten als eine der loyalsten Verfechterin der United Nation, haben sich die höchsten Privilegien erarbeitet ... Muss wirklich hart gewesen sein, von einem auf den anderen Tag nicht mehr Elcaers Geliebte zu sein!«

Jase kannte sie also, die Halbwahrheiten und Gerüchte, die damals die Runde gemacht hatten. Geschichten, die in so vielen Punkten vollkommen falsch waren und doch einen wahren Kern bargen.

Einst hatte sie alles besessen, was man sich nur wünschen konnte. Vertrauen. Macht. Liebe. Sie hatte an das geglaubt, was sie tat, hatte die besten Absichten gehegt. Und dann war ihr von einem

Moment zum nächsten alles genommen worden. Ihr Glauben. Ihr Zuhause. Ihre Zukunft.

Das Einzige, was sie auf ihrer überstürzten Flucht begleitet hatte und was auch während der letzten Jahre stets präsent gewesen war, war dieses unsägliche Loch in ihrer Brust, wo früher mal ein Herz geschlagen hatte.

Und ob sich dieses Loch jemals wieder füllen würde, diese Frage ließ sich noch längst nicht beantworten. Es regte sich jedoch wieder etwas, zum ersten Mal seit mehr als einem Jahrzehnt. Dank Celtan, Aleah, Jase und Neia.

Scarlett legte ihre gespreizten Daumen und Zeigefinger aneinander und lächelte.

~ x ~

City Zero, United Nation, Peace Tower

Eloise hatte ihre anfängliche Nervosität, dem Anführer der schwarzen Garde höchstpersönlich gegenüberzusitzen, längst abgelegt. *Ich verstehe gar nicht, warum viele seinen Namen nur hinter vorgehaltener Hand flüstern. Er ist wirklich sehr nett und verständnisvoll ...*

Ein kurzes Räuspern hatte genügt und Captain Guerrez hatte ihr zuvorkommend ein Glas Wasser aus einer Karaffe eingeschenkt und über den Tisch hinweg zugeschoben. Und wann immer sie beim Erzählen des erlebten Grauens ins Stocken geraten war, hatte er geduldig gewartet, bis sie ihre Furcht wieder einigermaßen in den Griff bekommen hatte und weitersprechen konnte.

»Sind sie das?«, fragte er gerade sanft. Er hielt ein Smartlet in die Höhe, auf dem ein schweigsamer Gardist namens Evans nach ihren Angaben vier Phantomzeichnungen angefertigt hatte. »Sind das die Rebellen, die dich und Magistratin Webster angegriffen haben?«

»Ja. Das sind sie.« Eloise erschauderte und tastete instinktiv nach der Hand des Mannes, der links neben ihr saß. Maurice Knight. Ihr Ehegatte.

Seit zwei Jahren waren sie bereits zusammen und der Matching-Algorithmus hätte niemand Besseren für sie auswählen können. Maurice war intelligent, verlässlich und fürsorglich. Seine Arbeit als Erbauer hatte ihm starke Muskeln verliehen, trotzdem war er unglaublich zärtlich. Auch jetzt strich er so sacht mit dem Daumen über ihren Handrücken, als könnte sie jeden Moment zerbrechen. Gleichzeitig ruhte sein Blick voller Zorn auf dem Abbild jener Monster, die es gewagt hatten, seine Liebste zu betäuben und eine wehrlose junge Frau, eine Hoffnungsträgerin der Nation, zu entführen.

»Diese Verbrecher! Werdet ihr sie finden?« Eloise konnte spüren, wie schwer es ihrem sonst so ruhigen und gefassten Mann fiel, sich zu beherrschen. Ein inniges Gefühl der Verbundenheit zauberte ein kurzes Lächeln auf ihre Lippen. Sie wusste bereits jetzt, dass sie Maurice in drei Jahren inständig um eine gemeinsame Verlängerung ihres Ehestatus bitten würde.

Ohne ihn möchte ich nicht mehr sein ...

Im Stillen sandte Eloise einen erneuten Dank an Captain Guerrez, weil er Maurice sofort über das Vorgefallene benachrichtigt und ihn hatte herbringen lassen. Als sich ihr Gatte unter dem schärfer werdenden Blick des Captains aufrichtete und dabei kurz das Gesicht verzog, wurde Eloise aber prompt von einem schlechten Gewissen geplagt.

Immerhin befand sich Maurice noch in der Regenerationsphase nach einer schweren Rückenverletzung. Bei einem Auftrag in City XC war ein maroder Dachbalken in die Tiefe gestürzt und hatte ihn hinterrücks getroffen. Die ersten Tage, die Maurice in der Stadt der vierten Profession ärztlich versorgt worden war, war er vollständig bewegungsunfähig gewesen, ein Zustand, den die Ärzte als *querschnittsgelähmt* bezeichnet hatten. Die zerquetschten Nervenbahnen in seinem Rückenmark waren jedoch regeneriert worden und bald schon würde nichts mehr an die furchtbare Verletzung seiner Wirbel erinnern.

Vorausgesetzt, er schont sich bis dahin. Eloise blickte sehnsüchtig zur Tür. Wenn sie nur endlich in ihr kleines Quartier zurückkehren könnten, das ihnen nach ihrer Verehelichung zugewiesen worden war. Maurice musste sich dringend ausruhen. Und sie sich ebenfalls.

»Keine Sorge, wir sind ihnen bereits auf der Spur.« Captain Guerrez hatte offenbar genug davon, Maurice anzustarren, und wandte sich wieder Eloise zu. »Allerdings müssen wir wirklich alles wissen! Jede noch so nebensächlich erscheinende Kleinigkeit könnte wichtig sein. Welche Stadt war es zum Beispiel, die diese Terroristen erwähnt haben? Die, aus der sie angeblich abkommandiert worden sind? Du sagtest, einer von ihnen hätte über gefälschte IDs und Positionszuweisungen geredet.«

»Ja. Aber ich weiß nicht mehr, welche Stadt das war.« Angestrengt versuchte Eloise, sich zu erinnern. Doch egal wie sehr sie sich auch bemühte, sie wurde im Geiste stets nur zu jenem Augenblick zurückgeschleudert, als eine kalte Injektionsnadel durch ihre Haut stach.

Nein! Schluss damit! Sie ertrug diese Bilder nicht mehr. Erneut erschauderte Eloise und hastig strich sie sich eine Träne aus dem Augenwinkel. Nur wenige Minuten war sie hilflos im Finsteren gelegen, bis Hilfe eingetroffen war, und nach einer Stunde hatte sie bereits wieder auf wackeligen Beinen stehen können. Das war kein Vergleich dazu, wie Maurice sich *tagelang* nach seinem Unfall gefühlt haben musste. Seine Miene hatte jedoch kein einziges Mal jene tiefe Furcht widergespiegelt, die sie selbst noch immer in Beschlag hielt.

Er ist so viel stärker als ich! Innerlich wie äußerlich ... Unruhig rutschte Eloise näher an Maurice heran, der ihr sogleich einen Arm um die Schultern legte.

Captain Guerrez musterte sie noch einmal gründlich und nickte dann. »Nun gut. Eloise, bitte begleite Sir Evans in den Nebenraum. Er wird dir ganz in Ruhe deine Aussage vorlesen und sobald du sie unterzeichnet hast, hast du es geschafft. Maurice kann gerne hier auf dich warten. Im Namen der United Nation möchte ich mich noch einmal ausdrücklich für alle Unannehmlichkeiten entschuldigen und euch für eure Mithilfe danken.«

»Das war selbstverständlich.« Erleichtert stand Eloise auf und folgte dem schweigsamen Gardisten nach draußen.

»Sie ist so tapfer«, folgten ihr Maurice' Worte, ausgesprochen voller Stolz. *Der Gute!*

Im Nebenzimmer angekommen, lauschte Eloise nur mit halben Ohr Evans Ausführungen, bevor sie ihre Aussage rasch mit einem digitalen Stift unterschrieb. Ihre Gedanken waren ganz bei ihrem Mann. Als sie das Smartlet gerade an Evans zurückreichte, erklang von draußen ein fürchterlicher Tumult. Schreie, ein Poltern, ein lautes Zischen und Krachen, trampelnde Schritte und noch mehr Schreie.

»Was ist da los?« Verängstigt blickte Eloise zur Tür.

»Ich sehe nach. Du bleibst hier!«, befahl Evans. Mit gezücktem Phaser ging er zur Tür, öffnete diese erst um einen schmalen Spalt, um hindurchzulinsen, und riss sie dann vollständig auf.

Die Zeit blieb stehen. Eloise schoss in die Höhe, blinzelte, konnte nicht fassen, was sie sah. Ein trockenes Schluchzen brach aus ihr heraus. »Nein! Bitte nicht! Das darf nicht sein!« Aber all ihr Flehen änderte nichts. Direkt vor der Tür lag eine zusammengekrümmte Gestalt am Boden. Weiß wie frisch gefallener Schnee, abgesehen von den hässlichen roten Abdrücken am Hals.

»Maurice.« Eloise taumelte zu ihrem Mann, brach unmittelbar neben ihm in die Knie. Sie griff nach seiner Hand, wartete auf einen zärtlichen Gegendruck, der nicht kam. Der niemals wieder kommen würde.

»Ich ... Es ... es tut mir so unfassbar leid.« Keuchend stand Captain Guerrez mit zwei weiteren Gardisten in nächster Nähe. Zu ihren Füßen lag ein schlaksiger Kerl, mit dem sie wohl gerade noch gekämpft hatten. Ein Laserstrahl hatte ihm vollständig das Gesicht versengt und außerdem einen Flurschrank gespalten.

Guerrez steckte seine Waffe ein und erteilte seinen Männern einen harschen Wink. Kleinlaut ergriffen sie den Toten und schleppten ihn davon.

»Was ist passiert, Sir?« Es war nicht Eloise, die das fragte, dazu war sie überhaupt nicht imstande. Evan erkundigte sich an ihrer Stelle, während sie selbst unendlich vorsichtig über Maurice' Wange strich.

»Das war einer der gesuchten Terroristen, den die restliche Bande offenbar zurückgelassen hat. Ich habe gerade selbst erst von seiner Festnahme erfahren. Für eine eindeutige Identifizierung sollte er hergebracht und dir gegenübergestellt werden, Eloise, aber irgendwie hat er es geschafft, seine Fesseln zu lösen. Und dann hat er Maurice als Geisel genommen und versucht zu fliehen.« Bitterkeit verlieh der Stimme des Captains einen harten Klang. »Ich habe die Raffinesse dieses Mannes unterschätzt. Wir wollten ihn natürlich gehen lassen, um Maurice zu schützen. Und zuerst wirkte sein Griff auf Maurice' Hals auch nicht derart brutal, aber...«

»Seine verletzten Nackenwirbel«, wisperte Eloise und Tränen rannen über ihr Gesicht. Würde ihr Liebster noch leben, wenn ihm dieser verfluchte Balken nicht schon so sehr geschadet hätte?

»Dieser Vorfall wird nicht ohne Konsequenzen bleiben, das schwöre ich!« Captain Guerrez' Stimme wurde noch härter, noch gefährlicher, und Evan zuckte kurz zusammen.

Eloise verspürte jedoch keine Angst mehr. Nicht den geringsten Funken. Ihr gesamtes Innerstes bestand nur noch aus Schmerz und Trauer. Und Wut.

Sie war so wütend wie niemals zuvor. Sie würden bezahlen, diese Ungeheuer, die ihr das Wertvollste entrissen hatten!

»City LX«, sagte sie und stand entschlossen auf.

»Wie bitte?« Guerrez schien zunächst nicht zu verstehen.

»Die Rebellen. Sie gaben vor, als Unterstützung aus City LX abkommandiert worden und neu hier zu sein.« Eloise' Blick glitt ein letztes Mal über Maurice, bevor sie sich endgültig abwandte. »Können wir meine Aussage bitte verwerfen und noch einmal von vorne anfangen?«

»Jetzt gleich...?«

Als Eloise nachdrücklich nickte, trat Guerrez an sie heran und legte ihr in einer Mischung aus Mitgefühl und Anerkennung die Hand auf die Schulter. »Dein Ehegatte hatte recht. Du bist wirklich sehr, sehr tapfer!«

Zwölf

Phantom Point, Sektor Rho 5.X, Schankraum Tilia

»Du bluffst! Du hast keinen Royal Flush!« Vizegeneral Charles Gilkes musterte durchdringend die ausdruckslose Miene von Chief Montgomery, der rechts neben ihm am Pokertisch saß. Alle fünf Community Cards waren bereits aufgedeckt, Pikdame, Kreuzsieben, Herzdame, Pikzehn und Pikass.

Verdeckt vor Gilkes lagen Kreuz- und Karodame, womit er einen Vierling besaß. Das konnte Montgomery nur überbieten, falls er Junge und König in Pik besäße. Was höchst unwahrscheinlich war.

»Vielleicht blufft er. Vielleicht auch nicht.« Higgins, der amtierende Sprecher der Zivilbevölkerung und dritter Mitspieler der Runde, freute sich sichtlich über Gilkes' inneren Zwiespalt. Dabei war er selbst schon längst ausgestiegen und könnte zumindest so tun, als würde er Neutralität bewahren.

Gilkes warf seinem Freund einen bösen Blick zu und schob entschlossen die letzten Chips von seinem Stapel in Richtung Pot. »All in! Ich gehe mit!«

»Oh, oh. Das hätte ich an deiner Stelle nicht getan«, ertönte es vorlaut von der Bartheke. Vor wenigen Minuten hatte es sich dort Thane Travis bequem gemacht. Offenbar hatte er geduscht, denn seine Haare fielen ihm noch nass in die Stirn, und wie fast alle Anwesenden – egal ob Militärangehörige oder nicht – trug er lässige Freizeitkleidung. Gegen jemanden anzutreten, der vor Ehrfurcht absichtlich verlor, machte absolut keinen Sinn. Also verzichtete man in der beliebtesten Spielhölle der Basis auf Hierarchiesymbole, Rangabzeichen und dergleichen. Und Thane, der deutlich nervigere Travis-Zwilling, fiel ohnehin in die Kategorie jener Personen, denen dauerhafte Zivilkleidung besser gestanden hätte als die Militäruniform. Aber das behielt Gilkes angesichts der Meinung seiner Vorgesetzten lieber für sich.

»Was ist jetzt?«, fragte er, ohne auf Thanes Kommentar einzugehen. »Deckst du heute noch auf?«

»Mit dem größten Vergnügen.« Montgomery feixte, drehte einen Pikkönig um und ... einen Pikjungen.

»Ich werd verrückt!« Frustriert hieb Gilkes auf den Tisch und nahm dann einen großen Schluck aus seinem Becher mit destilliertem Schattenkorn.

»War doch klar«, tönte es aus Thanes Richtung. »Hätte der Chief wirklich geblufft, hätte er den Kopf nach links geneigt oder zumindest zweimal geblinzelt. Kam bei den letzten Spielen in zehn von zehn Fällen vor.«

»Blödsinn!« Montgomerys entrüsteter Ausruf wich schnell großer Nachdenklichkeit, immerhin kam die Behauptung von jemandem, der verräterische Ticks leider nur sehr selten wieder vergaß. Ob Thane nun mit seiner Behauptung recht hatte oder nicht, Gilkes witterte jedenfalls seine Chance.

»Noch eine Runde?«, erkundigte er sich eifrig und nahm schon mal die Karten, um sie zu mischen.

»Äh, vielleicht morgen wieder.« Montgomery zählte rasch die Chips, die er gewonnen hatte. Anschließend erhob er sich und trug das Ergebnis in die virtuelle Texas-Hold'em-Liste ein, die für alle gut sichtbar am Eckpfeiler der Theke prangte. Sein Name glitt von Platz sieben auf Platz fünf.

»Was ist mit dir?« Gilkes musterte Higgins, der zunächst zu überlegen schien.

»Ja. Und denk an die Sache mit deinen Knien.« Das kam schon wieder von Thane und als sich Higgins daraufhin ebenfalls eilig aus dem Staub machte, drehte sich Gilkes verärgert um. »Du elender –«

»Aber natürlich spiele ich mit dir!« Thane glitt auf Higgins frei gewordenen Platz, sortierte die Chips und teilte sie in zwei gleichmäßige Stapel auf, von denen er einen Gilkes entgegenschob. »Wer ist der Dealer?«

Gilkes knurrte angesichts Thanes Unverfrorenheit. Andererseits verspürte er noch keine sonderlich große Lust, an seinen Schreibtisch zurückzukehren und den routinemäßigen, äußerst wichtigen, aber eben auch äußerst langweiligen Verwaltungskram zu erledigen, der dort auf ihn wartete.

»Ich gebe!« Konzentriert verteilte er die Karten. Und gewann die Runde tatsächlich mit zwei niedrigen Pärchen, obwohl Thane das bessere Blatt besessen hätte. Gilkes' Laune besserte sich und er lehnte sich entspannt zurück, während Thane kritisch seinen nächsten Einsatz zu überdenken schien.

»Da wir gerade zufällig so schön beisammensitzen ...« Beiläufig warf Thane eine Handvoll Chips in die Mitte. »Irgendwelche Tipps für den Umgang mit Ethans neusten Teamzugängen?«

Gilkes grunzte nur, platzierte seinen eigenen Einsatz und klopfte mit den Fingerknöcheln auf die verdeckten Hole Cards, die Thane vor ihm abgelegt hatte. Beide besaßen die gleiche Farbe. *Kein übler Anfang.* Als ihm seine Geste bewusst wurde, hielt Gilkes hastig die Hände still. Mit theatralischem Schwung deckte Thane die ersten Community Cards auf.

»Na? Kannst du die gebrauchen?«

»Womöglich.« Gilkes versuchte, weder zu interessiert noch zu desinteressiert auf die Acht und die Neun zu schielen, die ihm womöglich zu einer Straße verhelfen würden.

»Stimmst du den Plänen für Celtan, Neia, Aleah und Jase zu?«

Jetzt verengte Gilkes die Augen. »Warum sollte ich nicht?«

»Keine Ahnung.« Unschuldig zuckte Thane mit den Schultern und legte weitere Chips in die Mitte des Tischs. »Vielleicht weil du die Vier woanders siehst, als ...?«

Falls der Kerl hofft, dass ich seinen Satz vervollständige, kann er das vergessen! Gilkes nahm wieder einen Schluck aus seinem Becher und hoffte, Thane würde sich endlich ganz dem Pokerspiel widmen. Was er natürlich nicht tat.

»Captain Guerrez' Kopf hätte sich echt gut als Wanddekoration gemacht. Zu schade, dass wir jetzt wohl weitere zehn Jahre darauf warten müssen.«

Ein schweres Seufzen folgte und Gilkes gelang es nur noch mit Mühe, ein Zähneknirschen zu unterdrücken. »Wenn du mit diesem Scheiß nicht endlich aufhören kannst, dann geh wenigstens Scarlett mit deiner Fragerei auf die Nerven und nicht mir!«

»Tja, sie ist aber nicht sonderlich gesprächig«, erwiderte Thane mit härter werdender Miene, während Gilkes seine

Bemerkung bereits bereute. Tatsächlich hatten er und Scarlett eine ganze Weile gestritten, als sie ihn in ihr riskantes Vorhaben eingeweiht hatte. Was nicht daran lag, dass er plötzlich kein Freund mehr ihres taktischen Kalküls gewesen wäre, sondern weil er selbst ein weitaus direkteres und rigoroseres Vorgehen bevorzugt hätte.

»Brendan ist tot und wir kriegen noch nicht mal den kleinsten Hinweis, warum das alles?«

»Das ist nicht fair! Brendan ist freiwillig dem Militär beigetreten. Er hatte seine Befehle und ich habe meine.« Grimmig starrte Gilkes Thane an, der mit einem ebenso grimmigen Blick konterte. Schließlich sah er als Erster weg und nahm das Spiel schweigend wieder auf. Für exakt zwei Minuten. Dann ließ er plötzlich grinsend einen Chip zwischen seinen Fingern tanzen und murmelte halblaut: »Nun, einen gewissen Ermessensspielraum besitzt du in deiner Position ja schon.«

»Verdammt noch mal!«, fluchte Gilkes verärgert. Warum nur schaffte es Thane immer wieder, ihn zum Pokern zu überreden, obwohl er inzwischen genau wusste, was für ein Plagegeist dieser Kerl war? »Ein einziger Hinweis! Und dann kein Wort mehr zu diesem Thema, kapiert?«

»Sicher.« Thane nickte so eifrig, dass sein Kinn die Brust berührte. Woraufhin Gilkes erst einmal tief Luft holen musste, um in einem einigermaßen angemessenen Tonfall sprechen zu können.

»Details wirst du erst erfahren, wenn Scarlett den richtigen Zeitpunkt für gekommen hält. Aber ich verrate dir in etwa, was Aleahs, Celtans, Neias und Jase' Hauptaufgabe sein wird: träumen. Fühlen. Zweifeln. Lügen.«

»Häh? Sie sollen ... was?« Verdutzter hätte Thane wirklich nicht mehr dreinblicken können. *Ein wahrer Genuss!* Mit süffisanter Miene verdoppelte Gilkes seinen Einsatz.

»Und? Steigst du jetzt aus?«

Für einen Moment verharrte Thane reglos. Aber egal wie nervig der Kerl auch war, auf seine Versprechen war Verlass. »Ich steige selbstverständlich *nicht* aus!«

Chips wanderten über den Tisch und in der folgenden Stunde fiel Gilkes wieder ein, warum er immer noch mit Thane Travis pokerte. Seine Gegenwart war nämlich nicht nur äußerst anstrengend, sondern konnte auch ausgesprochen amüsant sein.

~ x ~

Basis der Human Defence Organization, Abflughangar 2b, manuelle Aufstiegstreppe

»Soll ich ihn jetzt mit nach oben nehmen oder nicht?« Keineswegs unfreundlich, aber auch nicht mehr sonderlich geduldig wurde Celtan von Jacquine gemustert. Die brünette, kraushaarigen Pilotin aus Ethans Mannschaft hatte sich wirklich viel Zeit genommen, um ihnen zu zeigen, wo welche Nahrung für die Bevölkerung angebaut wurde. Künstlich geschaffene Höhlen, unterirdische Quellen und Seen, Korridore, in denen sich kaltes Metall mit blühendem Grün abwechselte – es war beeindruckend gewesen.

Jedenfalls für Celtan. Jase hingegen hatte sich bald gelangweilt. Statt botanischen Fachsimpeleien mit den zuständigen Gärtnern zu lauschen, hätte er wohl lieber weitere Abzweigungen des unterirdischen Komplexes erkundet. Jacquine hatte ihn allerdings scharf im Auge behalten.

»Es gibt Sektoren, in denen ihr euch auch jetzt schon völlig frei bewegen könnt. Und andere, in denen ihr euch dieses Recht erst verdienen müsst.«

Nach dieser Erklärung war Jase ihnen mürrisch hinterhergeschlappt, bis Jacquine ihm vor wenigen Minuten an einem Übergangstor zum Beta-Sektors zu verstehen gegeben hatte, dass er den restlichen Rückweg ohne Begleitung zurücklegen durfte. Celtan war von Jacquine zum Abflughangar mitgenommen worden. Den Blick fest auf Ami gerichtet, stand sie bereits auf der untersten Stufe jener Treppe, die durch eine im Felsgestein getarnte und streng bewachte Ausstiegluke an die Oberfläche führte.

Sein gefiederter Freund gab keinen einzigen Laut von sich, aber Celtan spürte dennoch dessen Unruhe. Amis Krallen bohrten sich tiefer in seine Schulter als üblich und immer wieder breitete der Fledermausadler seine Flügel aus, als wollte er davonflattern, nur um es dann doch nicht zu tun.

Es gab keine andere Möglichkeit, Ami musste nach draußen, musste fliegen und jagen. Kadaver, Insekten, Kleintiere – nichts von seinem gewohnten Speiseplan würde der Vogel hier unten finden. Und er brauchte die Bewegung mehr als dringend, die Freiheit, die Weite der Landschaft. Nur fiel es Celtan so unsäglich schwer, sich zu verabschieden. Selbst wenn es für nicht lange war.

»Können wir nicht warten, bis ein Hubschrauber startet?« Er deutete auf die schweren Tore in der Decke, die bei Bedarf lautlos zur Seite glitten und eine schmale Öffnung schufen. *Dadurch könnte ich Ami beobachten und –*

»Sechseinhalb Sekunden«, unterbrach Jacquine seine Gedanken in einem nachsichtigen Tonfall. »Länger bleiben die Tore nie geöffnet. Wir dürfen nicht entdeckt werden, schon vergessen? Reichen deinem Vogel sechseinhalb Sekunden an der Oberfläche?«

Natürlich nicht. Celtan seufzte, kraulte noch einmal das Köpfchen seines Freundes und versetzte Ami dann einen sachten Schubs. »Geh zu ihr«, flüsterte er. »Sie ist in Ordnung. Viel Glück beim Jagen. Und wenn du satt und müde vom Fliegen bist, komm bitte zurück!«

Für einen Augenblick fixierten große gelbe Augen Celtans Gesicht, dann breitete Ami seine Schwingen aus und flatterte auf Jacquines dargebotenen Arm. Sie schnitt eine Grimasse, als die scharfen Krallen durch den Stoff ihrer Jacke drangen, aber trotzdem blieb sie sanft im Umgang mit dem anvertrauten Tier.

»Sicher, dass er nicht verschwinden wird?«, vergewisserte sie sich, obwohl sie das bereits mehrfach besprochen hatten. »Ich soll ihn nach einer Weile einfach mal rufen?«

Celtan nickte. Es laut auszusprechen wagte er nicht, denn er war sich keineswegs hundertprozentig sicher, ob sich Ami freiwillig wieder unter die Erde begeben würde. Das entsprach schließlich nicht seiner Vogelnatur.

»Na dann.« Den Fledermausadler vorsichtig auf ihrem Arm balancierend, wandte Jacquine sich ab und stieg die Treppe hinauf. »Wenn du zum nordöstlichen Pass fliegst, Ami, musst du aufpassen. Die Windböen dort sind extrem heftig«, plauderte sie ungezwungen drauf los.

Für einen winzigen Moment meinte Celtan regelrecht, Amis Spott zu fühlen, weil ein plumper Zweibeiner ohne Flügel dem Herrscher der Lüfte einen Rat zu erteilen versuchte. Er musste widerwillig grinsen, blieb noch für zwei, drei Sekunden stehen und blickte seinem Freund hinterher. Dann schlenderte er in das Quartier zurück, das Aleah, Neia, Jase und ihm zugewiesen worden war. Es handelte sich um einen kleinen quadratischen Raum mit zwei gegenüberliegenden Stockbetten, einem runden Tisch in der Mitte und vier Metallspinde an der hinteren Wand, neben denen sich auch ein Computerterminal befand. Duschen und Toiletten mussten sie sich mit Commander Travis gesamter Einheit teilen, aber das störte Celtan nicht.

Jase saß mit überkreuzten Beinen auf dem unteren Bett in der Nähe der Tür und beäugte kritisch einen auf glänzendem Papier gedruckten überdimensionalen Plan der Bunkeranlage, den er der Himmel weiß wo aufgetrieben hatte. Vielleicht hatte er ihn sich von Neia geklaut, die mit hochroten Wangen am Tisch zwischen zwei riesigen Bücherstapeln saß, mal hier und mal dort blätterte und offenbar am liebsten alles auf einmal gelesen hätte.

»Na, dein schräges Vögelchen abgegeben?« Jase erwartete offenkundig keine Antwort, denn er fuhr mit dem Zeigefinger bereits eine Linie auf der Karte entlang. »Hier waren wir ... und dort ist also Montcroix' Reich.«

»Wo?« Interessiert beugte sich nun auch Celtan über den Plan. Er konnte keinen Namen oder sonst etwas Auffälliges erkennen. »Da steht doch gar nichts.«

Jase schnaubte. »Natürlich nicht. Aber dieser Sektor befindet sich genau in der Mitte. Diese Basis war nicht immer so groß, ich habe gehört, ihre Fläche hat sich im Laufe der Zeit mehr als verzehnfacht. Einen Kommandoraum muss es jedoch immer schon gegeben haben. Und wenn der nicht verlegt wurde, wofür es keinerlei Indizien gibt, liegt er entsprechend noch heute im alten Teil der Anlage. Beta-Sektor, Alpha-Sektor, Gamma, Delta bis hin zu Pi, Sigma und Omega – ist alles logisch!«

Jase tippte auf verschiedene Punkte der Karte, ohne dass Celtan so richtig folgen konnte.

»Hast du auch eine Geländekarte?« Hoffnungsvoll blickte er zu Neia, die abwesend den Kopf schüttelte.

»Nein. Ich habe einige Atlanten in der Bibliothek gesehen, aber es waren andere Ausgaben als meine und ich wollte mir keine ausleihen. Zugang zu so vielen Büchern zu besitzen ist fantastisch! Trotzdem wünschte ich mir …« Neia seufzte, ein gleichermaßen trauriger wie anklagender Laut. »Ich wünschte mir, ich hätte wenigstens Ásdís Parthas Vermächtnis mitnehmen können.«

Noch bevor Celtan nachhaken konnte, hatte sich Neia erneut in ein Buch vertieft. Jase war ebenfalls noch ganz versunken in seinen Bunkerplan und schien wenig Lust auf ein Gespräch zu verspüren. Also trat Celtan schulterzuckend an das Terminal und aktivierte es.

Verschiedene Dateisymbole wurden ihm zur Auswahl angezeigt und er klickte sie nacheinander an. Ein Speiseplan. Die Wettervorhersage der nächsten Tage. Militärische Grundsätze und Tugenden. Lehrbücher der Mathematik, Physik und Biologie. Wörterbücher für Sprachen, von denen Celtan noch nie etwas gehört hatte. *Wie unpraktisch, dass die Menschen früher offenbar nicht in einer Einheitssprache kommuniziert haben.*

Kopfschüttelnd arbeitete sich Celtan weiter durch die Liste. Ein Dienstplan mit Wacheinteilungen in der gesamten Basis, ein weiterer Plan für diverse Trainingseinheiten und … Celtan stutzte. Was hatte denn sein Name in der Kampfsportübersicht verloren?

»Hey«, rief er Jase und Neia zu, als er auch ihre Namen entdeckte. »Kommt mal her und schaut euch das an!«

Die Tür öffnete sich, ehe Celtan den anderen seine Entdeckung zeigen konnte. Ethan trat ein.

»Wo ist Aleah?«, fragte er und sah sich stirnrunzelnd um.

»Immer noch Kleider anprobieren?« Jase' Tonfall hätte nicht gleichgültiger klingen können.

»Oh. So ein Mist!« Mit sichtbar schlechtem Gewissen schlug sich Neia die Hand vor den Mund. »Vor lauter Büchern habe sie ganz vergessen.«

Celtan musste zugeben, dass er ebenfalls nicht weiter über Aleahs Abwesenheit nachgedacht hatte. In Neias Miene breitete sich währenddessen Ratlosigkeit aus. »Thane und ich waren vor ein paar Minuten noch in diesem Schneiderladen. Aleah war da aber schon längst weg. Sie müsste also hier sein! Vielleicht ist ja nur auf Toilette oder so?«

Eilig erhob sie sich und verschwand zusammen mit Ethan, um den Waschraum zu überprüfen. Kurz darauf kehrten sie allerdings alleine zurück und das Stirnrunzeln des Commanders hatte sich vertieft.

»Bestimmt hat sie sich verlaufen.« Celtan verspürte Mitleid. Er hatte zwar bis jetzt kaum ein Wort mit dieser Urteilsfällerin gewechselt, aber es war trotzdem eine unschöne Vorstellung, wie sie verzweifelt durch die Gänge irrte. Er selbst hatte sich auf dem Rückweg ja auch zweimal erkundigen müssen, um die richtigen Abzweigungen nicht zu verpassen.

»Verlaufen? Es befindet sich doch an nahezu jeder Wand eine Markierung.« Jase verdrehte die Augen. Urplötzlich schwanden aber seine Verachtung und sein Desinteresse. »Wir helfen natürlich, Aleah zu suchen!« Eifrig sprang er vom Bett auf und marschierte zielstrebig zur Tür.

»Immer schön langsam«, wehrte Ethan ab und hielt Jase am Arm fest. »Am Ende seid ihr auch noch verschwunden.«

»Quatsch! Ich habe mir die Strecke gemerkt und wir bleiben brav zusammen.« Beschwörend warf Jase Neia und Celtan einen Blick zu. »Wir gehen bis zum Laden und dann weiter bis zum Epsilon-Sektor, falls Aleah aus Versehen in die entgegengesetzte Richtung gelaufen ist. Und unterwegs fragen wir jeden, den wir treffen. Irgendjemand wird sie schon gesehen haben.«

»Ja. Gute Idee!« Neia nickte sofort und Celtan wollte ebenfalls mit dabei sein, obwohl ihm Jase' abrupter Sinneswandel nicht so ganz behagte.

Ethan musterte sie eindringlich und stimmte schließlich mit strenger Miene zu. »In Ordnung. Eine Bedingung gibt es allerdings. Wir machen vorher einen kleinen Abstecher.«

»Und wohin?« Selbstverständlich war es wieder Jase, der als Erster fragte, dieses Mal jedoch deutlich verhaltener. Auch Celtan verspürte ein warnendes Kribbeln.

»Ich hatte es ohnehin gerade vor: Ich bringe euch zum MediCenter. Um euch eine letzte Wahl zu ermöglichen, wenn ihr bereits keine Wahl mehr habt.«

Das klingt irgendwie ... gruselig. Ungewollt erschauderte Celtan. Und in der Tat wurde es nicht einfach nur gruselig. Es wurde wesentlich schlimmer.

Dreizehn

City Zero, United Nation, Peace Tower

»Und? Wisst ihr endlich, wo sie sind?« Keinerlei Milde war mehr in den Gesichtszügen von Magistratspräsident Hosni Elcaer zu erkennen. Die Maske, die er in der Öffentlichkeit so gerne trug, war verschwunden, genauso wie jegliche Spiegelung einer Empfindung. Mit starren, leblosen Augen thronte er hinter seinem opulenten Ebenholzschreibtisch, sein Gegenüber taxierend, wie immer auf der Suche nach dem geringsten Anzeichen für Schwäche, für Angst, für Widerwillen.

Captain James L. Guerrez gab sich keine Blöße. Unerschütterlich stand er da, die Füße leicht gespreizt, die Hände im Rücken. »Noch keine Spur«, vermeldete er sachlich. »Meinem letzten Bericht ist nichts hinzuzufügen.«

»Ihr solltet offenbar eure Verhörmethoden überdenken. Oder sollte ich mich besser gleich an jemanden wenden, der seiner Aufgabe mit dem nötigen Nachdruck gerecht wird?«

Die Stimme des Präsidenten wurde mit jedem Wort schneidender, doch die Drohung, ihn zu ersetzen, schreckte James schon lange nicht mehr. Ja, es hatte eine solche Zeitspanne gegeben, aber nur bis er begriffen hatte, dass es weitaus Entsetzlicheres gab als eine zerstörte Karriere. Oder einen Gefängnisaufenthalt. Oder den Tod.

»Ein gebrochenes Rückgrat könnte man durchaus als nachdrücklich genug erachten«, erwiderte er höflich, ohne sich dabei unterwürfig zu geben.

Der Präsident schnaubte. »Mich interessiert kein nichtiger, kleiner Erbauer. Und auch nicht die verkohlte Leiche eines einzelnen, ohnehin schon längst toten Verräters. Ich will sie alle! Koste es, was es wolle!«

Eigentlich interessierst du dich nur für eine, schoss es James durch den Kopf, diese Bemerkung verkniff er sich jedoch wohlweislich. Seine Gedanken wanderten zu Eloise Knight. Die meisten Menschen mochten Furcht für eine wirkungsvolle Waffe halten und das war sie in der Tat. Allerdings nur wenn sie in die richtigen Bahnen gelenkt werden konnte. Und das war schwierig, denn Angst trübte Erinnerungen, versteckte Dinge oder erfand welche dazu, ließ Menschen alles glauben und sagen und tun, nur um dem Grauen zu entfliehen. Hass hingegen ließ sich so viel leichter steuern. Er bot Motivation, verlieh Kraft, schärfte das Gedächtnis.

Nichts von all dem, was Eloise ihm erzählt hatte, war für James neu gewesen. Seine Männer hatten die Hacks längst analysiert, mit derer Hilfe sich die Terroristen in das System und die Stadt geschlichen hatten. Aber erst als die Assistenzregentin ihre Furcht abgelegt und sich dem Hass und der Wut ergeben hatte, hatte er sich ganz sicher sein können, dass sie ihm weder absichtlich noch unabsichtlich Informationen vorenthielt.

»Egal was du auch planst ...«, murmelte Hosni Elcaer und tippte eine Taste seiner Terminaltastatur an, woraufhin eine holografische Sanduhr in den Raum projiziert wurde. Nur eine Handbreit Sand war noch in der oberen Hälfte der Uhr vorhanden und er rieselte unaufhörlich weiter. »Du wirst es niemals rechtzeitig genug schaffen!«

Erst jetzt wurde sich der Präsident offenbar bewusst, dass James immer noch vor ihm stand, und bedeutete ihm mit einem ungehaltenen Winken, wegzutreten.

»Worauf wartet ihr noch? Liefert mir endlich Ergebnisse!«

Ergebnisse, die es vielleicht schon geben würde, wenn diese unnützen Einbestellungen nicht wären ... Wenigstens hat er mir mein vermeintliches Versagen in City CXIII nicht erneut unter die Nase gerieben. Mit forschen Schritten marschierte James zur Tür und vermied dabei tunlichst jeden weiteren Gedanken an seinen Sohn und jene verdrehte Version des dortigen Rebellenangriffs, die er Elcaer aufgetischt hatte. Einem gefährlichen Raubtier durfte man auf den letzten Metern niemals die Gelegenheit geben, doch noch loszuspringen und einen zu zerfleischen.

Als James auf den Gang hinaustrat, erhaschte er aus den Augenwinkeln einen letzten Blick auf den Präsidenten. Er hatte sich in seinem Sessel zurückgelehnt, Daumen und Zeigefinger seiner beiden Hände aneinanderlegt. Und er lächelte. Ein Lächeln, das reichlich Stoff für Albträume bot.

Rasch schloss Captain James L. Guerrez die Tür.

~ x ~

Phantom Point, medizinisches Zentrum des Beta-Sektors

»Das mache ich auf gar keinen Fall!«

Dieser Ausruf stammte von Neia, die bleich auf die Abbildungen starrte, mit derer Hilfe Dr. Quintin Stafford die anstehende Implantation so ausführlich und schonend wie wohl nur irgendwie möglich erklärt hatte. Celtan war nicht erblasst, er war eher grün im Gesicht.

Hoffentlich sehe ich nicht auch so aus!, dachte Jase. Er zwang sich dazu, sich noch aufrechter hinzustellen, obwohl ihm ebenfalls mulmig zumute war. Er griff nach dem Backenzahnmodell, das in einer Schale auf dem Tisch neben ihm lag, ein Wunderwerk der Technik. Ein kleiner ID-Trackingchip im Inneren würde dafür sorgen, dass zukünftig auch bei ihnen die Sensoren an den Übergangs-Stahltoren zwischen den Bunkerabschnitten grün aufblinkten – sofern sie eben passieren durften –, und sie nicht mehr darauf angewiesen waren, dass die wachhabenden Soldaten vorab entsprechend über ihr Kommen und Gehen unterrichtet wurden.

Aus Sicherheits- und Organisationsgründen natürlich sehr sinnvoll, fatal allerdings für Jase' ausgedehnte Erkundungsabsichten, wenn jeder seiner Schritte genauestens nachvollzogen werden konnte. Doch für dieses Problem würde er schon noch eine Lösung finden. Ganz im Gegensatz dazu, falls er alles boykottierte, dann würde er sein Ziel garantiert niemals erreichen.

»Die Operation dauert nur ein paar Minuten und ist vollkommen schmerzfrei. Und außer einem anfänglichen Fremdkörpergefühl müsst ihr wirklich nichts befürchten!«

Dr. Stafford gab sein Bestes, um Neia und Celtan zu beruhigen, aber als beide erneut vehement den Kopf schüttelten, warf er Ethan einen Hilfe suchenden Blick zu. Der Commander war jedoch gerade am anderen Ende des Raums in eine leise Unterhaltung mit seinem Bruder vertieft, der vor Kurzem aufgekreuzt war.

Jase spitzte die Ohren, denn es schien um etwas Wichtiges zu gehen. Mehr als einzelne Wortfetzen verstand er aber leider nicht.

»Träumen ... Fühlen ... Was soll das heißen?«

Thane zuckte die Schultern. »Keine Ahnung ... war noch bei ... gefragt ... nie gehört.«

Commander Ethan fluchte. »Staubverdammt! ... genug andere Probleme ... Aleah ... Team-Integration ... Missionsstart ...«

Ein Ellenbogen traf Jase in die Rippen und lenkte seine Aufmerksamkeit zurück auf seine unmittelbare Umgebung.

»Hey!« Genervt sah Celtan ihn an. »Ich habe dich jetzt schon dreimal gefragt, ob du dir dieses Ding da einsetzten lässt. Ich wette, die Antwort lautet *Ja*.«

»Wieso fragst du, wenn du es eh schon weißt?« Betont lässig schnippte Jase das Zahnmodell zurück in die Schale. Der obere Teil des Backenzahns klappte dabei auf und enthüllte, was sich außer dem Chip noch im Inneren verbarg: eine winzige Kapsel, gefüllt mit einer hochtoxischen Flüssigkeit. Der letzte Ausweg, den Ethan ihnen angekündigt hatte.

»Wenn du aus Versehen draufbeißt, wird dich deine Überheblichkeit auch nicht mehr retten können«, erklärte Neia schnippisch mit vor der Brust verschränkten Armen. Für einen flüchtigen Moment überkamen Jase tatsächlich Zweifel, doch dann wiederholte Dr. Stafford, was er ihnen bereits zuvor erklärt hatte.

»Die überwiegende Zeit wird diese Funktion deaktiviert sein und egal wie sehr ihr auf dem Zahn herumbeißt, es kann überhaupt nichts passieren. Außerdem löst nur die richtige Druckausübung an zwei verschiedenen Stellen kurz hintereinander die Ausschüttung des Toxins aus, das kann selbst im aktivierten Zustand keinesfalls versehentlich passieren. Die entsprechende Technik werdet ihr nach der Implantation erlernen, natürlich ebenfalls im gesicherten Modus.«

Neia schien erneut etwas einwenden zu wollen, aber in der Zwischenzeit hatten Ethan und Thane ihr Gespräch beendet und traten zu ihnen.

»Ihr seid immer noch am Diskutieren?« Der Commander zog eine Augenbraue hoch. »Hatte ich schon erwähnt, dass es sich bei dieser Implantierung um keine Bitte handelt? Betrachtet es als ersten Befehl an euch.«

»Wir gehören aber nicht zu deinen Soldaten«, protestierte Celtan umgehend. »Und ich brauche kein Gift! Ich werde niemals wieder einen Fuß in die United Nation setzen und –«

»Vielleicht kommt die United Nation aber eines Tages zu uns«, unterbrach Ethan ruhig. Ein unheilvolles Schweigen senkte sich herab und Jase hatte plötzlich Schwierigkeiten, gleichmäßig zu atmen. *Koordiniert mein Vater womöglich genau in diesem Moment einen Vernichtungsschlag? Ist das der Grund, warum er nach all den Anstrengungen so abrupt von meiner Ergreifung abgelassen hatte?*

Lieutenant Wilson war ebenfalls von einer List ausgegangen. Von daher hatte sich Jase auch bereits während des Flugs sämtlicher Kleidung entledigen müssen, die Wilson dann kurzerhand aus dem Hubschrauber geworfen hatte. Für den Fall, dass der Captain seinem Filius heimlich einen Peilsender untergeschoben hatte.

Gerne hätte Jase geglaubt, dass ihm ein solcher Versuch sofort aufgefallen wäre, doch das Einzige, was er mit absoluter Bestimmtheit sagen konnte, war, dass sein Vater niemals so plump und offensichtlich handelte. Sollte die Basis tatsächlich angegriffen werden, würde es nicht die geringste Vorwarnung geben, bis es längst zu spät war. *Weswegen es ja auch nur mäßig Sinn macht, sich darüber den Kopf zu zerbrechen!*, ermahnte Jase sich selbst und holte tief Luft.

»Ach, jetzt kommt schon.« Thane klatschte in die Hände und blickte aufmunternd in die Runde. »Nach allem, was ihr bereits durchgemacht habt, ist das doch ein Klacks für euch! Wir haben ausreichend Erfahrung, vertraut uns, wenn wir euch sagen, dass dies hier notwendig ist.«

Es kam Jase so vor, als ob Thanes Blick einen Tick länger auf Neia verweilte als auf Celtan oder ihm selbst, aber womöglich irrte er sich auch. Als Commander Ethan jedenfalls ergänzte, dass die einzige Alternative darin bestünde, auf ungewisse Zeit in einem äußerst kleinen Radius um ihr Schlafquartier festzusitzen, willigten auch der Vogelfreund und die Ex-Magistratin zögernd ein. Keine halbe Stunde später waren sie alle um einen echten Zahn ärmer und ein ausgeklügeltes Implantat reicher.

Vorsichtig fuhr Jase mit der Zunge über die polierte Oberfläche. Es war, wie Dr. Stafford angekündigt hatte – der synthetische Zahn fühlte sich noch etwas fremd in seinem Mund an und ein leichtes Kribbeln zeugte vom Abklingen der örtlichen Betäubung, aber weh tat ihm nichts.

Celtan rieb sich immer wieder prüfend über die Wange und Neia war an Thanes Seite getreten, der sich große Mühe gab, die junge Frau mit Geplänkel über irgendwelche Bücher abzulenken. Dieses Mal bildete sich Jase die gegenseitige Faszination der beiden keinesfalls ein, denn Commander Ethan musterte seinen Zwilling und Neia ebenfalls nachdenklich, äußerte sich jedoch nicht zu dem, was da vor sich ging.

»Können wir dann jetzt?«, wollte Jase ungeduldig wissen, der keine Lust hatte, noch weiter untätig herumzulungern.

»Wartet bitte noch kurz auf ... Ah, da ist sie ja schon«, unterbrach Ethan sich selbst, als Sirah den Raum betrat. Sie händigte Celtan, Neia und Jase jeweils ein Smartlet aus.

»Alle wichtigen Nummern sind bereits gespeichert«, verkündete sie und erläuterte zwei, drei Sonderfunktionen, die Jase nicht interessierten und ihn noch ungeduldiger werden ließ. *Am Ende überlegt es sich Ethan anders und beauftragt seine eigenen Leute, nach Aleah zu suchen, während wir wie kleine Kinder ins Bett geschickt werden.*

Jase' Unkerei zum Trotz mahnte der Commander aber schließlich nur: »Seid in spätestens zwei Stunden zurück. Und meldet euch, falls etwas sein sollte.«

»Klar.« Jase nickte erleichtert und lief zügig los. Celtan und Neia folgten ihm augenrollend nach.

»Renn nicht so«, beschwerte sich Celtan, nachdem sie um die erste Ecke gebogen waren. »Wir sollen zusammenbleiben, schon vergessen?«

»Und nach Aleah fragen können wir so auch niemanden«, warf Neia unterstützend ein.

»Wäre sie in diesem Sektor, hätte sie schon längst jemand zu Ethans Einheit geschickt!« Trotz seines gereizten Einwands zügelte Jase sein Tempo. Er wollte nicht jetzt schon mit seinen beiden Begleitern streiten. Nicht wenn seine geplante Suchroute einige kleine Abstecher enthielt, die man durchaus noch erklären konnte, sollte ihr Bewegungsprofil von einem von Ethans Leuten überprüft werden, die ihm aber nichtsdestotrotz hilfreiche Einblicke bescheren konnten. Ein Stromversorgungsknotenpunkt stand zum Beispiel auf seiner Liste, eine Halle, die wohl der Müllentsorgung diente, und ein Raum mit Pumpen für das Frischwassernetzwerk. *Mal sehen, wie nah wir an all das herankommen ...*

Ohne Probleme verließen sie zunächst den militärischen Bunkerbereich. Die wachhabende Soldatin nahm kaum Notiz von ihnen und achtete lediglich auf die grün blinkenden Sensoren.

»Jetzt nach rechts«, bestimmte Celtan, sobald sie die nächste Abzweigung erreichten. »Dann kommen wir am schnellsten zu diesem Schneiderladen.«

»Sicher, dass wir nicht nach links müssen?« Neia runzelte die Stirn.

»Geradeaus.« Jase marschierte weiter, ohne abzuwarten, ob Neia und Celtan ihm nachkamen.

»Stopp! Das ist definitiv die falsche Richtung!« Mit einigen schnellen Sprüngen holte Celtan auf und versuchte, sich Jase in den Weg zu stellen. Es blieb bei dem Versuch, denn Jase wich gekonnt aus.

»Ich weiß schon, was ich tue.«

»Mag sein. Es ist aber bestimmt nicht das, was du tun *solltest*, oder?«

Cleverer als gedacht. Für einen Moment lieferte sich Jase ein stummes Blickduell mit Celtan, dann deutete er rasch auf einige Kids, die gelangweilt in einer Nische neben einem alten Bodenrohr hockten. »Schaut, die können wir mal nach Aleah fragen.«

»Mazen Sheppard, den kenn ich«, rief Neia aufgeregt und zeigte in Richtung eines rothaarigen, um die zwölf Jahre alten Jungen, der bislang mit einer Schraube Kerben in die gusseiserne Abdeckung des Rohrs geritzt hatte. Als er seinen Namen hörte, blickte der Junge wachsam auf, entspannte sich jedoch sogleich wieder.

Celtan und Neia gingen zu ihm, um ihn zu befragen, und Jase nutzte den ungestörten Moment und verzog sich in einen unbeleuchteten, schmalen Seitengang. Wenn ihn seine Orientierung nicht komplett trog, müsste er ganz in der Nähe des Pumpwerks sein.

Gleich darauf blieb Jase enttäuscht vor einem massiven Metallgitter stehen. Es war anscheinend nachträglich an Decke und Wände geschweißt worden. Als er daran rüttelte, gab es um keinen einzigen Millimeter nach und aufgrund des feinen Geflechts und der herrschenden Dunkelheit konnte er unmöglich erkennen, was sich auf der anderen Seite verbarg. *Mist!*

Er kehrte zurück und wurde vorwurfsvoll von Neia und Celtan empfangen. »Wo warst du? Mazen hat Aleah nicht gesehen. Er hat aber angeboten, sich umzuhören, und hat uns seine Nummer gegeben. Was du auch wüsstest, wenn du mit uns mitgekommen wärst!«

»Regt euch ab. Ich dachte, ich hätte jemanden gesehen, den wir ebenfalls fragen könnten, aber da war niemand.« Jase sagte das so nachdrücklich, als würde er die Ausrede selbst glauben, und dankenswerterweise gingen weder Neia noch Celtan weiter auf das Thema ein. Eine gewisse Skepsis blieb allerdings in ihren Mienen bestehen.

»Wisst ihr was?«, lenkte Jase deswegen ein. »Ich glaube, Celtan hatte recht, was die Streckte angeht. Wir hätten rechts abbiegen müssen.«

»Du gibst zu, einen Fehler gemacht zu haben?« Ein gleichermaßen erstauntes wie zufriedenes Grinsen trat in Celtans Gesicht. »O Mann, vielleicht muss ich meine Meinung über dich ja doch noch ändern.«

Ist mir völlig egal, was du über mich denkst! Jase unterdrückte seine schroffe Erwiderung. Und weil erst der nächste

Sektor wieder etwas Interessantes für ihn bieten würde, beteiligte er sich die folgenden Minuten sogar bei der Erkundigung nach Aleah. Die meisten Leute zeigten sich sehr freundlich und hilfsbereit, nur vereinzelte murmelten »Keine Zeit« oder eine andere Floskel oder ignorierten sie komplett. Zu einem Ergebnis führte das alles allerdings nicht und schließlich standen Neia, Celtan und Jase in Isbels kleinem Laden.

»Aleah?« Ratlos strich sich die Schneiderin durch die blonde Lockenmähne. »Die ist doch schon wieder weg gewesen, bevor du mit Thane hier warst, Neia!«

Völlig perplex blickte Jase Isbel an, während Neia bereits abwinkte. »Wir wollten uns ja nur noch mal vergewissern. Kannst du uns, Ethan oder seinen Bruder bitte anrufen, falls Aleah hier aufkreuzen sollte?«

»Selbstverständlich.« Kurz schien Isbel äußerst besorgt zu sein, aber dann lächelte sie. »Ich habe mich in meinen ersten Tagen hier auch oft verlaufen. Bestimmt findet ihr sie bald. Viel Glück!«

Celtan bedankte sich und gleich darauf waren sie zurück in den Fluren.

»Wohin jetzt?«, wollte Neia wissen.

Jase schwieg.

»Du sagtest, du weißt, wie wir zum Epsilon-Abschnitt finden, falls Aleah dort ist. Jetzt doch nicht mehr so sicher?« Celtan beäugte ihn eindringlich und es war tatsächlich einer der wenigen Momente in Jase' Leben, in denen er nicht die leiseste Ahnung hatte, was er weiter tun sollte.

Denn Isbel log. Für ihn war das so offensichtlich, als wäre ein entsprechendes Hologramm aufgeblinkt. Neia und Celtan hingegen schienen nichts bemerkt zu haben.

Soll ich also etwas sagen oder nicht? Sollen meine Pläne vorerst hier enden? Genau das würde nämlich passieren, falls er den Mund aufmachte und Celtan und Neia den Commander und seinen Bruder herbestellten.

Allerdings ... Was ging ihn schon eine fremde Urteilsfällerin an, wenn jemand, der das gleiche Blut wie er besaß, schon so lange einem unaussprechlichen Horror ausgesetzt war? Ein Horror, der auf keinen Fall unnötig in die Länge gezogen werden durfte, nur weil er sich von dem Wesentlichen ablenken ließ!

»Zum Epsilon-Sektor müssen wir hier entlang.« Entschlossen und ohne sich auch nur ein einziges Mal umzudrehen, lief Jase wieder los.

Vierzehn

Tausende Kilometer südlich der United Nation, Gebiet des ehemaligen Municipio Escatepec de Morelos, Security Point »Duskwatch Lair«

Licht, das sämtliche Räume durchflutete. Licht, das sich so unendlich sanft auf der Haut anfühlte. Licht, warm und golden, freundlich und großzügig, verändernd und wachsend. Machtvoll.
 Bobbie Jafaris' Mundwinkel hoben sich zu einem flüchtigen Lächeln. Flüchtig, weil er eigentlich genau wusste, dass es nicht real war. Nicht golden waren die Kreise auf seiner Haut, sondern gelb. Ein giftiges Gelb, bröckelig und vernichtend. Bald schon war sein ganzer Körper damit bedeckt und er musste qualvoll husten, als der staubige Tod in seine Lungen kroch.
 Er hustete und hustete und ... wachte auf. Ein rascher Druck auf eine Taste und die Deckenleuchte entflammte, erlaubte den Blick auf Hände, die nicht hell oder dunkel waren, sondern von einer feinen, pulvrigen Schicht überzogen. Gelb.
 Bobbie Jafaris fluchte und wünschte sich, er wäre nie durch die Tür getreten, die einst ein imposanter Mann für ihn aufgehalten hatte.

~ x ~

Phantom Point, Beta-Sektor, Quartier von Commander Travis

»Thane? Du hast unsere Leute alle informiert?« Abwartend blickte Ethan seinen Bruder an, der vor wenigen Sekunden in sein Zimmer geplatzt war – ohne anzuklopfen, versteht sich – und sich nun schlecht gelaunt in einem Sessel vor seinem Schreibtisch fläzte.
 »Hab ich. Und alle sind hellauf begeistert, Orakel spielen zu müssen, statt endlich zu erfahren, woran wir sind! Am liebsten würde ich diese Frau –«

»Thane!« Es wurmte Ethan selbst, mehr Fragen als Antworten zu besitzen, aber Montcroix war immer noch General der Human Defence Organization. Sie war seine Vorgesetzte und sogar in vertraulichen Gesprächen war es seine Pflicht, darauf zu achten, dass ein gewisses Mindestmaß an Respekt eingehalten wurde.

»Schon gut.« Thane seufzte, verschränkte die Hände im Nacken und wippte mit den Füßen auf und ab. Einige Sekunden herrschte Stille und Ethan versuchte, sich auf seine angefangene Mail an Versorgungsoffizier Lowe zu konzentrieren. Was alles andere als simpel war, schließlich war sein Trupp nicht der Einzige, der Bedarf an neuen Kampfhubschraubern anmeldete. Und obwohl diese inzwischen vollkommen autark in der Basis produziert werden konnten, ohne dass sie wie früher bestimmte Bauteile aus Elcaers Fabriken klauen mussten, so dauerte die Fertigung eine geraume Weile. Mit der Aufstockung von Munition sah es da zum Glück schon besser aus.

»Warum geben wir noch mal keine offizielle Suchmeldung heraus?«

»Hast du es nicht bemerkt?«, murmelte Ethan und versuchte, seine Konzentration weiter aufrechtzuerhalten, gab nach einem Moment jedoch auf. Sich eine bürokratische Vorrangsargumentation zu überlegen, während sein Bruder dermaßen unruhig in seiner Nähe herumhampelte, würde nie funktionieren. »Über Aleah kann ich noch nicht viel sagen, aber Celtan, Neia und Jase müssen dringend ihren Gemeinschaftssinn stärken.«

Natürlich wäre es wesentlich schneller gegangen, wenn auf Tausenden Smartlets Aleahs Antlitz erscheinen würde und jeder Soldat und jede zivile Autorität die Order erhalten hätte, nach der jungen Frau Ausschau zu halten. Um sich gegenseitig besser kennenzulernen und hoffentlich auch erstes Vertrauen aufzubauen, war diese Methode jedoch gänzlich ungeeignet.

Dass Jase gerne mehr in Erfahrung bringen wollte, als selbst ihm als ausgewählter Neuzugang mit den von Montcroix ausgesetzten Sicherheitsprotokollen zustand, darüber hatte ihn bereits Jacquine in Kenntnis gesetzt. Sorgen machte sich Ethan allerdings keine deswegen. Er würde an Jase' Stelle ebenfalls so vorgehen und möglichst viel in Erfahrung bringen wollen. Und in die kritischen Bereiche würde der Sechzehnjährige sowieso nicht gelangen.

»Ob das klappt?«, murrte Thane düster. »Freunde zu werden, ohne zu wissen, was ein Freund überhaupt ist?«

»Anderen ist das doch auch schon gelungen!« So langsam fragte sich Ethan, was mit seinem Bruder nur los war. Schließlich war es nicht das erste Mal, dass sie in einer schwierigen Situation festzustecken schienen, aber bislang hatte sich Thane davon nie derart herunterziehen lassen. *Ob das an dem liegt, was ich vorhin beobachtet habe?*

»Es gibt auch viele Beispiele für einen *besonderen* Zusammenhalt mit jemandem, der lange nicht wusste, was Liebe ist«, tastete er sich vorsichtig vor.

Volltreffer! Thane setzte sich sofort kerzengerade auf, starrte ihn an und schnitt dann eine Grimasse.

»So ist es gar nicht! Ich helfe Neia nur, sich einzugewöhnen!«

Na sicher ... Ethan wies seinen Bruder nicht darauf hin, dass er Neias Namen mit keiner einzigen Silbe erwähnt hatte, sondern dass Thane selbst es gewesen war, der sich nun hastig um einen Themenwechsel bemühte.

»Ist Aleah ein schüchterner Typ? Oder will sie einfach nicht gefunden werden?«

Jetzt konnte Ethan nur mit den Schultern zucken. Einsam und verzweifelt, das war Aleah bei ihrer ersten Begegnung gewesen. Aber sie besaß auch sehr viel Mut, und zwar weitaus mehr, als sie benötigt hätte, um in einer fremden Umgebung jemandem einzugestehen, dass sie sich verlaufen hatte. Sich absichtlich irgendwo zu verstecken, um all die neuen Eindrücke zu verarbeiten, machte schon wesentlich mehr Sinn und das war ebenfalls ein Grund, warum Ethan auf eine offizielle Suchmeldung verzichtet hatte.

Wenn Aleah noch einige Zeit für sich brauchte, dann sollte sie diese auch bekommen. Doch obwohl er immer noch von seiner Strategie überzeugt war, musste Ethan plötzlich an das Versprechen denken, das er Aleah gegeben hatte. *I'm there.* Ich bin da. Ich bin *für* dich da ...

Für jeden seiner vier neuen Schützlinge wollte er dieses Versprechen unbedingt einhalten! Tat er das gerade in einem ausreichenden Maß? Ethan warf Thane einen angespannten Blick zu und verscheuchte dann mit einem unwilligen Kopfschütteln das Engegefühl in seiner Brust. Wenn ein Travis-Zwilling zu spinnen anfing, war das definitiv genug, er musste da nicht auch noch mitmachen.

Zum Glück klingelte in genau diesem Moment sein Smartlet. »Ja?«, meldete er sich knapp. Aufgewühlte Worte drangen an sein Ohr und Ethans Irritation wuchs mit jedem einzelnen. Nach kaum einer Minute unterbrach er das seltsame Gespräch mit einem »Sind unterwegs« und legte auf.

»Wer war das?« Auf einen Wink hin erhoben sie sich und Thane folgte ihm neugierig aus dem Zimmer.

»Celtan. Aber eigentlich geht es wohl um Jase.«

»Und was ist mit ihm? Weiß er, wo Aleah steckt?«

»Tja, zumindest scheint er irgendetwas zu wissen, verrät aber nichts Genaueres.«

»Im Ernst jetzt?« Thane stöhnte laut auf. »Wenn das alles so kompliziert weitergeht, reiche ich spätestens morgen ein Urlaubsgesuch bei dir ein.« Seine Stimme klang allerdings schon wieder wesentlich gelassener als zuvor.

Es dauerte nicht sonderlich lange, bis sie den Übergang zwischen dem Gamma- und Epsilon-Sektor erreicht hatten, wo Neia, Jase und Celtan auf sie warteten. Alle drei machten einen furchtbar wütenden Eindruck, wobei Jase eher sauer auf sich selbst zu sein schien.

»So, nun noch mal langsam«, begrüßte Ethan das Trio. »Was ist passiert?«

»Er hat etwas erfahren und sagt es uns nicht!« In Neias Miene fehlte jegliches Verständnis.

»Ja«, bekräftigte Celtan. »Es ist ihm aus Versehen rausgerutscht! Ich habe erwähnt, wie frustrierend es ist, überhaupt keine Spur zu finden, und er meinte, wenn man mal richtig aufpassen würde, wäre man auch nicht frustriert.«

Jase erwiderte nichts, doch seine Hand zuckte, als ob er Celtan am liebsten eine verpasst hätte. Eine Kluft anstatt Kollektivität, so hatte sich das Ethan nicht erhofft.

»Denk nicht mal dran!« Demonstrativ trat er vor Jase und als sich dieser nur noch mehr anspannte, nickte er in Richtung der Leute, die bereits stehen geblieben waren, um zu sehen, was hier los war. »Möchtest du ihnen unbedingt ein Spektakel liefern?«

Diese Bemerkung zeigte endlich den gewünschten Erfolg und Jase lockerte seine Finger.

»Celtan hat bei unserem Telefongespräch noch etwas erwähnt.« Ehe er weitersprach, warf Ethan sämtlichen Schaulustigen einen scharfen Blick zu, die daraufhin schulterzuckend ihren jeweiligen Weg fortsetzten. »Ihr habt euch offenbar nicht nur übers richtige Aufpassen gezankt. Sondern auch übers richtige *Hinhören*. Oder genauer gesagt darüber, ob man alles glauben sollte, was euch erzählt wurde ...«

»Lügen«, entfuhr es Thane so laut, dass sich schon wieder einige Köpfe zu ihnen umdrehten. Immerhin blieb dieses Mal niemand stehen. »Ihr hattet es vom Lügen! Ist das jetzt ein Zufall?«

Wenn, dann ein äußerst merkwürdiger. Ethan teilte Thane stumm seine Meinung mit, auf eine Art, wie es vermutlich nur Zwillinge konnten, und Thane nickte langsam.

»Was?«, erkundigte Jase sich lauernd, aber Ethan war zu diesem Zeitpunkt keinesfalls gewillt, von Gilkes' Andeutung zu berichten.

»Wer hat gelogen?«, erkundigte er sich stattdessen in einem Tonfall, der keinen Widerspruch und kein Ausweichen duldete. Der Spross des Anführers der schwarzen Garde gegen den jüngsten Commander der Human Defence Organization, dieser Konfrontation hätte bestimmt so mancher gerne beigewohnt. Drei Jahre mehr Lebenserfahrung machten sich jedoch schnell bemerkbar und vor allen Dingen, wie diese Jahre verbracht worden waren. Das ungeformte, aggressive Funkeln in Jase' Augen verlosch angesichts der routinierten, kühlen Sachlichkeit in Ethans Blick.

»Isbel«, nuschelte Jase griesgrämig.

Ethan blinzelte und sah zu seinem Bruder. *Ausgerechnet Isbel?* Niemand aus seinem Team hatte seines Wissens nach je Probleme mit der Schneiderin gehabt. Im Gegenteil, Isbel scherzte gerne mit ihnen und war stets hilfsbereit. Weswegen sie ihre Kleidung ja auch immer bei ihr besorgten und nicht woanders.

Thane wirkte ebenfalls überrascht und Neia schüttelte sogar entschieden den Kopf. »Warum sollte Isbel denn lügen? Sie war ausgesprochen nett.«

Celtan schien auch nicht überzeugt zu sein. »Wahrscheinlich sagt Jase das nur, weil er niemanden leiden kann. Uns nicht. Aleah nicht. Isbel nicht. Und am wenigsten sich selbst!«

Beim ersten Teil der Aufzählung hatte sich Jase noch einigermaßen ruhig verhalten, aber nach dem letzten Satz stürzte er knurrend in Celtans Richtung.

»Du verstehst überhaupt nichts, du Idiot!«

»Schluss mit euren Streitereien! Sofort!« Ethan packte Jase am Oberarm und hielt ihn fest. »Ich glaube dir. Und jetzt lass uns zu Isbel gehen.«

Mit dieser Reaktion hatte Jase offenbar nicht gerechnet. Zwei, drei Sekunden lang musterte er Ethan verblüfft, als wollte er dessen Gedanken erraten, dann riss er übertrieben heftig seinen Arm los.

Ethan ließ ihn gewähren. Schweigend machten sie sich auf den Weg und Ethan achtete sorgsam darauf, dass Jase dicht an seiner Seite blieb. Thane folgte ihnen mit Celtan und Neia im Schlepptau und tippte dabei ohne Unterlass etwas in sein Smartlet.

»Kannst du das schon lange?«, erkundigte sich Ethan beiläufig. »Schwindler durchschauen meine ich?«

»Es gibt viele verräterische Signale für eine Flunkerei. Sich über die Lippen lecken. Plötzlich schneller sprechen. Distanzierung. Wegschauen. Hände verbergen. Sich ins Gesicht fassen. Durch die Haare streichen. Man muss nur lernen, auf diese Signale zu achten.«

Jase' Antwort klang wie ein einstudierter Text. Wenn man bedachte, wer sein Vater war, war es durchaus nachvollziehbar, dass Jase sich mit einer solchen Thematik auskannte. Ethan selbst hatte sich im Rahmen seiner Ausbildung ebenfalls detailliert mit

Körpersprache, Stimmmodulation und dergleichen befasst, doch es war offensichtlich, dass es hier um wesentlich mehr ging, als Jase zugeben wollte. Für den Moment ließ Ethan es aber dabei bewenden.

»Ich weiß genau ... ich habe mal gehört ...« Versunken in sein Smartlet murmelte Thane vor sich hin und wenn sie in der Zwischenzeit nicht Isbels Laden erreicht hätten, hätte Ethan seinen Bruder gefragt, was zur Hölle er da trieb. So öffnete er nur schwungvoll die Tür und trat zusammen mit den anderen ein.

»Einen Moment ... Oh, ihr seid es.« Lächelnd blickte Isbel von einer Hose auf, die sie wohl gerade hatte kürzen wollen. »Die Kleider sollten inzwischen geliefert worden sein. Stimmt etwas nicht? Oder geht es um Aleah? Habt ihr schon etwas über ihren Verbleib herausgefunden?«

»Ja, haben wir.« Auf gut Glück trat Ethan näher an Isbel heran, so nah, dass sich ihre Gesichter über den Tresen hinweg beinahe berührten. »Wo. Ist. Sie?«

Die Frage entschlüpfte ihm härter als beabsichtigt und machte Isbel offenbar nervös. Ihr Lächeln verrutschte und sie wich eilig einen Schritt zurück. »Ich weiß es nicht. Sie ist gegangen, als wir fertig –«

»Stimmt nicht!« Jase' finstere Miene wurde noch finsterer. Kurz runzelte er die Stirn, dann erkundigte er sich: »Aleah ist niemals gegangen, oder? Sie ist noch irgendwo hier.«

»Was? Nein! Warum sagst du so etwas?« Ein kurzes Kichern folgte, das völlig deplatziert wirkte.

Verdammt! Jase hat also tatsächlich recht.

»Leo! Ich habe es doch gewusst!« Triumphierend riss Thane in diesem Moment sein Smartlet in die Höhe. Neia und Celtan blickten sich verwirrt an und Isbel ... brach in Tränen aus. Tränen, die im Gegensatz zu ihrem Lachen absolut nichts Falsches an sich hatten.

»Ich ... ich wollte nicht ... Es tut mir leid. Er fehlt mir so entsetzlich! Ich hatte immer gehofft, wir würden uns irgendwann wiedersehen, aber jetzt ...«

Gequälte Schluchzer ließen Isbels Stimme zittern, trotzdem verstand Ethan auch das letzte Flüstern. »Es ist alles allein ihre Schuld!«

»Thane, klär uns bitte auf«, befahl Ethan, hin- und hergerissen zwischen dem Verlangen, den gesamten Laden auseinanderzunehmen, bis Aleah endlich wieder wohlbehalten vor ihnen stand, und dem drängenden Gefühl, dass er Isbel, ungeachtet dessen, was sie getan hatte, in den Arm nehmen und trösten sollte.

Noch bevor sein Bruder zu sprechen ansetzte, überwogen jedoch Sorge und Zorn und mit einem einzigen Satz übersprang Ethan den Tresen. Seine Finger schlossen sich fest um Isbels Handgelenk, während sein Blick bereits suchend über Regale und Kleiderständer glitt. »Ich schwöre, wenn du ihr etwas angetan hast–«

»Nein!« Isbel wurde kreidebleich. »Das könnte ich nie. Es geht ihr gut! Glaube ich zumindest …«

Fast wäre Ethan nun endgültig aus der Haut gefahren. Der Druck seiner Finger wurde stärker, bis Isbel vor Schmerz aufkeuchte. Dann stand plötzlich Thane direkt neben ihm und schüttelte sacht den Kopf.

»Leo Deforest. Es wird gemunkelt, dass er dich damals gerettet hat. Er hat dich aus der United Nation geschleust und dafür gesorgt, dass du rechtzeitig in der *Toten Zone* gefunden und in diese Basis gebracht wurdest. Ist das richtig, Isbel?«

Deforest? Ihr Informant, ohne den sie Aleah und die anderen niemals aufgespürt hätten und der seinen Verrat mit dem Leben bezahlt hatte? Wie vom Blitz getroffen zog Ethan seine Hand wieder zurück.

»Ja, es stimmt.« Isbel wischte sich übers Gesicht und ihr Blick rückte in weite Ferne. »Leo und ich, wir waren von Kind an Freunde. Mehr sogar, wir waren wie Bruder und Schwester. Wir haben immer zusammengehalten, egal wie sehr uns die Erzieher und Lehrer auch zu trennen versucht haben. Leo war sogar fest entschlossen, dass wir auch nach unserem Ausbildungsende irgendwie den Kontakt zueinander halten würden, obwohl IT-

Spezialisten und Näherinnen höchstens durch eine Verehelichung der gleichen Stadt zugewiesen werden. Aber dann ...«

Isbel verkrampfte sich und schluckte schwer, bevor sie weitersprach. »Dann, kurz nach meinem 13. Geburtstag, besuchte dieser widerliche alte Stadtverwalter Roderick of Stonier von City XXIII meine Klasse. Er fand Gefallen an mir und wollte ... Er wollte ...«

Wieder schluckte Isbel schwer und Ethan schloss kurz die Augen. Er konnte sich lebhaft vorstellen, welche Absichten ein perverser Günstling von Elcaer im Hinblick auf ein wunderhübsches, blutjunges Mädchen verfolgt hatte.

»Dieser Mann wollte kein *Nein* akzeptieren und als ich mich dennoch widersetzte, hat er meine Zuweisung ändern lassen.«

»Änderung einer Zuweisung?«, wisperte Neia ungläubig, die bislang genau wie Celtan und Jase atemlos das Geschehen von der Mitte des Raums aus verfolgt hatte. »So etwas geht doch gar nicht! Mathematische, vollkommen unparteiische Algorithmen bestimmen, welcher Job zu wem am besten passt, und das bereits in einem wesentlich jüngeren Alter. Nur in absoluten Ausnahmefällen wie einer Stadtschließung kann nachträglich eine Anpassung vorgenommen werden.«

»Psst!«, raunte Celtan, der zumindest etwas weniger naiv wirkte, was die Unantastbarkeit bestimmter Prozesse der United Nation anging.

»Ich sollte in die rote Stadt. Stonier sagte, wenn er mich nicht haben kann, werden mich alle haben.«

Was für ein Arschloch! Noch bevor Ethan etwas sagen konnte, gesellte sich ausgerechnet Jase zu Isbel und strich ihr beruhigend über den bebenden Rücken.

»Er wird dafür bezahlen!« Jase' Tonfall klang derart bedrohlich, dass selbst Ethan einen kurzen Schauder verspürte. »Sie alle werden bezahlen.«

Der Wunsch nach Vergeltung erinnerte Ethan viel zu sehr an sich selbst. Es war klar, dass dringend jemand mit Jase unter vier Augen reden musste, doch im Moment waren andere Dinge noch wichtiger.

»Ich frage dich jetzt zum letzten Mal. Wo ist Aleah?«

»Sie ist ganz in der Nähe. Hier entlang.« Isbel senkte den Blick und schlurfte langsam in den rückwärtigen Teil des Ladens, gefolgt von Ethan und den anderen.

»Ich weiß selbst nicht so genau, was ich beabsichtigt habe. Leo hat mir von ihr erzählt, von dieser Urteilsfällerin, die so anders ist als alle anderen. Jedes Mal, wenn er eine verschlüsselte Botschaft mit euch ausgetauscht hat, hat auch mich eine geheime Nachricht erreicht und ich konnte ihm ebenfalls schreiben. Eine Datei auf meinem Terminal mit einem bestimmten Namen, die bei der nächsten Signalübertragung mit übermittelt wurde.« Isbel seufzte leise. »Ich habe keine Ahnung, wie das funktioniert hat. Jedenfalls hat Leo Aleah hin und wieder geholfen. Ich habe ihn angefleht, es nicht zu tun, sich nicht in noch mehr Gefahren verwickeln zu lassen. Ich wollte, dass er die United Nation verlässt und sich uns anschließt, dass er bei mir ist und wir wieder eine Familie sein können, so wie früher. Aber er hat das strikt abgelehnt. Ich war ihm offenbar nicht so wichtig wie er mir …«

»Ich denke, dass du ihm sogar sehr wichtig warst und er deswegen nicht gegangen ist«, widersprach Thane sanft. »Er wollte, dass du weiterhin in Sicherheit bist, und dafür brauchen wir nun einmal Insider wie Leo, die uns von innen heraus unterstützen.«

Ethan sagte nichts. Er hatte sich eine gedankliche Notiz gemacht, einen Sicherheitstechniker die Kommunikationswege in und aus der Basis überprüfen zu lassen, denn eine Zivilistin wie Isbel sollte natürlich keinen Kontakt mit jemandem in der United Nation besitzen. Für mehr war er jedoch viel zu ungeduldig. Er wollte endlich Aleah sehen!

Als Isbel ein kleines bisschen weniger niedergeschlagen, aber immer noch mit sehr schleppenden Bewegungen einen Karton zur Seite schob und der vordere Teil einer Bodenluke sichtbar wurde, drängte Ethan sich kurzerhand an der Schneiderin vorbei und hievte die restlichen Sachen in Sekundenschnelle aus dem Weg.

Er riss die Klappe auf und sprang die Treppenstufen hinunter. »Aleah? Wo bist du? Es wird alles wieder gut, ich bringe dich hier raus!«

Mäntel, Anzüge, Berge von Klamotten, eine ausrangierte Nähmaschine – all das wartete im dämmrigen Zwielicht des Kellers auf Ethan. Von einer außergewöhnlichen Urteilsfällerin mit kupferfarbenen Haaren fehlte allerdings jegliche Spur.

Fünfzehn

United Nation, Stadt des körperlichen Vergnügens, Rainbow Palace

»Annie? Bist du so weit? Dein nächster Besucher wartet bereits!« Eine runzlige alte Dame mit einem Diadem in den schneeweißen Haaren lugte durch den Türspalt ins Blumenzimmer. Die Königin, Herrscherin über den Rainbow Palace. Ihrer schlanken Figur und den hellen Augen haftete immer noch eine verblasste Schönheit an und ihre Bewegungen waren elegant und fließend. Und obwohl ihr Körper schon längst nicht mehr gefragt war, hatte sich die Königin in weiser Voraussicht über die Jahrzehnte hinweg zu unersetzlich gemacht, um einfach einer jüngeren Version zu weichen. Ihr genügten wenige Worte und Blicke und sie wusste genau, was ein jeder Besucher begehrte. *Wen* er begehrte. Und *wie*.

»Tannie?«

Annie oder Tannie oder Sannie oder wie auch immer sie hieß, kämmte sich ein letztes Mal an ihrem Frisiertisch die Haare und steckte anschließend eine Silberschlehenblüte darin fest. Drei kleine Pillen aus einer Dose wanderten in ihren Mund, denn eine oder zwei genügten schon lange nicht mehr.

»Bin so weit«, murmelte sie, während sich der Nebel in ihrem Kopf verdichtete. Sie erhob sich und strich eine kleine Falte aus ihrem kaum verhüllenden roten Seidenkleidchen.

»Er mag es gerne heftig«, kündigte die Königin an. »Wehe, du verweigerst ihm das! Und vergiss nicht zu lächeln.«

Sannie lächelte. Ein totes, abgestumpftes Lächeln, dennoch verschwand die alte Dame zufrieden nickend. Ein Mann trat mit schweren Schritten ein. Vielleicht hatte er blaue Augen oder braune, vielleicht war er älter oder jünger, hatte einen Bart oder auch nicht.

Tannie vergaß es sofort wieder, denn es hatte keinerlei Bedeutung.

»Wie schön, dass du da bist«, sagte sie und streckte dem Mann ihre zierliche Hand entgegen. »Gefällt dir, was du siehst?«

»Du wirst jedes Mal hübscher, Fannie.« Der Mann beugte sich vor, um ihr lüstern eine Hand in den Ausschnitt zu stecken. Er packte ihre Brust und rieb grob darüber, doch die Pillen sorgten dafür, dass Fannie keinerlei Schmerzen empfand.

Das Kleid wurde ihr so heftig über den Kopf gezerrt, dass der Saum zerriss. Dann stieß der Mann sie auch schon zu dem riesigen, runden Bett in der Mitte des Raums, das über und über mit Blütenblättern bestreut war.

Während er an seinem Gürtel herumnestelte, fiel Fannie doch noch etwas auf – die Kleidung des Mannes war komplett schwarz. An irgendetwas erinnerte sie das, aber sie konnte den Gedanken nicht richtig greifen. Wollte ihn auch nicht greifen, denn sie wusste, es zerstörte sie jedes Mal ein klein wenig mehr.

Sie wurde auf das Laken gedrückt und ihr Blick huschte fahrig über den nackten Körper, der sich auf sie presste. Schrammen und blaue Flecken, harte Muskeln, ein kleiner, kreisförmiger Abdruck auf dem linken Bizeps.

»Ja«, raunte eine tiefe herzlose Stimme, viel zu dicht an ihrem Ohr. »Sieh genau hin! Das ist in Gegenwart von ihnen passiert. Deinem Ex. Und deinem Sohn. Wüsstest du gerne, wie es ihnen geht ... *Grace*?«

Mit einem hässlichen Lachen schob er sich in sie und Schmerz überflutete ihr gesamtes Sein. Nicht wegen der rüden, heftigen Stöße, sondern wegen der Worte, gegen den kein noch so dichter Nebel Bestand haben konnte.

James ... Jase ... Die beiden Menschen, die sie über alles liebte. Die sie hatte verlassen müssen, um sie zu schützen. Die sie noch immer zu schützen versuchte.

Wie alt er inzwischen wohl ist? Die Zahlen in ihrem Kopf ergaben keinen Sinn. Gestern, morgen und heute wirbelten durcheinander. Da war ein Baby, so unglaublich süß und unschuldig. Ein kleiner Junge, talentiert, wild und fröhlich. Ein erwachsener Mann, liebevoll und stark. James' und Jase' Gesichter überlagerten sich, aus zwei Paaren dunkler, silberner Augen wurde eins.

Eins oder zwei oder sogar ... drei? *Nein!* Der Schmerz in Grace' Seele wurde unerträglich. *Denk nicht daran!*

Das Einzige, was zählte, war, dass ihre beiden Liebsten zusammen waren. Dass sie glücklich waren. *Schenke ihnen einen weiteren Tag. Schenke ihnen eine weitere Nacht. Halte durch ...* Und das tat Grace. Sie unterdrückte die Frage nach ihrer Familie, auf die sie ohnehin keine Antwort erhalten würde. Sie unterdrückte ihre Tränen, unterdrückte ihren Schmerz und sämtliche Erinnerungen. Sie wurde wieder zu Annie oder Tannie oder Sannie.

»Küss mich«, verlangte der Mann über ihr und sie tat es. »Sag mir, wie sehr du das hier genießt!«

Sie tat es. Sie tat alles, was er ihr befahl. Und was der Nächste ihr befahl. Und der Übernächste. Und als die Königin wieder nach Tannie sah und einen weiteren Besucher ankündigte, lächelte sie noch immer.

~ X ~

Phantom Point, Sektor Gamma 2.IV

Aleahs Kehle war rau von den vielen Schreien, die ungehört durch die Dunkelheit gehallt waren. Tage waren verstrichen oder vielleicht auch nur Minuten, die Zeit folgte in diesem Gefängnis ihren eigenen Gesetzen.

Als der Druck in ihrer Blase übermächtig geworden war, hatte sich Aleah verschämt in einer Ecke erleichtert und sich anschließend unter die Treppe zurückgezogen, wo sie sich unter dicken, filzigen Stoffschichten vergrub. Noch eine Schicht und noch eine, um sie auszusperren, die entsetzliche Wahrheit, die sich in ihr Bewusstsein drängen wollte. Eine Wahrheit, die so schwer auf Aleah lastete, dass sie das Gefühl bekam, zerquetscht zu werden.

Rettung, einen Neuanfang, Freiheit – all das hatte sie nicht verdient! Isbel hatte richtig gehandelt. Schließlich war sie selbst nicht wie Neia, die stets nur das Beste im Sinn gehabt hatte. Sie war nicht wie Celtan, der Zuneigung zum hässlichsten Vogel der Welt verspüren konnte. Und sie war auch nicht wie Jase, der ohne Scheu vor General Montcroix für seine eigenen Überzeugungen und Prinzipien einstand.

Sie hatte Böses getan und hatte es auch gewusst! Sie war eine Mörderin und hatte dennoch Angst. Wegen ihren Urteilen waren Menschen verbannt und getötet worden.

Sie hatte mehr auf Eric gehört, als sie hätte dürfen, war zu oft eine Mitläuferin gewesen, eine *Mittäterin*. Alles Schlechte, was ihr nun widerfuhr, war nur gerecht. Sie sollte gefangen sein, sollte alles, was sie je unterzeichnet hatte, am eigenen Leib erfahren.

Eng zusammengerollt und völlig erschöpft von ihren Selbstvorwürfen, driftete Aleah in das Reich des Schlafes hinüber. Sie fand dort allerdings weder Erholung noch Vergebung. Ein etwa neunjähriges Mädchen mit ungewöhnlichen blaulilafarbenen Augen starrte sie durch ein Gitter aus einem schmalen horizontalen Schacht an. Ihr Gesicht war verquollen, sie hatte offensichtlich geweint.

»Bitte!«, flehte sie und eine dicke Träne kullerte ihre Wange hinab. »Ich werde mich nie wieder vom Lernen wegschleichen. Versprochen! Bitte, bestrafe mich nicht ...«

War dieses Mädchen eins der vielen Kinder, über die sie im Namen der Erzieher und Lehrer geurteilt hatte? Weil jemand aus der City VI ja angeblich so viel nüchterner und gerechter strafen konnte als jemand, der unmittelbar in ein Geschehen involviert war? Wessen Verantwortung war es, dass sich dieses Mädchen nun derart fürchtete und zutiefst unglücklich war?

Hilflos zwängte Aleah ihre Finger durch die engen Gitterstäbe. »Es wird alles wieder gut! Ich bringe dich hier raus!«, versicherte sie der Kleinen. Ein vorsichtiges Lächeln war die Antwort, Aleah zuckte jedoch verstört zurück. Es war nämlich nicht ihre Stimme gewesen, die da erklungen war ...

»Aleah? Wo bist du? Aleah? ALEAH!« Rufe, eine Berührung, ein Schütteln, das immer heftiger wurde. »Wach auf! Um Himmels willen, jetzt wach endlich auf!«

Verwirrt blinzelte Aleah und jemand holte tief Luft. Ethan. Weitere Silhouetten zeichneten sich im Dämmerlicht ab, die Ethan mit einem unwirschen Knurren verscheuchte. Im Schneidersitz ließ er sich auf jenen filzigen Stoffen nieder, die Aleah über sich ausgebreitet und er von ihr heruntergerissen haben musste.

»Du warst so weggetreten, ich hatte schon Angst, du wärst erstickt!« Ethan beugte sich vor, als wollte er die Hand an ihre Wange legen, stützte sich dann aber nur mit den Handflächen rechts und links auf seinen Knien ab. Seine Haltung wirkte ruhig und entspannt, aber in seinen Augen brodelte es. Wenig Grün und ganz viel Schwarz.

»Ich … Isbel …« Aleahs Kehle fühlte sich noch immer völlig ausgetrocknet an und das hörte man wohl auch, denn Ethan unterbrach sie sofort.

»Ich weiß! Du brauchst nichts zu erklären, Aleah. Komm, ich bring dich zurück zu unseren Quartieren, damit du dich erholen kannst.« Wieder beugte Ethan sich vor und für einen kurzen Moment glitten seine Fingerspitzen tatsächlich über ihre Wange.

Irritiert blinzelte Aleah. Noch nie hatte jemand sie derart behutsam berührt. Kein Erzieher und erst recht keiner der Männer, mit denen sie sich hatte einlassen müssen, um nicht noch schlimmere Urteile fällen zu müssen.

»Es tut mir sehr leid«, erklärte Ethan ernst. »Ich hätte viel früher und viel intensiver nach dir suchen sollen. Mir war nicht klar, in welcher Beziehung Isbel zu Deforest stand und welche Schuld sie dir gibt. Trotzdem ist das keine Entschuldigung!« Ethans ernster Blick wurde noch ernster. »Ich trage die Verantwortung dafür, dass all meine Leuten selbst in der beschissensten Situation so gut wie nur irgendwie möglich geschützt sind. Aber dich habe ich überhaupt nicht beschützt, obwohl du nun ebenfalls zu uns gehörst.«

Aleah wusste nicht, was sie sagen sollte. *Du gehörst zu uns* – dieser letzte Satz löste ein merkwürdig schönes wie auch beängstigendes Gefühl in ihr aus. Sie war noch nie Teil von etwas gewesen oder zumindest von nichts, von dem sie Teil hatte sein wollen. Und jetzt zählte sie zu Ethans Gruppe, war ihm anscheinend wirklich wichtig … Darüber musste sie erst einmal nachdenken.

Später, denn jetzt wollte Aleah unbedingt hier raus! Sie musste sich von Ethan auf die Beine helfen lassen. Er geleitete sie die Stufen nach oben und achtete sorgfältig darauf, dass sie trotz ihrer wackeligen Schritte nicht stürzen konnte.

»Hey! Wie geht es dir?« Celtan, Neia und Jase standen im vorderen Teil des Ladens und ihre Mienen drückten große Betroffenheit aus. Insbesondere Jase konnte ihr kaum in die Augen sehen.

Thane lehnte am Tresen und Isbel saß wie ein Häufchen Elend auf einem Stuhl daneben. »Es ... es tut mir leid«, flüsterte sie mit erstickter Stimme. »Dich einzusperren, bringt Leo ja auch nicht wieder zurück.«

Leo? Erst jetzt fiel Aleah auf, dass auch Ethan Brendans Namen gar nicht genannt hatte. »Leo? Leo Deforest? Was hat er denn mit alldem hier zu tun?« Brendan war doch Isbels Bruder, der wegen der Rettungsmission gestorben war. Oder etwa nicht?

»Ich erkläre es dir unterwegs.« Ethan nahm seinem Zwilling eine Wasserflasche ab, die dieser irgendwo aufgetrieben haben musste, öffnete den Verschluss und reichte sie an Aleah weiter. Gierig trank sie das Wasser, eine Wohltat für ihre ausgetrocknete Kehle.

»Ihr kommt auch mit.« Ethans Blick glitt über Neia, Celtan und Jase und sein bestimmender Tonfall wurde weicher, als er ergänzte: »Danke für eure Hilfe.«

»Ich bleibe noch.« Thane sah seinen Bruder an und dieser nickte. Bald waren sie zurück in ihrer Unterkunft und noch nie hatte sich Aleah mehr über eine simple Dusche gefreut. Ethan sorgte selbst dafür, dass frische Kleidung für sie bereitlag. Ausgerechnet jene Hose, die Isbel ihr so sehr ans Herz gelegt hatte, befand sich unter den Sachen, aber Aleah fühlte sich viel zu müde, um etwas anderes zu erbitten. Ob sie eine rote Hose oder eine schwarze oder graue trug, was spielte es schon für eine Rolle?

Leo Deforest ... Auch beim Essen mit den anderen musste Aleah unaufhörlich an das denken, was Ethan ihr auf dem Rückweg erzählt hatte. *Er war ein viel besserer Freund, als ich je geahnt habe!*

Vielleicht lag es an ihrer Müdigkeit oder auch an etwas anderem, auf jeden Fall konnte sie Isbel gegenüber keinen Groll empfinden. Nur Traurigkeit und tiefes Mitgefühl.

Im Nachhinein konnte Aleah nicht mehr sagen, was sie gegessen hatte, worüber geredet worden war oder ab wann plötzlich wieder ein Fledermausadler satt und zufrieden seine Krallen in Celtans Schultern bohrte. Sie wusste ebenfalls nicht mehr genau, wie sie in ihr Bett gekommen war. Aber wie besorgt Ethans letzter Blick war, bevor er sich in Richtung Tür wandte, das entging ihr nicht.

»Schlaft jetzt! Neia, leg das Buch weg. Celtan, hör auf, mit Ami zu tuscheln. Und du, Jase, starre keine Löcher in die Wand. Morgen wird ein anstrengender Tag, der erste Tag eures neuen Lebens. Ich wünsche euch eine gute Nacht.« Das Licht verlosch bis auf die schwache Beleuchtung, die vom Terminal ausging, und die Tür wurde sacht ins Schloss gedrückt.

Prompt erschien neben Aleahs Bett wieder das Mädchen mit den blaulilafarbenen Augen. »Bitte! Bitte, bestrafe mich nicht!«

Aleah vergrub den Kopf unter ihrem Kissen, was absolut nichts half.

»Bitte! Ich werde es nie wieder tun! Bestrafe mich nicht ...«

»Werde ich nicht«, versprach Aleah leise, aber auch das half nichts. Sie warf sich hin und her, flüsterte, wurde lauter, schrie. Doch ganz egal, was sie auch versuchte – das Mädchen blieb.

PART THREE

»Je verdorbener der Staat, desto mehr Gesetze hat er.«
– Tacitus –

Sechzehn

United Nation, City I, Heimat der schwarzen Garde

Der Anpfiff seines Vorgesetzten steckte Vice Captain Marcelo Morris noch schwer in den Knochen.

»In exakt vier Wochen müssen wir in Höchstform sein«, hatte Guerrez mit einem bedrohlichen Unterton in der Stimme verkündet. »Unsere Leistungen liegen derzeit allerdings unter dem Vorjahresniveau. Das ist nicht akzeptabel! Ab sofort werden die Einsatzstunden verdoppelt und jegliche Freizeitaktivitäten gestrichen. Sorg für einen Anstieg der Disziplin um mindestens sieben Prozentpunkte, ansonsten werde ich es tun!«

»Jawohl, Sir!« Marcelo hatte zackig salutiert und die Befehle umgehend weitergeleitet. Er wusste nicht genau, was ihnen bevorstand, sollten sie die Vorgabe nicht einhalten können, aber bislang war es stets etwas ausgesprochen *Effektvolles* gewesen.

Blutige Fußabdrücke tauchten in Marcelos Erinnerung auf, das Ergebnis eines kürzlich stattgefundenen Gewaltmarschs durch die eisigen Geröllwüsten außerhalb der United Nation. Ohne schützende Stiefel, versteht sich. Gleich mehrere Patrouillieneinheiten hatte Guerrez zu dieser Maßnahme abkommandiert. Männer, die seinen Unmut erregt hatten, weil ihnen illegale nächtliche Bürgeraktivitäten entgangen waren.

Mitleid mit jenen Gardisten empfand Marcelo nicht, denn dazu war sein Wesen nicht geformt worden. Unbehagen konnte er jedoch sehr wohl empfinden. Und ebenso Verdruss und auch Zorn! Als zweithöchstes Mitglied der Garde sollte er niemals gezwungen sein, Einschätzungen auf Basis unzureichender Informationen treffen zu müssen. Doch das musste er tun, weil Guerrez ihm wichtige Dinge vorenthielt.

Was passiert in vier Wochen? Immer wieder wurden sämtliche Sicherheitskräfte in höchste Alarmbereitschaft versetzt. Die zeitlichen Abstände wiesen dabei Unregelmäßigkeiten auf, aber ein geschulter Geist konnte dennoch eine gewisse Kontinuität feststellen. Mindestens einmal pro Dekade geschah etwas von enormer Tragweite für die United Nation. Vielleicht sogar für die gesamte Welt. *Nur was?* Ob einer seiner Kontakte innerhalb des Magistrats eine Erklärung liefern konnte?

Mit lautlosen Schritten eilte Marcelo über den gepflasterten Innenhof in Richtung seines Quartiers. Als er in der Nähe des Tors ein Raunen und Lachen vernahm, änderte er abrupt seinen Weg.

»... vortrefflich!«

Der Gardist, der ihn zuerst erspähte, stand sofort stramm und kein einziges Wort verließ mehr seine Lippen. Sein Gegenüber, der mit dem Rücken zu Marcelo gewandt war, reagierte bedeutend langsamer. Zu langsam.

»Du musst diese Frau unbedingt auch einmal besteigen ... Was ist, Kane?« Erst jetzt drehte der Mann den Kopf und als er Marcelo erspähte, schluckte er hörbar und überprüfte hastig den tadellosen Sitz seiner Uniform. »Sir, wir ... wir wollten uns gerade zum Frühapell melden.«

Es war Marcelo scheißegal, wie sich rangniedere Angehörige der Garde unter ihresgleichen unterhielten. Und es war ihm auch egal, was die beiden Männer in ihren letzten freien Stunden getrieben hatten. Was er allerdings ganz und gar nicht ignorieren konnte, war, wenn ein Elitesoldat lieber plauderte, anstatt seinen eingeimpften Befehlen zu folgen. Erst recht nicht nach Guerrez' einschneidenden Worten. Jeder Gardist musste immer und überall seine Umgebung im Blick behalten. Punktum!

Mit einem scharfen Wink bedeutete Marcelo Kane wegzutreten und dieser verschwand auf der Stelle.

»Zovko, richtig?«

Der verbliebene Gardist nickte nervös. Marcelo zog sein Smartlet hervor und verschickte eine kurze Nachricht. Keine zwei Minuten später erschien ein sehr spezieller Disziplinierungs-Trupp der Garde. Zovko schrumpfte förmlich auf die Hälfte seiner ursprünglichen Größe. »Was ...? Nein!«

Auch noch feige! Verachtung entflammte in Marcelo und er fragte sich, wie dieser Schwächling vor ihm es überhaupt jemals in die Garde hatte schaffen können.

»Ich schätze, du wirst deine Privilegien nicht mehr genießen können, selbst wenn die aktuellen Restriktionen wieder aufgehoben werden sollten!« Ein barsches Nicken und der sich windende und wimmernde Zovko wurde davongeschleppt.

Sein Platz beim Frühappell blieb verwaist. Und die Leistungskurven sämtlicher Gardisten schnellten wie von Guerrez gewünscht in die Höhe.

~ x ~

Phantom Point, Beta-Sektor 7.IV, Ausbildungstag 1

»Ich glaub, ich spinne!« Die Stimme von Lieutenant Wilson klang derart fassungslos, dass Neia für einen kurzen Moment die Augen aufschlug und zur Tür ihres Quartiers blinzelte. Neben Wilson stand Jacquine, die amüsiert wirkte, und auf der anderen Seite Darian, der eine grimmige Miene aufgesetzt hatte.

Hastig verkroch sich Neia wieder tiefer unter ihrer Bettdecke. Sie hatte schlecht geschlafen. Die Umgebung war zu ungewohnt und zu viele Gedanken über ihr bisheriges Leben und eine ungewisse Zukunft waren ihr durch den Kopf gespukt. Außerdem hatte Aleah immer wieder im Schlaf geschrien und sich die ganze Nacht unruhig hin und her gewälzt.

Jase und Celtan hatten beim Frühstück ebenfalls einen sehr schlappen Eindruck gemacht und kaum etwas angerührt. Zurück in ihrem Zimmer waren sie alle stillschweigend wieder in ihre Betten geschlüpft. Das war allerdings auch ungewohnt und Neia bezweifelte, dass einer von ihnen tatsächlich noch einmal in den Schlaf gefunden hatte.

»Sofort raus aus den Federn! Auf euch wartet viel Arbeit!«

»Mhm. Aber vielleicht solltest du nicht ganz so den Eindruck vermitteln, als wären sie noch in ihrer alten Heimat«, mahnte Jacquine, immer noch belustigt. »Und die richtigen Klamotten scheinen sie ja immerhin schon mal angezogen zu haben.«

Sportklamotten. Darum hatte Ethan gebeten, als er vor knapp einer Stunde zum Wecken erschienen war. Als Neia erneut blinzelte, bedachte Wilson Jacquine mit einem bösen Blick für die erteilte Rüge, doch sie grinste nur und ging zu Celtan.

»Soll ich Ami nach oben bringen? Aleah, du kommst bitte auch mit. Auf dem Weg in den Hangar kann ich dich im MediCenter abliefern, du warst nämlich als Einzige noch nicht dort.«

»Mir geht's gut«, murmelte Aleah, was sich allerdings nur mäßig überzeugend anhörte.

Celtan strich Ami kurz über den Kopf und flüsterte etwas, woraufhin der Fledermausadler krächzte und von der Bettkante abhob, um auf Jacquines dargebotenen Arm zu flattern.

»Also schön, was steht an?« Jase raffte sich als Erster auf, schüttelte seine Mattigkeit ab und wandte sich an Wilson. »Außer einem Selbstmordzahn für Aleah, meine ich?«

»*Selbstmordzahn?*« Wie von einem giftigen Insekt gestochen fuhr nun auch Aleah hoch.

»Reg dich nicht auf«, tönte Jase, der mehr und mehr zu seiner ätzenden Coolness zurückfand. »Es gibt schlimmere Dinge, als sich einen Zahn ziehen und ein Hightechimplantat setzen zu lassen. Zum Beispiel –«

»Zum Beispiel die Zunge zu verlieren. Ohne jegliche Betäubung.« Darian war einen Schritt nach vorne getreten und blickte sie eindringlich der Reihe nach an. Sein Tonfall hatte blechern geklungen, *künstlich*, wie von einem Computer moduliert.

Neia krallte erschaudernd die Finger in ihr Bettzeug. »Das ... das ist dir nicht wirklich passiert, oder?«

Darian musterte sie noch eindringlicher, sagte jedoch nichts mehr, sondern drehte sich um und verließ den Raum.

»Es ist passiert. Und könnte euch ebenfalls passieren, wenn ihr nicht auf uns hört. Also kommt jetzt.« Wilson deutete auf die Tür und plötzlich fiel es Neia überhaupt nicht mehr schwer, sich von ihren weichen Kissen zu lösen. In City Zero hatten Eloise und sie den Rebellen kaum etwas entgegenzusetzen gehabt. Bei einem Gegner, der mit aller Gewalt handeln würde, hätte sie also erst recht keine Chance. Sich aber niemals wieder hilflos fühlen zu müssen – das war jegliche Anstrengung wert, die vielleicht auf sie warten mochte!

Während sie zusammen mit Jase und Celtan Wilson und Darian durch die Flure zum Sportzentrum des Beta-Sektors folgte, blieb Jacquine mit Ami zurück und redete beschwörend auf Aleah ein, die zuletzt immer noch einen sehr verstörten Eindruck gemacht hatte.

Verständlich nach Jase' blöder Bemerkung. Selbst Neia kam es so vor, als würde sie das Implantat in ihrem Mund stärker spüren als bisher und sie musste sich zusammenreißen, um es nicht andauernd mit ihren Fingern zu betasten. Womöglich hätten sie Aleah vorwarnen sollen, aber die Urteilsfällerin hatte am Vortag bereits genug mitgemacht und keiner hatte ihr kurz vor dem Schlafengehen noch das mit dem Zahn erzählen wollen.

Darian führte sie weiter durch die Gänge und sein breiter Rücken zog immer wieder Neias Blicke an. Sie fragte sich unaufhörlich, was genau dem Mann widerfahren war. Gleichzeitig wollte sie die Antwort überhaupt nicht wissen, war ihre Welt doch schon zur Genüge aus den Fugen geraten.

»So, da wären wir.« Wilson winkte sie durch ein Stahltor in eine Halle, die wohl um die vier Meter hoch war und eine riesige Fläche aufwies. Diese war in verschiedene mit Matten ausgelegte, würfelförmige Parzellen untergliedert, abgetrennt durch interaktive Kunststoffwände, wie sie auch in Neias Schule genutzt worden waren: SmartCubes.

Einige dieser SmartCubes waren schwarz verfärbt und erlaubten somit keinen Blick ins Innere, andere waren durchscheinend und die Parzellen dahinter leer.

Bei dem Würfel rechts außen waren die Wände nicht in einen privaten Modus geschaltet worden, obwohl darin eine Frau und ein Mann miteinander rangen. Anscheinend störten sie sich nicht an neugierigen Blicken und Jase stierte auch sofort völlig ungeniert hinüber.

»Das sind Liu und Zhou, oder?«

Neia riskierte einen zweiten Blick und nun erkannte auch sie, dass die beiden Kämpfer zu Ethans Mannschaft gehörten.

Liu, barfuß und gekleidet mit Trainingshose und Top, behauptete sich gut gegen Zhou. Sie schien ihm sogar einen Tick überlegen zu sein, obwohl er beinahe ebenso stämmig und muskulös war wie Darian.

Neia fand das faszinierend, schließlich konnten in der United Nation ausschließlich Männer der Garde angehören. Eine körperliche Überlegenheit gegenüber dem Großteil der Bevölkerung war für Neia stets ein logisches Zuweisungskriterium gewesen und sie glaubte nach wie vor, dass jemand wie Zhou weitaus mehr Kraft besaß als etwa Liu. Trotzdem beförderte die Nahkämpferin aus Ethans Team Zhou gerade mit einem geschickten Fußhebel auf die Matte. Zhou nahm das seiner Kameradin ganz und gar nicht übel und erhob sich lachend.

Gerne hätte Neia noch weiter zugesehen. In diesem Moment zog Zhou allerding sein T-Shirt über den Kopf. Kurz flackerte ihr Blick über seinen tätowierten, verschwitzten Oberkörper bis hin zu den knappen, dunklen Shorts, dann sah sie errötend weg.

Neia konnte sich nicht daran erinnern, jemals einen derart wenig bekleideten Mann gesehen zu haben, außer auf Bildern in den Aufklärungskursen natürlich, die für alle zwölfjährigen Schüler gleich welcher Ausbildungsrichtung verpflichtend waren. Für sie war schon immer klar gewesen, dass sie sich niemals auf das Verehelichungsprogramm, sich niemals auf ein Zusammenleben mit einem ihr völlig fremden Mann einlassen würde.

Da intime Kontakte nur innerhalb dieses Programms legal waren oder durch die Ausnutzung besonderer Privilegien – wofür Neia in ihrer Vorstellung als emsig arbeitende, verantwortungsbewusste Magistratin gewiss keine Zeit gehabt hätte –, hatte sie sich über die Kurse hinaus nie detaillierter informiert. Erst recht nicht, nachdem sie als Dreizehnjährige ein ausgesprochen prägendes Erlebnis mitbekommen hatte: Eine ihrer Mitschülerinnen, die immer mit ein und demselben Jungen gelernt hatte, war mit gewölbtem Bauch von der schwarzen Garde aus dem Klassenzimmer eskortiert worden. Danach hatte es einen erneuten Vortrag zu gesetzeskonformen Beziehungen gegeben und als kurz darauf auch besagter Junge für immer aus Neias Kursen verschwand, hatte sich für sie das gesamte Thema endgültig erledigt.

Jetzt wünschte sie sich allerdings, sie hätte dem verbotenen Getuschel abends im Schlafsaal mehr Aufmerksamkeit geschenkt, denn dann hätte sie sich bestimmt nicht so unsicher und verlegen gefühlt.

»Neia?«, erkundigte sich Celtan leise. »Kommst du?«

Neia sah vom Boden auf und stellte überrascht fest, dass Darian und Jase bereits eine der leeren Parzellen betreten hatten. Wilson war auf halbem Weg stehen geblieben und schien zunächst etwas sagen zu wollen, doch dann wartete er nur schweigend, bis Celtan und sie an ihm vorbeigehuscht waren. Gleich darauf schloss er hinter ihnen die Tür.

Wilson trat an eine der Wände des SmartCubes, die mit einem blauen Icon versehen war, und tippte sie an. Ein Programmfenster öffnete sich und gleichzeitig verfärbten sich die Wände schwarz.

»Das heute wird noch kein richtiges Training«, erklärte Wilson, während er einige Systembefehle eingab. »Wir möchten erst einmal mit Hilfe verschiedener Simulationen eure Fähigkeiten testen und erarbeiten dann für euch alle einen individuellen Plan. Selbstverteidigung zu erlernen, wird für euch alle Pflicht sein, aber was zum Beispiel das Training zur Ausdauersteigerung oder zum Erlernen aktiver Angriffstechniken angeht, da wird es mit Sicherheit Unterschiede geben.«

»Mit Sicherheit«, wiederholte Jase feixend und obwohl sich Neia nie für einen gewalttätigen Menschen gehalten hatte, hätte sie Jase gerade am liebsten ins Gesicht geschlagen.

»Wenn du wirklich so toll bist, wie du tust …«, Celtan legte scheinbar nachdenklich den Kopf schief, »warum hast du dann eine Zuweisung zum Berichterstatter bekommen, anstatt dass dir die Ehre zuteilwurde, Gardist wie dein Daddy werden zu dürfen?«

Bevor Jase eine wütende Antwort fauchen konnte, schlug Wilson ungehalten mit der Hand gegen die Wand. »Schluss mit diesem kindischen Scheiß! Ist euch schon mal in den Sinn gekommen, dass ihr eines Tages auf Gedeih und Verderb aufeinander angewiesen sein könntet? Neia, Celtan, ihr stellt euch jetzt dort drüben an den Rand, und du, Jase, kommst mit Darian in die Mitte!«

Alle gehorchten. Der Gedanke, womöglich wirklich einmal von Mister Großspurig abhängig sein zu können, verbesserte Neias Laune allerdings nicht gerade. Und noch sehr viel weniger der Gedanke, dass sie ohnehin schon von der Geneigtheit einer Menge Leute abhängig war. *Was, wenn etwa Montcroix feststellt, dass ich ihr nicht ganz so nützlich bin wie erhofft?*

»Ihr habt zwei Gegner direkt vor euch«, riss Wilsons Stimme Neia aus ihrer Versenkung. Der Lieutenant drückte eine Taste und das Abbild zweier Gardisten wurde in den Raum projiziert. »Euer Ziel ist es, trotzdem irgendwie mit eurem Partner die Wand dort hinten zu erreichen. Oder besser gesagt, die Tür.« Noch ein Tastendruck und die grünen Umrisse einer imaginären Tür leuchteten am anderen Ende des SmartCubes auf.

»Alles klar.« Jase nickte Darian vorfreudig zu und stellte sich in Kampfposition, die Beine leicht gebeugt, die Arme bereits zum ersten Schlag erhoben.

»Warum nur müssen wir uns das ansehen?«, murmelte Celtan stöhnend und seine Hand zuckte zu seiner Schulter, als ob ihm für einen kurzen Moment entfallen wäre, dass sein Fledermausvogel nicht da war.

»Ihr seht euch das an, um zu lernen! Ich will es nicht erleben, dass ihr jemals den gleichen Fehler zweimal macht!« Wilson blickte sie dermaßen einschüchternd an, dass Neia schlucken musste und ihre Aufmerksamkeit tatsächlich voll und ganz auf Jase und Darian richtete. Mit einem letzten Programmcode erweckte Wilson die beiden Holo-Gardisten zum Leben. Diese teilten sich sofort auf, einer sprang Jase an, einer Darian.

Jase schlug zu, so schnell, dass Neia der Bewegung kaum folgen konnte. Gleichzeitig wirbelte er zur Seite, duckte sich und kam wieder hoch. Jetzt war er auf einmal hinter dem Gardisten und rammte ihm den Fuß in die Kniekehle. Natürlich glitt Jase' Fuß durch die Holografie hindurch, aber ein rotes Licht markierte die Trefferstelle und der Gardist brach, wie es wohl in der Realität gewesen wäre, in die Knie.

Sehr beeindruckend! Neia empfand das Ganze sogar als etwas *zu* wirklichkeitsgetreu. Mit klopfendem Herzen presste sie sich stärker an die Wand. Auch Celtan war das alles wohl nicht so geheuer, denn er trat ebenfalls noch ein Stückchen zurück und so standen sie nun dicht beieinander.

»Was ist mit Darian?«, hauchte Celtan angespannt. Bislang hatte der Mann recht ähnlich zu Jase gekämpft, mit schnellen Schlägen und Tritten. Und es waren auch zwei, drei rote Lichter aufgeblinkt. Doch während Jase nun los zur Tür sprintete, gähnte Darian, als wäre er gelangweilt, verschränkte die Arme vor der Brust und tat sonst … nichts weiter. Egal wie sehr die Gardisten-Projektionen um ihn herumstoben und ihm zusetzten.

»Geschafft!« Zufrieden schlug Jase gegen die grünen Umrisse der Tür und im gleichen Augenblick erstarrten die Gardisten-Holos.

»Gescheitert!« Vorwurfsvoll deutete Wilson auf einen Bericht, der neben ihm an der Wand erschienen war. Den Text konnte Neia von ihrer Position aus nicht entziffern, aber was eindeutig war, war ein Foto von Darian, über dem in fetten Buchstaben *TOT* stand.

»Was?« Vollkommen perplex starrte Jase zwischen Wilson und Darian hin und her. »Aber …«

»Nichts aber! Ich sagte, das Ziel ist es, die Tür *mit eurem Partner* zu erreichen. Nicht, es ist dein Ziel, Jase, alleine dort anzukommen. Du bist einfach losgestürmt und hast dich nicht ein einziges Mal umgedreht, um dich zu vergewissern, dass Darian tatsächlich klarkommt.«

»Das ist Schwachsinn!«, knurrte Jase. »Ich habe geschaut, bevor ich losgerannt bin, und da war alles super!«

»So etwas kann sich aber sehr schnell ändern. Und ich möchte kein halbes Team am Zielort haben, sondern das gesamte.«

»Ich kann doch nichts dafür, wenn Darian plötzlich zu kämpfen aufhört«, setzte Jase erneut zum Protest an, Wilson unterbrach ihn jedoch in einem harten Tonfall.

»Schluss mit den Diskussionen! Du hast hier nicht das Sagen, sondern erhältst Anweisungen und richtest dich danach. Sonst kriegen wir verdammten Ärger miteinander. Verstanden?«

Neia konnte sehen, wie Jase kurz davorstand zu explodieren. Beinahe bekam sie jetzt sogar Mitleid mit ihm, denn mit dem, was passiert war, hatte er ja wirklich nicht rechnen können. Wilson und Darian mussten das im Vorfeld so abgesprochen haben und Neia mochte sich gar nicht ausmalen, welche Überraschung die beiden wohl für sie bereithielten. Und diese Gehorche-unseren-Anweisungen-Sache ... Die Leute hier taten, als wäre alles vollkommen anders als in der United Nation. Und in vielerlei Hinsicht war es das ja auch. Nur war es in Summe wirklich *besser*?

Für einen kurzen Moment schien sogar Wilson nachdenklich zu werden, aber dann schüttelte er lediglich den Kopf und deutete in die Mitte des Raums. »Celtan, Neia, ihr seid dran.«

Wenigstens muss ich das nicht alleine machen. Langsam folgte Neia Celtan zur vorgegebenen Position, wobei er es ebenfalls nicht sonderlich eilig zu haben schien.

Wilson rief ein anderes Programm auf und nur ein einzelner Gardist wurde in den Raum projiziert. »Versucht die grüne Tür zu erreichen.«

Obwohl er das Wörtchen »gemeinsam« wegließ, schwang es deutlich in Wilsons Worten mit und Neia hatte die Warnung, Fehler nicht erneut zu begehen, auch keineswegs vergessen. Sie wechselte einen Blick mit Celtan und seine Lippen verzogen sich zu einem schwachen Lächeln. »Wird schon schiefgehen.«

Eigentlich lief es dann aber sogar recht gut: Die Simulation startete und Seite an Seite griffen sie den Gardisten an. Sie schafften mehrere rot blinkende Treffer und, okay, einige Male kamen sie sich auch in die Quere. Neia kassierte einen schmerzhaften Ellenbogenstoß von Celtan und sie stampfte versehentlich ihm statt dem Gardisten auf den Fuß. Trotzdem wurden die Bewegungen ihres Gegners merklich langsamer. War er ihnen zuvor noch andauernd in den Weg gesprungen, sodass sie nicht an ihm hatten vorbeipreschen können, so gelang es ihnen nun.

»So beschissen würde kein echter Gardist kämpfen!«, motzte Jase aus der Ecke, in die Darian ihn gezogen hatte.

Neia ignorierte ihn. Zusammen mit Celtan streckte sie bereits die Hand aus, um den leuchtenden Türrahmen zu berühren, als hinter ihnen ein lautes Vogelkrächzen ertönte. Celtan fuhr auf der Stelle herum und auch Neia wandte irritiert den Kopf. Das Krächzen wiederholte sich nicht, aber als sie wieder auf die Wand blickte –

»Die Tür! Sie ist weg!«

»Tja, Ablenkungen kurz vor dem Ziel sind nie gut. Und wie schon bei Jase galt: In wenigen Sekunden kann sich vieles verändern! Merkt euch das.« Wilson drückte eine Taste und wandte sich danach an Celtan. »Wir haben gestern einige Laute deines gefiederten Freundes aufgezeichnet, als er um eine unserer oberirdischen Frühwarnstationen geflattert ist.«

»Das erklärt zumindest, warum er so verwirrt klang. Die elektronische Strahlung muss seine Echoortung beeinflusst –« Celtan unterbrach sich selbst. »Nicht so wichtig«, murmelte er.

Jase lachte auf. »Verwirrt? Das bist wohl eher du! Dein Kumpel hat gestern sicherlich nichts anders gedacht als: ›Oh, was für eine leckere, saftige Maus!‹«

»Um ehrlich zu sein …«, Wilson hatte die Stirn gerunzelt und der Ausdruck in seiner Miene war schwer zu deuten, »Ami schien laut Jacquine tatsächlich kurzfristig Schwierigkeiten bei der Orientierung gehabt zu haben.«

Er kennt Ami wirklich unglaublich gut! Bewundernd blickte Neia zu Celtan, aber noch bevor sie etwas sagen konnte, ertönte ein Klopfen und die Tür wurde geöffnet. Sirah – so hieß diese blonde Technikspezialistin aus Ethans Team doch? – schob eine mäßig begeistert aussehende Aleah in den SmartCube.

»Noch mehr nette Gesellschaft für euch.« Und schon war Sirah wieder weg.

»Sehr schön.« Wilson nickte Aleah zufrieden zu. »Dann könnt ihr jetzt gleich alle vier in die Mitte kommen und Celtan, Neia und Jase erklären dir, welche Lektionen du bislang verpasst hast.«

»Es geht hier nicht vorrangig ums Kämpfen.« Mit verschränkten Armen stellte Jase sich mürrisch auf.

»Mache *nieee* den gleichen Fehler zweimal.« Neia übertrieb es absichtlich mit der Betonung, denn eine kleine Aufmunterung schien Aleah gerade gut gebrauchen zu können. Und tatsächlich hoben sich ihre Mundwinkel ein wenig.

»Schon ein paar Sekunden können alles verändern«, erklärte Celtan abschließend und trat als Letzter ebenfalls in die Mitte. »Mit dem Zahn alles okay?«

»Ich hoff's.« Aleah strich sich kurz über die Wange und ließ die Hand wieder sinken.

»Nächste Herausforderung: Keine Gardisten diesmal, euer Ziel ist allerdings nicht unbedingt einfacher zu erreichen. Und ihr habt nur wenig Zeit.« Wilson erteilte dem Computersystem neue Befehle und statt der grünen Tür leuchteten zwei grüne Fenster auf. Allerdings hoch oben an der Decke und an gegenüberliegenden Enden des Raums.

»Kleiner Bonus: Es ist egal, wer welches Fenster berührt, es müssen lediglich beide angetippt werden. Los geht's!«

Ein rot leuchtender Timer an der Wand gab dreißig Sekunden vor, die unglaublich schnell verstrichen.

»Celtan, du bist größer als die Mädels. Ich heb dich hoch und du schlägst gegen das Fenster«, bestimmte Jase hastig und zog Celtan mit sich nach rechts.

Ausnahmsweise war Neia erleichtert, dass Jase so schnell die Initiative ergriffen hatte, während sie noch ratlos nach oben gestarrt hatte. Gebannt beobachtete sie nun, wie Jase die Finger seiner Hände ineinander verschränkte, um Celtan eine Trittmöglichkeit zu bieten. Dieser setzte den Fuß hinein, hielt sich an Jase' Schultern fest und wurde mit Schwung in die Höhe gehievt.

»Hey ... verdammt, ist das wacklig.« Celtan brauchte kurz, um das Gleichgewicht wiederzufinden, dann streckte und reckte er sich. Er kniete quasi auf Jase' Schultern und als er sich noch weiter aufrichtete, schaffte er es tatsächlich, das Fenster anzutippen, wodurch sich das grüne Leuchten in ein blaues verfärbte.

»Mann, du bist schwerer, als du aussiehst.« Jase ächzte, schwankte aber um keinen einzigen Deut, bis Celtan wieder sicher auf dem Boden stand. Zusammen rannten sie zu Fenster Nummer zwei und –

»Stopp! Die Zeit ist leider um.« Wilson deutete auf den blinkenden und piepsenden Timer an der Wand, dann drückte er eine Taste. »Noch mal von vorne.«

»Okay, gleiche Technik, aber doppelt so schnell«, forderte Jase und stürzte auch schon los. Celtan gab sich alle Mühe, rascher zu klettern und an das Fenster zu tippen, und sie waren auch wirklich schneller als zuvor. Bis sie sich unter dem zweiten Fenster positioniert hatten und Jase die Hände verschränkte, um Celtan hochzuheben, war die Zeit allerdings schon wieder um.

»Ich glaube nicht, dass das funktioniert, wenn Neia und ich nicht mitmachen«, stellte Aleah kritisch fest, während Wilson den Countdown erneut auf dreißig Sekunden einstellte.

»Mhm«, stimmte Jase widerwillig zu. »Ihr seid aber kleiner als Celtan. Das heißt, ihr werdet euch komplett auf die Schultern stellen müssen. Seid ihr schwindelfrei?«

Aleah bejahte, Neia war sich unschlüssig. Sie würden es ja aber gleich feststellen.

»Gut.« Jase musterte sie und Aleah abschätzend. »Neia, ich glaube, du bist etwas leichter. Celtan könnte dich also wahrscheinlich leichter hochheben. Allerdings wird er dich vermutlich nicht so lange halten können wie ich und –«

»Schon okay.« Eilig trat Neia zu Celtan, denn wenn sie schon Paare bilden mussten, war ihr Celtan wesentlich lieber als Jase. Sie warf Aleah einen um Verzeihung bittenden Blick zu. Aber ihr war es wohl relativ egal, mit wem sie ein Team bildete, denn sie zuckte lediglich die Schultern.

»Seid ihr so weit?« Wilson achtete sorgfältig darauf, dass sie sich alle wieder in der Mitte aufstellten und nicht schummelten, indem sie sich bereits ein, zwei Schritte näher an ihrem jeweiligen Fenster positionierten. Gleichzeitig spiegelte sich jedoch so etwas wie Anerkennung in seinen Augen wieder. Vielleicht weil sie schon seit fast fünf Minuten nicht mehr miteinander gestritten hatten. »Los geht's!«

Neia und Celtan rannten nach links und Darian folgte ihnen wachsam, während Wilson Aleah und Jase begleitete.

»Ähm, okay, probier's.« Celtan hielt ihr seine Hände hin und Neia stütze sich mit einem Fuß darin ab, schlang ihre Finger Halt suchend um Celtans Oberarme, holte Schwung, während auch er Schwung holte, und ... schoss in die Höhe.

»Waaah ...«

Celtan schwankte und machte einen Schritt zurück. Neia schwankte noch wesentlich mehr, klammerte sich verzweifelt an Celtans Schultern fest, was aber auch schon nichts mehr brachte.

Sie stürzte auf die Matte und Celtan fiel ebenfalls nach hinten um. Womöglich wäre er genau auf ihrem Kopf gelandet, aber Darian griff rechtzeitig ein und zog sie zur Seite.

»Eine sehr interessante Klettertechnik«, bemerkte er ausdruckslos.

»Sehr witzig«, maulte Celtan und betastete seine Schulter, die aber wohl eher wegen ihres harten Griffs schmerzte als aufgrund des Sturzes. Der Boden war nämlich wirklich sehr weich gepolstert und Neia selbst tat auch nichts weh. »Tut mir leid«, entschuldigte sie sich. »Bei dir und Jase sah das weniger kompliziert aus.«

»Weil er auch in etwa fünfmal so gut in Form ist wie ich.« Celtan schnitt eine Grimasse. Als Neia zu Jase und Aleah hinüberblickte, leuchtete deren Fenster immer noch grün, sie hatten es also ebenfalls nicht geschafft. Aber wenigstens hatten sie einen Sturz vermeiden können. Sie standen aufrecht da, Wilson erklärte ihnen etwas und beide nickten.

»Mehr Körperspannung beim nächsten Versuch. Haltet euch gerade. Dann wird das schon«, bemerkte Darian. Und dann tat er etwas, dass es bei einem Scheitern in der United Nation gewiss nicht gegeben hätte. Er streckte freundlich die Hand aus und half Neia hoch, bevor er auf die gleiche Weise Celtan half. »Fürs erste Mal war es gar nicht so schlecht.«

Misstrauisch wartete Neia ab, ob nicht vielleicht noch eine harsche Kritik folgen würde, aber Darian verfiel wieder in sein typisches Schweigen.

»Zurück auf eure Plätze. Und von vorne!«, rief Wilson gut gelaunt und schritt zurück zur Wand, um den Timer erneut zu starten.

»Nur mal so eine Frage«, erkundigte Celtan sich vorsichtig, während sie der Aufforderung nachkamen. »Wie oft müssen wir das denn schlimmstenfalls noch machen? Was, wenn es einfach nicht klappt? Die ersten beiden Simulationen haben wir doch auch nicht wiederholt.«

»Die hatten auch einen vollkommen anderen Zweck«, antwortete Wilson. »Jetzt geht es darum, nicht so schnell aufzugeben und um ... hm ... ein paar andere Dinge, die wir euch noch nicht direkt auf die Nase binden wollen. Aber keine Sorge, es stehen für euch heute auch noch jede Menge außersportliche Aufgaben an, ewig können wir hier also gar nicht mehr weitermachen.«

Einerseits klang das ja beruhigend, andererseits aber auch nicht. *Jede Menge außersportliche Aufgaben.* Neia schielte zu den anderen, doch sie schienen ebenfalls nicht zu wissen, was gemeint war.

»Achtung, die Zeit läuft ab … jetzt!«

Sie spurteten los und Neia versuchte, Darians Tipps in die Praxis umzusetzen. Ungefähr drei Sekunden konnten Celtan und sie sich länger halten als beim ersten Mal, dann plumpsten sie erneut auf die Matte.

Beim dritten Versuch erreichten Aleah und Jase ihr Fenster, doch Neia und Celtan gerieten schon wieder aus dem Gleichgewicht.

»Nicht so weit nach hinten lehnen.« Darian stellte sich dicht hinter Celtan und half ihm, seinen Stand zu stabilisieren. »Neia, noch mehr Körperspannung.«

»Ich versuch's ja.« Als Magistratin musste man keine Turnerin sein und dementsprechend war auf physische Leistungsfähigkeit während ihrer Ausbildung keinen großen Wert gelegt worden. Neia merkte überdeutlich, dass ihre Muskeln nicht so wollten, wie sie es gebraucht hätte.

»Fester Rumpf! Du musst es hier spüren!« Darians Hand legte sich auf ihren Bauch und Neia zuckte erschrocken zurück. Berührungen an Armen und Beinen waren das eine, aber das? Völlig aus der Konzentration gerissen, konnte sie sich natürlich nicht mehr halten, rutschte ab und landete ein weiteres Mal auf der Matte.

»Wir sollten einfach hier unten sitzen bleiben«, scherzte Celtan, obwohl er selbst dieses Mal gar nicht gestürzt war. Aus den Augenwinkeln bemerkte Neia, wie Darian ihr wie in den Runden zuvor die Hand hinhielt, doch dieses Mal erhob sie sich alleine und ohne ihn direkt anzublicken.

Er hat es nur gut gemeint!, schalt sie sich selbst, was aber auch nicht viel brachte. Liu und Zhou, die intensiv miteinander rangen, Pärchen, die in aller Öffentlichkeit schmusten oder sich sogar küssten, Eltern, die ihre Kinder herzten, oder Freunde, die sich gegenseitig in den Arm nahmen – all das hatte sie bereits innerhalb der Rebellenbasis mit eigenen Augen gesehen. Bis ihr Gehirn sich an diese neuen Begebenheiten anpassen und sie nicht mehr als illegal und gefährlich einstufen würde, konnte allerdings noch eine geraume Weile vergehen. Falls sich ihr Gehirn überhaupt jemals derart anpassen konnte.

Will ich denn überhaupt so sein wie sie? Neia rieb sich über die Stirn. Jetzt war sie wieder zurück in ihrem Gedankenkarussell über eine Zukunft, die keinerlei Ähnlichkeit mehr zu ihren einstigen Wünschen, Hoffnungen und Vorstellungen hatte.

»Alles in Ordnung?« Wilson blickte zu ihnen hinüber, während Jase Aleah an den Hüften packte und sicher auf den Boden gleiten ließ. Aleah sagte etwas und sie und Jase lachten.

Warum stören sie sich an dem engen Körperkontakt so gar nicht? Neia runzelte die Stirn, starrte auf Jase' Hände, die er nun wieder zurückzog. Erst jetzt bemerkte sie, dass Aleahs Blick inzwischen auf ihr ruhte, dann Celtan und Darian streifte, der mit einer Geste Wilson lautlos etwas zu verstehen gab, und schließlich wieder zu ihr zurückkehrte. Mit zusammengepressten Lippen erwiderte Neia den Blick.

»Wir üben diese Aufgabe zu einem anderen Zeitpunkt weiter«, verkündete Wilson in diesem Moment. »Jetzt kommen wir zum letzten Part für heute. Eine Art Staffellauf.« Er zog eine kleine silbrige Kugel aus der Tasche und teilte die Parzelle mit einigen Programmbefehlen in vier Zonen auf, grün, blau, rot und gelb.

»Jeder wählt eine Farbe, die er nicht verlassen darf. Der oder die Erste von euch muss die Kugel an den kleinen Kreis an dieser Wand halten.« Wilson deutete auf eine Markierung in Neias Nähe. »Dann wird die Kugel an den Nächsten und Übernächsten übergeben und der oder die Letzte berührt mit der Kugel das Kreuz dort.« Das Kreuz befand sich hinter Jase, also am gegenüberliegenden Ende des Raums. »Ihr habt wieder dreißig Sekunden Zeit. Alles verstanden?«

»Müssen wir mit der Kugel in der Hand rennen oder dürfen wir sie auch werfen?«, wollte Jase wissen.

»Sucht es euch aus. Aber jeder von euch muss die Kugel mindestens einmal berühren, ihr dürft also zum Beispiel nicht vom ersten Feld zum letzten werfen.«

Jase wollte unbedingt der Erste sein, Aleah blieb am Ende des SmartCubes stehen und Celtan bezog die vorletzte Zone. Damit fiel Neia automatisch der Bereich zwischen ihm und Jase zu.

»Aufgepasst, es geht los.« Sobald Wilson das Kommando gegeben hatte, presste Jase die Kugel in die Kreismarkierung und schleuderte sie anschließend in Neias Richtung. Und zwar mit viel zu viel Schwung!

Neia versuchte gar nicht erst, die Kugel zu fangen, sondern drehte sich hastig weg und hob die Arme schützend vors Gesicht. Mit einem lauten Klacken knallte die Kugel an die Wand und fiel danach zu Boden.

Jase verdrehte die Augen. »Du sollst fangen und dich nicht verstecken, Neia.«

»Und du sollst uns nicht durchlöchern«, schimpfte Celtan. »Wirf gefälligst vorsichtiger!«

Wilson mischte sich nicht ein. Er sagte lediglich »Noch mal« und startete den Countdown erneut. Dieses Mal warf Jase sanfter und Neia versuchte, die Kugel zu erwischen. Was bei einem so kleinen Ding allerdings nicht ganz einfach war und prompt glitt sie ihr im letzten Moment aus den Fingern. Das Aufheben kostete Zeit, also warf Neia die Kugel bereits aus gebückter Haltung zu Celtan, um nicht noch mehr Sekunden zu vergeuden. Er fing die Kugel problemlos und warf sie zu Aleah weiter, die sie mit beiden Händen schnappte, in genau jenem Augenblick, in dem der Timer zu piepsen begann.

»Zeit ist um. Noch mal.«

»Wir tauschen besser.« Jase wartete keine Antwort ab, sondern schritt bereits in ihre Zone. Neia unterdrückte eine bissige Bemerkung, ließ sich die Kugel reichen und stellte sich an die Wand. Sobald der Countdown startete, warf sie die Kugel und – Jase griff daneben.

»So ein Mist!«, fluchte er und kroch auf allen vieren über die Matte, um die Kugel wieder einzufangen.

»Ach, was für ein Anblick.« Celtan grinste und Neia empfand ebenfalls eine enorme Genugtuung. Aleah kicherte sogar kurz. Als Jase sich mit hochrotem Kopf wieder erhob, änderte sich Celtans Miene schlagartig.

»Kann doch jedem mal passieren«, erklärte er besänftigend. »Du siehst schon wieder so aus, als würdest du dich am liebsten selbst laserkutieren.«

Neia kam es eher so vor, als würde Jase am liebsten jeden anderen im Raum laserkutieren, aber überraschenderweise stritt er Celtans Behauptung keineswegs ab.

»Kümmere dich um deinen eigenen Scheiß! Ich sagte dir bereits, dass das hier für einige bedeutend wichtiger ist als für andere!«

Wütend schleuderte Jase die Kugel, wobei er absichtlich zu niedrig zielte. Celtan fing sie trotzdem. »Klär uns doch auf«, bat er ruhig.

Noch mehr Wut blitzte in Jase' Augen auf und Neia vergaß vor lauter Anspannung fast zu atmen.

»Die Zeit ist um.« Wilson drückte, ohne den Blick von Celtan oder Jase abzuwenden, eine Taste und das komplette System des SmartCubes schaltete sich ab. Die Wände waren nun wieder durchscheinend und Darian öffnete wortlos die Tür.

Jase stapfte geladen nach draußen und dass er Celtan dabei nicht versehentlich anrempelte, lag wohl nur daran, weil Wilson ihn immer noch scharf beobachtete.

Für einige ist das hier bedeutend wichtiger als für andere, hallte es in Neia nach, während sie sich langsam ebenfalls zum Gehen wandte. Hätte Celtan sie anstatt Jase gefragt, sie hätte sofort gewusst, wer auf dieser *Bedeutend-wichtiger*-Skala ganz oben rangierte. Jene, die zu jung waren, um sich selbst zu schützen.

Es war allerdings utopisch anzunehmen, dass Unabänderliches plötzlich verändert werden konnte. Vor allem nicht durch sie, wenn sie bereits an einer simplen Kletterei scheiterte. Nein, manches, das ins Rollen geraten war, konnte einfach nicht mehr gestoppt werden.

Neia schloss für einen kurzen Augenblick die Augen und hoffte inständig, die Aufgaben, die auf sie warteten, wären ausreichend genug, um nicht noch tiefer in einem äußerst hässlichen Gedankenmorast zu versinken. Einem Morast, aus dem es genauso wenig ein Entrinnen gab wie aus den tödlichen Schatten, die viele längst über sich spüren mussten ...

Siebzehn

City VI, United Nation, Abteilung von Dr. jur. Eric Powell

»Gibt es ein Problem?«

Als sein Supervisor unverhofft neben seinem Schreibtisch auftauchte, zuckte Ste-Sheri erschrocken zusammen. »W-Was? Nein, es gibt kein Problem! Es ist nur ...« Ste-Sheris Blick streifte die leere Arbeitsstation ihm gegenüber und eine ungewohnte Traurigkeit stieg in ihm auf. »Es ist nur, sie war immer so nett«, vollendete er leise.

Eric schnaubte. »*Verrückt* wolltest du wohl sagen! Weißt du nicht mehr, wie schwierig ihr Start hier bei uns war?«

Ste-Sheri schwieg, obwohl er es noch ganz genau wusste. Schließlich war er derjenige gewesen, der Aleah in den ersten Wochen mit sämtlichen Abläufen vertraut gemacht hatte. Und in der Tat hatte die Urteilsfällerin zu Beginn einige seltsame Vorstellungen gehegt, aber das hatte sich im Laufe der letzten zwei Jahre vollständig gegeben.

Habe ich zumindest geglaubt! Wie bereits die gesamte letzte Viertelstunde über starrte Ste-Sheri wieder auf die blinkende Holoanzeige seines Computerterminals: *Urteil der Stufe 20 bestätigen.* Das wurde von ihm gefordert, aber bislang hatte er sich nicht dazu durchringen können, die entsprechende Taste zu drücken. *Aleah, eine Feindin der Nation?* Genau das stand im Bericht der schwarzen Garde, von Captain James L. Guerrez persönlich unterzeichnet, und dieser Mann irrte sich bekanntermaßen nie.

Terroristische Kapitalverbrecher mussten aus den Städten verbannt werden, sie mussten sterben und ein jeder musste sie vergessen. Nur so ließ sich weiteres Unheil verhindern. Schmerz, Zerstörung, Chaos – nichts davon durfte sich über den Tod hinaus verbreiten!

Ist Aleah womöglich schon tot? Oder bleiben ihr noch einige wenige Minuten, um über das nachzudenken, was sie getan hat? Der Bericht der Garde verriet es nicht und es war auch nicht von

Bedeutung. Die Schuld, die Aleah auf sich geladen hatte, konnte auch nur sie wieder begleichen.

Niedergeschlagen presste Ste-Sheri seinen Zeigefinger auf die Bestätigungstaste. Und dann noch einmal, um das Schicksal eines jungen Mannes namens Celtan McLeod zu besiegeln. Und für Jase Guerrez, den Sohn des Captains der Garde. Was nur einmal mehr bewies, wie gerecht das System war, schließlich gab es noch nicht einmal für ihn eine mildere Strafe. Als Letztes bestätigte Ste-Sheri das Urteil der Stufe zwanzig für eine Neia Webster, dann hörte das Hologramm endlich auf zu blinken.

»Sehr schön.« Zufrieden nickte Eric ihm zu. »Ich möchte dir noch jemanden vorstellen.«

Kurz verschwand Eric in sein Büro, dann kehrte er mit einer schüchtern lächelnden jungen Frau zurück, die noch keine achtzehn Jahre alt sein konnte. »Das ist Lilly. Sie wurde uns heute Morgen aus einer anderen Abteilung zugewiesen.« Eric wandte sich an die Frau. »Wenn du Fragen hast, wird Ste-Sheri dich jederzeit unterstützen.«

»Selbstverständlich.« Ste-Sheri räusperte sich, keine Ahnung, warum ihm die Bestätigung so sarkastisch entschlüpft war. »Setz dich doch dort drüben hin«, bat er und zwang sich zu einer freundlicheren Miene. »An den Knöpfen rechts kannst du die Höhe der Schreibtischplatte einstellen. Und denk auch an den Stuhl. Eine gute Haltung ist wichtig für eine gute Arbeit.«

»Danke, ich weiß.« Lilly nahm gehorsam Platz, rutschte ein wenig hin und her und streckte die Hand aus, ließ sie aber gleich wieder sinken. »Das passt alles. Hier sitzt wohl normalerweise jemand, der in etwa so groß ist wie ich?«

»Das ist die Arbeitsstation von … Es *war* die Station von … von …« Ste-Sheri verhaspelte sich, erst recht, als Eric warnend die Augen verengte. Komplexe automatisierte Programmbots durchstöberten bereits sämtliche Netzwerke und Archive, um die indirekt von ihm erteilten Befehle des Stufe-zwanzig-Urteils umzusetzen. Sie löschten Namen, Aufzeichnungen, jegliche Formen von elektronischen Fußabdrücken, radierten die einstige Existenz von Aleah und den anderen radikal aus. In der realen Welt mussten jedoch die Menschen selbst zum kollektiven Vergessen der Verbrecher beitragen.

»Niemand.« Ste-Sheri atmete tief durch und dachte an all das Positive in seinem Leben. Er war jung, gesund, hatte immer ein Dach über dem Kopf und genügend zu essen. Sein Job war zwar manchmal sehr herausfordernd, aber so war das eben, wenn man juristische Verantwortung trug. Mit seinen Kollegen verstand er sich gut und diese Lilly war gewiss eine begabte und pflichtbewusste Urteilsfällerin, eine Bereicherung für das gesamte Team.

Er lächelte und dieses Mal fiel es ihm schon ein wenig leichter. »Bald ist Mittagsessenszeit. Wollen wir zusammen gehen?«

»Sehr gerne.« Lilly freute sich und Ste-Sheri wandte sich wieder seiner Arbeit zu. *Alles ist genau so, wie es sein sollte*, dachte er, schob seine Wehmut endgültig beiseite und ließ seine Finger erneut über die Tastatur tanzen, um weiterhin Verbrechen zu sühnen und den Frieden in der Welt zu erhalten.

~ x ~

Zeitgleich in City XCIX, Stadt der genetischen Forschung, Anwesen von Stadtverwalter Nova

Mit trübem Blick ließ Reuben Nova die Bilder eines Live-Streams auf sich wirken. *Ich hätte es zur Nummer sieben bringen können! Vielleicht sogar zur Nummer sechs oder fünf ...*

Wie damals in den alten Glanzzeiten, als noch mit Hochdruck daran gearbeitet wurde, die widerspenstige Umwelt für menschliche Bedürfnisse zu optimieren. Als niemand es gewagt hätte zu behaupten, sie könnten jährlich nur noch einen derart geringen Mehrwert für die Gesellschaft schaffen, dass sich die immensen Kosten und der Aufwand kaum mehr rentierten. So viele Mittel waren ihm bereits gestrichen worden, so viele Bewohner einer anderen Stadt zugewiesen. City VIII zum Beispiel, der Stadt des technischen Fortschrittes anstatt des menschlichen in seiner.

Dieses Projekt war seine letzte Chance gewesen! Und jetzt ... kein Prestige, kein Aufschwung, keine solche Unzahl an weiteren Aufträgen, dass er selbst hätte auswählen können.

Voller Wut hob Nova die Hand, doch am anderen Ende der Verbindung zögerte ein Trottel im blauen Anzug. Zu jung, um die gesamte Tragweite seines katastrophalen Versagens verstehen zu können, blickte er unsicher in die Kameralinse. »Sind Sie sicher? Die Grenzwerte, um die Dr. Reynolds gebeten hat, wurden bereits ermittelt. Ein weiteres Vorgehen wird dauerhafte Schädigungen verursachen.«

»Tun Sie's endlich!«, blaffte Nova. Der Medicop zögerte einen weiteren Moment, dann nickte er jemandem in einem gläsernen Untersuchungsraum zu. Dieser jemand befand sich außerhalb des Kamerabildes. Was die Kamera jedoch sehr genau zeigte, war das verstärkte Ende einer schwarzen Peitsche, welches durch die Luft sauste, bevor es hart auf die ungeschützte Haut eines etwa achtjährigen Kindes traf. Ein Kind, das auf einer Stahlpritsche fixiert worden war, angeschlossen an unzählige elektronische Messgeräte.

Wieder fuhr die Peitsche nieder. Und wieder. Bald schon sprenkelten rote Spritzer das Glas des Untersuchungsraums. Und es wurden mehr und mehr, bis Reuben Novas gesamter Ehrgeiz und aller erstrebte Ruhm unter einer dicken blutigen Schicht begraben lag.

~ X ~

Phantom Point, Delta-Sektor, Bibliothek

»Welche Zahl?«, wisperte Celtan, doch Jase, der rechts neben ihm saß, zuckte nur ratlos die Schultern und schnippte gegen das vor ihm auf dem Tisch liegende Smartlet. Auch Aleah und Neia, die ihnen gegenüber hockten, hatten offenbar Schwierigkeiten, die Reihe fünfundfünfzig, dreißig, vierzehn und fünf logisch fortzusetzen.

»Eine abnehmende, quadratische Folge! Das ist es.« Celtan schlug sich vor die Stirn und tippte hastig das richtige Ergebnis ein.

»55 − 5*5 = 30«, murmelte er. »30 − 4*4 = 14, 14 − 3*3 = 5, also ist die nächste Zahl eins, denn 5 − 2*2 = 1.«

»Ach, dass wir da nicht gleich draufgekommen sind«, bemerkte Jase zynisch und Orin, einer der Piloten von Ethans Mannschaft, grinste. »Ja, war doch einfach, oder?« Er wandte sich an Celtan. »Gut gemacht.«

Saeva, die neben Ysaak an einem Bücherregal lehnte, strich sich eine ihrer kinnlangen pinken Haarsträhnen zurück und linste auf das Smartlet in Ysaaks Hand.

»Äußerst interessante Testergebnisse, die ihr uns da liefert.« Sie senkte die Stimme, als Orin zu ihnen trat, und leise diskutierend studierten alle drei das Display.

Was genau sie da sahen, war Celtan relativ egal. Ihm rauchte der Kopf von all den Fragen, die sie hatten beantworten müssen und die dem Anschein nach kaum etwas gemein hatten. Allgemeine Fragen zur Geschichte ihres Planeten und spezifischere zu ihren jeweiligen Ausbildungen. Ein Kauderwelsch verschiedener nicht mehr existenter Sprachen hatten sie außerdem deuten sollen, was insbesondere Neias Interesse geweckt hatte. Jase war von einem strategischen Spiel namens Schach begeistert gewesen, dessen Grundzüge Ysaak ihnen beigebracht hatte, und auch Aleah hatte sich sehr geschickt darin gezeigt, verwinkelte Schachzüge zu durchschauen. Er selbst hingegen hatte offenbar ein natürliches Gespür für Klangfarben und Töne und bei den letzten Fragen aus dem Bereich der numerischen Intelligenz, wie Orin es genannt hatte, war er fast immer auf die korrekte Lösung gekommen.

Sehr zu Jase' Verdruss. »Möchte mal wissen, was es hilft, schnell rechnen zu können, wenn jemand auf dich schießt«, ätzte er.

Celtan ließ sich von der Bemerkung nicht provozieren, sondern hob schweigend die Hand, um Ami den Kopf zu kraulen. Jacquine hatte ihm seinen gefiederten Freund nach dem Sporttraining zurückgebracht und er war sehr froh, das vertraute Gewicht auf seiner Schulter zu spüren.

»Du erträgst es nur nicht, nicht überall der Beste zu sein«, mischte sich Neia ein und funkelte Jase genervt an. Aleah beteiligte sich nicht an dem Streit. Sie hatte den Kopf auf die Tischplatte gesenkt und schien zu dösen. Der Tag war anstrengend gewesen und die letzte Nacht viel zu kurz.

Neias Blick wanderte zu Celtan, offenbar erwartete sie, dass er ebenfalls etwas sagte. Und das hätte er normalerweise auch getan, nur ... Celtan schielte aus den Augenwinkeln zu Jase. Ihn hatte nun schon mehrmals das seltsame Gefühl beschlichen, dass dieser Kerl in Wahrheit überhaupt nicht so selbstbewusst und großkotzig war, wie er immer tat.

Irgendetwas schien schwer auf seiner Seele zu lasten, etwas, für das er sich selbst verabscheute und das er unbedingt in Ordnung bringen wollte.

»Warum könnt ihr euch nicht in einem normalen Tonfall unterhalten?«, erkundigte Orin sich kopfschüttelnd und blickte vom Display des Smartlets auf. »Jase, bei diesen Numerik-Aufgaben ging es nicht nur um die Lösung, sondern auch um Dinge wie Konzentrations- und Merkfähigkeiten und das logische Denken an sich. Und solltest du jemals in absoluter Dunkelheit einen Hubschrauber fliegen müssen, während deine Geräte aufgrund eines Sturms verrücktspielen und du womöglich noch verfolgt wirst, wärst du vermutlich verdammt froh, wenn du anhand deiner letzten Koordinaten den Abstand zum nächsten Berg richtig berechnen könntest! Und zwar bevor du daran zerschellst.«

»Jase wäre lieber derjenige, der die Waffen bedient und auf den Verfolger ballert. So wie ich«, bemerkte Saeva lachend und zwinkerte Jase zu. »Habe ich recht?«

»Definitiv!« Jase schien kurz mit sich zu ringen, dann wandte er den Kopf in Celtans Richtung. »Wie hast du es vorhin beim Training geschafft, diese blöde Kugel so gut zu fangen?« Keinerlei Aggression lag mehr in seiner Stimme, sondern ehrliches Interesse. Und deshalb zögerte Celtan auch nicht zu antworten.

»Ami fand es eine Zeit lang unglaublich lustig, mit kleinen Steinen in den Krallen in die Luft zu fliegen und diese auf mich herabregnen zu lassen.« Kurz verzog er das Gesicht bei der Erinnerung an den ein oder anderen Kratzer, musste aber gleich darauf lächeln. »Glaub mir, wenn du nur oft genug was auf den

Kopf gekriegt hast, wirst du schnell ein Profi im Fangen. Ausweichen hat Ami nämlich nie gelten lassen.«

»Was?« Neia kicherte. »Er hat so einen artigen Eindruck auf mich gemacht, aber dann kann dein Vogel wohl auch ziemlich frech sein, hm?«

Ami krächzte und pickte vorwurfsvoll nach Celtans Hals, als wollte er sich beschweren, dass er von dieser ungestümen Phase erzählt hatte.

»Ach, das ist schon ewig her. Du weißt doch, wie sehr ich dich mag«, flüsterte Celtan und der Fledermausadler beruhigte sich wieder. *Ewig* – eigentlich war ja erst ein Jahr seit dieser Toxikum-Sache vergangen. Allein in diesem einen Jahr hatte sich aber so viel verändert. Er selbst hatte sich verändert. Und das alles nur, weil sich ein wundervolles, schlau-kühnes und überaus treues Geschöpf an seine Seite gesellt hatte.

Celtan blickte auf, sah zu Neia, zu Aleah und dann auch zu Jase. Und plötzlich wusste er ganz genau, dass trotz der vielen Fragen, die ihnen heute gestellt worden waren, die entscheidendste von allen noch immer fehlte. Vielleicht war es ein wenig verfrüht, andererseits konnte es zu einem späteren Zeitpunkt womöglich keine Gelegenheit mehr dafür geben. Also fasste er sich ein Herz und erkundigte sich vorsichtig in die Runde: »Sagt mal ... wollen wir nicht Freunde sein?«

Achtzehn

Phantom Point, Sektor Alpha 1.I, Kommandozentrale

Niemand von ihnen hatte je die Sonne gesehen. Und niemand von ihnen je die Sterne. Was Jahreszeiten waren, wussten sie ebenfalls nur aus Büchern, denn heutzutage herrschte immerzu Winter. Dennoch gab Scarlett Montcroix der am Kommunikationspult sitzenden Ensign namens Bailee ein Zeichen, über sämtliche Basis-Lautsprecher den uralten Song abzuspielen, der einst auf einem Datenchip in der verwitterten Kleidung eines Toten unweit der United-Nation-Außengrenzen entdeckt worden war.

Der Text stammte wohl von einer Mary Elizabeth Frye, zu wem die melodische männliche Sängerstimme gehörte, hatten sie nie erfahren. Sie nutzten das Lied zum Gedenken an die Gefallenen – für Brendan Roose, der knapp 36 Stunden nach seinem Verschwinden nun offiziell für tot erklärt worden war. Für Makayala Shaw, die gestern bei dem Versuch, einen Unterstützer in City Zero anzuwerben, erschossen worden war. Und für all die anderen tapferen Männer und Frauen, die unter Scarletts Kommando ihr Leben geopfert hatten.

Do not stand at my grave and weep
I am not there; I do not sleep.
I am a thousand winds that blow,
I am the diamond glints on snow,
I am the sun on ripened grain,
I am the gentle autumn rain.
When you awaken in the morning's hush
I am the swift uplifting rush
Of quiet birds in circled flight.
I am the soft stars that shine at night.
Do not stand at my grave and cry,
I am not there; I did not die.

Nachdem der letzte Ton verklungen war, folgte wie immer eine Schweigeminute. Eine ganze Reihe von Gesichtern hätte nun vor Scarletts innerem Auge vorbeiziehen können. Sie sah es als ihre Pflicht an, mit jedem ihrer Soldaten zumindest ein paar persönliche Worte zu wechseln, bevor sie ihn oder sie zum ersten Mal in den Krieg entsandte. Von daher waren diese Menschen, die niemals wieder zurückkehrten, keineswegs nur unbekannte Einträge in einer Datei.

Das einzige Gesicht, das Scarlett vor sich sah, war jedoch Daniels. Daniel Morgan, ihre große Liebe. Getötet, weil ein anderer Mann laut eines beschissenen Computerprogramms angeblich besser zu ihr gepasst hätte.

Sie erinnerte sich noch so gut an den sanften Schwung von Daniels Augenbrauen, die elegante Nase, die kitzelnden Bartstoppeln auf seiner Wange. Wie naiv Daniel und sie gewesen waren zu glauben, sie könnten die allgemeinen Beziehungsverbote umgehen. Dass sie inoffiziell durchaus so leben konnten, wie sie wollten. Wie es allen anderen Bürgern erging, hatte Scarlett zu diesem Zeitpunkt nur mäßig interessiert, aber das hatte sich schlagartig geändert, als ihr eigener Vater ihr eine überaus grausame Frage gestellt hatte.

»*Perfektion hat immer ihren Preis, Scarlett. Bist du bereit, ihn zu bezahlen?*«

Sie war es nicht gewesen. Und trotzdem war Daniel tot. Was ihr jeden Tag die Kraft gab, aufzustehen und ihren Weg weiterzugehen, war der Gedanke, dass ihr Liebster nicht in einem kalten, namenlosen Grab lag, sondern dass er sich stattdessen immer und überall in ihrer Nähe befand, so wie es in dem Lied besungen wurde.

»General? Commander Ethan und sein Bruder sind wie gewünscht hier.« Sergeant Maxwell, der den Eingang zur Kommandozentrale bewachte, trat unruhig von einem Fuß auf den anderen. Offenbar hatte sie nicht mitbekommen, dass die Schweigeminute längst um war.

»Danke, Sergeant. Schicken Sie sie zu mir rüber.« Scarlett nickte dem Mann zu und trat durch eine Seitentür in einen kleinen angegliederten Medienraum, den sie für vertrauliche

Unterhaltungen nutzte. Die Travis-Zwillinge folgten ihr gleich darauf und Ethan schloss behutsam die Tür.

»General? Sie wollten uns sehen?«

»Ja. Was gibt es Neues über Aleah, Celtan, Jase und Neia zu berichten?«

Ethan wirkte überrascht, höchstwahrscheinlich weil er erst vor einer knappen Stunde einen Bericht verfasst und eine Kopie davon an sie verschickt hatte. Momentan interessierten sie jedoch weniger sachliche Fakten.

Natürlich war es wichtig zu wissen, dass Jase über eine exzellente räumliche Vorstellungskraft, ein gutes Kurzzeitgedächtnis und hohe sportliche Ausdauer verfügte. Um seine Beherrschung hingegen war es eher schlecht bestellt, was nicht gerade die ideale Voraussetzung war, um jemandem die Notwendigkeit für das Befolgen von Befehlen einzubläuen. Celtan war da ganz anders gestrickt, ein Talent im mathematischen und naturwissenschaftlichen Bereich und deutlich weniger aggressiv. Dafür lag sein Hauptaugenmerk stets auf dem Wohlergehen seines Fledermausadlers. Was bedeutete, dass der Vogel irgendwie in Celtans Ausbildung miteingebunden werden musste, denn alles andere hielt Ethan für keine Option.

Was die beiden jungen Frauen betraf – Neias Intelligenz war beachtlich, insbesondere im verbalen Bereich. Sie tat sich jedoch von allen am Schwersten, sich von alten Denkmustern zu lösen. Und Aleah? Scarlett musste innerlich immer noch den Kopf schütteln, wenn sie daran dachte, wie Isbel Tanner die junge Frau eingesperrt hatte. Sie hatte Tanner scharf verwarnt, würde sie noch einmal auffällig werden, wäre sie diejenige, die ihre Freiheit verlieren würde. Außerdem musste sie nun mehrmals die Woche bei einem Psychologen vorstellig werden.

Scarlett hoffte inständig, dass diese Maßnahmen ausreichten und sie nicht eines Tages gezwungen wäre, bis zum Äußersten zu gehen. Die Ressourcen von Phantom Point waren zu knapp bemessen, um jemanden, der wiederholt keine Besserung zeigte, für alle Zeiten zu inhaftieren. Was bedeutete, dass sie letzten Endes einen Tötungsbefehl aussprechen musste. Scarlett tat so etwas gewiss nicht gerne, doch in vereinzelten Fällen war es bereits notwendig gewesen. Der Kampf für die Menschheit, für ein freies, selbstbestimmtes Dasein, durfte nicht von einer Handvoll unbelehrbarer Missetäter zerschlagen werden.

Wobei sie Tanner nicht in diese Kategorie eingeordnet hätte, aber man wusste ja nie.

Scarletts Gedanken kehrten zu Aleah zurück, die womöglich das größte Potential von allen aufwies. Denn sie war in keinem Bereich die Beste gewesen, hatte aber auch nirgends besondere Schwachstellen gezeigt. Sie würde sich also auf jedem Gebiet schon irgendwie zurechtfinden. Vorausgesetzt, sie wollte es, woran es derzeit allerdings noch zu hapern schien.

Sie brauchen dringend ein Ziel vor Augen!, dachte Scarlett. *Alle vier.* Und deswegen würde sie ihnen auch ein Ziel geben. Zunächst musste sie jedoch die Dinge in Erfahrung bringen, die Commander Ethan sicherlich nicht schriftlich festhalten würde.

»Ich beziehe mich auf *ungewöhnliche* Vorkommnisse, Commander. Sie hatten bereits mehrfach mit Neuankömmlingen zu tun. Was ist Ihnen im Unterschied zu diesen aufgefallen? Im Hinblick auf ... sagen wir, *mentale Intuition* abseits der Norm?«

»Mentale Intuition? So etwas wie Jase' Gespür für Lügen?«, entfuhr es Thane, woraufhin Ethan seinen Zwilling mit einem vernichtenden Blick strafte.

Scarlett musste innerlich lächeln. Es hatte schon seinen Grund, warum sie beide Travis-Brüder zu sich zitiert hatte. Thanes Impulsivität nicht auszunutzen, wäre Verschwendung gewesen.

»Aufgrund seiner Ausbildung ist es naheliegend, dass Jase ein besonderes Gespür für Lüge und Wahrheit entwickelt hat«, erklärte Commander Ethan nun bestimmt, wobei der Ausdruck in seinen Augen weniger sicher wirkte als sein Tonfall.

»Mhm«, murmelte Thane. »Und was ist für Magistratinnen naheliegend? Zu fühlen vielleicht?«

»Es gab also ungewöhnliche Vorkommnisse!«, hielt Scarlett mit einem Nicken fest. Sie trat an das in die Wand integrierte Terminal heran, ließ zur Identifikation ihre Iris scannen und sprach zusätzlich einen Code aus, bei dem ihr Stimmmuster mit dem gespeicherten abgeglichen wurde. Sobald der Prozess abgeschlossen war, wählte sie eine Datei aus, für deren Besitz man in der United Nation sofort laserkutiert worden wäre. Nach einem kurzen Tastendruck wurden zahlreiche Informationen in den Raum projiziert.

»Ich werde Ihnen nach wie vor keine Details verraten. Zum einen möchte ich, dass Sie möglichst unvoreingenommen sind, und zum anderen gab es einfach noch nie eine vergleichbare Situation. Sie müssen also selbst herausfinden, wie Sie Aleah, Celtan, Jase und Neia beibringen können, alles zu nutzen, was sie ausmacht. Sehen Sie sich jedoch bitte zuvor das hier an.«

Stirnrunzelnd näherte sich Commander Ethan dem Hologramm und scrollte mit wischenden Fingerbewegungen durch die Unterlagen. Unterlagen, die sich mit einem Genoptimierungsprozess befassten, welcher bereits seit Jahrzehnten innerhalb der United Nation im Gange war. Die ersten Versuche waren noch weitaus geheimer gewesen als die heutigen und von den Embryonen hatte keiner ein lebensreifes Stadium erreicht.

Zu ausgerechnet jenem Zeitpunkt, in dem Scarlett einen jungen Medicop mit sanft geschwungenen Augenbrauen kennenlernte, war es jedoch anders gewesen. Den Beteiligten war ein Fehler unterlaufen, Zellveränderungen hatten in Gehirnarealen stattgefunden, wo sie niemals hätten passieren sollen. Sämtliche erfolgsversprechenden Berechnungen wiesen nämlich auf vollkommen andere Hirn-Bereiche hin.

Als Konsequenz für ihre Idiotie waren die Leiter des Projekts abgezogen und niemals wiedergesehen worden und alle anderen hatten den hässlichen Vorfall schnell verdrängt. Nur einer hatte nicht vergessen können – der neue führende Verantwortliche. *Daniel.*

Jahre später, in einer Nacht, in der sie eng verschlungen beieinandergelegen hatten, hatte er Scarlett ein unglaubliches Geheimnis gestanden. *»Die Babys wurden für tot erklärt. Aber sie waren es nicht. Sie sind außergewöhnlich. Waffen, die niemals eingesetzt werden dürfen. Es war falsch, sie nur zu verstecken, doch ich konnte sie nicht ...«*

An dieser Stelle hatte Scarlett Daniel geküsst, weil er noch nie verletzlicher ausgesehen hatte als in diesem Moment.

Anschließend hatte sie ihn gebeten, sich jenen anzuvertrauen, die ihre Macht niemals missbrauchen würden. Die von Anfang an gewusst hätten, was zu tun war, sodass Daniel sich nie mit einer derartigen Bürde hätte belasten müssen.

Es war ihre letzte gemeinsame Nacht gewesen. Ihr letzter Kuss. Vierundzwanzig Stunden nach seinem Geständnis war Daniel tot, wegen einer vollkommen bescheuerten, zu niedrigen Matching-Eignung. Er starb, ohne dass er noch jemanden in das hätte einweihen können, was er einst getan hatte.

Zerrissen vor Trauer und Hass hatte Scarlett einige Wochen später in jenem geheimen Quartier, in dem sie sich immer mit Daniel getroffen hatte, einen Speicherchip entdeckt. Einen Chip, der ihr endlich klar gemacht hatte, was sie von nun an zu tun hatte.

»Das ist nur ein theoretisches Gedankenexperiment, oder?« Commander Ethans Blick hatte sich verändert und er holte scharf Luft. »Ich meine, physische Eigenschaften zu steigern oder meinetwegen auch ein Hirn auf Folgsamkeit zu polen, indem Nervenverbindungen zu gewissen Zentren unterdrückt werden, ist das eine. Aber das –«

Bevor er zu Ende sprechen konnte, riss Ensign Bailee hektisch die Tür auf. »Es tut mir leid, Sie stören zu müssen, General, aber Sie müssen sofort kommen! Korbin Hole...« Bailees Stimme wurde noch hektischer. »Er ist unautorisiert mit einem Phantom Fighter gestartet. Und steuert direkt auf City II zu!«

Für einen kurzen Moment hielt Scarlett wie vom Donner gerührt inne. Drehten denn jetzt alle durch?

Korbin Hole war ein als äußerst trickreich geltender Pilot. Er war ein Teamkamerad von Makayala Shaw, der gestern ermordeten Soldatin. Scarlett hatte bereits davon gehört, dass er über das normale Maß hinaus aufgebracht war. Vor ihrer Vereidigung hatten die beiden wohl mal was miteinander gehabt und genau deswegen hatte sie Korbins Commander, eine Frau namens Miranda Loup, angewiesen, den Kerl verstärkt im Auge zu behalten. Hatte wohl nichts gebracht.

»Stellen Sie sofort eine Com-Verbindung zu diesem Wahnsinnigen her!«, befahl Scarlett, während sie bereits aus der

Tür eilte. »Und sorgen Sie dafür, dass Loup hier aufkreuzt. Am besten bereits vor fünf Minuten!«

»Jawohl, General!« In dem zuvor noch so ruhigen Kommandoraum setzte emsiges Treiben ein.

»Er hat sämtliche Sprechverbindungen deaktiviert.« Bailees Finger huschten in Rekordtempo über ihr Terminal.

»Überbrücken«, verlangte Scarlett in einem gefährlich eisigen Tonfall, während ihr Blick fest auf das holografische blaue Positionsdreieck von Holes Kampfhubschrauber gerichtet war. Unaufhörlich näherte er sich der Stadt, die aus Sicherheitsgründen am weitesten von den übrigen Städten der United Nation entfernt lag. City II war im Wesentlichen ein einziger gigantischer Fusionsreaktor, unterteilt in Hunderte von Kammern, welche die gesamte Nation mit Energie versorgten. Zu glauben, dass ein Angriff ausgerechnet dort zu irgendetwas anderem führen würde als dem Tod, war einfach nur dumm. Und Korbin Hole war nicht dumm. Er wusste genau, wie das enden musste.

»Verbindung hergestellt«, verkünde Ensign Bailee triumphierend. »Sie können reden, General.«

»Hier spricht General Montcroix. Drehen Sie sofort ab!« Scarlett fixierte den Positionsmarker, als könnte sie Hole mit reiner Willenskraft dazu zwingen zu gehorchen. »Sie staubverdammter Idiot! Wenn Sie sich unbedingt umbringen wollen, dann springen Sie von einem Berg oder halten Sie sich einen Phaser an den Kopf. Wagen Sie es nicht –«

»Sie fühlen sich schon viel zu lange viel zu sicher«, unterbrach Hole und seine Stimme klang, als hätte er Fieber. »Ein paar Nadelstiche hier und da, was bringt das schon? Aber bald werden diese Tyrannen nicht mehr so gut schlafen!«

»O doch, werden sie! Vielleicht nicht heute oder morgen, aber was, denken Sie, wird Ihr kleiner Kamikazeflug langfristig ändern? Überhaupt nichts!« Scarletts Augen verengten sich. Anscheinend hatte sie Holes Intelligenz doch überschätzt.

»Können wir ihn noch abfangen?«, erkundigte sie sich in einer so geringen Lautstärke, dass die Computersysteme ihre Worte nicht als Botschaft an Hole einstuften und deswegen auch nicht an ihn übermittelten.

»Nein. Er ist bereits zu weit weg.«

Obwohl sie das bereits geahnt hatte, verschlechterte sich Scarletts Laune noch weiter. »Hole, verflucht noch mal, jetzt drehen Sie endlich ab!«

Als Antwort zündete Hole zwei Raketen, die als kleine, rot blinkende Punkte im Hologramm sichtbar wurden. Gleichzeitig deaktivierte er seinen Stealth-Modus, der bei einer weiteren Annäherung ohnehin nichts mehr gebracht hätte.

Die Reaktion erfolgte umgehend und das Hologramm adjustierte sich von selbst, als das Radar des Phantom Fighters so viele neue Ortungsdaten auffing und an die Basiscomputer übermittelte, dass es kaum noch Platz gab, um die Signalquellen ohne Überlagerungen darzustellen.

»Feindkontakt!«, rief ein Sergeant vollkommen überflüssigerweise als Warnung. »Verteidigungsraketen wurden gezündet. Hole, da kommen mindesten zwei Dutzend … Nein, drei Dutzend Hubschrauber der Garde auf Sie zu!«

Hole lachte nur und vollführte ein wildes Ausweichmanöver, wobei er jedoch trotzdem weiter auf City II zuhielt. »Sehen Sie, General? Es ist durchaus möglich, diese Arschlöcher gehörig aufzuscheuchen.«

Scarlett presste die Zähne zusammen und unterdrückte einen Fluch, aus dem hervorgegangen wäre, wen sie derzeit für das größte Arschloch überhaupt hielt. Außer Atem stürzte in diesem Moment Commander Loup in die Kommandozentrale. Ihre Haare waren zerzaust und der Kragen ihrer Uniform total verdreht. Offenbar hatte sie geschlafen und sich nach der abrupten Weckung in aller Hast angekleidet, bevor sie losgerannt war.

Mit einigen knappen Sätzen setzte Scarlett Loup ins Bild, dann überließ sie es ihr, beschwörend auf Hole einzureden. Wofür es längst zu spät war. Denn mit dem Aufscheuchen hatte dieser Mistkerl recht und das war genau das, was Scarlett für die nächsten Wochen unbedingt hatte vermeiden wollen.

»Korbin, bitte! Makayala hätte das keinesfalls gewollt.«

Während ein riesiger Schwarm schwarzer Icons immer dichter zu dem einzelnen blauen Dreieck aufrückte, hörte Hole nicht auf zu lachen. Für einen Herzschlag hallte sein Lachen sogar dann noch in den Lautsprechern nach, als der Phantom Fighter und sein Pilot schon längst nicht mehr existierten.

»Scheiße!«, fasste es Loup sehr treffend zusammen.

Scarlett hätte sich am liebsten über die Stirn gerieben, tat es jedoch nicht, weil es keine besonders autoritäre Geste gewesen wäre. Stattdessen straffte sie sich.

»Wir gehen für die nächsten achtundvierzig Stunden auf DEFCON 2. Alle Außeneinsätze werden vorerst beendet, die Teams sollen umgehend zur Basis zurückkehren. Und Sie ...« Ihr Blick fixierte Commander Loup. »Da rein!« Sie zeigte mit dem Daumen auf die Tür des Medienraums.

Kleinlaut gehorchte die Kommandantin. Bevor Scarlett ihr folgte, um herauszufinden, wie zum Teufel Hole es hatte gelingen können, ohne Genehmigung mit einem Phantom Fighter abzuhauen, wandte sie sich an Ethan Travis. Nachdem es nicht länger um ihn und seinen Bruder gegangen war, hätten sich die Zwillinge anstandshalber zurückziehen müssen, bevor sie sie erneut zu sich rief. Aber von solchen Regeln hatten sich die beiden ja noch nie beeindrucken lassen.

»Der Zeitplan für die Feuertaufe Ihrer neuen Rekruten hat sich gerade drastisch verkürzt. In wenigen Tagen werden Sie gemeinsam mit ihnen eine Mission durchführen, bei der Sie die Heizspiral-Wartungstunnel unter den Straßen von City LIV benutzen werden, um in eine Herstellungsfabrik für Aircraft-Mobile einzubrechen. Ich schicke Ihnen die Details.«

»In *wenigen Tagen*?« Ethan starrte sie fassungslos an. »Bei allem nötigen Respekt, General, aber wir haben noch nicht einmal mit dem Training und der theoretischen Ausbildung begonnen.« Er senkte die Stimme, sodass niemand im Raum außer ihnen drei die nächsten Worte mitbekam.

»Und mir erschließt sich immer noch nicht, was genau in Aleahs, Neias, Jase' und Celtans Köpfen passiert, jetzt, da ihre normale körperliche Entwicklung nahezu abgeschlossen ist und dadurch genügend Kapazitäten frei werden, um bislang schlafende, einzigartige neuronale Netzwerke zu wecken. So war es formuliert, oder?«

»Richtig.« Scarlett konnte selbst nicht bis zum letzten Grad sagen, was passieren würde. Schließlich hatten sich die Genoptimierer schon einmal grundlegend geirrt. Was sie aber sehr genau einschätzen konnte, waren Elcaers Maßnahmen, zu denen er nun greifen würde.

In einem so großen Reich wie der United Nation musste es zwangsläufig irgendwelche Sicherheitslücken geben. Wie eben die Tunnel von City LIV, die laut jüngsten Erkundungen nur über ein sehr marodes Überwachungssystem verfügten. Doch dank Holes unbedachter Tat würden jetzt sämtliche Sicherheitsvorkehrungen nach und nach überprüft werden. Für die Öffentlichkeit der United Nation gab es vielleicht keinen großen Unterschied zwischen der Bedrohung durch einen geordneten Widerstand und blankem Fanatismus, aber die Strippenzieher kannten ihn. Fanatiker konnten überall ohne Sinn und Verstand und ohne Rücksicht auf das eigene Leben oder das Leben Unschuldiger zuschlagen. Etwas, das für Scarlett nie infrage kommen würde.

Hole hatte soeben das Bild eines völlig neuen Gegners erschaffen, eines unvernünftigen Gegners, der jedoch keineswegs nur mit einem Messer losstürmte, sondern schwere Waffen besaß. Und es würde dauern, bis sich die erhöhte Wachsamkeit wieder legte.

Wenn sie Aleah, Celtan, Jase und Neia also in nächster Zeit überhaupt noch auf einen halbwegs risikoarmen ersten Einsatz schicken wollte, dann musste es passieren, bevor die Sicherheitsprüfer die bedeutungslosen Städte erreichten und der Zugang durch die Wartungstunnel womöglich keine Option mehr war. »Ich schlage vor, Sie nutzen die verbleibende Zeit sinnvoll, Commander.«

Thane öffnete den Mund, zweifellos um zu protestieren, doch Ethan salutierte zackig und griff dann rasch nach dem Arm seines Bruders, um ihn mit sich nach draußen zu ziehen.

Das wäre erledigt, dachte Scarlett, allerdings fühlte sie sich nur mäßig erleichtert. »*Die Kinder sind außergewöhnlich. Waffen, die niemals eingesetzt werden dürfen …*«, hörte sie Daniels mahnende Stimme in ihrem Unterbewusstsein. Aber das war in einem anderen Leben gewesen. Scarlett verscheuchte ihr schlechtes Gewissen. Denn egal wie viele Stolpersteine sich vielleicht noch zeigen würden – sie würde diese vier jungen Leute einsetzen. Schließlich konnte in einer Welt, die so finster war wie die ihre, unmöglich weitere Dunkelheit heraufziehen. Aleah, Jase, Celtan und Neia könnten jedoch ein Leuchtfeuer sein, ein entscheidender Trumpf, eine letzte Hoffnung.

Sie sind *die letzte Hoffnung!* Scarlett verharrte noch für einen kurzen Moment in ihren Gedanken, bevor sie sich umwandte, um erneut auf jenes Ziel zuzuschreiten, das sie sich vor so langer Zeit in einem geheimen Quartier von City Zero gesteckt hatte.

Neunzehn

Phantom Point, Beta-Sektor 7.IV, Quartier von Neia, Celtan, Aleah und Jase

Jase hatte sich auf seiner Matratze ausgestreckt und schlief selig. Celtan, dem der obere Platz des gleichen Stockbetts gehörte, schlief ebenfalls, eng zusammengerollt. Ami, der auf der Bettkante hockte, hatte den Kopf in sein zerrupftes Federkleid gesteckt und schlummerte wohl auch. Jedenfalls regte er sich kein bisschen.

Was Neia betraf, konnte Aleah sich nicht sicher sein. Da die Ex-Magistratin auf der Matratze über ihr lag, war sie die Einzige, die sie nicht in dem schwach beleuchteten Raum beobachten konnte. Als ein leises weibliches Schnarchen ertönte, stand jedoch fest – nur Aleah war noch wach.

Dabei war sie durchaus müde, sehr sogar. Aber jedes Mal, wenn sie die Augen schloss, dauerte es nicht lange und sie war wieder da. Dieses Mädchen mit den blaulilafarbenen Augen. Und immer, wenn sie das Mädchen sah, fühlte sie sich wieder so entsetzlich schuldig. Aleah seufzte, knautschte ihr Kissen zurecht und drehte sich auf die andere Seite. Vielleicht hätte sie im MediCenter nach Schlaftabletten fragen sollen, die stark genug waren, um nächtliche Dämonen zu vertreiben. Aber diese ganze Sache mit dem Zahn hatte sie an nichts anderes mehr denken lassen, als sie bei Dr. Stafford gewesen war. Und –

Aleah keuchte erschrocken auf, als die Wand, auf die sie soeben noch gestarrt hatte, sich urplötzlich auflöste. Und mit ihr der gesamte Raum. Halt, nein, das stimmte nicht, da war ein Raum oder vielmehr ein schmaler, horizontaler Schacht. Enge Gitterstäbe versperrten den Ausgang.

»Bitte!«, flehte ein Mädchen total verängstigt, das Gesicht vor lauter Tränen verquollen. »Ich werde mich nie wieder vom Lernen wegschleichen. Versprochen! Bitte, bestrafe mich nicht ...«

Aleah streckte die Hand zu der schniefenden Kleinen aus. »Es wird alles wieder gut«, sagte sie mit einer Stimme, die irgendwie merkwürdig klang. »Ich bringe dich hier raus.« Und schon war da wieder dieses erdrückende Gefühl von Schuld. Weil sie einem Kind ein Urteil auferlegt hatte, das … das … Aleah runzelte die Stirn. Ging es wirklich darum, was sie in City VI getan hatte?

Oder fühlte sie sich nicht eher deshalb schuldig, weil sie zu streng mit Violette gewesen war? Violette, ja, genau, so hieß das junge Mädchen! Ihre Noten waren in den letzten Wochen besorgniserregend abgesackt und sie hatte sich mehrfach ernst mit ihr unterhalten. Aber sie hatte gewiss nicht gewollt, dass Violette Angst vor ihr bekam. Mit zwei Freundinnen war sie losgezogen und hatte in einem verbotenen, stillgelegten Bereich gespielt, anstatt in den Unterricht zu gehen. Und als plötzlich ein Gitter zugefallen war und den einzigen Weg zurück versperrt hatte, hatte Violette sich nicht getraut, sie von ihrem Smartlet aus anzurufen. Eine ihrer Freundinnen hatte sich gemeldet und –

Aleah riss verblüfft die Augen auf, als sich ihre Umgebung erneut veränderte. Ihr gegenüber stand nun ein Mann, den absolut jeder kannte, wenn auch nur die wenigsten ihm je persönlich begegnet waren. Magistratspräsident Hosni Elcaer. Er wirkte jünger als Aleah es aufgrund von Holografien in Erinnerung hatte … oder doch nicht? Auf jeden Fall hielt er einen wunderschönen, schmalen Goldring in den Händen, den er ihr lächelnd entgegenstreckte. »Er wird dir ausgezeichnet stehen, meine Liebe!«

Das Zimmer, in dem sie sich befanden, war unglaublich luxuriös eingerichtet, mit weichen Teppichen und Vasen voller Silberschlehenzweigen. Und es war gigantisch groß. Obwohl – auf den zweiten Blick wirkte es eher karg. Es war ein ganz gewöhnliches, kleines Schlafquartier, gedacht für lediglich eine Person. Als Aleah sich verwirrt wieder auf den Präsidenten konzentrieren wollte, war dieser verschwunden.

Seltsam. Sie sah auf ihre Arme, die in beigem Stoff gehüllt waren. Eine beigefarbene Uniform, wie die von einem Energiearbeiter? Bevor Aleahs Irritation noch weiter anwachsen konnte, bewegten sich ihre Beine, als hätten sie ihren eigenen Willen, und sie trat an ein Fenster. Eine Silhouette spiegelte sich für einen flüchtigen Moment in der Scheibe, eine Silhouette, die zu einem kleinen, aber kräftigen Mann zu gehören schien.

Es wird immer absurder! Was Aleah jedoch noch mehr verstörte als die gesamte verrückte Szenerie, war der schrille Alarmton, der auf einmal erklang. »Was zum ...?« Angst durchflutete sie und aus der Angst wurde Panik, denn durch das Fenster erhaschte sie einen Blick auf dunkle, metallische Ungetüme, die aus dem Licht der Stadt in die Dunkelheit entschwanden. *Irgendetwas Furchtbares muss passiert sein!*

Plötzlich tat es Aleah unsäglich leid, dass sie sich mit Emilio gestritten hatte, nur weil ihm ein wichtigerer Posten im Fusions-Kontroll-Management zugewiesen worden war, den sie selbst gerne gehabt hätte.

Häh? Wer ist Emilio? Aleah begriff ihre eigenen Gedanken nicht mehr. Sie begriff die Bilder nicht, die sie sah, Bilder von oberschenkeldicken Kabeln und blauweiß gleißenden Energieblitzen, von kompliziert aussehenden Computerpulten voller Schalter und Leuchtdioden, von unzähligen sechseckigen Isolierkammern, die ein riesiges Gesamtkonstrukt ergaben. Alles wirkte fremd und zugleich unglaublich vertraut.

»Nein!« Ohne es zu wollen, brüllte Aleah und es klang, als würde ein Mann schreien. In wilder Verzweiflung starrte sie durch das Fenster auf zwei grelle Lichtpunkte, die kontinuierlich näher kamen. Raketen.

Emilio hatte mit seinen Schauergeschichten, die er stets beim Essen zum Besten gab, also keineswegs übertrieben. Sie existierten, diese Irren, die alles zerstören wollten. Denen es egal war, dass das Ende der Energieversorgung gleichbedeutend wäre mit dem Ende der Menschheit.

»Neeein! Nein, nein, nein!« Aleah schrie, der Mann schrie, sie schrien beide. Eine Detonation erfasste sie, so heftig, dass sie in Stücke gerissen wurden. Aleah schluchzte und machte sich in ihrem Schmerz ganz klein. Da erklang wieder eine Stimme.

»Aleah, hey, alles okay?«

Aleah blinzelte. Sie lag wieder in ihrem Bett und Neia hatte sich über die Bettkante gebeugt, um zu ihr hinunterzuspähen. »Ein Albtraum?«, erkundigte sie sich mitfühlend. Aleah konnte nur sacht nicken. Es war definitiv ein Albtraum gewesen, ein schrecklich schräger.

»Denk an etwas Schönes«, riet Neia und rutschte zurück in die Mitte ihrer Matratze. Aleah versuchte, an gar nichts zu denken. Die Minuten verstrichen und sie starrte einfach nur vor sich hin.
»Schläfst du schon wieder?«, wisperte Neia.
»Nein.«
»Dann ... darf ich dich etwas fragen? So unter ... *Freunden*?« Das Wort kam Neia noch schleppend über die Lippen, trotzdem musste Aleah plötzlich lächeln. Celtan hatte sie alle mit seinem Vorschlag gehörig durcheinandergebracht. Und doch fühlte sie sich den anderen bereits mehr verbunden, als es noch vor einigen Stunden der Fall gewesen war.
»Klar. Frag ruhig.«
»Hat es dich bei unserem Training nicht gestört, dass Jase dich angefasst hat? Und auf welche Weise?«
»Wie hat er denn –?« Aleah unterbrach sich selbst, als ihr dämmerte, worauf Neia hinauswollte. In der Regentschaftsausbildung wurde garantiert noch sehr viel stärker auf die Einhaltung von Regeln geachtet als bei allen anderen. Außerdem erfolgte der Abschluss nicht mit vierzehn, sondern erst mit sechzehn Jahren. Neia hatte also noch überhaupt keine Möglichkeit gehabt, Erfahrungen außerhalb der Stadt der Kinder zu sammeln. Prinzipiell galten zwar überall die gleichen Vorgaben für die Vermeidung von Körperkontakten und das Verbot intimer Beziehungen außerhalb einer Ehe beziehungsweise ohne Privilegiertenstatus. Aber es wurde dann doch nicht derart heftig dagegen vorgegangen wie eben an den Schulen. Händeschütteln oder flüchtige Berührungen zwischen Kollegen, da hatte noch nicht einmal Eric etwas einzuwenden gehabt. Und was den anderen Part anbelangte ... Nun, handelte es sich zum Beispiel um jemanden in einer hohen Position, der eine junge Urteilsfällerin, die seinem Geschmack entsprach, *um die Beantwortung einer juristischen Frage unter vier Augen* bat, dann war noch kein Gardist je eingeschritten.
»Mach dir keine Sorgen«, murmelte Aleah, während sie die Decke enger um sich zog, weil sie plötzlich fröstelte. »Ich habe einige Typen kennengelernt, zu denen du wirklich immer Abstand halten solltest. Aber jemand, der auf diese Art gefährlich ist, ist mir

hier bislang noch nicht begegnet. Du brauchst dich also nicht erschrecken, wenn dich jemand anfasst.«

»Hm«, erwiderte Neia leise. »Meinst du, Celtan und Jase kennen sich mit solchen Leuten ebenfalls aus? Weil sie beim Training auch so aufgeschlossen für diese Kletter-Halte-Übung waren? Bin ich die Einzige von uns, die sich umgewöhnen muss?«

»Jase«, ertönte es von Jase' Matratze, noch bevor Aleah antworten konnte, »hat keine Probleme mit Berührungen, weil vom Sohn eines Gardisten geradezu erwartet wird, dass er in seiner Jugend einige Regeln bricht, um dann mannhaft die zugehörige Strafe zu ertragen und als Erwachsener jedes Gesetz umso stärker zu verteidigen. Jase hat allerdings Probleme damit, wenn er nicht schlafen kann, weil pausenlos gequatscht wird!«

Als Aleah schräg nach oben linste, erkannte sie, dass auch Celtan inzwischen ebenfalls wach war. Er blickte zu ihr hinunter und wenn sie den Ausdruck in seinem Gesicht auch nur ansatzweise richtig deutete, dann wusste er genau, warum sie die Decke so eng um sich geschlungen hatte. Dabei konnte er das doch gar nicht wissen! Bestimmt spielte das schwache Licht ihr einen Streich und Celtan war in Wahrheit ebenfalls einfach nur genervt und müde.

»Tschuldigung«, raunte sie. »Wir schlafen jetzt wieder.«

»Na hoffentlich«, brummte Jase und drehte sich weg. Aleah drehte sich ebenfalls auf die Seite, um nicht länger Celtans bohrenden Blicken zu begegnen. Nun spürte sie diese allerdings überdeutlich in ihrem Rücken, was nicht gerade besser war. Sie schloss die Augen und versuchte, wie von Neia empfohlen, an etwas Schönes zu denken.

An eine warme Dusche.

An das leckere Essen, das es hier gab.

An die Freundlichkeit von Ethan und seinen Leuten.

Tatsächlich schien der Commander bald ganz real vor ihr zu stehen. Nachsichtig sah er sie an. »Bruder, du und deine Patronenhülse!«

»Die brauch ich«, behauptete Aleah mit tiefer Stimme und geschickt ließ sie den kleinen Metallgegenstand zwischen ihren Fingern hin und her tanzen.

»Und wofür?«

»Na, um *das* zu tun!« Sie lud die Waffe, die plötzlich in ihrer Hand lag, mit der Patrone. Und mit noch einer und noch einer und noch einer. Ein Zerrbild von Präsident Elcaer tauchte vor ihr auf. Er sah aus wie ein lebender Toter, bleich und aufgedunsen, und aus seiner Kehle erklang ein schaurig-höhnisches Gelächter. Mindestens zwei Dutzend Männer und Frauen, deren Körper bereits zu verwesen begonnen hatten, wankten um ihn herum. Und zwar ohne Köpfe auf den blutigen Rümpfen, welche sich auf dem Boden zu grausigen Pyramiden stapelten.

Aleah hätte jetzt vielleicht Entsetzen verspüren sollen, Ekel oder Trauer. Aber alles, was sie empfand, war blanker Hass. Sie hob die Hand und schoss, schoss, schoss.

Sie traf jedoch nicht und die herumtorkelnden Leichen wurden immer zahlreicher. »Stirb endlich!«, schrie sie. Und da, plötzlich, eine rote Blume entflammte auf Elcaers Stirn. Er stürzte, wurde zu einem Ascheregen, den der Wind mit sich davontrug. Und auch Aleah wurde fortgetragen.

A thousand winds that blow ...

Nie hatte sie sich besser gefühlt. Freude und Erleichterung mischten sich mit purem Glück. Und so ließ sie sich einfach treiben, durch eine Welt, in der ab und an jemand oder etwas sie anzuziehen schien, allerdings nie so stark, dass sie gezwungen gewesen wäre, der unsichtbaren Macht zu folgen.

The diamond glints on snow ...

Träge streckte Aleah die Hand aus und fing die glitzernden Eiskristalle, die bei ihrer Berührung rasch schmolzen. Und dann gab es plötzlich einen Ruck, der so heftig war, dass sie förmlich durch das Nichts katapultiert wurde. Sie landete an einem Ort, der nur aus Schmerz zu bestehen schien. Aus Schmerz, einer schwarzen Peitsche und einem vollkommen zerschundenen Rücken. Jeder Schlag war noch schlimmer als der vorherige, Haut platzte auf und Blut spritzte in einem hohen Bogen.

Aleah schrie in wilder Agonie. Dann verlor sie das Bewusstsein.

Zwanzig

Nördlichster Außenposten der United Nation, »Utopia Towers«, abseits der Zufahrtsstraße in einem Felsüberhang

»Was haben diese Kretins nur vor?« Frustriert justierte Kit Rees, die erst seit zwei Jahren Mitglied der Human Defence Organization war und sogar erst seit einem Monat eine vereidigte Soldatin, ihr Nachtsichtgerät.

»Das ist egal«, erwiderte Sergeant Xavi Wade, obwohl er gewiss der Letzte war, der die Frage nicht gerne beantwortet gehabt hätte. Seit dem gestrigen Mittag beobachteten er und sein Team nun schon von ihrem Versteck aus, wie schwer bewachte Aircraft-Laster in die Halle zwischen den beiden Türmen fuhren und sich wenig später wieder auf den Rückweg machten. Er hatte es ignoriert, wie unbequem es war, so lange bäuchlings auf den harten Steinen liegen zu müssen, er hatte den beißenden Wind ignoriert und seinen vom Schneeregen durchweichten Tarnanzug. Und er hatte auch ignoriert, dass er seit bestimmt einer Stunde dringend mal pissen musste! Was er jedoch unmöglich ignorieren konnte, war der direkte Befehl von Montcroix, umgehend in die Basis zurückzukehren.

Also legte er Kit, der Einzigen aus seiner Mannschaft, die noch nicht in Richtung des zwei Kilometer weiter östlich gelandeten Phantoms Fighters aufgebrochen war, erneut mahnend eine Hand auf die Schulter. »Komm jetzt!«

»Nur noch einen kurzen Moment.«

Xavi unterdrückte einen Fluch. Kit war ehrgeiziger, als ihr guttat. Die junge Frau hatte einen verdammt guten Grund, gegen die United Nation zu kämpfen. Hatte das System sie doch gezwungen, ihr neugeborenes Kind abzugeben, egal wie sehr sie sich auch dagegen zu wehren versucht hatte. Sie hatte sich so sehr gewehrt, dass sie schließlich als *untragbar* eingestuft worden war und laserkutiert hätte werden sollen. Wie durch ein Wunder war sie gerade noch rechtzeitig genug von einem von Montcroix'

Trupps befreit worden, der sich eigentlich wegen einer anderen Zielperson nach City X geschlichen hatte.

Aber wie sehr er Kits Motive auch prinzipiell nachvollziehen konnte, jeder von ihnen hatte gute Gründe, sauer zu sein. Das verlieh ihnen noch lange nicht das Recht, so zu agieren, wie sie gerade wollten.

»Zum letzten Mal«, begann Xavi in einem schneidenden Tonfall zu sprechen, während er gleichzeitig überlegte, wie er Kit am besten, ohne Aufsehen zu erregen, wegschaffen konnte, sollte sie seine Aufforderung erneut übergehen. »Komm jetzt.«

»Sieh nur!«, zischte Kit aufgeregt. Der Wind hatte die schlecht befestigte Abdeckplane eines soeben eingetroffenen Lasters gepackt, der wohl aufgrund von Platzmangel noch nicht in die Halle hatte einfahren können. In der Außenbeleuchtung der Türme wurde somit zum ersten Mal sichtbar, welch wichtiges Frachtgut die Fahrzeuge geladen hatten.

»Aber ... aber der ist ja vollkommen leer«, stotterte Kit verdattert.

»Quatsch.« Xavi hob nun ebenfalls sein Nachtsichtgerät und starrte auf das Gewusel im Außenposten. Gardisten eilten hin und her und sprachen mit dem Fahrer, etliche Männer versuchten, die Leinen der Abdeckplane wieder einzufangen und alles ordnungsgemäß zu verschnüren, ein weiterer Laster rollte durch das vergitterte Tor und zwei kamen rückwärts aus der Halle gefahren, um dann zu wenden und das Gelände zu verlassen.

»Irgendetwas muss doch ...«

Xavi drehte an den Linsen, verstellte die Helligkeit, wechselte zwischen verschiedenen Restlichtverstärker- und Wärmebild-Modi hin und her und suchte jeden Millimeter der sichtbaren Ladefläche ab. Kit hatte recht. Der Laster war allem Anschein nach völlig unbeladen.

Mit einem mehr als schlechten Gefühl ließ Xavi sein Nachtsichtgerät wieder sinken. »Da braut sich etwas zusammen«, murmelte er düster. »Etwas Gewaltiges. Sie würden niemals diesen Aufwand betreiben, um einfach nur Luft zu transportieren.« Eindringlich fixierte er Kit. »Der General muss das erfahren. Also los jetzt!«

Dieses Mal widersetzte sich Kit nicht. Im Gegenteil, als würde sie ebenfalls von einer ganz miesen Vorausahnung beherrscht, robbte sie pfeilschnell von ihrem Beobachtungsposten zurück, erhob sich geduckt und jagte kurz darauf mit großen Schritten auf den wartenden Helikopter zu.

Sergeant Wade musste sich beeilen, um hinterherzukommen. Dabei schwirrte ihm ununterbrochen die ursprüngliche Frage im Kopf. *Was haben diese Kretins nur vor?*

~ x ~

Phantom Point, Beta-Sektor 7.IV, Quartier von Neia, Celtan, Aleah und Jase

»Verdammt noch mal!« Jase schlug wütend mit der Faust auf seine Matratze. »Eine einzige Stunde ohne Geplärr, das wäre doch echt nicht zu viel verlangt!« Er schwang sich aus dem Bett, um Aleah nicht gerade sanft an der Schulter zu rütteln.

»Sie kann doch nichts dafür.« Celtan hob verschlafen den Kopf von seinem Kissen, schielte zu ihnen hinunter und ließ sich dann wieder zurücksinken.

»Was ... was ist los?« Völlig verwirrt fuhr Aleah hoch, dann stöhnte sie und betastete mit einer Hand ihren Rücken, als ob er ihr wehtun würde. *Wahrscheinlich hat sie Muskelkater von dem bisschen Training gestern.* Schnaubend schüttelte Jase den Kopf.

»Womöglich würde sie ja besser schlafen«, startete Celtan vorsichtig, »wenn –«

»Ist mir egal! Noch ein Schrei und sie kann in der Dusche pennen. Und du gleich mit.« Feindselig sah Jase auf. »Das Gekrächze von deinem dämlichen Vieh weckt mich nämlich auch andauernd.«

»Er hat sich höchstens ein- oder zweimal gemuckst«, verteidigte Celtan seinen Freund sofort. Weiter ging er nicht auf Jase' Schimpftirade ein, stattdessen hob er die Hand und strich liebevoll über Amis Federpelz. *Heißt das so? Federpelz? Gefiedertes Fell? Pelzgefieder?* Jase rieb sich über das Gesicht. Er war zu müde, um klar denken zu können, und es interessierte ihn auch nicht wirklich. Er wollte einfach nur in Ruhe schlafen.

»Ich muss in zwei Stunden wieder topfit sein«, murrte er mit einem Blick auf die Zeitanzeige des Terminals. Kurz bevor sie zu Bett gegangen waren, hatten sie alle einen ersten Entwurf für ihren individuellen Lehrplan erhalten. Und so froh Jase darüber war, dass seiner hauptsächlich aus sportlichen Einheiten bestand, so wusste er doch genau, dass Wilson ihm keineswegs mit einem Spaziergang aufwarten würde.

»Stell dir vor, wir müssen auch fit sein. Und trotzdem verhalten wir uns nicht so gemein wie du.« Neia, die sich bislang nicht zu Wort geäußert hatte, sondern stumm aufgestanden war, um Aleah ein Glas Wasser einzuschenken und ihr ans Bett zu bringen, blickte Jase vorwurfsvoll an. »Hast du meine ellenlange Literaturliste gesehen? Willst du lieber tauschen?«

»Nein danke.« Jase winkte schleunigst ab und kehrte in sein Bett zurück, woraufhin Aleah tatsächlich leise prustete. Wegen seines Rückzugs oder weil sie sich an ihrem Wasser verschluckt hatte?

»Du hast Papier und Tinte und sämtlichen elektronischen Niederschriften wohl für die nächsten tausend Jahre abgeschworen, oder?«

Ernst und leider viel zu treffend hallte Celtans Stimme durch den dunklen Raum. Was sollte Jase nun erwidern? Dass alles, was auch nur im Entferntesten mit seiner früheren Zuweisung zu tun hatte, ihn nur schmerzhaft an Cooper erinnern würde? An seinen ermordeten Vorgesetzten, der für ihn so viel mehr gewesen war? Das Studium von Politik und Geschichte und Sprachen konnte wirklich getrost Neia übernehmen, während er sich mit Wichtigerem befasste!

Als Neia ihn erneut musterte, fragte sich Jase unwillkürlich, ob er vielleicht doch etwas zu harsch Aleah gegenüber reagiert hatte. Noch bevor er zu einer Antwort gelangte, schwang die Tür auf und Thane streckte den Kopf ins Zimmer.

»Ich habe Stimmen gehört. Alles klar bei euch?«

»Ja. Aleah hatte nur einen Albtraum«, erklärte Neia und kletterte zügig wieder in ihr Bett. Sie hatte verlegen geklungen und aufgrund dessen, was sie und Aleah früher in der Nacht diskutiert hatten, war Jase sich sicher, dass Thanes lockerer Kleidungsstil dafür verantwortlich war. Er trug nämlich lediglich Jogginghosen und ein enges Achselshirt, das seinen muskulösen Oberkörper betonte.

Ich sollte mir auch so ein knappes Shirt zulegen, überlegte Jase gehässig, aber dann strich er das Vorhaben gleich wieder aus seinen Gedanken. Im Grunde genommen wollte er ja gar nicht so fies zu den anderen sein, er wollte lediglich ... *Nein, denk nicht an sie!* Thane bemerkte nicht, wie er oder Neia sich fühlten. Seine gesamte Konzentration schien ausschließlich auf Aleah gerichtet zu sein.

»Ein Albtraum«, murmelte er abwesend. »Tja, dann wäre das wohl auch geklärt. Und wenn ich es mir recht überlege, dann ist eher Neia der Zweifel und Celtan das Fühlen.«

»Wie bitte?« Jase fragte sich, ob Thane womöglich zu viel von diesem Schattenkorn getrunken hatte, von dem einige aus der Mannschaft in höchsten Tönen schwärmten.

»Hm? Ach, nichts. Oder jedenfalls nichts, worüber ihr euch in dieser Nacht noch den Kopf zerbrechen solltet. Sonst schlaft ihr endgültig nicht mehr.« Thane schnitt eine Grimasse, trat auf Aleah zu und nahm ihr das geleerte Glas ab. »Brauchst du noch irgendetwas?«, fragte er mitfühlend. »Kann ich dir irgendwie helfen?«

»Ich glaube nicht.« Aleah lächelte matt. »Obwohl, du kannst mir nicht zufällig eine Patrone leihen?«

Was für ein merkwürdiger Wunsch. Auch Thane schien zunächst überrascht zu sein, doch dann griff er in seine Tasche und zog eine Patronenhülse hervor, die er Aleah reichte. »Hier. Du kannst sie behalten. Ich habe noch mehr davon.«

»Danke.« Aleah legte sich hin und nachdem Thanes Blick noch einmal aufmerksam über jeden von ihnen geglitten war, verließ er mit einem »Schlaft noch ein wenig« den Raum.

»Was erhoffst du dir von diesem Schrottding?«, erkundigte sich Jase immer noch irritiert. »Sicherheit?«

»Erleichterung«, nuschelte Aleah. »Freude. Und pures Glück. *The diamond glints on snow* ...«

Oookay, jetzt stand es endgültig fest: Schlafmangel konnte zum Überschnappen führen! Jase tippte sich ein paar Mal auffällig an die Stirn, dann streckte er sich auf seiner Matratze aus und verschränkte die Arme unter dem Kopf.

Eine Minute verstrich in herrlicher Stille. Und noch eine. Und noch eine. Gerade wollte er die Augen schließen und zum wiederholten Male in dieser Nacht zu schlafen versuchen, da erklang ein klägliches Wimmern. Ein Wimmern, das stetig lauter wurde. *Scheiße, zu früh gefreut!*

»Willst du jetzt vielleicht doch wissen, was helfen könnte?«, wisperte Celtan, der anscheinend ebenfalls mit dem Schlafen gewartet hatte. Oder er hatte geschlafen und war nur schon wieder wach.

»Was?« Jase stöhnte. Er war inzwischen so fertig, dass er sich auf so gut wie alles einlassen würde, wenn er sich nur etwas ausruhen konnte.

Flüsternd erklärte Celtan seinen Vorschlag und Jase fehlten für einen Moment die Worte. »Warum sollte ausgerechnet *das* helfen?«, knurrte er, als er endlich die Sprache wiederfand. »Und warum machst du es nicht selbst?«

»Ist so ein Gefühl. Ihr beide seid euch in manchen Dingen recht ähnlich, weißt du?«

Das wäre Jase neu. Trotzdem erhob er sich nun langsam aus seinem Bett und schlich zu Aleah hinüber. *Sei ihr ein Freund*, äffte er im Geiste Celtans Anweisung nach. *Zeige ihr unmissverständlich, dass sie nicht alleine ist. Sorgen, Ängste, Schuldgefühle, alles kann geteilt werden ...*

So eine blöde Idee! Behutsamer als beim letzten Mal rüttelte er Aleah an der Schulter.

»Ich ... Nein ... Was ...?« Aleah bekam kaum die Augen auf und mit zitternden Fingern rieb sie sich über das Gesicht. »Nicht schon wieder. Es tut mir leid.«

Und was jetzt? Unsicher blickte Jase zu Celtan hinauf, der lautlos mit seinen Lippen einige Worte formte.

Toll! Wahrscheinlich kreischt sie gleich den ganzen Bunker zusammen und Thane und der restliche Trupp kreuzen hier auf und benutzen mich als Punchingball.

Jase schoss einen verärgerten Blick in Celtans Richtung ab, der sich davon allerdings kein bisschen beeindruckt zeigte, dann stapfte er zu seinem Bett, packte seine Decke und marschierte zurück.

»Rutsch mal«, verlangter er schroff und als Aleah ihn nur verständnislos ansah, quetschte er sich in die schmale Lücke zwischen ihr und der Wand. Bis zum Aufstehen würden ihm wahrscheinlich alle Muskeln wehtun, weil er sich total verrenken musste. *Verfluchter Mist!*

Er griff nach Aleahs Hand, legte einen Arm um ihre Schultern und sagte im gleichen unwirschen Tonfall wie zuvor: »Solange ich hier bin, wird dir nichts geschehen.«

Das musste reichen. Und wenn dieser dämliche Vogeljunge dachte, er hätte sich noch mehr Mühe geben müssen, sollte Celtan gefälligst selbst diese verkrutzte Freunde-Sache übernehmen.

Aleah lag stocksteif da, den Rücken ihm zugewandt. Jase konnte spüren, wie flach sie atmete. Seltsamerweise entspannte sie sich jedoch nach einigen Minuten und ihre Atmung wurde gleichmäßiger und tiefer. Es schien ihr tatsächlich zu helfen, jemanden in ihrer unmittelbaren Nähe zu spüren.

Verrückt! Wenn Celtan diese Reaktion tatsächlich vorausgesehen hatte, war er der empathischste Mensch, den Jase je getroffen hatte.

Aleah döste ein und nachdenklich betrachtete Jase sie. Eine ihrer Haarsträhnen kitzelte ihn am Arm, dennoch bewegte er sich nicht. Es war merkwürdig, so dazuliegen. Wie er den anderen gegenüber angedeutet hatte, war er in City CXIII bereits mit einer Handvoll Frauen intim gewesen. Eine von ihnen war dermaßen unvorsichtig gewesen, dass sie sich nach dem Treffen von der Patrouille erwischen lassen und verängstigt alles gestanden hatte.

Jase wusste nicht, was aus Qian geworden war, denn er hatte sie nie wiedergesehen. Da aber sie diejenige gewesen war, die sich ihm aufgedrängt hatte, weil sie sich Vorteile aufgrund dessen, wer sein Vater war, erhofft hatte, hatte sich sein Mitgefühl in Grenzen gehalten. Er selbst hatte von einem Gardisten, von dem er noch nicht einmal mehr den Namen wusste, ein anerkennendes Klopfen auf die Schulter erhalten und war danach für eine Woche in einem finsteren, dreckigen und kalten Loch ohne Nahrung und lediglich mit einem Eimer Brackwasser eingesperrt worden.

Die Kälte, die Dunkelheit und der Hunger waren für Jase nicht annähernd so schwer zu ertragen gewesen, wie dass er zum ersten Mal in seinem Leben dazu verdammt gewesen war, absolut nichts zu tun. Die Enge hatte kein körperliches Auspowern erlaubt, sondern nur eine zusammengekauerte, geduckte Haltung. Und selbstverständlich hatte er weder sein Smartlet behalten dürfen noch hatte es ein Terminal gegeben.

Scheinbar endlos, ohne jegliche Ablenkung, den eigenen belastenden Gedanken und Gefühlen ausgesetzt zu sein – das war wahrlich kein Vergnügen gewesen. Fortan hatte Jase sehr viel mehr darauf geachtet, von wem er sich ansprechen ließ und wen er selbst ansprach. Trotzdem war er noch ein zweites Mal eingesperrt worden, weil sich eine junge Frau nicht mit einer Zurückweisung hatte abfinden wollen und ihn daraufhin bezichtigt hatte, er hätte ihr ein illegales Angebot unterbreitet. Ob sie sich mit dieser Lüge wirklich einen Gefallen getan hatte, bezweifelte Jase.

Auf jeden Fall wusste er dank der vergangenen zwei Jahre, dass es durchaus reizvoll sein konnte, eine Frau im Arm zu halten. Doch noch nie hatte er neben jemandem geschlafen. Und obwohl das mit Aleah etwas vollkommen anderes war als damals in City CXIII, kam es Jase nun beinahe noch intimer vor, wie er vollständig bekleidet und in seine Decke gehüllt neben Aleah die Augen schloss.

Vertrauen – das war es wohl, was ihn so sehr irritierte. Aleah vertraute ihm. Zumindest in gewissen Belangen. Vertraute er auch ihr? *Irgendwie schon ...* Jase wusste nicht genau, warum, aber aus irgendeinem Grund fühlte er sich plötzlich stärker. Stärker und optimistischer, was das Erreichen seines Ziels betraf. Er lächelte kurz und drückte sacht Aleahs Hand. Und dann schlief er ohne jegliche Mühe tief und fest ein.

Einundzwanzig

City VIII, United Nation, Forschungslabor für humanoide Robotertechnik

»Dr. Reynolds? Ihre Zahlen sind soeben eingetroffen.«

»Herzeigen!«, blaffte Ann Reynolds, führende Spezialistin auf dem Gebiet der Künstlichen Intelligenz. Als ihr Assistent nicht schnell genug von dem Terminal abrückte, auf dem er soeben die lang ersehnte Mitteilung geöffnet hatte, schubste sie ihn kurzerhand mitsamt seinem Stuhl zur Seite. Aufmerksam studierte sie jedes einzelne Wort und jeden einzelnen Wert.

»Psychosoziale Grenze … Mhm … Motorische Reaktion … Aha … Ausschüttung von Enkephalinen …« Ann stutze kurz, bevor sich ein breites Grinsen in ihrem Gesicht zeigte. »Fantastisch!«

Es hatte eine geraume Weile gedauert, aber nun hatte sie endlich die geeignetsten Probanden gefunden, um einen Meilenstein in der Entwicklung einer wahrhaft fühlenden KI zu meistern. Manche ihrer Kritiker verstanden nicht, warum sie einer Maschine unbedingt ein Schmerzempfinden verleihen wollte. Doch die perfekte KI musste imstande sein, unvorhergesehene Störungen zu erkennen und zu klassifizieren, um angemessene Gegenmaßnahmen treffen zu können. Die taktile Wahrnehmung des Menschen ermöglicht eine Schmerz-Reflex-Bewegung, die ihn vor größerem Schaden bewahren konnte. Und genau aus diesem Grund benötigte auch ein Roboter ein nozizeptives System.

Viel zu lange waren diesbezügliche Forschungen angesichts des Überlebenskampfes der Menschheit in den Hintergrund getreten, doch seit einigen Jahrzehnten waren sie nun wieder in den Fokus gerückt. Elcaer höchstpersönlich war ein großer Verfechter ihrer Sache und Ann freute sich sehr auf ihr nächstes Gespräch. Vielleicht konnte sie ihm bis dahin schon erste Resultate vorlegen. Resultate, die bewiesen, wie ein Mensch und eine Maschine absolut identisch auf physikalische Zustände reagierten und die gleichen Lehren daraus zogen.

Zu große Hitze, zu große Kälte, zu wenig Sauerstoff oder auch zu viel, es gab so viele Möglichkeiten, um in den extra neu geschaffenen Observatorien widrige Umstände für die baldigen Bewohner durchzuführen. Dass sich diese aufgrund ihres Alters und ihrer Gene schneller als gewöhnlich regenerieren würden, sah Ann als besonderen Pluspunkt an. Aber selbst wenn der ein oder andere Teilnehmer ihrer Studie einen Test nicht überstand, so würden die restlichen sicherlich die erforderlichen Ergebnisse liefern.

Willkommen im 23. Jahrhundert, dachte Ann euphorisch und immer noch breit grinsend. *Die Zukunft beginnt genau jetzt!*

~ x ~

Basis der Human Defence Organization, Beta-Sektor, militärischer Besprechungsraum »Nemesis«

Ethan streckte seine Beine unter dem Tisch aus und musterte die Runde, die sich hier auf seine Bitte hin nach dem Frühstück versammelt hatte. Thane saß rechts von ihm und daneben Pax und Jacquine, auf seiner anderen Seite Wilson, Darian und Kasdy.

Und dann waren natürlich die vier anwesend, die ihm bereits weitaus mehr Kopfzerbrechen bereitet hatten, als er bei der Annahme seines mysteriösen Auftrags von Montcroix ohnehin schon befürchtet hatte. Aleah und Jase, die er am Morgen eng aneinandergekuschelt in einem Bett vorgefunden hatte. Er hatte sich gefreut, dass die beiden allmählich aus ihrer toxischen Einsamkeit herauszufinden schienen. Um jeglichen Bruch dessen zu vermeiden, was endlich zwischen seinen Schützlingen zu wachsen begann, hatte er beim Wecken und auch später kein einziges Wort über die neue Bettenaufteilung verloren.

Ethans Blick streifte Neia, die nervös ihre Finger knetete. Celtan schubste sie kurz lächelnd mit dem Ellenbogen an und wandte sich dann wieder seinem Fledermausadler zu, um dem Vogel mahnend auf die Klauen zu tippen. Diese bohrten sich wohl gerade zu fest in seine Schultern.

»Ich möchte gerne etwas mit euch besprechen«, startete Ethan und richtete sich auf. »Jase, du weißt, dass du in nächster Zeit hauptsächlich mit Wilson trainieren wirst. Celtan, für dich sind vorrangig Darian und Jacquine zuständig, wobei Darian auch Neias und Aleahs Sport- und Selbstverteidigungskurse übernehmen wird. Pax wird euch allen das Schießen beibringen. Thane unterstützt dich, Neia, bei deinen theoretischen Studien und Kasdy als Allround-Talent wird Aleah unter ihre Fittiche nehmen. Spezifischere Lehreinheiten werden von weiteren Mitgliedern unseres Teams abgehalten oder auch von geeigneten Personen außerhalb des Teams.«

Jase nickte. So weit war auch alles bereits bekannt gewesen. Aleah und Celtan zuckten eher gleichgültig mit den Schultern und Neia runzelte die Stirn, als würde sie überlegen, wann genau sie denn jetzt zugestimmt hatten, Soldaten zu werden.

»Gar nicht« wäre die korrekte Antwort gewesen und genau das war ein Knackpunkt, den Montcroix absichtlich zu übersehen schien. Man konnte natürlich jemanden in den Militärdienst zwingen, aber das führte nur selten zum gewünschten Ergebnis. Weswegen eine Vereidigung ja auch stets freiwillig zu erfolgen hatte. Jedenfalls war es bislang so gewesen. *Montcroix, du treibst da ein verdammt riskantes Spiel!*

Ethan holte tief Luft. »Ich bedauere sehr, dass ihr nicht wie andere Neuankömmlinge selbst entscheiden könnt, wie ihr zum Erhalt der Gemeinschaft beitragen wollt. Eine gewisse Bedarfsberücksichtigung gibt es natürlich immer. Was euren Weg jedoch schon sehr genau festlegt, ist die Markierung in eurem Nacken. Oder vielmehr das, wofür sie steht.«

Jetzt hatte er die volle Aufmerksamkeit. Wilson, Darian, Kasdy, Pax und Jacquine hatte er bereits im Vorfeld über alles, was er wusste, eingeweiht. Ihren Blicken nach zu urteilen, waren sie nicht so ganz von der Glaubwürdigkeit von Montcroix' Geheimakten überzeugt. Thane zeigte sich erwartungsgemäß am wenigsten skeptisch.

»Es geht um Genoptimierung«, übernahm er das Wort. »Ihr seid als Embryonen Teil eines Experiments gewesen, bei dem euer Gehirn so verändert wurde, dass bestimmte Bereiche weitaus aktiver sind als bei gewöhnlichen Menschen. Bei dir betrifft das vermutlich die Inselrinde, Celtan, und Teile des Stirnhirns und des Parietallappens. Was dich befähigt, dich auf ganz besondere Weise in andere Menschen hineinzuversetzen.«

»Ein Genexperiment?« Jase lachte kurz. »Das glaubt ihr tatsächlich, nur weil Celtan ein paarmal gut geraten hat?«

»Es gibt solche Optimierungsprogramme!«, widersprach Neia mit weit aufgerissenen Augen. »Aber doch erst seit *neun* Jahren?!«

Interessant, dachte Ethan und nahm sich fest vor, die Ex-Magistratin später genauer zu befragen, woher sie ihre Informationen hatte.

»Ich habe noch nie davon gehört.« Entschieden schüttelte Aleah den Kopf. »Und selbst wenn es solche Experimente gäbe und wir ein Teil davon gewesen wären, dann hätte man uns mit Sicherheit nicht einfach so in der Stadt der Kinder aufwachsen lassen. Das ergibt überhaupt keinen Sinn.«

»Ihr wurdet offiziell für tot erklärt und zwischen anderen Babys versteckt«, versuchte Ethan zu erklären, es war jedoch schwer, sich in dem immer aufgebrachteren Stimmengewirr Gehör zu verschaffen.

»An meinem Gehirn wurde herumgepfuscht?«

»Was sind denn unsere Spezialfähigkeiten?«

»Wer ist noch so? Ist das der Grund, warum ihr uns hergeholt habt?«

»An vielen Embryonen lassen sich bestimmt unentdeckt Experimente durchführen, aber einen Captain Guerrez täuschen?« Jase lachte erneut. »Das ist lächerlich! Oder ...« Jetzt wurde er blass. »Er hat davon gewusst, nicht wahr?«

»Das kann ich nicht genau sagen«, musste Ethan zugeben, während Celtan, Neia und Aleah ihn mit weiteren Fragen bestürmten.

»Sind wir jetzt *euer* Experiment? Werden wir ins MediCenter verbannt, um uns bis ins kleinste Detail analysieren zu lassen?«

»Wollt ihr das denn?«, erkundigte sich Pax mit hochgezogenen Augenbrauen. Ein vierfaches, heftiges »Nein!« erfolgte, woraufhin Kasdy sich einmischte.

»Ich würde mich analysieren lassen, um zu erfahren, was mit mir angestellt wurde.«

Für einen Moment herrschte Stille, bevor alle wieder durcheinanderredeten. Selbst Ami krächzte inzwischen so misstönend und grell, dass es in den Ohren wehtat.

»Stopp!« Ethan schlug mit der flachen Hand auf den Tisch. »Ich verstehe ja, dass ihr aufgewühlt seid und viele Fragen habt, aber so funktioniert das nicht. Ein Punkt nach dem anderen.«

Betont ruhig, um die aufgeheizte Stimmung wieder zu entspannen, erzählte er, was er bislang in Erfahrung hatte bringen können und wie es seiner Meinung nach weitergehen sollte.

»Wer sich untersuchen lassen möchte, darf das natürlich tun. Wir würden das auch begrüßen, um einfach genauer Bescheid zu wissen und euch im Bedarfsfall schneller und effektiver helfen zu können. Wenn ihr das aber nicht wollt, ist das ebenfalls in Ordnung.« Zumindest so viel Entscheidungsfreiheit musste er Aleah, Celtan, Neia und Jase zugestehen, ganz gleich wie Montcroix das vielleicht sah.

»Eure Trainings- und Lehrpläne bleiben so bestehen, wie wir das besprochen haben. Wir werden dabei auf Auffälligkeiten achten, denn offenbar ist es so, dass sich die Auswirkungen der Genexperimente erst jetzt allmählich offenbaren. Wir wissen lediglich, welche ungefähre Eigenschaft das betreffen könnte, aber nicht, in welcher Intensität oder was genau das bedeutet. Das werden wir nur mit eurer Unterstützung herausfinden.«

»Aleah«, sagte Thane behutsam. »Du hattest letzte Nacht einen Albtraum. Willst du uns erzählen, worum es da ging?«

Aleah schnaubte. »Ganz bestimmt nicht!«

»Warum nicht?« Thane grinste und deutete mit dem Daumen auf Wilson. »Dank dem hier träum ich zum Beispiel immer total bekloppte Sachen. Wie war das mit diesem komischen Zombiefilm von gestern Abend?«

»War der dir etwa zu gruselig?« Unschuldig verschränkte Wilson die Arme vor der Brust. »War doch lustig, wie diese Typen umhergewankt sind und ihnen die Köpfe abgehackt wurden, um daraus Pyramiden zu bauen.«

»Pyramiden? Und … Zombies?« Aleahs Finger verkrampften sich so stark, dass die Fingerknöchel weiß hervortraten. Im Moment schien das allerdings nur Ethan aufzufallen. Er ließ Aleah nicht aus den Augen, während Thane und Wilson sich weiterkabbelten.

»Die Idee mit den Hexen in der Krypta war ja ganz nett. Und die Szene, als die Schwertkämpfer dazukamen, damit sie endlich den Zombie-Ansturm zurückschlagen konnten. Aber ernsthaft, warum sollten plötzlich alle Untote in Flammen aufgehen, nur weil ein einzelner Kerl mit einer Klinge auf ein Kreuz einhackt?«

»Weil der Film irgendwann enden musste?«, feixte Wilson.

Thane verdrehte die Augen. »Von dem Ascheregen, der am Schluss über dem Friedhof niedergegangen ist, habe ich jedenfalls auch geträumt. War allerdings nur eine Person, die verbrannt ist. Und es gab auch keine Schwertkämpfer, sondern nur mich. Und ich habe mit einer altmodischen Pistole geschossen und –«

»Entschuldigung.« Aleah sprang von ihrem Stuhl auf, drängte sich an den anderen vorbei und verschwand zur Tür hinaus, die Hand auf den Mund gelegt, als wäre ihr übel.

Betroffen sahen Wilson und Thane sich an, aber da hatte sich Ethan bereits erhoben. »Ich sehe nach ihr«, verkündete er knapp. »Versucht ihr, Celtans, Jase' und Neias restliche Fragen zu beantworten. Und dann ab zum Training beziehungsweise in den Unterricht.«

Es dauerte ein paar Minuten, bis er Aleah fand, denn entgegen seiner Annahme war sie nicht auf die Toilette geflüchtet, sondern war zurück in ihr Schlafquartier gekehrt. Den Kopf an die Knie gepresst und die Arme eng um ihren Körper geschlungen, saß sie da, in der Nähe des Terminals.

Die Frage, wie es ihr ging, sparte Ethan sich, es war ja offensichtlich. Schweigend nahm er neben Aleah Platz, so dicht, dass sich ihre Beine und Arme beinahe berührten. Und dann wartete er ab. Nur Aleah selbst konnte ihn wissen lassen, was sie brauchte. Ob sie über all das Unglaubliche, was sie soeben erfahren hatte, reden oder sich lieber erst einmal davon distanzieren wollte oder womöglich auch etwas vollkommen anderes.

Sicher war, er würde sie in diesem Zustand keinesfalls alleine lassen. Ethans Gedanken wanderten zu seinem Bruder und er wurde sich bewusst, wie viel Glück er bislang in seinem Leben gehabt hatte. Ja, er hatte seine Eltern verloren und focht einen tagtäglichen Kampf aus, ohne zu wissen, ob er jemals siegen würde. Aber er war nie in einer derartigen Isolation und einem derart verqueren System gefangen gewesen wie Aleah oder die anderen.

Immer war sein Zwilling dagewesen und Menschen, die sich um ihn kümmerten, die ihm Wurzeln und Flügel zugleich geschenkt hatten. Aleah besaß keine Wurzeln, die ihr im Sturm halfen, nicht den Halt zu verlieren. Und sie besaß keine Flügel, um zu entdecken, wie sehr sie sich selbst vertrauen konnte, was sie alles erreichen und wie hoch sie hinaufsteigen konnte, wenn sie es nur einmal versuchen würde.

»Du schaffst das!«, sagte er schließlich, weil es das Einzige war, was ihm momentan passend erschien. Vorsichtig legte er die Hand auf ihren Arm. Aleah erwiderte nichts, rückte jedoch auch nicht von ihm ab.

Nach einer Weile drehte sie den Kopf zur Seite. »Ich ... ich habe das auch geträumt«, verriet sie leise. »Das, was Thane erzählt hat ... Ich hatte genau den gleichen Traum! Der Ascheregen, die Zombies und die zu Pyramiden gestapelten Köpfe und das mit dem Schießen ... Das ist doch verrückt!«

Einerseits klang es wirklich verrückt, andererseits war Ethan nicht sonderlich überrascht. Nicht nachdem sein Bruder ihn bereits in aller Frühe geweckt hatte, nachdem er bei Aleah und den anderen gewesen war. Sein Zwilling und er hatten dann beide nicht mehr geschlafen, sondern hatten ein weiteres Mal über Gilkes' und Montcroix' seltsame Andeutungen und die zumindest etwas konkreteren Forschungsaufzeichnungen philosophiert.

»Ich habe auch schon einmal exakt das Gleiche geträumt wie mein Bruder«, sagte Ethan.

»Echt jetzt?« Aleah richtete sich so erstaunt auf, dass er lächeln musste.

»Ja. Wir waren damals allerdings noch Kinder. Wir haben von einer Höhle geträumt, in der wir einen riesigen Meteoritenbrocken gefunden haben. Ich wollte unbedingt ein Stück mitnehmen, habe mich dabei aber schwer an der Hand verletzt. Und Thane ist losgestürzt, um Hilfe zu holen, obwohl er furchtbare Angst hatte, alleine durch die Dunkelheit zurückzulaufen. Am nächsten Morgen haben wir Rhia, unserer Ziehmutter, abwechselnd von dem Traum erzählt. Jeder wusste Details, die zu dem passten, was auch der andere erlebt hatte. Wir fanden das toll und ich habe es bis heute nicht vergessen.«

»Ich finde das nicht toll, sondern unheimlich«, murmelte Aleah und ließ den Kopf wieder hängen.

»Weißt du«, versuchte Ethan, ihr Mut zu machen, »es passieren immer wieder Dinge, die sich zunächst nicht so leicht erklären lassen. Du denkst an jemanden und in genau diesem Moment ruft er dich an. Eine Mutter spürt, dass mit ihrem Kind etwas nicht stimmt, und tatsächlich hat es sich ausgerechnet zu diesem Zeitpunkt beim Toben böse den Kopf gestoßen. Ein Soldat kauert im Dunkeln und alles erscheint friedlich. Trotzdem weiß er plötzlich, dass Gefahr droht, noch bevor der Feind sich zeigt.«

»Ich glaube nicht, dass meine Mutter jemals gespürt hat, wenn es mir nicht gut ging«, widersprach Aleah. »Aber ich denke, ich weiß, was du meinst. Dennoch ist das alles völlig abstrus.«

»Warum?« Ethan wählte einen bewusst sanften Tonfall. »Ich kann oft Thanes Sätze vollenden und er meine. Wir wissen häufig, was der andere denkt, ohne dass wir es laut aussprechen müssen. Es wird immer gesagt, dass das so ist, weil wir uns sehr nahestehen und Zwillinge sind. Aber wenn solche Verbindungen bereits ohne Einmischung von außen möglich sind, warum sollte es dann so vollkommen abwegig sein, dass sich durch medizinisch-wissenschaftliches Zutun noch weitaus stärkere Verbindungen entwickeln können? Verbindungen zu Fremden, die Einblicke in Gefühle oder eben Träume gewähren.«

Aleah wollte etwas einwenden, aber Ethan hob die Hand, um zu signalisieren, dass er noch nicht zu Ende gesprochen hatte. »Glaube mir, ich muss mich auch erst an diese Vorstellung gewöhnen. Sie schlichtweg abzulehnen, wird allerdings alles nur noch schwieriger machen. Meinst du nicht auch?«

Zunächst schwieg Aleah, dann seufzte sie schwer. »Und was jetzt?«, fragte sie und klang dabei schon nicht mehr ganz so negativ wie zuvor. »Werde ich nie wieder nur meine eigenen Träume haben?«

»Ich weiß es nicht. Vielleicht erzählst du mir erst einmal genauer, was du in letzter Zeit geträumt hast.«

»Nun ...« Aleah überlegte kurz. »Am schlimmsten finde ich das mit diesem Mädchen. An sich ist es gar nicht so furchtbar, weil niemand stirbt und kein Blut fließt oder so. Aber jedes Mal, wenn ich dieses Mädchen weinen höre und ihre verquollenen blaulilafarbenen Augen sehe, bricht es mir das Herz.«

»Blaulilafarbene Augen?« *Etwa wie die von ...?* Ethan stand mit einem Ruck auf. »Ich muss kurz mal telefonieren.« Und ohne weitere Erklärung verließ er den Raum. Er wählte Montcroix' Nummer und sie nahm sogleich ab.

»Commander? Was gibt es?«

»Ich würde Aleah gerne jemanden treffen lassen, um etwas zu überprüfen.« Er begann zu erklären, was genau ihm im Sinn schwebte, wurde aber schnell unterbrochen.

»Nein.«

»Nein?« Völlig verblüfft starrte Ethan auf sein Smartlet. Mit einer solch eisigen Ablehnung hatte er nicht gerechnet.

»Klammern Sie dieses Thema aus, Commander! Kein Wort zu Aleah oder sonst jemandem! Es würde alles nur noch komplizierter machen.«

Ein monotones Tuten erklang. Montcroix hatte einfach aufgelegt. *Zur Hölle!* Ethan hätte beinahe gegen seine eigenen Prinzipien verstoßen und seine Vorgesetzte aufs Übelste verflucht. Unweigerlich musste er an das denken, was Jase Montcroix bei der ersten Begegnung an den Kopf geworfen hatte.

Die meisten Menschen, die aus der United Nation hierherkamen, verbargen Dinge aus ihrem alten Leben, weil sie diese bereuten oder sie zu schmerzhaft waren. Und Montcroix bildete da gewiss keine Ausnahme. Anscheinend verbarg sie jedoch weitaus mehr als andere ...

Er selbst wusste nur wenig über Montcroix' ersten Jahre innerhalb der Human Defence Organization, schließlich war er damals noch ein Kind gewesen. Nur ihr Ruf als herausragende Strategin, mit der sie einen rasanten Aufstieg hingelegt hatte, war auch bis zu ihm durchgedrungen. Über Montcroix' Vergangenheit in der United Nation wusste Ethan noch weniger und bislang war es für ihn auch stets ausreichend gewesen mitzuerleben, auf welch geschickte und zugleich strenge, aber auch mitfühlende Art Montcroix sie anführte.

Nun kamen Ethan allerdings zum ersten Mal Bedenken, ob sie wirklich noch in die richtige Richtung unterwegs waren. *Werden wir eines Tages in den Spiegel sehen und genau das erblicken, was wir nie sein wollten?*

Nachdenklich wandte sich Ethan wieder der Tür zum Quartier seiner Schützlinge zu. Montcroix mochte ja hoffen, dass sie mit dem, was sie plante, Einfluss auf Tausende oder sogar Millionen von Leben nehmen konnte. Fakt war aber, dass zuallererst Ethans eigenes Leben und das seiner Leute gehörig durcheinandergerüttelt wurde und er keine Ahnung hatte, wohin das alles noch führen mochte.

Dieses Detail ist in meiner Order irgendwie nicht vermerkt gewesen. Ethan hatte jedoch noch nie eine Mission aufgegeben. Und das würde er auch dieses Mal nicht tun! Entschlossen steckte er sein Smartlet wieder ein und trat zurück in den Raum.

Zweiundzwanzig

Phantom Point, Omega-Sektor, Parcourhöhle »Thanatos«

Angestrengt starrte Celtan auf den Lageplan, den Jacquine für ihn auf ihrem Smartlet aufgerufen hatte. Wenn er bereits die Bunkeranlage für ein Labyrinth gehalten hatte, dann war das, was sich da um ihn herum aufreihte, die exponentielle Steigerung. Röhren, Erdhügel, in den Stein gehauene Treppen, vertikale und horizontale Schächte, matschige Tümpel, Tunnel, Mauern und andere Abschnitte, die nur mit einem Seil überwunden werden konnten. Gräben, Felsen, Gitterkäfige, Hängebrücken und, und, und. Kein Fleckchen der Höhle schien noch frei zu sein. Und es war keineswegs eine kleine.

Zudem ließen sich die Lichtverhältnisse in der Höhle über diverse dimmbare Leuchten anpassen und seit wenigen Sekunden sah er kaum noch die Hand vor Augen. Eine Gruppe Soldaten trainierte wohl irgendwo im hinteren Teil der Höhle und ihrem Gefluche nach zu urteilen, mussten sie sich wohl ganz schön abplagen, um in dem spärlichen Licht den Kommandos ihrer Trainer gerecht zu werden.

Noch einmal blickte Celtan auf den Plan und versuchte, sich möglichst viele Wege durch die Hindernisse einzuprägen. Nur leider ging es ja nicht nur geradeaus, nach rechts oder links, sondern allzu häufig auch noch rauf und runter. Das wäre etwas für Jase gewesen!

»Also, wenn es hier um Orientierung geht, hast du leider den Falschen mitgenommen«, bekannte Celtan ehrlich und reichte das Smartlet zurück.

Jacquine lachte. »Ich habe genau den Richtigen dabei. Beziehungsweise die beiden Richtigen.« Sie zeigte auf Ami, der es sich wie immer auf Celtans Schultern bequem gemacht hatte und neugierig die fremde Umgebung betrachtete.

»Ich möchte mehr über das Zusammenspiel zwischen euch herausfinden. Kann Ami dich zum Beispiel aufspüren, wenn du dich hier irgendwo versteckst, an einem so unübersichtlichen Ort, wo ihr beide noch nie wart? Das könnte in einigen Situationen äußerst hilfreich sein.«

»Ich denke schon, dass er das schafft.«

Auf Jacquines Bitte hin übergab Celtan ihr den Vogel und machte sich auf, um sich in der Mitte der Höhle ein einigermaßen nettes Plätzchen zu suchen, während Jacquine Ami mit einem Leckerbissen ablenkte. Für gewöhnlich jagte der Fledermausadler ja lieber selbst, aber er mochte die Soldatin anscheinend. Das blutige Stückchen Fleisch, das sie aus einer Tüte zog und ihm entgegenstreckte – vor nicht allzu langer Zeit war das wohl mal eine Maus gewesen – verschmähte er jedenfalls nicht, wenngleich er auch einen Moment lang zögerte.

Celtan kletterte über einen Stapel Bretter und stöhnte, als er sich wegen der Dunkelheit das Knie anstieß und mit seinem rechten Fuß in irgendetwas Nasses trat. Eine Weile ging er vorsichtig weiter, ehe er stoppte. Er wusste nicht, wie weit er überhaupt schon gekommen war, aber er hatte auch nur mäßig Lust, sich weiter im trüben Licht voranzutasten. Also hockte er sich in einen Verschlag, der aus Wellblechen zusammengezimmert worden war, und lehnte sich mit dem Rücken an die Wand.

»*Das könnte in einigen Situationen äußerst hilfreich sein*«, echoten Jacquines Worte in Celtans Kopf. Was ihn leider viel zu sehr daran erinnerte, was Thane am Schluss ihrer Besprechung preisgegeben hatte. Als wäre es nicht schon makaber genug gewesen zu erfahren, dass er sich zwar wunderbar mit der genetischen Manipulation von Flora und Fauna auskannte, er selbst aber ebenfalls verändert worden war. Nach all den Aufträgen, die er in den vergangenen zwei Jahren erhalten hatte, war er keineswegs so einfältig zu denken, es gäbe eine Grenze, die niemals überschritten werden würde. Doch über eine nur in seiner Fantasie existierenden Möglichkeit für Experimente an einem fremden Menschen in einem fernen Labor nachzugrübeln, war immer noch etwas vollkommen anderes, als hier und jetzt der Realität für sich selbst ins Auge blicken zu müssen.

Und nun sollte er tatsächlich erneut in die United Nation zurückkehren. Als ein Soldat der Human Defence Organization.

»Du hast deine Stadt verlassen, obwohl du mit dem sicheren Tod rechnen musstest. Wenn dank deiner Besonderheit verhindert werden kann, dass sich je wieder jemand so zum Äußersten getrieben fühlt, dann hast du die Verantwortung und die Pflicht, entsprechend zu handeln und dein Bestes zu geben!«

Mit diesen Worten hatten sich Thane, Wilson, Pax und die anderen eindringlich an ihn gewandt, bevor sie zu Jase und Neia etwas Ähnliches gesagt hatten. Letztere hatten sie daran erinnert, dass sie eigentlich weniger geschworen hatte, die United Nation an sich aufrechtzuerhalten, als sich mit allen Mitteln und aller Kraft zum Wohle der Bürger einzusetzen. Und wenn das nun auch auf einem anderen Weg geschah, als sie ursprünglich im Sinn gehabt hatte – ein Eid war ein Eid.

Bei Jase hatten sie an seine Erlebnisse bei der Räumung von City CXIII appelliert. Kämpfen war ja aber ohnehin das, was Jase immer gewollt hatte. Von daher hatte er am schnellsten eingewilligt, schon sehr bald an einem ersten Einsatz teilzunehmen.

»Das werden wir doch nie schaffen«, hatte Neia zaghaft eingewandt. »Wir sind nicht –«

»Viam inveniemus. Wir werden einen Weg finden«, hatte Thane sie sanft unterbrochen. Und das war's dann gewesen.

Celtan schnippte frustriert gegen die blecherne Wand. Seine Gedanken kehrten zu Ami zurück und im gleichen Moment ertönte ein schriller Vogelschrei, dann ein zweiter, der bereits ganz nah klang. Krallen kratzen über das Dach und zwei große gelbe Augen spähten durch einen Riss ins Innere.

»Hey, da bist du ja.« Celtan krabbelte aus seinem Versteck und streckte die Hand nach seinem Freund aus. »Was meinst du?«, flüsterte er. »Sind wir es den Menschen wirklich schuldig, ihnen zu helfen?«

Ami sah ihn mit zur Seite geneigtem Kopf eindeutig vorwurfsvoll an. Er hatte seine wenigen verbliebenen Artgenossen damals nicht im Stich gelassen, hatte sie unermüdlich gesucht und keine Ruhe gegeben, bis sie alle Celtans Köder mit dem Immunisierungsserum vertilgt hatten. Die Antwort war also klar.

»Schön«, murmelte Celtan, während er ein Klümpchen Dreck aus Amis Federpelz zupfte. »Werde ich eben auch versuchen, so ein Held wie du zu sein. Geht bestimmt gründlich schief.«

Der Fledermausadler gab einen amüsierten Laut von sich und nachdem Celtan ihm dafür einen strafenden Blick zugeworfen hatte, machten sie sich zusammen wieder auf den Rückweg. Ami flatterte über ihm und es schien ihn noch mehr zu belustigen, wie Celtan bei so manchem Hindernis fluchte und ächzte, während es für ihn selbst höchstens deshalb anstrengend war, weil er immer wieder auf den wesentlich langsameren Zweibeiner warten musste.

»Er hat dich wirklich rasch gefunden«, stellte Jacquine anerkennend fest, sobald sie wieder bei ihr waren.

»Ja, und er hatte sehr viel Spaß dabei.« Celtan blinzelte, als das Licht in der Höhle schlagartig heller wurde und der Trupp Soldaten, der zuvor im hinteren Teil trainiert hatte, durch zwei andere abgelöst wurde.

»Deinem Tonfall nach zu urteilen, hast du etwas gegen ein bisschen Bewegung und die paar Matschflecke auf deiner Hose.« Jacquine grinste und deutete mit dem Zeigefinger auf die erschöpften Männer und Frauen, die gerade auf den Höhlenausgang zuhielten. »Schau dir mal die im Vergleich zu dir an.«

Keine einzige saubere Stelle war mehr an der Kleidung der Soldaten zu erkennen, Schlamm, Erde und Sand bedeckten sogar die Gesichter und Haare. Und nicht wenigen zitterten die Arme oder Beine von dem harten Training.

Celtan zuckte jedoch nur mit den Schultern. Der Dreck oder das Versteckspiel waren es schließlich nicht gewesen, worüber er in den letzten Minuten nachgedacht und was ihn in seine aktuelle Stimmung versetzt hatten.

Jacquine ließ Ami und ihn noch eine Reihe weiterer Übungen absolvieren und Celtan geriet mehr und mehr ins Schwitzen. Auch für den Fledermausadler wurde es immer schwieriger. Er musste zum Beispiel Klettereisen von Jacquine zu Celtan transportieren, sodass dieser damit eine Felswand bezwingen konnte. Dann mussten sie die Höhle einmal komplett durchqueren, sollten dabei aber so dicht zusammenbleiben, dass eine Wärmedetektor nur ein

Lebewesen identifizieren konnte. Das klappte nicht besonders gut, denn sobald Celtan aufgrund einer Unebenheit oder eines wackligen Bretts ins Straucheln geriet, breitete Ami, den er an seine Brust gedrückt hielt, instinktiv die Flügel aus, um notfalls abheben zu können. Das registrierte der Detektor natürlich. Seinen Freund mit aller Gewalt festhalten, das wollte Celtan nicht und Jacquine hatte das zum Glück auch nicht gefordert.

Als sie das Training schließlich beendeten, war Jacquine trotz mancher Fehlschläge sehr zufrieden. »Ihr seid ein hervorragendes Team«, lobte sie.

Celtan nickte müde. Er brauchte jetzt dringend eine Pause und Ami ebenfalls.

»Hast du dir schon einmal überlegt«, erkundigte Jacquine sich vorsichtig, »dass deine spezielle Veranlagung höchstwahrscheinlich der Grund ist, warum ihr beide euch so gut versteht?«

»Was?« Celtan, der sich eben noch dem Ausgang hatte zuwenden wollen, hielt verdutzt inne. Die Freundschaft zwischen Ami und ihm war einzigartig, das wusste er natürlich. Spielten Tiere doch generell im Leben der Menschen kaum eine Rolle. Sie waren höchstens zweckdienlich und ganz sicher keine Gefährten. Aber dass jemand anderes selbst mit den entsprechenden Bemühungen niemals eine solch intensive Verbindung zu ganz gleich welchem Geschöpf aufbauen konnte wie er zu Ami? Lag es denn nicht an den vielen gemeinsam verbrachten Stunden, am stetigen Ausprobieren, am genauen Zuhören und Zusehen, dass Ami und er sich inzwischen so gut abstimmen konnten?

»Das eine schließt das andere doch nicht aus«, erklärte Jacquine überzeugt, als er seine Frage laut stellte. »Dich stärker in Lebewesen hineinversetzen zu können als andere, ist ein zusätzliches Talent, das du besitzt, Celtan. Du verstehst dich auch gut auf Zahlen oder Biologie, aber wenn du dich nie damit beschäftigt hättest, würde dir das herzlich wenig nutzen. Und genauso ist es mit Ami: Wenn du für ihn keinerlei Interesse empfunden und dich nicht mit ihm beschäftigt hättest, wären auch deine empathischen Möglichkeiten völlig irrelevant gewesen. *Mit*

Interesse hingegen hilft dir deine Begabung, noch ein paar Schrittchen weiter zu gelangen, als es jemand anderes je könnte.«

Eine Verstärkung also. So hatte Celtan das bislang noch nicht gesehen. Und obwohl es nach wie vor ein komisches Gefühl war, daran zu denken, Teil eines Experiments gewesen zu sein, verblasste nun der übelste Beigeschmack. Allmählich konnte er das alles als Chance ansehen. Oder sogar als etwas ausgesprochen Wundervolles, sofern es Ami betraf und die Verbindung, die wohl tatsächlich nur auf diese Weise zwischen ihnen hatte entstehen können.

Andererseits gibt es auch immer eine Kehrseite … Celtan wurde mit einem Schlag bewusst, was er den Menschen wirklich schuldete. Jenen der United Nation *und* den Rebellen. Nämlich dass er seine Gabe niemals missbrauchte!

Vielleicht ist es nur diese eine Sache, die einen Helden ausmacht. Nicht der Besitz besonderer Fähigkeiten oder kämpferischen Geschicks oder immensen Muts. Sondern es ist entscheidend, ob die eigene Kraft ausreicht, um kein Monster zu werden.

Ami pickte sacht nach Celtans Hals und gab somit seine unmissverständliche Zustimmung. Das bewies Celtan endgültig, dass Jase, Neia, Aleah und er selbst weder von General Montcroix, Commander Ethan, seinem Zwilling oder sonst wem ihren ersten Auftrag erhalten würden. Sie hatten längst einen Auftrag. Und zwar für den Rest ihres Lebens.

~ x ~

Phantom Point, Beta-Sektor, Sportzentrum

»Nein! Du besiegst mich nicht. Du nicht!« Der pure Hass lenkte Jase' Frontkick und den nachfolgenden Uppercut. Von der erst vor wenigen Minuten so sorgsam einstudierten Angriffschoreografie war kaum noch etwas zu erkennen. Mit einer Aggressivität, von der Jase bereits am Rande ahnte, wie sehr sie seinen Kampfstil schwächte, sprang er nach vorne. Er konnte nicht anders, konnte seine Bewegungen nicht mehr kontrollieren, konnte sich nicht mehr kontrollieren. Nicht bei dem Anblick jenes Mannes, der die Seele seine Mutter auf dem Gewissen hatte.

Vor ein paar Herzschlägen war es noch Darian gewesen, mit dem er unter Wilsons wachsamen Augen und seiner Anleitung gekämpft hatte. Und das zumindest Jase' Meinung nach gar nicht mal so schlecht. Aber dann hatte der Sergeant irgendein vermaledeites Programm des SmartCubes aufgerufen und eine Holografie hatte sich um Darians Körper gelegt, die so echt wirkte, als wäre es tatsächlich Captain Guerrez, der da plötzlich vor ihm stand. Und im Gegensatz zu den Holo-Gardisten vom letzten Mal glitten Jase' Hände und Füße nicht durch die Projektion hindurch. Er stieß auf reellen Widerstand, kassierte schmerzhafte Treffer und wurde immer wütender, weil er selbst wusste, welchen Mist er gerade fabrizierte.

Noch eine Drehung und es gelang Jase endlich, stockstEIF stehen zu bleiben, die Kiefer fest zusammengepresst, die Fäuste noch immer geballt. »Hab noch nie gesehen, dass so etwas möglich ist«, stieß er keuchend hervor, um einer Rüge von Wilson zuvorzukommen. Die verdienterweise natürlich trotzdem kam.

»Lahme Ausrede! Als wenn es in einem wirklichen Kampf keine Überraschungen gäbe.« Wilson tippte das Interface an und aus Guerrez wurde wieder Darian. Wortlos verließ dieser auf ein Zeichen von Wilson hin den SmartCube.

»Was hat er getan, was du einfach nicht vergessen kannst?« Wilsons Blick war stechend, aber Jase blinzelte dennoch nicht. »Nichts, was du verstehen würdest.«

»Versuch's. Und bevor du dich wieder weigerst, das war keine Bitte.« Unnachgiebig kam Wilson auf ihn zu, bis er direkt vor ihm stand. »Du bist nicht mehr nur für dich alleine verantwortlich, Jase! Wenn wir zusammen losziehen, trägst du auch die Verantwortung für deine Begleiter. Und dafür müssen wir – muss *ich* – wissen, welches Risiko von dir ausgeht. Welche Trigger deinen Verstand aushebeln. Und da gibt es bestimmt noch einige, die nicht so offensichtlich sind wie eine Konfrontation mit deinem Vater.«

Jase versuchte aufgebracht, ein Stück zurückzuweichen, aber sein Rücken berührte bereits die Wand. Blieb also nur die Flucht nach vorne. »Warst du schon mal in der roten Stadt?«

»Nein«, gab Wilson offen zu.

»Dann verstehst du es auch nicht.« Jase richtete sich mehr und mehr auf. Er war dort gewesen. Ein einziges Mal, dank seiner Privilegien als hochrangiges Gardisten-Söhnchen. Die, die er unbedingt hatte treffen wollen, hatte er nicht gefunden, aber dafür genügend andere. Männer und Frauen, allesamt menschliche Hüllen, in denen nichts mehr lebte, sich nichts mehr rührte. Die lächelten und liebten, weil das eben ihre Funktion war. Wie die eines Bechers, aus dem ein nervenstimulierendes Okro-Konzentrat getrunken wurde, um sich selbst wacher, fitter und besser zu fühlen. Sobald das der Fall war, hatte der Becher jedoch ausgedient. Jase war dermaßen verstört von seinem Besuch zurückgekehrt, dass sein Vater höchstpersönlich dafür gesorgt hatte, dass er die Stadt niemals wieder auf legalem oder auch nur halb-legalem Wege betreten konnte.

»Wen hat er dorthin geschickt?«

Jase antwortete nicht, aber Wilson ließ nicht locker. »Ich habe dich etwas gefragt!« Er beugte sich noch weiter vor und Jase hob instinktiv die Hände, um den Sergeant zurückzustoßen. Womit dieser gerechnet hatte und deswegen nur ruhig seine Arme packte, sodass Jase' Handflächen nun zwar Wilsons Brustkorb berührten, er jedoch kaum noch Schwung übertragen konnte.

»Wen hat er dorthin geschickt?«

Jase befreite sich mit einem heftigen Ruck und starrte Wilson böse an. Was ihn auch nicht weiterbrachte. Denn was er unbedingt benötigte, war ein Gefallen. Er musste für Wilson, Ethan, Montcroix oder wen auch immer etwas tun, das ihn so wichtig machte, dass im Gegenzug auch etwas für ihn getan werden musste. Oder besser gesagt – für *sie*. Alles, was Jase bislang über die Bunkeranlage und ihre Bewohner herausgefunden hatte, ließ keine andere Schlussfolgerung zu. So sehr es ihm auch widerstrebte, aber sein ursprünglicher Plan, nur auf sich allein gestellt zu handeln, würde nicht funktionieren. Er brauchte Verbündete, um Grace zu befreien. Er brauchte … *Freunde*.

Im Stillen verfluchte Jase Celtan, der ihm dieses blöde Wort in den Kopf gepflanzt hatte. Der vermutlich auch bereits wusste, was los war, noch bevor er es selbst zum ersten Mal laut aussprach. *Scheiß Genexperimente!* Hätte er nicht wenigstens eine nützlichere Fähigkeit erhalten können, als die Wahrheit zu spüren? So etwas wie sich unsichtbar zu machen oder unverwundbar zu sein?

»Meine Mutter«, presste er schließlich widerwillig hervor. »Mein Vater hat sie zu einem Dasein verdammt, wie es schlimmer nicht sein könnte.«

Wilson nickte langsam. »Weißt du, was ich einfach nicht vergessen kann? Wie dein Vater dich hat gehen lassen. Und wie er sich von dir verabschiedet hat. ›Mögen wir uns niemals wiedersehen.‹ Klingt hart. Aber je länger man darüber nachdenkt, desto eher könnte man diesen Satz auch auf andere Weise interpretieren. Nämlich dass Guerrez dich niemals wiedersehen möchte, weil er dich dann vielleicht nicht wieder gehen lassen könnte. Weil er dich töten müsste. Und wenn es sich tatsächlich so verhält, lag es vielleicht auch nicht in seiner Macht, deine Mutter zu schützen. Obwohl sie und du ihm durchaus etwas bedeuten.«

»Er hat niemals versucht, meine Mutter zu beschützen!« Jase brüllte nicht, aber er fehlte nicht mehr viel dazu. *So ein verdammter Irrsinn!* Als Eliteanführer hatte Guerrez zahllose Menschen zur Strecke gebracht. Er hatte gefoltert und getötet, ohne sich je Elcaers Befehlen zu widersetzen, und er folterte und tötete noch immer. Trotzdem sollte er plötzlich ein Heiliger sein? Und das sagte ausgerechnet ein hartgesottener Rebell?

»Er. Ist. Ein. Arschloch!« Jase betonte jedes einzelne Wort, damit es auch Wilson endlich kapierte.

»Das ist er mit Sicherheit«, pflichtete der Sergeant ihm bei. »Nur –«

»Nichts ›nur‹!« Jetzt brüllte Jase wirklich. »Er hat meine Mutter nie geliebt! Und er hat mich nie geliebt!«

Das stimmte nicht ganz, wie er sehr wohl wusste, denn eine kurze Zeit in seinem Leben hatte er sich durchaus geliebt gefühlt. Und Grace war glücklich gewesen. Wilson sollte das Thema jedoch endlich fallen lassen. Und das tat er seltsamerweise auch.

»Du hast recht«, echote er hölzern. »Guerrez ist ein Arschloch. Er hat deine Mutter nie geliebt. Er hat dich nie geliebt. Er –«

Wilson keuchte auf und wich zurück, beide Hände fest an den Schädel gepresst. Für einen winzigen Augenblick glaubte Jase, ein Gefühl in den Augen des Sergeant aufblitzen zu sehen, das er nicht erklären konnte. *Angst.*

Das bereitete ihm ebenfalls Angst, aber noch bevor er etwas tun, fragen oder sagen konnte, schritt Wilson energisch zur Tür und die merkwürdige Stimmung verflog. Wilson wechselte draußen ein paar gedämpfte Worte mit Darian, die Jase nicht verstand, dann kehrten beide Männer zurück und Wilson schloss behutsam die Tür. Anschließend erteilte er dem SmartCube einige Programmbefehle und ein grün leuchtendes Fenster erschien neben Jase.

»Welche Farbe hat dieses Fenster?«, wollte Wilson von ihm wissen.

»Ähm … grün?« Jase fühlte sich vollkommen verwirrt.

»Dreh dich um«, verlangte Wilson.

Immer noch perplex gehorchte Jase. Das Fenster konnte er nun nicht mehr sehen.

»Ich habe eine Taste gedrückt und behaupte, das Fenster ist jetzt blau. Was sagst du dazu?«

Jase schielte seitwärts zu Wilson und Darian, doch beide gaben mit nichts zu erkennen, worum es hier ging. »Ist das ein Test?«, erkundigte er sich argwöhnisch.

»Ja. Und jetzt beantworte die Frage, ohne zu dem Fenster zu sehen. Bitte.«

Wilsons Blick war sehr viel weicher als zuvor. Vielleicht gab das den Ausschlag oder weil er darum gebeten hatte, anstatt es zu befehlen. Auf jeden Fall gab sich Jase einen Ruck. »Du lügst«, erklärte er schulterzuckend. »Das Fenster ist keinesfalls blau.«

Er drehte den Kopf und wie erwartet hatte er recht. Das Fenster leuchtete rot. Wilson wirkte nicht überrascht und er bestand auch nicht darauf, dieses merkwürdige Spiel fortzuführen, um zu überprüfen, ob Jase bei einer zweiten, dritten oder vierten Frage nach der Farbe die Lüge vielleicht nicht erkennen würde.

Stattdessen zog sich Darian in eine Ecke des Raumes zurück und Wilson bat: »Sag mir, dass das Fenster blau leuchtet.«

»Was? Warum denn?«

»Tu es einfach.«

Jetzt fühlte sich Jase nicht mehr nur verwirrt. Er war genervt. »Das Fenster ist blau. Zufrieden?«

»Nein.« Wilson rieb sich über das Gesicht. »Es ist nur eine Vermutung, aber ... Sag es noch mal. Sage mir, das Fenster ist blau. Sage es wieder und wieder und wieder, mit genauso viel Nachdruck, als wolltest du mich über deinen Vater belehren.«

»Was hat das denn mit ihm zu tun?« Jase wartet auf eine weitere Erklärung. Die nicht kam. *Er dreht durch! Wird vollkommen plemplem!*

Jase musterte den stumm dastehenden Sergeant und Darian, der natürlich auch mal wieder nichts sagte. *Solche Leute wollen also den letzten Widerstand darstellen ...* Montcroix wusste es vermutlich noch nicht, aber sie hatte bereits verloren.

»Bitte!«

Jase hätte um ein Haar mit dem Fuß aufgestampft. »Das Fenster ist blau«, leierte er herunter. »Es ist blau, blau, blau.« Wütend verschränkte er die Arme vor der Brust und starrte Wilson an, der ihm lediglich mit einer Handbewegung zu verstehen gab, weiterzumachen.

Da brannte in Jase eine Sicherung durch. *Freunde finden – lächerlich! Verbündete finden – genauso lächerlich!* Statt sich mit irgendetwas Sinnvollem zu beschäftigen, war er jetzt an einem Punkt angelangt, wo er wie ein Idiot vorgeführt wurde.

»Dieses beschissene Fenster ist blau«, zischte er, nicht laut, sondern gefährlich leise. »Und jetzt lasst mich endlich in Ruhe!« Er stapfte zur Tür, ohne darauf zu achten, wie Wilson reagierte. Der Sergeant und Darian hatten aber offenbar noch nicht genug.

»Wil?«, erkundigte sich Letzter mit solchem Ernst, dass Jase nur noch den Kopf schütteln konnte. »Welche Farbe hat das Fenster?«

»Es ist blau.«

Jase bekam von dem einen auf den anderen Moment keine Luft mehr. Nicht deswegen, weil er sich endgültig wie der letzte

Depp fühlte, über den Darian und Wilson sich gemeinsam lustig machten. Nein, es war wesentlich heftiger.

Wie betäubt wandte er sich zurück, sah zu Wilson, der lächelnd auf das rot leuchtende Fenster blickte und erneut bekräftigte: »Es ist blau. Dann lag ich mit meiner Vermutung vorhin wohl doch falsch. Tut mir leid, Jase.«

Jase wusste nicht, was Wilson vermutet hatte. Er wusste allerdings mit hundertprozentiger Sicherheit, dass Wilson nicht log. Nicht bewusst jedenfalls.

»Aber ... Was ...?« Zum ersten Mal in seinem Leben fühlte sich Jase hilfloser als ein Scruniskäfer, der gerade aus seinem Ei zu schlüpfen versuchte. Ein Scruniskäfer, der die Macht besaß, schon sehr bald alles zu verschlingen, was er nur wollte. Zumindest so lange, bis er selbst verschlungen oder von einem menschlichen Fuß zertreten wurde.

In City CXIII hatte es viele Käfer gegeben. Und Jase hatte viele zertreten. Die Frage war also, wie viel zum Verschlingen blieb, bis man von einer höheren Gewalt zermatscht wurde.

Ein boshaftes Lächeln glitt urplötzlich über Jase' Gesicht. Das Gefühl der Hilflosigkeit schwand und er kehrte schleunigst zu seinem ursprünglichen Platz zurück. So sehr hatte er sich gewünscht, dass ihm jemand in einer einflussreichen Position einen Gefallen schuldete. Und wie es aussah, würde dieser Wunsch leichter in Erfüllung gehen als gedacht.

Wenn er andere nämlich wirklich Dinge glauben lassen konnte, die überhaupt nicht stimmten ... und wenn das sogar bei demjenigen Mann funktionierte, der als Allererstes eine neue Facette an Jase' Fähigkeit entdeckt hatte – wer sollte ihn dann bitte schön noch aufhalten können?

»Wilson, weißt du was? Üben wir doch noch etwas weiter«, forderte Jase gutgelaunt. »Übrigens, das Fenster leuchtet gelb!«

~ x ~

Phantom Point, Delta-Sektor, Bibliothek

»*Corruptissima re publica plurimae leges.*« Mit dem Zeigefinger fuhr Neia die Worte in dem Buch vor ihr auf dem Tisch nach. Laut Thane stammte das Werk von einem römischen Historiker und Politiker namens Publius Cornelius Tacitus und sie gab sich große Mühe zu verstehen, was der Mann vor so vielen Jahren hatte sagen wollen.

Auf ihrem Smartlet, das ebenfalls auf dem Tisch lag, war ein Übersetzungsprogramm aufgerufen, das Neia nun zu Rate zog. »*Corruptus* – verdorben. *Publica* ...« Diesen Begriff kannte sie bereits. »Der Staat. *Plurimae ... plurimus* ...« Grübelnd scrollte sie durch verschiedene Einträge.

»Es ist eine Steigerung«, bemerkte Thane helfend, der lässig zurückgelehnt auf dem Stuhl rechts neben ihr saß. »In diesem Fall bedeutet es ›mehr‹.«

»Je verdorbener der Staat, desto mehr Gesetze hat er.« Neia seufzte innerlich auf. Es machte ihr Spaß, von Thane etwas über die vielen Sprachen zu lernen, die früher in der Welt verbreitet gewesen waren. Was ihr jedoch immer noch nicht behagte, war, dass er jede einzelne Lektion auch dafür nutzte, um einen Zusammenhang zur heutigen Lebensweise der Menschen herzustellen. Wie er subtil von ihr verlangte, alles kritisch zu hinterfragen. Sie wollte das ja schon, wollte verstehen, wie es zu dem hatte kommen können, was sie nun erlebte. Nur ... Sie hatte so oft das Gefühl, als würde eine unsichtbare Hand in ihren Kopf greifen und dort alles durcheinanderwirbeln, bis noch weniger zusammenpasste, als es ohnehin bereits der Fall war.

Ihr Schädel dröhnte, Thanes nächste Frage kam aber trotzdem, gestellt in einem übertrieben sachlichen Tonfall.

»Wie viele Gesetze gibt es denn so in der United Nation?«

Unzählige! Im Rahmen ihrer Ausbildung hatte sie sich logischerweise damit befassen müssen. Angriffslustig reckte Neia das Kinn. »Du weißt es selbst. Verrate mir lieber, wie viele Gesetze ihr so habt.«

»Ausreichend, um ein gesellschaftliches Grundgerüst und allgemeine Sicherheit zu gewährleisten, aber nicht so viele, um persönliche Entfaltung zu unterbinden. Zugegebenermaßen sind wir jedoch auch kein Staat.«

Thane musterte sie nachdenklich und Neias Abwehr bröckelte, je länger sie in diese tiefschwarzen Augen starrte. *Wenn er nur unsympathischer wäre*, überlegte stumm. *Oder dümmer. Oder weniger gut aussehend. Oder was auch immer …*

Vermutlich würde es in ihrem Kopf dann sehr viel geordneter zugehen. Und in ihrem Herzen auch. Thane war aber nun mal sympathisch. Und klug. Und er sah verdammt gut aus, jedenfalls soweit sie das beurteilen konnte.

Neia errötete und blickte rasch wieder in das aufgeschlagene Buch. Ihre Gedanken blieben jedoch an dem hängen, was Thane zuletzt gesagt hatte. *»Zugegebenermaßen sind wir kein Staat.«* Eine Nation mit 25 Millionen Einwohnern zu regieren, war auch einfach nicht vergleichbar mit der Verantwortung über eine Rebellengruppe. Wobei diese mit knapp sechstausend Zivilisten und dreitausend Soldaten keineswegs klein zu nennen war. War es denn überhaupt eine Sache des Maßstabs, wie gut oder schlecht eine Regentschaft funktionieren konnte?

Neia fasste sich an die pochende Stirn und Thane klappte energisch das Buch zu. »Wir sind fertig für heute«, verkündete er, obwohl sie durchaus noch ein paar Minuten gehabt hätten. »Sehen wir mal nach, ob Darian bereits Zeit für dich hat.«

»Lieber nicht«, flüsterte Neia, so leise sie konnte. Jase mochte ja ganz versessen auf diese Sporteinheiten sein, aber sie war es definitiv nicht.

Thane hatte sie offenbar dennoch verstanden. Er rutschte näher zu ihr und legte lächelnd seine Hand auf die ihre. »Wenn du es geschafft hast, an einem einzigen Vormittag hundert Jahre römische Geschichte durchzuarbeiten und nach dem Mittagessen nochmals fünf Jahrzehnte, dann überstehst du auch den restlichen Tag mit ein paar Grundzügen der Selbstverteidigung.«

Neia konnte nichts erwidern. Es gelang ihr nicht, den Blick von Thanes Hand zu lösen, egal wie sehr sie es auch versuchte. Seine Finger fühlten sich so warm an, sie waren lang und schmal und wirkten gar nicht wie die eines Kämpfers. Eher als könnten sie unglaublich sanft und zärtlich sein …

Nach einigen Sekunden der Stille zog Thane seine Hand ruckhaft zurück und sein Lächeln verblasste.

»Entschuldigung. Ich wollte nicht aufdringlich sein.« Er erhob sich und brachte rasch einen Schritt Abstand zwischen sie. Was sich für Neia noch furchtbarer anfühlte, als hätte er sie mit tausend kritischen Fragen gleichzeitig bombardiert, während sie obendrein auf Darians Geheiß im Handstand durch die gesamte Basis hätte laufen müssen.

»Nein«, sagte sie und es war, als würden ihr die Worte von ganz alleine entschlüpfen. »Es hat mich nicht gestört. Es war … schön.«

Sie stand jetzt ebenfalls auf, verlegen und unsicher, ob sie das, was sie gesagt hatte, überhaupt hätte sagen dürfen. Oder hätte sagen sollen. Warum hatte sie nicht einfach geschwiegen? Und warum nur war das alles derart kompliziert?

»Ach so.« Aus den Augenwinkeln bemerkte Neia, dass Thane erneut lächelte. Also war ihre Bemerkung wohl immerhin nicht total fehlplatziert gewesen.

»Gehen wir«, bestimmte Thane, ohne noch weiter auf das Thema einzugehen.

Auf dem Weg ins Sportzentrum des Beta-Sektors hielt er sich so dicht an ihrer Seite, dass sich ihre Arme ein paarmal flüchtig berührten. Ob das aus voller Absicht heraus geschah oder eher zufällig, ließ Thanes Miene nicht erkennen und Neia hakte auch nicht nach. Ihr gefiel die lockere Stimmung, die inzwischen aufgekommen war. Es gab ausnahmsweise mal keinen Streit über verschiedene politische Ansichten und es gab auch keine Erwartungen, wie es morgen vielleicht zwischen ihnen beiden sein würde.

»Also dann …« Thane öffnete die Tür eines SmartCubes und versetzte Neia einen sachten Schubs, damit sie eintrat. »Du kriegst das schon hin.«

Am liebsten wäre Neia gemeinsam mit Thane verschwunden, aber Darian näherte sich bereits mit zwei langen Holzstäben in den Händen. »Da bist du ja schon«, grüßte er knapp, aber freundlich. Er drückte ihr einen Stab in die Hand, bevor er die Tür des

SmartCubes schloss. »Dann wollen wir mal sehen, wie du dich zu behaupten weißt.«

Darian erklärte ihr einige Übungen und ließ sie in verschiedenen Höhen in Kreisbewegungen gegen die Luft schlagen, um sich aufzuwärmen. Anschließend stellte er sich ihr mit erhobenem Stab gegenüber. Trotz der erteilten Vorwarnung schaffte es Neia nicht, ihren Holzstab mit den Fingern festzuhalten, als der von Darian dagegenkrachte.

Die Vibration zog sich bis in ihr Schultergelenk, eher unangenehm als wirklich schmerzhaft, denn Darian hatte nicht allzu viel Kraft in den Schlag gelegt.

»Entschuldigung«, murmelte Neia und hob enttäuscht von sich selbst, den Stab von der Bodenmatte auf.

»Kein Problem.« Darian wartete, bis sie ihren Platz wieder eingenommen hatte. »Füße ein Stück weiter auseinander. Und lehn dich nicht so weit nach vorne, sonst fällst du gleich von alleine um. Ellenbogen noch ein Stückchen höher ... Ja, so ist es gut.«

Neia lauschte den Anweisungen und bemühte sich redlich, ohne jedoch zu hoffen, sie würde sich in einem Ernstfall je wirklich selbst schützen können. Mitglieder der schwarzen Garde hätten für ihre Sicherheit sorgen sollen. Männer, die für gewalttätige Konfrontationen wie geschaffen waren. *Und die mich sofort aufgegeben haben, als ich sie am meisten gebraucht habe.*

Neia biss sich auf die Lippe und verdrängte die letzten Erinnerungen, die sie an City Zero hatte. Wieder schlug Darian ihr den Stab aus der Hand und wieder hob sie ihn auf.

»Vertrau dir selbst«, riet Darian. »Kein Feind kann dir größeren Schaden zufügen, als du es tust.«

Neia war sich da nicht so sicher, insbesondere weil Darians Gegenwart ihr ständig ins Bewusstsein rief, zu welchen Gräueltaten Menschen offenbar bereit waren.

Der Rebell verfiel nun wieder in sein typisches Schweigen und gab nur noch mittels Gesten oder einem Kopfnicken zu erkennen, wenn Neia etwas richtig oder falsch gemacht hatte.

Meistens war es falsch. Wieder und wieder und wieder bückte sich Neia nach ihrem Stab, weil sie ihn einfach nicht festzuhalten vermochte. Weil sie nichts festzuhalten vermochte!

Eine perfekte Gesellschaft, eine perfekte Welt, errichtet mit ihrer Hilfe? Was für ein alberner Wunsch! Von Anfang an hatte sie doch gespürt, dass die Chance, die sich ihr so unerwartet geboten hatte, zu gut war, um tatsächlich wahr zu sein.

Ich bin solch eine Idiotin! Eine Wut, wie Neia sie noch nie erlebt hatte, wallte in ihr auf und zeitgleich rollte eine einzelne Träne über ihre Wange.

Vertraue dir selbst ...
Du musst dir ein neues Ziel suchen ...
Es gibt immer etwas, wofür es sich zu kämpfen lohnt ...

So viele Ratschläge waren ihr bereits erteilt worden. Wenn absolut alles, wofür sie sich je hatte einsetzen wollen, inzwischen jedoch weit außerhalb ihrer Reichweite lag, welchen Dingen sollte sie dann noch Priorität einräumen? Was war ihr wirklich wichtig?

Unvermittelt blitzte ein Bild der Bibliothek vor Neias innerem Auge auf. Die Hunderten und Aberhunderten Bücher, die sie während des gesamten Tages immer wieder mit ihren Blicken gestreift hatte. So unwahrscheinlich es auch war, aber falls es je eines Tages ein Buch oder auch nur einen kleinen Eintrag über sie selbst geben würde, was würde sie sich wünschen, was andere Menschen über sie lasen?

Neia blinzelte überrascht, weil die Antwort plötzlich kristallklar vor ihr lag. Das *Wie* war zwar noch ein großes Rätsel, gehüllt in tiefste Dunkelheit, aber das *Was* ...

Neias Finger krallten sich fester um den Stab, als ob alles auf einmal nur von den nächsten Sekunden abhängen würde. Und als Darian erneut zum Schlag ansetzte, wusste sie mit absoluter Gewissheit – sie würde bestehen. Niemals wieder würde sie sich in die falsche Ecke drängen, sich verwirren oder ängstigen lassen. Denn ihr Glaube war endlich wieder zurückgekehrt!

~ X ~

Phantom Point, westlicher Bereich des Epsilon-Sektors

»Und was würdest du tun, wenn er wider alle Vernunft einfach nicht auf dich hört?« Ensign Kasdy wandte grinsend den Kopf und die Spitzen ihrer rotblonden Haare tanzten über ihre Schultern.

»Ihm mit dem Phaser in den Allerwertesten schießen?« Achselzuckend wich Aleah zwei älteren Frauen mit großen bunten Taschen aus und folgte der Soldatin weiterhin durch die verwinkelten Gänge der Basis. Seit einer gefühlten Ewigkeit spazierten sie nun schon so herum und spielten die abstrusesten Was-wenn-Szenarien in Gedanken durch.

Aleah verstand nicht wirklich, warum sie das taten, auch wenn Kasdys Erklärung, dass es immer gut war, auf alle Eventualitäten vorbereitet zu sein, ja durchaus sinnvoll war. Aber wozu sich den Kopf zerbrechen, wie sie Jase davon überzeugen könnte, dass sie selbst weitaus besser als Gruppenanführer geeignet wäre als er? Es gab schließlich Ethan und Thane und Dutzende andere, die sich gerne mit Jase anlegen konnten, während sie selbst überhaupt keine Lust verspürte, jemals irgendein Team zu kommandieren.

Kasdy lachte. »Ein Phaserschuss? Das ist für den Moment bestimmt sehr effektiv und auch ein äußerst verführerischer Gedanke, langfristig gesehen allerdings leider nicht zu empfehlen. Also, überlege noch mal: Neia, Jase und Celtan haben dich zur Wortführerin ernannt, um mit dem Commander über einen freien Tag zu verhandeln, den ihr unbedingt haben wollt. Und ihr bekommt einen, allerdings nur gemeinsam. Und nur, wenn du dein Team dazu motivieren kannst, zuvor im stinkenden Schlamm des Klärwerks zu arbeiten.«

Aleah seufzte. *Das ist so ein dämliches Gedankenkonstrukt!* Schließlich würde Jase niemals stinkenden Schlamm für ein paar freie Stunden eintauschen. Wo er doch wesentlich lieber trainierte, als Poker zu spielen. Oder sich einen von diesen merkwürdigen Filmen anzusehen, die Lieutenant Wilson anscheinend hortete. Oder was auch immer. Wobei ...

»Wenn ich Neia, Celtan und mir wirklich diesen freien Tag verschaffen wollte, würde ich Jase sagen, dass es okay ist, wenn er nicht mitarbeiten möchte. Spionieren wir eben einen entscheidenden Infrastrukturpunkt von Phantom Point alleine aus.«

»Sehr clever! Du köderst ihn mit einem Angebot, dem er aufgrund seiner Persönlichkeit kaum widerstehen kann.«

Kasdy nickte anerkennend und Aleah musste widerwillig lächeln. Trotz ihrer seltsamen Fragen mochte sie die junge Ensign sehr. Daran, von einer weiblichen Militärangehörigen unterrichtet zu werden, hatte Aleah sich recht schnell gewöhnt. Was wohl nicht zuletzt an einer Aussage von Jase lag.

Kurz nach ihrer Ankunft in Phantom Point war er nämlich von Celtan und Neia gefragt worden, ob er es nicht seltsam fand, dass Frauen hier anscheinend auch in dem einzigen Bereich, der in der United Nation ausschließlich mit Männern besetzt wurde, vollkommen gleichberechtigt zu sein schienen.

Als Antwort hatte Jase lediglich gemurmelt, sein Vater hätte in jungen Jahren bereits einmal versucht, andere Kriterien für die Zuweisung zur Garde zu etablieren, sei jedoch am Widerstand des Magistrats gescheitert.

Es war Jase nur zu deutlich anzumerken gewesen, dass er nicht weiter über seinen Vater sprechen wollte, und deshalb hatte Aleah auch nicht nachgehakt. Dabei hätte es sie brennend interessiert, warum ausgerechnet Guerrez anscheinend ein gewisses Verbesserungspotential gesehen hatte.

Auf jeden Fall hatte Aleah keine Probleme damit, einer Soldatin zuzuhören, die offenbar sehr genau wusste, was sie tat.

»Nächste Frage«, startete Kasdy vergnügt und führte sie in einen weiteren Gang. »Aleah, du bist auf einer Mission und –«

An dieser Stelle setzte ein Rauschen in Aleahs Ohren ein und sie blieb stocksteif stehen. Ihr wurde heiß und kalt zugleich und für einen flüchtigen Augenblick flimmerte alles vor ihren Augen. Doch dann sah sie es wieder, das, worauf keines von Kasdys Was-wäre-wenn-Szenarien sie auch nur ansatzweise vorbereitet hatte.

Ein Mädchen war inmitten eines Pulks anderer Kinder um die Ecke des Gangs gebogen und hielt nun kichernd und fröhlich schwatzend genau auf Kasdy und Aleah zu.

Ein Mädchen mit ungewöhnlichen blaulilafarbenen Augen.

»Ich ... ich kenne sie«, hauchte Aleah. Sie konnte kaum noch atmen. Diese Kleine aus ihrem Traum – was tat sie hier?

»Du kennst wen?« Kasdy musterte sie besorgt, wandte sich kurz den Kindern zu und blickte dann fragend zu Aleah zurück. »Alles okay mit dir?«

Stumm deutete Aleah auf das Mädchen, welches sie für einen Moment arglos ansah und sich gleich darauf mit ihren Freunden vorbeidrängte, um hüpfend durch ein Stahltor zu verschwinden.

»Meinst du Violette?« Kasdys Stirn legte sich in Falten. »Hat Montcroix sie dir vorgestellt?«

»Montcroix? Was ...? Nein.« Aleah verstand überhaupt nichts mehr. Blinzelnd versuchte sie, die schwarzen Pünktchen zu vertreiben, die schon wieder vor ihren Augen flimmerten.

»Hätte mich auch gewundert. Für gewöhnlich hält General Montcroix ihre Tochter aus allem heraus.«

»Tochter?« Zunächst vermochte Aleah das Gefühl nicht zu deuten, das immer stärker von ihr Besitz ergriff. Ein Gefühl, das weit über eine simple Übelkeit oder Schwindel hinausging. Es schmerzte so tief in ihrem Innersten, wie es sich mit Worten niemals ausdrücken ließ.

»*Danke, das war sehr ... nett gewesen, Urteilsfällerin. Hier hast du die Information, die du wolltest, damit dieser kleine Pisser den morgigen Tag noch erlebt.*«

Das Abbild eines ekelhaft feixenden Kerls mischte sich in das schwarze Flimmern. Ein Kerl wie so viele andere, der ihre Verzweiflung ausgenutzt hatte, um das zu kriegen, was ihm seiner Meinung nach zustand.

Wenn Violette Montcroix' Tochter war, dann musste Ethan das gewusst haben! Er hatte von ihr gewusst und hatte Aleah nichts verraten, als sie ihm ihre schrecklichen Albträume anvertraute.

Tief Luft holend schloss Aleah die Augen. Sie hatte gedacht, hier wäre alles anders, und doch war alles gleich. Ob United Nation oder Phantom Point, immer ging es nur um die eigenen mehr oder weniger dubiosen Absichten. Kameradschaft, Vertrauen, Freiheit – welchen Wert besaßen diese Worte, wenn man in einen Keller eingesperrt oder am Ende wieder nur ausgenutzt wurde?

»Violette ist nicht Montcroix' leibliche Tochter, sondern ein Pflegekind. Sie hat die Kleine damals als Baby mitgebracht. Man hat Violette wohl versucht zu töten, weil sie nicht den Vorgaben der Genoptimierung entsprach oder so ähnlich. Aber Genaueres weiß niemand.«

Kasdys Ausführung verlor sich in den Weiten der unterirdischen Basis. Und ebenso jeder Funken Energie und sämtliche Freude, die Aleah vor Kurzem noch über ihr neues Leben verspürt hatte.

»*Is there someone else?*«

Mit einem Ruck riss Aleah die Augen auf und ballte entschlossen die Fäuste. Nein, da war niemand anderes! Und sie würde endlich aufhören danach zu fragen.

»Aleah, was ist nur los mit dir? Sollen wir besser zurückgehen?«

»Nein. Mir geht's gut.« Ohne sich nach Kasdy umzudrehen, marschierte Aleah wieder los. Wohin sie gehen sollte, wusste sie noch nicht. Aber sie wusste genau, dass Montcroix bei ihren geheimnisvollen Planungen ein entscheidender Fehler unterlaufen war.

Aleah war kein bloßes Werkzeug, das man so schleifen und einsetzen konnte, wie es von anderen gewünscht wurde! Und sie würde auch mit aller Macht verhindern, dass Celtan, Neia und Jase dieses Schicksal widerfuhr! Den einzigen dreien, denen sie jemals so etwas wie ein Freundschaftsversprechen gegeben hatte. Ihre kleine Gruppe hatte sie nie anführen wollen. Doch jetzt – jetzt würde sie es tun. Montcroix und der Rest der Welt würden sich noch wundern.

PART FOUR

»Manchmal benötigt man ein Monster, um andere Monster zu bekämpfen.« – Aussage über Captain James L. Guerrez, Anführer der schwarzen Garde –

Dreiundzwanzig

Nordwestlich der United Nation, *Tote Zone*, Abschnitt 7

Captain James L. Guerrez blickte mit unbewegter Miene auf die knapp einhundert Männer und Frauen, die sich inmitten der eisbedeckten Geröllwüste ängstlich aneinanderdrängten. Nur die wenigsten von ihnen trugen den hässlichen olivfarbenen Anzug, der sie als Insassen von City X kennzeichnete. Wie bunte Farbtupfer auf einer düsteren Leinwand wirkte der Rest, Menschen bestrahlt vom Scheinwerferlicht, die so vielfältig waren wie die Anzüge, die sie trugen.

Jugendliche und Greise, Medicops und Werker, bereits gemaßregelte Bürger oder solche, die sich noch nie auch nur das kleinste Vergehen zu Schulden hatten kommen lassen. Sogar das Weiß der Regierung und das Schwarz der Garde blitzte inmitten der Menschen auf, die erst vor wenigen Minuten in einer langen Kolonne von speziell gepanzerten Aircraft-Fahrzeugen hierher verfrachtet worden waren.

»Niemand soll sich mehr sicher fühlen! Niemand soll mehr freundlich auf seinen Nachbarn oder Kollegen schauen! Jede noch so geringe Auffälligkeit muss gemeldet werden.«

So wollte es Präsident Elcaer. Die gesamte United Nation sollte zur Spitzelnation werden. Zu wichtig war das, was dem Planeten in Kürze bevorstand. Etwas von enormer Tragweite, das alles Vorstellbare noch bei Weitem überstieg.

Für einen kurzen Moment wandte James den Blick von der sorgfältig errichteten Laserbarrikade ab, die jeglichen Fluchtweg versperrte. Auf beiden Seiten von ihm standen aufgereiht ein Dutzend seiner Männer, allesamt mit schussbereiten Phasern in der Hand. Er musterte jedoch nur den Gardisten direkt rechts neben ihm, seinen Stellvertreter, der ihm das Gesicht zugewandt hatte.

»Es ist niemand unter vierzehn Jahren dabei«, bemerkte Marcelo Morris, wobei seinem Tonfall nicht zu entnehmen war, ob er diese Tatsache begrüßte oder nicht.

»Captain.« Ein kurzes Zögern war zu vernehmen, als Morris seine einstigen Kameraden in der nun stetig lauter jammernden und weinenden Menschenschar anvisierte. »Widerspricht das nicht unserem Vorgehen –?«

Mit einer harten Geste schnitt James ihm das Wort ab. Er wusste selbst, dass er die von ihm ausgewählten Gardisten für etwas bestrafte, was er höchstpersönlich autorisiert hatte. Nämlich dafür zu sorgen, dass manche der in der *Toten Zone* ausgesetzten Verbrecher, für die das Urteil der Stufe zwanzig gefällt worden war, nicht schnellstmöglich und mit einhundertprozentiger Garantie den Tod fanden.

In diese Taktik waren jedoch nur eine Handvoll Männer eingeweiht und wenn er die Moral seiner Truppe nicht komplett ruinieren wollte, musste er diejenigen opfern, die offiziell versagt hatten.

»Es gäbe längst nicht so viele Terroristen, wenn diese Männer dort drüben sich besser über das Ableben der ihnen anvertrauten Kriminellen informiert hätten«, erklärte er scharf und so laut, dass es jeder einzelne Gardist vernehmen musste. »Zukünftig wird die Human Defense Organization nur noch Leichen finden, die sie in ihr Versteck schleppen kann!«

Das war die nächste Sache, die der Präsident von ihm gefordert hatte: eine unmissverständliche Botschaft an Montcroix. Mit voller Absicht hatten sie eine Stelle außerhalb der United Nation gewählt, an der bereits Aktivitäten der Rebellen beobachtet worden waren. Montcroix sollte auf jeden Fall erfahren, dass sie die Geschehnisse zu verantworten hatte und niemand sonst.

»Auf mein Kommando«, befahl James und ein letzter Ruck ging durch die Haltung seiner Männer. Auch Morris starrte nun wieder hochkonzentriert geradeaus.

»Bitte!«, brüllte ein Wagemutiger aus der Menge. »Wir haben nichts getan! Das muss eine Verwechslung sein.«

Der todgeweihte Gardist neben ihm grinste nur verächtlich, bevor er James knapp und respektvoll zunickte. Er war bereit, hatte das Kommende akzeptiert, zum Wohle einer höheren Sache, selbst wenn er nicht wusste, worum es sich dabei handelte.

Am anderen Ende des Pulks klammerte sich eine junge Frau weinend an den Arm ihres zitternden Nebenmanns. »Bitte«, schrie auch sie. »Lasst uns gehen! Das ist Wahnsinn! Verschont uns!«

Obwohl er es zu unterdrücken versuchte, musste James einmal kurz blinzeln. Die zierliche Statur der Frau und ihre gelockten Haare erinnerten ihn zu schmerzvoll an jemanden, der längst aus seinem Leben verschwunden war. Verschwunden in einen grauenhaften Regenbogen-Palast in einer grauenhaften roten Stadt. Dieser Frau hatte er genauso wenig helfen können, wie er jetzt ihrem jüngeren Gegenpart zu helfen vermochte. *Es muss sein!*

»Feuer.«

Mit diesem Wort begann die Exekution. Auf die schwarzen Uniformen wurde als Erstes gezielt, das war die einzige Gnade, die er seinen eigenen Männern gewähren konnte.

Schreiend versuchten die übrigen Menschen, vor den tödlichen Phaserstrahlen zu fliehen, doch sie konnten nirgendwohin. Einige sprangen in das errichtete feinmaschige Lasernetz oder wurden von der panischen Menge hineingedrängt. Sie verendeten noch entsetzlicher als der Rest, in Stücke geschnitten von einer flimmernden Energie, der weder Haut noch Knochen einen nennenswerten Widerstand boten.

Am schrecklichsten erging es allerdings jenen, die von dem neuartigen Ionen-Phaser in James' Hand getroffen wurden. Durch einen Wechsel im Entwicklungsteam hatte es einige Verzögerungen gegeben. Aber inzwischen war die Waffe genauso effektiv, wie sie beschrieben worden war: Keine äußere Verletzung war den gekrümmten Körpern anzusehen, die inneren Organe hatten sich jedoch fast vollständig zersetzt. In einem unbeschreiblichen Grauen waren die Gesichter dieser Toten zu Fratzen verzerrt, die Münder aufgerissen zu klaffenden Schlünden, die Augen ein qualvoller Spiegel der Hölle.

Wer die ersten Salven überlebt hatte, vergaß bei diesem Anblick jegliche Form von Menschlichkeit. Ein Fauchen wie von wilden Tieren erklang, Männer und Frauen trampelten oder rutschten rücksichtslos über den blutgetränkten Boden hinweg und suchten Schutz um jeden Preis. Sogar wenn das bedeutete, seinen Gegenüber als Schutzschild zu missbrauchen und sterben zu lassen.

Alles in allem überlebten diese Leute etwa dreißig Sekunden länger. Dann war es vorbei.

»Laserbarrikade abbauen. Wir rücken ab.«

James steckte seine Waffe ein, wobei er seine eilig gehorchenden Männer nicht aus den Augen ließ. Keiner der Gardisten zeigte ein verräterisches Anzeichen einer Emotion, keine Trauer, keine Wut, kein Ekel, Unverständnis oder gar Mitleid.

Gut! Er hatte die Richtigen bei diesem Einsatz mitgenommen. Niemand würde Elcaer einen Anlass geben, noch eine Eliminierung innerhalb seiner Elitesoldatenreihen anzuordnen.

Und eines nicht mehr allzu fernen Tages ... James lächelte. Ein Lächeln, das so kalt und grausam war, dass sogar Marcelo Morris erschauderte und hastig mit seiner Arbeit fortfuhr. Bei den später halblaut geführten Gesprächen in City One waren sich jedoch alle einig: James L. Guerrez war zu Recht der Captain! Zu Recht der Beschützer der Nation!

Denn manchmal benötigte man ein Monster, um andere Monster zu bekämpfen.

~ x ~

Phantom Point, Beta-Sektor, Sportzentrum

Seit guten zehn Minuten beobachtete Thane bereits, wie Neia alleine gegen die schattenhaften Projektionen des SmartCubes ankämpfte. Es handelte sich um ein von Darian entworfenes, extra auf sie abgestimmtes Simulationsprogramm. Verglichen mit ihren ersten Trainingseinheiten war Neia auch schon wesentlich besser geworden, aber sonderlich viel hieß das nicht.

Dieser Auftrag ist die blödeste Idee, die Montcroix jemals hatte! Mit finsterem Gesicht hob Thane die Hand, um einen Befehl in das Interface einzugeben, welcher die Tür des SmartCubes bis auf Weiteres blockieren würde. So könnte Neia unmöglich an einer Mission teilnehmen, die nur auf eine einzige Weise enden konnte. In einem grenzenlosen Desaster.

»Wo bleibt dein Optimismus, Bruder?«, hatte Ethan ihn am frühen Morgen gefragt, als sie ein letztes Mal alle Details durchgesprochen hatten. Und ja, das Risiko schien deutlich geringer zu sein als bei anderen Aktionen, die sie bereits durchgeführt hatten.

Wilson, Darian, Liu und Elian würden nicht von Jase', Celtans, Aleahs und Neias Seite weichen. Somit wurden die vier von den besten Kämpfern des Teams geschützt. Und sollten Ethan, Zhou, Ysaak und Kasdy, die zusammen die Vorhut bildeten, irgendetwas nicht ganz geheuer erscheinen, würden sie umgehend abbrechen, ohne dass Celtan, Jase, Neia und Aleah die größte Gefahrenzone überhaupt betreten hatten.

Trotzdem ist das alles Schwachsinn hoch zehn! Klar durfte man die vier nicht in Watte packen, denn im Prinzip war es überall auf dem Planeten gefährlich. Und zumindest Jase würde sich ganz sicher nie als einfacher Zivilist von Phantom Point zufriedengeben. Er musste sich also zwangsläufig in der Praxis erproben.

Bloß warum war Neia plötzlich auch so versessen auf diesen Einsatz? Wenn sie sich mit Händen und Füßen gesträubt hätte, hätte er vielleicht noch etwas erreichen können, aber so …

»Geht es los?« Die hübsche Ex-Magistratin hatte den Kopf gewandt und blickte ihn erwartungsvoll aus ihren großen braunen Augen an.

Thane räusperte sich und steckte seine Hand rasch in die Hosentasche, bevor er den Verriegelungsbefehl tatsächlich noch eingeben würde. »Ja. Wir versammeln uns jetzt im Abflughangar.«

Neia nickte und gemeinsam verließen sie den SmartCube. Auf dem Weg zu den anderen legten sie einen kurzen Zwischenstopp bei ihren Quartieren ein, damit sich Neia noch schnell umziehen konnte, dann gingen sie weiter. Schweigend.

Sie hat sich verändert, dachte Thane mit einem verstohlenen Blick auf seine Begleiterin. Als ihnen zwei Soldaten entgegenkamen, rückte er dichter zu Neia auf und rempelte sie wie aus Versehen sacht mit dem Ellenbogen an. Aber auch darauf reagierte sie nicht. Kein Lächeln, kein Erröten, kein vernichtender Blick.

Thane seufzte. Wenn er wüsste, es würde etwas bringen, hätte er einen Streit angezettelt. Aber selbst darauf hatte sich Neia in den letzten Tagen kaum mehr eingelassen. Es war, als wäre sie mit ihren Gedanken stets irgendwo ganz anderes, an einem Ort, zu dem er keinen Zugang besaß.

Die verletzliche und angriffslustige Neia aus der ersten Zeit ihrer Bekanntschaft hatte ihm irgendwie besser gefallen. Er vermisste ihre Diskussionen in der Bibliothek allzu schmerzlich, denn so seltsam es auch klang, dadurch hatte es mehr Nähe zwischen ihnen gegeben als ohne diese Reibereien.

Jetzt reiß dich endlich mal zusammen!, befahl Thane sich selbst. Dass er sich wie ein pubertierender Volltrottel benahm, war das Letzte, was sie jetzt gebrauchen konnten. Und auf keinen Fall wollte er von seinem Zwilling erneut die Frage hören, ob sein plötzlicher Pessimismus mit einer gewissen auf Abstand bedachten jungen Frau zusammenhing.

»Ich weiß, Bruder, Geduld ist nicht gerade deine größte Stärke und bislang hat es dir auch kaum an weiblicher Gesellschaft gemangelt. Trotzdem kannst du nicht erwarten, dass sich ausgerechnet eine Bürgerin der United Nation innerhalb kürzester Zeit restlos in dich verknallt und sich voll und ganz auf dich einlässt.«

»So ist es doch gar nicht«, hatte Thane lautstark protestiert. »Ich möchte überhaupt nicht –«

An dieser Stelle hatte er gestockt. Er war sich nämlich keineswegs sicher, was er wollte, was Neia ihm gegenüber empfand. Er war sich noch nicht einmal sicher, was er für sie empfand!

Er wusste derzeit anscheinend nur, was ihm nicht gefiel. Und genau deshalb hatte er darauf bestanden, ebenfalls der Vorhut anzugehören, um die aktuelle Risikosituation fortlaufend neu evaluieren zu können. Ethan wäre es zunächst lieber gewesen, er hätte sich der dritten Gruppe angeschlossen, hatte jedoch glücklicherweise nachgegeben.

»Hallo, da seid ihr ja.« Als sie auf die aufgereihten Phantom Fighters zuschritten, blickten Aleah und Celtan – Letzterer wie immer mit seinem Fledermausadler auf der Schulter – lächelnd zu ihnen. Jase, der ebenfalls bei den beiden stand und soeben noch begeistert den Stoff seines neuen nachtschwarzen Kampfanzugs befühlt hatte, schnaubte.

»Ein bisschen Gehopse und Gefuchtel kurz vor dem Abflug, meinst du echt, Neia, dieses Training hat noch irgendwas gebracht?«

Thane lag eine scharfe Ermahnung auf der Zunge. Aber er unterdrückte, was er sagen wollte, weil Neia lediglich unbeeindruckt mit den Schultern zuckte und Celtan sogar grinsend bemerkte: »Ja, dieser Spruch von dir hat ja kommen müssen.«

»Wirklich sooo berechenbar. Ich hoffe, unseren Gegnern wirst du es nicht derart leicht machen, sollten wir auf welche stoßen«, fügte Aleah mit übertriebenem Kopfschütteln hinzu. Daraufhin war Jase erst einmal sprachlos.

Mit deutlich besserer Laune als zuvor gesellte sich Thane zu seinem Bruder, der gerade ein Gespräch mit ihren Hauptpiloten Cazé, Orin und Ceila beendete.

»Alles klar?« Eindringlich musterte Ethan ihn und Thane bejahte. »Unsere vier scheinen inzwischen zu wissen, wie sie miteinander auskommen können. So einigermaßen jedenfalls.«

»Die nächsten Stunden werden entscheiden, ob das *einigermaßen* ausreichend ist.« Ethan stieß einen kurzen Pfiff aus und egal, welche Fracht gerade noch verstaut oder wer mit wem gesprochen hatte, jetzt kamen alle zusammen.

Antoin fehlte natürlich, denn er musste sich zu seinem eigenen Verdruss immer noch von seinen Verletzungen erholen. *Und Brendan ...* Thane knirschte für einen Moment mit den Zähnen. Anschließend beobachtete er, wie sich Aleah, Jase, Celtan und Neia nach einem kurzen Blick untereinander ebenfalls vor Ethan aufreihten.

»Die heutige Aufgabe mag einigen vielleicht simpel erscheinen«, startete Ethan. »Mangelnde Aufmerksamkeit und Vorsicht sind jedoch genau das, was am Gefährlichsten ist!«

Er blickte sie nacheinander intensiv an und selbst Thane vermochte sich nicht aus dem warnenden, autoritären Sog zu lösen, den sein Bruder damit auslöste. »Ich erwarte, dass sämtliche Befehle eingehalten werden! Wir werden genau nach Plan vorgehen, uns nicht ablenken lassen und bei Feindkontakt besonnen, rational und schnell reagieren. Rein und wieder raus, ohne Schwierigkeiten zu provozieren. Und sollten die Schwierigkeiten uns suchen – so werden wir trotzdem einen Weg finden. Viam inveniemus!«

»Viam inveniemus!«, echote es von allen Seiten.

»Für Brendan«, endete Ethan und dieses Mal erfolgte das Echo sogar noch lauter und bestimmter.

»Für Brendan!«

Ethan nickte allen ein letztes Mal zu. Entsprechend ihrer Teamaufteilung kletterten sie nun in die Phantom Fighters. Cazé und Saeva flogen den ersten, mit an Bord Thane, Ethan, Zhou, Ysaak und Kasdy. Als zweites kamen Wilson, Jase, Liu, Celtan, Elian, Aleah, Darian und Neia, deren Maschine von Orin und Jacquine gesteuert wurde. Und schließlich folgten Cam, Sirah, Pax, Abbi und Tobi mit Pilotin Ceila und Rube als Co-Pilot.

Bevor Thane die Schiebetür schloss, ruhte sein Blick für einige Sekunden auf der gepanzerten Außenstahlhülle, hinter der sich Celtan, Jase, Aleah und Neia gerade anschnallen mussten.

Passt auf euch auf!, sandte er ihnen lautlos zu. *Die Welt braucht euch noch. Und ich ...* Neias Abbild erschien vor ihm, wie sie mit blitzenden Augen das Kinn störrisch anhob, um ihn zurück in seine Schranken zu weisen. *Ich brauche dich!*

Mit diesem Gedanken schloss Thane die Tür.

~ x ~

Tausende Kilometer östlich der United Nation, Gebiet der ehemaligen Russländischen Föderation, Security Point »Falcon Base«

Es ist vollbracht! Estelle Calvet sah zu, wie die Klappe des gigantischen Silos behutsam von ihrem Vorarbeiter Alban geschlossen wurde und legte ergriffen eine Hand auf ihr Herz. *So viele Test, so viele Stunden harter Anstrengung, so viele Entbehrungen. Doch nun, endlich –*

Estelle musste husten. Ein schmerzender, trockener Husten, weil sie zu viel von dem wundervollen Gemisch eingeatmet hatte, dessen einzelne Bestandteile unermüdlich und unter den größten Sicherheitsvorkehrungen herangeschafft worden waren.

Ganz am Anfang hatte es Gemunkel unter einer Handvoll Arbeitern gegeben, ob man ihre Gesundheit wohl absichtlich gefährdete, weil keine ausreichende Schutzausrüstung zur Verfügung gestellt worden war. Sie, als Verantwortliche, hatte die entsprechenden Verrückten schnell zum Schweigen gebracht, schließlich waren ihre Behauptungen völliger Quatsch.

Für jeden der hier Anwesenden war es eine große Ehre, an diesem Projekt mitwirken zu dürfen. Die Ressourcen, die dafür aufgewendet worden waren, waren unglaublich. Und deshalb war es nur logisch, dass an anderen Ecken gespart werden musste.

Der Husten würde schon wieder vergehen, ebenso Übelkeit und Erbrechen, unter denen sie nun immer häufiger litt. Aber selbst wenn nicht ... Lächelnd legte Estelle erneut die Hand auf ihr Herz. Sie war gerne bereit zu geben, damit es anderen besser erging. So war sie erzogen worden, es war einer der Grundpfeiler einer perfekt funktionierenden Gesellschaft. Ab und an musste sich jemand opfern, um andere zu retten.

»Erstatte Meldung«, befahl Estelle ihrem Vorarbeiter mit einem kurzen Nicken. »Wir sind bereit.«

Alban gehorchte, trat an ein Terminal und tippte etwas ein. Nur wenig später hob er den Kopf und ein Leuchten trat in seine Augen.

»Wir sind die Ersten«, verkündete er und in seiner Stimme schwang genau jener Stolz mit, wie ihn auch Estelle empfand. »Die anderen werden in den nächsten Tagen so weit sein.«

Die Ersten ... Vor Rührung hätte Estelle fast geweint. *Danke, dass du mich für diese Aufgabe ausgewählt hast! Dass ich mithelfen durfte, eine solche Änderung herbeizuführen.*

Estelle Calvet dachte noch immer an jenen Mann, der dies alles ermöglicht hatte, dessen Name bis in alle Ewigkeit lobgepriesen werden würde, als der Husten erneut einsetzte. Und erst dann wieder endete, als ihre Lippen blau, der Atem gelähmt war. Ohne jeglichen Groll zu verspüren, schloss Estelle die Augen.

Vierundzwanzig

Heizspiral-Wartungstunnel unter den Straßen von City LIV, United Nation

»Meinst du, sie haben etwas gemerkt?« Jase sprach so leise, dass er seine Worte fast selbst nicht mehr hören konnte. Den Gaumen-Sensor, den er bislang getragen hatte, hatte er vor seiner Frage natürlich entfernt. Er barg ihn vorsichtig in seiner Faust, während er langsam über den unebenen Boden kroch.

Es war viel zu stickig und warm in dem engen, unterirdischen Tunnel, in dem sie sich nun bereits seit etlichen Minuten befanden. *Eine kühle Brise wäre jetzt genau das Richtige!*

Celtan, der sich dicht vor ihm befand, stoppte und wandte den Kopf. »Ich glaube nicht«, sagte er schulterzuckend, ohne sich die Mühe zu machen, den Gaumen-Sensor zu entfernen. Weswegen Celtans Stimme auch klar und deutlich in Jase' In-Ear ertönte und alle anderen die Kommunikation ebenfalls mitanhören konnten. »Deine blöden Bemerkungen allerdings ...«

Celtan fixierte ihn eindringlich, als wollte er sagen »Übertreibe es ja nicht!«, bevor er wieder nach vorne sah und Darian folgte. Dessen Gestalt konnte Jase nur schemenhaft im schwachen grünen Licht der Leuchtstäbe erkennen, die in einer Schlaufe an den Anzügen befestigt waren, damit sie die Hände für anderes freihatten.

Übertreiben? Stirnrunzelnd schob sich Jase den Gaumen-Sensor zurück in den Mund. *Was habe ich denn schon groß gesagt?*

Doch nur, dass einer der Phantom Fighters seinem Aussehen nach zu urteilen dringend noch die ein oder andere Reparatur vertragen hätte. Und wie gut der Orientierungssinn aller Missionsteilnehmer im Hinblick auf seinen eigenen war, eine ganz höfliche Nachfrage. Dann hatte er Wilson, der die Reihenfolge innerhalb ihrer Gruppe vorgab, nachdrücklich bestätigt, wie überaus sinnvoll es war, dass er, Jase, *vor* Aleah und Neia die Tunnel passierte.

Gut, vielleicht hatte er das nicht nur sehr nachdrücklich, sondern obendrein auch minimal arrogant gesagt. Aber die Entscheidung hatte schließlich Wilson getroffen, nicht er.

Und dieser klitzekleine Vergleich von Ami mit einer quiekenden Obskuras-Ratte ... Jase musste kurz grinsen. Der Vogel hatte wirklich einen Laut ausgestoßen, der kaum noch wie ein Krächzen klang, als Celtan seinem gefiederten Freund den engen Seitentunnel gezeigt hatte, in den sie vom wesentlich geräumigeren Hauptgang aus abbiegen hatten müssen.

Insgeheim war Jase durchaus beeindruckt, dass der Fledermausadler überhaupt mitgekommen war und stets in Celtans Nähe den Weg entlanghüpfte und flatterte.

Also schön, die Sprüche über Ami lasse ich zukünftig weg! Celtan war diesbezüglich überempfindlich. Und Jase wollte nicht riskieren, dass er sich womöglich nicht an den Schwur hielt, den sie sich vor einigen Stunden gegeben hatten.

»Trödelt nicht!«, erklang Wilsons Stimme mahnend in Jase' Ohr. »Und bitte keine privaten Unterhaltungen mehr. Wir sind gleich da.«

Zum Glück. Jase war zwar keineswegs klaustrophobisch veranlagt, trotzdem war er froh, als er gleich darauf aus dem Tunnel in einen quaderförmigen Wartungsraum klettern konnte, der groß genug war, um die gesamte Gruppe aufzunehmen.

Am gegenüberliegenden Ende gab es eine mannshohe, geschlossene Stahltür: der im Gegensatz zum Kriechtunnel offizielle Durchgang. Ein kreisrundes Gitter lehnte an der Wand, das Ysaak aus Ethans Gruppe gelöst hatte, um ihnen Zutritt zu verschaffen. Die Befestigungsbolzen waren mit einem Lasermetallschneider durchtrennt worden und Jase bezweifelte, dass man das Gitter, ohne verräterische Spuren zu hinterlassen, wieder vor dem Tunnelloch befestigen konnte.

Laut Ethan war das aber auch gar nicht notwendig, weil sie längst alle wieder weg wären, bevor jemand aus der United Nation hier herunterkam.

Alle – oder auch nicht alle ...

»*Für Brendan!*«, erinnerte sich Jase an den grimmigen Ausruf von Ethans Mannschaft vor dem Start.

»Kannst du mal ein Stück zur Seite gehen?«, riss ihn eine genervte Stimme aus seiner Versenkung. Aleah blitzte ihn aus dem Tunnel heraus an und Jase machte ihr hastig Platz. Nach Aleah kamen Neia, Liu und Elian, dann war ihr Trupp komplett.

Celtan studierte bereits interessiert die in die vordere Wand eingelassenen Heiz-Anzeigen und kraulte dabei mit einer Hand Ami, der sich nun wieder auf seiner Schulter befand.

Jase' Aufmerksamkeit richtete sich auf Wilson und Darian, die beide angespannt zu einer Luke in der Decke spähten, welchen man über eine Stahlleiter erreichen konnte.

Sie befanden sich jetzt genau unter der Herstellungsfabrik für Aircraft-Mobile, die sie hatten erreichen wollen. Leider war diese Fabrik gigantisch und sie mussten nahezu das gesamte Gelände überqueren, um die auslieferungsfertigen Fahrzeuge zu erreichen. Da es aber bereits weit nach Mitternacht war, dürfte kein einziger Arbeiter anwesend sein. Was die Patrouillen hingegen anbelangte, wusste Jase nicht genau, ob er sich auf eine Begegnung freuen oder sich lieber wünschen sollte, unentdeckt zu bleiben. Nur zu gerne würde er seinem Vater erneut beweisen, dass er nicht auf seiner Seite stand. Und ein paar niedergestreckte Gardisten wären nur der erste Schritt der Gerechtigkeit, wenn man bedachte, was Cooper und so vielen anderen widerfahren war.

Aber ein Kampf würde Zeit kosten. Und die hatten sie nicht. Als sie sich vor dem Missionsstart noch eine Weile in ihren Betten hatten ausruhen sollen, hatte Aleah nämlich wieder einen verstörenden Albtraum gehabt. Sie hatte sich an nichts mehr erinnern können, als er sie vorsichtig wachgerüttelt hatte. Nur an eine einzige Sache: »Unsere Zeit ist beinahe abgelaufen!«

Das hatte sie wieder und wieder kläglich gerufen, bis er es endlich geschafft hatte, sie einigermaßen zu beruhigen. Aleah war bald darauf wieder eingedöst, eng zusammengerollt und nur durch die Bettdecken getrennt an seine Seite gepresst. Er selbst war jedoch nicht wieder eingeschlafen, sondern hatte noch lange über die kommenden Ereignisse nachgedacht.

In der Luke erschien nun Zhou, der sich zu ihnen hinabbeugte. »Ihr könnt«, erklärte er knapp und verschwand wieder.

»Also dann.« Wilson ergriff eine Sprosse der Leiter. Bevor er sich in die Höhe schwang, ließ er seinen Blick noch einmal über Aleah, Celtan, Neia und Jase wandern. »Wenn ihr jemanden seht, der nicht zu uns gehört, kauert ihr euch sofort hin und überlasst alles andere uns. Keine Sperenzchen, verstanden?«

Der Blick des Lieutenants ruhte dabei eindeutig länger auf Jase als auf den anderen, also nickte er brav.

»Wehe, du lässt mich nur glauben –«, murmelte Wilson, unterbrach sich seufzend selbst und kletterte nach oben.

Ein Gefühl von Zufriedenheit, Genugtuung und auch Stolz stieg in Jase auf. Er hatte seine Fähigkeit in der kurzen Zeit, die ihnen verblieben war, so intensiv wie nur irgendwie möglich trainiert. Bis er schweißgebadet und sein Schädel kurz vorm Explodieren gewesen war.

Fast immer hatten Darian oder Wilson diese Trainingssessions beendet, damit er nicht »seine Gesundheit seinen zu hohen Ambitionen opferte«, wie sie es genannt hatten. Aber es war nicht schlecht gelaufen, wirklich nicht schlecht.

»Er hat schon wieder diesen *speziellen* Ausdruck im Gesicht«, flüsterte Neia Aleah zu, was dank der Com-Vorrichtung trotzdem jeder hörte.

»Welchen speziellen Ausdruck denn?« Drohend starrte Jase die beiden jungen Frauen an, die unschuldig zurücklächelten. »Ach nix.«

»Kein Streit!« Liu und Elian schoben sich entschlossen zwischen sie und unterbrachen somit den Blickkontakt. »Denkt daran, ihr müsst zusammenhalten!«

Für dieses eine Mal ließ Jase es gut sein. Nicht wegen Elians und Lius Tadel, sondern weil Darian und Celtan die Leiter inzwischen ebenfalls bezwungen hatten und somit er selbst an der Reihe war. Er schlang seine Finger um das kalte Metall und zog sich in die Höhe.

»Südöstlicher Quadrant komplett gesichert«, verkündete Kasdy aus der Vorhutgruppe.

»Südwestlicher Quadrant ebenfalls. Keine Menschenseele in Sicht«, ergänzte Zhou.

Wilson und Darian überprüften dennoch erneut akribisch die Umgebung. Bis dahin waren auch die anderen durch die Luke geklettert und auf ein Winken des Lieutenants hin schlichen sie zusammen durch die Anlieferungshalle für Fahrzeugteile.

Rechts türmten sich Felgen und Reifen, links elektronische Bestandteile, dazwischen Karosserien, verschiedene Bottiche mit Lacken und was auch immer.

Als Jase den Kopf wandte, sah er, wie hinter ihnen der dritte Trupp aus der Luke kletterte und sich sofort auffächerte, um ihnen bei Bedarf Rückendeckung geben zu können und den Fluchtweg freizuhalten. Jase konnte nicht erkennen, dass sich die fünf durch irgendwelche Gesten abstimmten und es erklang auch kein einziger Ton von ihnen in den In-Ears. Trotzdem agierten sie, als wären sie eins, eine harmonische Einheit statt eigenwilliger Individuen. Sie machten die gleichen geschmeidigen und zielstrebigen Bewegungen, hatten den gleichen wachsamen und konzentrierte Blick.

Pax als Scharfschütze suchte sich sofort eine erhöhte Position auf einem gigantischen Turm von Aircraft-Mobil-Dächern. Cam und Sirah rannten in geduckter Haltung nach links, Abbi und Tobis synchron nach rechts.

Als hätten sie das schon Tausende Male gemacht ... Jase verzog das Gesicht. *Sie haben es ja auch schon Tausende Male gemacht, du Idiot!* Kopfschüttelnd löste er sich aus seiner Faszination und sah endlich wieder nach vorne. Gerade noch rechtzeitig, um den Schatten zu bemerken, der in rasendem Tempo auf ihn zuhielt.

»Mehrfach gesichert ... keine Menschenseele zu sehen ... oder halt auch nicht!« Das waren die letzten Worte, die durch Jase' Bewusstsein glitten, bevor der Schatten ihn erreichte.

~ X ~

Phantom Point, Sektor Alpha 1.I, Kommandozentrale

»Bei allem nötigen Respekt, General!« Sergeant Xavi Wades Stimme klang alles andere als ruhig und auch seiner steifen

Haltung war überdeutlich anzumerken, wie sehr es in ihm brodelte. »Wir *müssen* uns erneut vor diesem verdammten Außenposten auf die Lauer legen, um herauszufinden –«

Statt eine wiederholte Ablehnung wie in den letzten Tagen zu erteilen, streckte Scarlett Montcroix lediglich die Hand aus und betätigte eine Taste am Hauptkommandopult, woraufhin eine dreidimensionale Projektion in den Raum geworfen wurde.

»Was zur Hölle?!« Wade blieb der Mund offen stehen beim Anblick der Dutzenden, zum Teil grausamst verstümmelten Leichen, die achtlos zwischen schneebedecktem Geröll und Felsen liegen gelassen worden waren.

»Für Fehltritte gibt es nicht den kleinsten Spielraum mehr«, verkündete Scarlett in einem leisen, scharfen Tonfall. »Sergeant, ich weiß Ihr Engagement zu schätzen. Doch wie Sie selbst sehen, müssen einige Entscheidungen neu überdacht, Missionen neu eingeschätzt werden. Nicht nur unser Leben liegt in der Waagschale.«

Wade atmete tief durch. »General, auch wenn das in dieser Form bislang nicht passiert ist, Elcaer ermordet seine eigenen Leute schon seit Jahren und –«

»Aber nicht alle!« Scarletts Tonfall wurde noch schärfer. Am liebsten hätte sie sogar gebrüllt, aber das ging natürlich nicht. Und sie konnte Wade auch nicht sagen, dass sie längst Bescheid wusste, was in der United Nation geschah. Welche Bedeutung dieser Außenposten und noch so viele andere besaßen. Lediglich die genaue Anzahl und die einzelnen Standorte kannte sie nicht, schließlich änderten sich diese immer wieder. Stationen wurden abgerissen, neu gebaut oder zum Teil nur zum Schein betrieben, ohne dass dort etwas Wichtiges vonstattenging.

Im Laufe der Zeit hatte die Human Defence Organization schon einige durch Zufall oder durch gründliches Suchen entdeckt. Und Montcroix' Vorgänger, die nichts um die wahren Hintergründe gewusst hatten, die nicht gewusst hatten, dass es immer noch ein Ersatzposten und ein Ersatz-Ersatzposten und eine Ersatz-Ersatz-Ersatzposten gab, hatten auch ein paar zerstört.

Was absolut keinen Effekt gehabt hatte! Um endlich ein neues Zeitalter einzuläuten, um endlich Elcaers Irrsinn Einhalt zu gebieten, mussten sie diesen Mann und seine Gefolgschaft auf eine Weise besiegen, die anders war als alles, was bislang unternommen worden war.

Das blutige Massaker war eine Nachricht gewesen, eine, die sie sofort verstanden hatte, weil sie diese bereits so oft zu hören bekommen hatte: *Entweder ich und meine auserwählten Nachfolger regieren über die Menschheit oder niemand!*

Ein einziger Knopfdruck – und die Erde wäre leergefegt.

»Wie meinen Sie das? ›Alle‹?« Wades Gesicht hatte einen gräulichen Farbton angenommen und die übrigen anwesenden Soldaten, die bislang stumm ihren Tätigkeiten in der Zentrale nachgekommen waren, blickten nun ebenfalls verstört zu ihnen hinüber. »Magistratspräsident Hosni Elcaer ist ein skrupelloser Tyrann. Aber er würde sicher nicht wegen einer vergleichsweise verschwindend geringen Anzahl an verhassten Widerständlern die gesamte United Nation in Schutt und Asche legen.«

Scarlett seufzte. Und weil sie ohnehin bereits alles auf einen einzigen Trumpf gesetzt hatte, erklärte sie: »Doch. Genau das würde er.«

Und dann sprach sie es aus, was sie vor so vielen Jahren einem einzelnen Menschen anvertraut hatte. Einem Mann, der ihr geraten hatte, dieses Geheimnis zu bewahren und der es selbst mit ins Grab genommen hatte. Ein Mann, der verfügt hatte, dass bei seinem Tod all seine Befugnisse auf sie übergingen. Gunner Steele, der einstige Anführer der Human Defence Organization, der sie zum General gemacht hatte.

»Hosni Elcaer ist nicht nur der Magistratspräsident, Wade. Er ist auch mein Vater. Und Sie haben überhaupt keine Ahnung, *was* er alles zu tun bereit ist! Also hören Sie mir jetzt genau zu: Unser Vorgehen sieht folgendermaßen aus …«

Scarlett redete und je länger sie das tat, desto mehr Farbe kehrte in Wades Gesicht zurück.

»General«, verkündete er schließlich. »Das ist die waghalsigste Strategie, von der ich jemals gehört habe!«

»Und genau deswegen wird sie funktionieren«, erwiderte Scarlett ruhig. Alles, was getan werden musste, hatte sie bereits veranlasst und nun konnten sie nur noch abwarten. Wade nickte langsam. Und die Männer und Frauen in der Zentrale ebenso. Keine Stunde später wusste es bereits die gesamte Basis – die letzte Schlacht hatte begonnen.

Fünfundzwanzig

City LIV, Aircraft-Mobil-Fabrik 9b, United Nation

Celtan konnte nicht anders. Er musste laut loslachen, als Ami so dicht über Jase hinwegglitt, dass seine Krallen dessen Haare zerzausten. Wie verrückt fuchtelte Jase durch die Luft und drehte sich einmal um die eigene Achse, bis er wohl endlich begriff.

»Du verdammtes Mistvieh! Du hast mich erschreckt! Ich dachte schon –«

»Du solltest besser aufpassen«, neckte Celtan ihn. »Hast du denn gar nicht mitbekommen, dass Ami einen Erkundungsflug unternommen hat?«

Immer noch bester Laune kraulte Celtan sanft mit dem Zeigefinger den Kopf seines gefiederten Freundes, der nun wieder auf seiner Schulter gelandet war. Er selbst hatte natürlich gemerkt, dass Ami seine kurze Runde beendete und zurückgeflogen kam. Und er hatte irgendwie auch gespürt, was Ami vorhatte. Der schlaue Fledermausadler hatte nämlich durchaus begriffen, wie Jase sich vorhin im Tunnel über ihn lustig gemacht hatte. War nur fair, sich dafür zu revanchieren.

»Celtan!« Wilson war stehen geblieben und blickte ihn vorwurfsvoll an. Dass Aleah sich im gleichen Tonfall ebenfalls an ihn wandte, macht Celtan seltsamerweise mehr zu schaffen.

»Du hättest Jase vorwarnen sollen! Und sag Ami, dass er diesen Blödsinn gefälligst sein lassen soll. Es reicht, wenn sich einer so kindisch verhält.« Sie nickte zu Jase, der mit den Augen rollte und anschließend ungehalten die Arme vor der Brust verschränkte.

Celtan öffnete den Mund, um sich zu verteidigen, und sagte dann doch nichts. Denn Aleah hatte ja recht. Er hätte Jase warnen sollen. Das hier war bestimmt nicht der richtige Ort und die richtige Zeit, um eine Kränkung auszugleichen.

»Tut mir leid.« Er meinte es wirklich ernst und verstand immer weniger, warum er sich so verhalten hatte. Was, wenn Wilson oder Darian oder einer der anderen durch Jase' Gefuchtel aufgeschreckt worden wäre und auf einen möglichen imaginären Gegner geschossen hätte? Eine ganz üble Kettenreaktion hätte einsetzen können und bei dem Gedanken wurden Celtans Knie weich.

»Entschuldigung«, wiederholte er noch ernsthafter als zuvor. »Es wird nicht wieder vorkommen.«

Er flüsterte Ami zu, er müsse bis zu ihrer Rückkehr in der Basis vorbildlich auf ihn hören. »Es ist mir sehr wichtig!«

Ami neigte kurz den Kopf, dann pickte er nach Celtans Hals und krächzte eine Zustimmung. Jetzt fühlte sich Celtan bereits wieder etwas besser.

»Gut. Wir besprechen das später noch mal. Weiter jetzt!«, bestimmte Wilson und schweigend machten sie sich im schummrigen Licht ihrer Leuchtstäbe wieder auf den Weg zur Auslieferungshalle mit den fertig montierten Fahrzeugen.

Unbehelligt kamen sie dort an. Ethan wartete bereits an der Hallentür auf sie, während sich seine Leute mit erhobenen Phasern zwischen den Aircraft-Mobilen positioniert hatten.

»Sirah und Ysaak haben die Kameras in eine Endlosschleife gelegt und alle Sicherheits-Laserscanner und Sensoren abgestellt. Wir haben noch knapp zwanzig Minuten, bevor das auffallen sollte.«

Der Commander zeigte in die linke, hintere Ecke, wo sich auch sein Bruder befand. »Dort steht das Fahrzeug, auf das sich Montcroix bezogen hat.«

Selbst von der Tür aus konnte Celtan erkennen, wie luxuriös der Wagen war. Er war länger und breiter als die übrigen Aircraft-Mobile und der schneeweiße Lack und die silbernen Beschläge waren so sorgsam poliert worden, dass Thanes Silhouette sich darin spiegelte. Ein ganz besonderes Fahrzeug für einen ganz besonderen Mann.

»Aleah, bereit?«

Aleah bejahte und zog einen hübschen, schmalen Goldring aus der Tasche, den sie von Montcroix erhalten hatte. »Legt ihn auf die Rückbank«, hatte sie gefordert. »Das ist alles.«

Aleah lief los, mit Wilson dicht an ihrer Seite. Neia scharrte nervös mit ihrem Fuß über den Boden und Celtan legte ihr beruhigend eine Hand auf den Arm.

»Ich wüsste wirklich zu gerne, warum Montcroix ausgerechnet jetzt Elcaer diesen Ring zukommen lassen will«, murmelte Neia.

»Es hat auf jeden Fall nichts mit ihrer einstigen Verlobung mit dem Magistratspräsident zu tun.« Jase zuckte die Schultern. »Das hatte ich sie ja gefragt.«

Das stimmt. Celtan ging in Gedanken nochmals das Gespräch durch, das sie am Morgen vor dem Einsatz mit General Montcroix geführt hatten. Schnaubend hatte sie Jase erklärt, dass es bei dieser Mission mit Sicherheit nicht darum gehe, dass sie mal Elcaers Geliebte gewesen sei. Sondern es ging um die Verhinderung von Leid. Um eine Warnung, eine Drohung, ein Versprechen: »Es gibt etwas, wonach sich alle Menschen sehnen. Und ich möchte, dass sie es erhalten!«

Montcroix hatte sich ein hohes Ziel gesteckt, wenn sie der Welt wirklich Frieden schenken wollte. Aber Jase hatte später bestätigt, sie hätte die Wahrheit gesagt.

Allerdings ... Celtan seufzte innerlich. Aleah hatte ihnen verraten, dass sie einmal im Traum gesehen hatte, wie Elcaer genau diesen Ring Montcroix überreichte. Also was? Irrte sich Jase? Oder Aleah? Oder sie beide? Es war alles so verdammt verzwickt!

Celtan schielte zu Aleah. Diese hatte nun das Fahrzeug erreicht. Thane sagte etwas zu ihr und öffnete anschließend die hintere Wagentür. Aleah krabbelte halb ins Innere, um den Ring auf der Rückbank zu platzieren.

Das tat sie für Montcroix. Aber dann tat sie noch etwas. Wie beiläufig streiften ihre Finger beim Aussteigen den inneren Türgriff und Celtan hielt den Atem an. Genau wie Neia. Und genau wie Jase. Sie alle starrten wie gebannt zu Aleah. Es war nicht hell genug, um zu erkennen, ob sie den kleinen versteckten Knopf tatsächlich gedrückt hatte.

Einen Knopf, von dem nur Mitglieder des Magistrats wussten. Thane und Wilson schienen jedenfalls nichts aufgefallen zu sein, denn mit einem gedämpften Lachen warfen sie die Wagentür zurück ins Schloss und kehrten zusammen mit Aleah zu ihnen zurück. Deren Miene war wie versteinert. Celtan vermutete, dass sie als Urteilsfällerin bereits eine ganze Reihe schwierigere Entscheidungen hatte treffen müssen. Und die jetzige zählte gewiss dazu. Er hätte es sehr gut verstanden, wenn Aleah es doch nicht getan hätte. Er selbst hätte zumindest noch einmal gezögert, auch wenn er ihren Schwur ja ebenfalls geleistet hatte.

»Sehen wir zu, dass wir wieder von hier wegkommen!«, wandte sich Thane an seinen Bruder und seine Bitte klang so merkwürdig eindringlich, dass Celtan kurz zusammenzuckte.

»Was ist?«, wollte Liu sofort von ihm wissen und ihre mandelförmigen Augen verengten sich misstrauisch.

»Äh ... nichts?«

Leider war er im Lügen nicht mal ansatzweise so begabt wie Jase. Liu wollte schon erneut nachhaken, als Ethan sie unterbrach.

»Ihr zuerst. Wir folgen euch wie besprochen.«

Darian und Wilson setzten sich erneut ganz an die Spitze, danach kamen Jase, Celtan, Neia und Aleah.

Jase knetete angespannt seine Finger und auch Neia wurde offenkundig von der unausgesprochenen Frage geplagt, Aleah gab ihnen allerdings noch immer keine Antwort. Was natürlich auch sehr blöd gewesen wäre, schließlich marschierten Liu und Elian dicht hinter ihnen und ihre Blicke waren noch wachsamer als auf dem Hinweg.

Sie passierten einen rechtwinkligen Gang, huschten an einigen leeren Verwaltungs- und Pausenräumen vorüber und verließen das Gebäude, um geduckt über das offene Gelände zum nächsten Gebäude zu rennen. Dort erwarteten sie riesige Roboterarme, lange Stahlketten, die von den Decken hingen, und Förderbänder, so weit das Auge reichte.

In der nächsten Halle wurde tagsüber lackiert und es stank fürchterlich nach frischer Farbe. Aber auch diese Halle hatten sie bald hinter sich gelassen.

Als sie sich schon wieder ganz in der Nähe der Luke zu den unterirdischen Heizspiraltunneln befanden, hatte sich Celtans Herzschlag allmählich wieder beruhigt. Irgendwie war er ganz froh–

»Wir haben Gesellschaft!«, brüllte in diesem Moment jemand – Zhou? – und Celtan wurde eiskalt.

»Wo?« Wilson blieb beneidenswert gelassen, während Darian sofort dafür sorgte, dass Jase, Aleah, Celtan und Neia bei einem Stützpfeiler Deckung suchten. Zusammen mit Elian und Liu bildete er einen schützenden Ring um sie.

»Sie kommen von Norden«, meldete Zhou grimmig.

»Ich sehe auch zwei ... nein, drei ... vier. Schnelle Annäherung von Osten.«

»Schlechte Nachrichten«, mischte sich jetzt auch Cam ein, die mit ihrem Team ja den Rückweg hatte sichern sollen. »Wir kriegen auch gleich Besuch.«

Sie kommen aus allen Richtungen! Celtan spürte ein Schaudern, das immer heftiger wurde. Er sah hastig zu Neia und Jase und dann nach rechts zu Aleah, die seinem Blick nicht auswich.

»Was haben wir getan?«, fragte er heißer, weil es inzwischen auch vollkommen egal war, wenn jemand aus Ethans Mannschaft sie hörte. »Aleah, was haben wir nur getan?«

Dieses Mal antwortete sie sofort und mit großem Nachdruck in der Stimme. »Das Richtige!«

Zeitgleich zu ihren Worten ertönte das Zischen des ersten Phaserstrahls.

~ X ~

City VIII, United Nation, Observatorium »Dix-Neuf«

Ismael lag auf der kalten Stahlpritsche und versuchte zu schlafen. Vergeblich. Es war zu kalt und er hatte Schmerzen. Mit Absicht. Weil Mrs Reynolds das so wollte.

All seine Empfindungen wurden aufgenommen, gespeichert auf kleinen Microchips, um jemand anderen intelligenter zu machen. Jemanden, in dessen Brust kein Herz schlug, der nicht bluten konnte und nicht weinen. Der nicht lebte.

»Noch leben sie nicht«, hatte Mrs Reynolds ihm und seinen Freunden mit strahlenden Augen erklärt, als sie ihnen voller Stolz einen Blick auf jene Maschinen gewährt hatte, die aussahen wie sie selbst. Wie Kinder.

Synthetische Haut und Haare und sogar an Fingernägel und Wimpern waren gedacht worden. Die Roboter hatten sich nicht bewegt und ihre Augen waren geschlossen gewesen.

»Wenn sie bald erwachen – dann werden sie leben!« Mrs Reynolds hatte vorfreudig in die Hände geklatscht. Das furchtbarste Geräusch, das Ismael jemals in seinem Leben gehört hatte. Wobei er das auch schon gedacht hatte, als sein bester Freund Thabit zu Tode gepeitscht worden war. Zu Forschungszwecken. Um irgendwelche Werte zu regenerativen Eigenschaften festzustellen.

Und das Geräusch der Säge ... Ismael warf sich erschaudernd herum und fiel dabei von der Pritsche, weil er sich nicht mehr rechtzeitig genug abstützen konnte. Stöhnend blieb er auf dem Boden liegen. Seine Hände reagierten einfach zu langsam. Früher hatten sie das nicht getan. Mit seinen Fingerfertigkeiten hatte er alle beeindruckt. Zum Beispiel als er einer Lehrerin unbemerkt die Schlüsselkarte aus der Brusttasche ihres Anzugs geklaut hatte.

Ein gedämpftes Weinen erklang. Ismael hob den Kopf, blickte durch die Scheibe in das gläserne Gefängnis neben dem seinen. Nona saß im Schneidersitz auf ihrer Pritsche, den Kopf gesenkt und ihre Schultern bebten. Sie war acht, genauso alt wie er selbst, aber wesentlich kleiner und schmächtiger.

»Bei ihr ist nicht nur im Hinblick auf die Psyche alles schiefgelaufen, was nur schieflaufen kann!«, hatte Ismael einmal verächtlich einen der Ärzte sagen hören, von denen sie jahrelang tagtäglich untersucht worden waren.

Ismael hatte nicht verstanden, was sie damit gemeint hatten. Für ihn war Nona das hübscheste und schlauste Mädchen überhaupt. Sie wusste immer, wenn sich das Wetter änderte oder ein Eissturm heranzog. Sie hatte für jeden Käfer und jedes Insekt, das durch eine Ritze in ihre Schule eingedrungen war, einen Namen gehabt, denn sie liebte Tiere über alles. Sie konnte tanzen, dass jedem anderen bereits vom bloßen Zusehen schwindelig wurde. Nur ihm nicht. Und wenn Nona lächelte ...

Ismael verdrängte den Gedanken an das warme Gefühl, das er jedes Mal in einem solchen Augenblick verspürt hatte. Gelächelt hatte Nona schließlich schon eine ganze Weile nicht mehr. Nicht mehr, seit einer ihrer Erzieher lapidar verkündet hatte, sie könnten sich glücklich schätzen, denn ihre Ausbildung wäre nun abgeschlossen und sie dürften ab sofort für eine brillante Wissenschaftlerin arbeiten.

»Hey, Nona.« Ismael erhob sich und ließ sich direkt vor der Glasscheibe und Nonas Pritsche wieder auf dem Boden nieder. »Was ist los?«

»Ich ... ich ...« Nona stockte, doch dann strich sie ihre Haare zur Seite und sah ihn an. Auch sie rutschte dichter an die Scheibe, sodass ihre Knie gegen das Glas stießen. »Bald bin ich an der Reihe. Und ich habe solche Angst!«

»Brauchst du nicht!« Die Worte verließen Ismaels Mund wie von alleine, noch bevor er sie hätte zurückhalten können, weil sie nicht den geringsten Sinn ergaben. Denn es würde wehtun, es würde entsetzlich sein! Es tat ja immer noch weh und war immer noch entsetzlich.

»Man gewöhnt sich daran.« Ismael konnte Nona nicht in die Augen sehen, als er das sagte.

»Wirklich?«, fragte sie leise.

Einen Moment lang herrschte Stille.

»Nein«, gab Ismael schließlich zu und sah Nona wieder fest an. »Aber du wirst wieder tanzen können. Das verspreche ich dir! Egal wie sehr sie an deinen Beinen interessiert sind – eines Tages wirst du wieder tanzen!«

Er hatte immer lauter und heftiger gesprochen. Jetzt hob Ismael seine Hand und presste sie fest an die kühle Glasscheibe. Und Nona legte ihre von der anderen Seite dagegen.

Jetzt berührten sie sich beinahe. Ihre Hand, so klein und zart. Und seine. Künstliche, silbrige Finger, voller Drähte und verheerender Technik.

Sechsundzwanzig

City LIV, Aircraft-Mobil-Fabrik 9b, United Nation

»Aleah, runter!«

Gerade noch rechtzeitig gehorchte Aleah Darians gebrüllter Warnung und duckte sich. Sie warf einen Blick zurück, sah Elian, der fluchte und sich auf die Knie hatte fallen lassen, um zwei schwarz gewandete Schatten ins Visier zu nehmen. Dort, wo sich soeben noch ihr Kopf befunden hatte, prangte ein großer, verkohlter Fleck an der Hallenwand.

Aleah erschauderte. *Das war verdammt knapp ...*

»Weiter!« Darian packte ihre Hand und Aleah unterdrückte ein schmerzvolles Aufkeuchen. Gebückt rannten sie los, im Zickzackkurs, um für ihre Verfolger ein schwierigeres Ziel abzugeben.

Schreie, Phaserstrahlen, Rauch, Schweiß, Dreck und Flammen – Aleah hatte wirklich nicht mit einem solch mörderischen Chaos gerechnet, mit einem so raschen und zahlreichen Aufgebot an feindlichen Sicherheitskräften. Klar, wenn der Magistratspräsident wirklich in Gefahr wäre, dann hätte sie das ja verstehen können. Aber er war doch noch nicht einmal in der Nähe gewesen, als sie den Alarmknopf in seinem protzigen Mobil betätigt hatte!

Für ihr Vorhaben wäre ein einziger patrouillierender Gardist, der nachts das Gelände im Auge behielt und durch den stillen Alarm herbeigeeilt kam, mehr als ausgereichend gewesen. Jetzt überschlugen sich Aleahs Gedanken, ob überhaupt noch eine Chance bestand, ihren Plan in die Tat umzusetzen. Sie wusste nicht einmal, wo die anderen derzeit waren.

Sie hatten ihre ursprüngliche Position verlassen müssen, als plötzlich Rauch- und Blendgranaten auf sie zugeflogen waren. Liu hatte sich Celtan gekrallt und war davongesprintet, Wilson mit Jase und an Neias Seite war unvermittelt Thane aufgetaucht. Vor lauter Husten und tränenden Augen hatte Aleah nicht mitbekommen, wohin sie verschwunden waren. Darian und Elian waren bei ihr geblieben und hatten sie aus dem schlimmsten Rauch herausgeführt, aber noch immer brannten Aleahs Augen und ihre Lunge.

Ist jemand ernsthaft verletzt? Bis jetzt hatte Aleah nichts Entsprechendes gesehen oder gehört, aber für einen kurzen Moment schien ihr schlechtes Gewissen sie schier zu überwältigen. Aber dann besann sie sich wieder. Wie sie bereits Celtan gesagt hatte: Sie hatten das Richtige getan.

Ethan und seine Leute waren Soldaten, hatten immer um das Risiko gewusst, das mit ihrem Job einherging, und konnten sich selbst schützen. Die meisten Menschen in der United Nation vermochten das jedoch nicht.

»Aleah, zurück in den Tunnel!« Darian schubste sie durch eine letzte Rauchwolke und überrascht stellte Aleah fest, dass die Bodenluke, durch die sie ursprünglich in die Anlieferungshalle geklettert waren, direkt vor ihnen lag.

Auch Neia und Celtan konnte sie nun aus den Augenwinkeln erkennen und in der Luke verschwand soeben Abbi, deren stachelige Kurzhaarfrisur selbst im düstersten Licht unverkennbar war. Aleah machte noch einen einzelnen Schritt, bevor der Boden derart heftig erschüttert wurde, als würde die gesamte Welt zerspringen.

Was ...?! Aleah schrie, stürzte und kauerte sich panisch zusammen. Irgendwo zerbarst Glas und es scheppterte und krachte bedrohlich. Fahrzeugteile wurden durch die Luft geschleudert, sorgsam errichtete Stapel wurden zu tödlichen Lawinen.

Scheiße! Im allerletzten Moment konnte Aleah sich zur Seite rollen, bevor Hunderte von Reifen sie unter sich begruben. Sie ratschte sich die Knie und ihren Handrücken auf und schmeckte Blut, weil sie sich auf die Innenseite ihrer Wange gebissen hatte.

Noch ein zweites Mal erbebte die Erde, ein Teil der Wand explodierte und das Hallendach verschob sich bedenklich unter lautem Quietschen.

Fassungslos rieb sich Aleah über ihr dreckiges Gesicht und starrte nach draußen auf das Fabrikgelände. Wenn sie das hier drinnen schon für die Hölle gehalten hatte – da draußen tobte sie wirklich! Unzählige Feuer waren ausgebrochen, Trümmer lagen überall herum und ganze Gebäude waren in sich zusammengesackt. Was diese katastrophale Zerstörung verursacht hatte, wurde Aleah sofort klar, als sie durch das kaputte Hallendach ein fliegendes, metallisches Ungetüm erspähte. Ein Kampfhubschrauber der Garde.

Jetzt drehte er ab, als ihm ein zweiter Hubschrauber gefährlich nahe kam, der unermüdlich Laserstrahlen in seine Richtung abfeuerte.

»Hier spricht Cazé, wir versuchen, euch diese lästigen Raketen vom Hals zu halten, und versuchen auch zu verhindern, dass euch gleich zehn Tonnen Metallschrott auf den Kopf krachen! Aber macht, dass ihr von da wegkommt! Vermutlich kreuzen bald noch mehr von diesen beschissenen Gardehubschraubern auf!«

Jemand von Ethans Leuten antwortete dem Piloten des Phantom Fighters, doch Aleah blieb keine Zeit zuzuhören. Der Kampf in der Halle ging bereits in die nächste Runde. Und leider hatten die Explosionen die anwesenden Gardisten weit weniger aus dem Gleichgewicht gebracht als die Rebellen.

Aleah konnte weder Wilson noch Darian, Elian oder sonst wen entdecken. Dafür stürmten gleich zwei der Männer auf sie zu, die vor noch nicht allzu langer Zeit ihre Urteile der Stufe neunzehn und zwanzig vollstreckt hatten. Einer von ihnen hatte eine Glatze, der andere stechend eisgraue Augen. Ihre Anzüge wirkten ramponiert und der mit den stechenden Augen hatte sogar eine blutige Wunde an der Stirn. Offenbar hatten sie bereits reichlich gekämpft und vermutlich war das auch der Grund, warum sie keine Phaser mehr in der Hand hielten. Verloren im Eifer des Gefechts.

Leider waren sie von einer lähmenden Erschöpfung noch weit entfernt. Im Gegenteil, die Schritte der Gardisten wurden zunehmend schneller. Instinktiv griff Aleah nach einer spitzen Metallstange und sprang mit klopfendem Herzen auf.

Halte dich an das, was du gelernt hast!, sprach sie sich selbst Mut zu. *Stabiler Stand. Nicht in Panik verfallen. Auf keinen Fall jetzt noch wegrennen und diesen Kerlen den ungeschützten Rücken zuwenden.*

In diesem Moment stieß sich der glatzköpfige Gardist vom Boden ab, machte einen riesigen Satz und landete direkt vor Aleah.

Sie schlug sofort mit der Stange nach ihm, die er jedoch mit seinem Unterarm abblockte. Aleah schlug erneut zu, so fest, wie sie nur konnte. Wieder blockte der Gardist die Stange ab. Zumindest ein klein bisschen musste das ja schon wehtun, aber er verzog nicht im Geringsten die Miene.

Aleah versuchte es ein drittes Mal, doch ihr wurde die Stange aus der Hand gerissen, noch bevor sie die Bewegung vollendet hatte. Eine Faust donnerte auf sie zu und es war schieres Glück, dass sie in genau die richtige Richtung auswich und nicht getroffen wurde.

Wild entschlossen, nicht aufzugeben, trat Aleah gegen das Schienbein ihres Gegenübers und bückte sich gleichzeitig, um eine Handvoll Dreck aufzuheben. Blitzschnell richtete sie sich wieder auf und schleuderte den Staub und die Metallsplitter mitten in das Gesicht des Gardisten.

Und endlich – er zeigte eine Reaktion. Er blinzelte. Zurück wich er jedoch nicht. Er hob noch nicht einmal die Hand, um den Dreck aus den Augen zu wischen. Stattdessen lächelte er kalt. Im selben Moment spürte Aleah die Mündung eines Phasers an ihrer Schläfe und alles in ihr erstarrte.

»Zeit zu sterben, Verräterin«, raunte jemand in ihr Ohr. »Noch letzte Worte der Reue, für das, was du getan hast?«

Es ist vorbei!, schoss es Aleah durch den Kopf. *Du wolltest unbedingt für dich selbst denken. Für dich selbst entscheiden. Und das ist nun das Ergebnis ...*

Trotzdem fühlte sie sich seltsamerweise nicht traurig. Und sie hatte auch keine Angst. Denn sie würde nicht als eine Person sterben, wie andere sie gerne geformt hätten. Sondern so, wie sie eben war.

Aleah erwiderte das Lächeln des glatzköpfigen Gardisten. Da erklangen weitere Worte in ihrem Ohr. Sie wurde vollkommen steif, hörte sogar auf zu atmen. Wilson hatte sie das trainieren lassen, wieder und wieder und wieder.

»Wehe, einer von euch zappelt!« Aleah sah Wilsons strenge Blicke förmlich vor sich, mit denen er Neia, Celtan, Jase und sie gemustert hatte. Kein kitzelndes Haar hatte er als Ausrede gelten lassen, kein überraschender Laut von außerhalb des SmartCubes und auch keinen eingeschlafenen Fuß.

»Also keine letzten Wor–«

Das Zischen eines Phaserstrahls erklang und die Hitze versenkte einige von Aleahs Nackenhaaren. Sie sprang zur Seite, als Darian sich auch schon auf den glatzköpfigen Gardisten ihr gegenüber stürzte.

»Guter Schuss, Pax!«, lobte Thane grinsend, der mit seinem Bruder hinter einem Schrottberg hervortrat. Bei ihnen waren Celtan, Neia und Jase.

»Du hast den Befehl perfekt umgesetzt!« Ethan lächelte Aleah lobend zu und wirkte äußerlich vollkommen gelassen, obwohl hinter dem Grün seiner Augen wieder mal ein gigantischer Sturm zu toben schien. »Ein winziges Zucken und du wärst womöglich getroffen worden. Oder dieses Arschloch hätte es doch noch geschafft abzudrücken.«

Für eine einzelne Sekunde verspürte Aleah den Impuls, zu Ethan zu gehen und ihm zu versichern, dass ihr nichts geschehen war. Als ob es ihm wichtig wäre, das zu hören, obwohl er es bereits sehen konnte.

Sie starrte jenen Mann an, der sie hatte töten wollen und nun an ihrer statt leblos auf dem Boden lag. Dann straffte sie sich und verdrängte das Gefühl, Ethan könnte vieles von dem, was er in den vergangenen Tagen zu ihr gesagt hatte, womöglich doch ernst gemeint haben. Fragend blickte sie zu Neia. Die Augen der jungen Frau weiteten sich kurz, aber anschließend nickte sie umso nachdrücklicher. Sie hatte ihre Meinung nicht geändert. Und deswegen ...

»Bringt ihn ja nicht um!« Rasch wandte sich Aleah Darian und dem glatzköpfigen Gardisten zu, die miteinander gerungen hatten. Allerdings nur für einen flüchtigen Augenblick, bis der rote Zielerfassungspunkt von Pax' Phaser auf der Brust des Gardisten erschienen war und der Mann sich wohlweislich nicht mehr gerührt hatte.

»Aleah, hör zu.« Ethan machte einen Schritt in ihre Richtung. »Ich weiß, das alles hier ist furchtbar gelaufen. Das Schlimmste habt ihr jedoch überstanden! Wir können nicht zurück in den

Wartungsschacht, aber Wilson, Elian und Liu haben bereits einen Weg nach draußen gesichert.«

Er zeigte zu dem Loch in der Hallenwand. »Nicht weit von uns sind Orin und Ceila mit den Phantom Fighters gelandet. Außerdem haben es Zhou, Kasdy und Cam geschafft, einige Einstürze zu verursachen, sodass die meisten Durchgänge blockiert sind und wir etwas Zeit gewonnen haben. Wir müssen jetzt aber trotzdem sofort los! Und diesen Kerl werden wir keinesfalls mitnehmen. Und wir können auch nicht zulassen, dass er Guerrez Informationen über uns liefert!«

Er machte eine Geste mit der Hand und Aleah brüllte verzweifelt auf. »Nein! Nicht!«

Zu spät. Pax schoss.

Einen halben Meter daneben.

»Scheiße ... Was ...? Wo kommt denn dieser verdammte Vogel her?! Ich kann nicht zielen, wenn er mir um den Kopf flattert«, ertönte Pax aufgebrachte Stimme in Aleahs In-Ear, während Celtan gleichzeitig zufrieden grinste.

Keine Ahnung, wie es ihm gelungen war, Ami zu Pax zu schicken. Sie selbst hatte die Abwesenheit des Fledermausadlers gar nicht bewusst wahrgenommen, aber es war nur logisch, dass er sich nicht weit entfernt hatte.

Der glatzköpfige Gardist wartete keinen weiteren Schussversuch ab und griff umgehend wieder Darian an. Eine Messerklinge blitzte bedrohlich in seiner Hand auf, aus welcher Tasche auch immer er so plötzlich diese Waffe gezogen hatte. Darian reagierte blitzschnell und tauchte unter dem Hieb hinweg, was ihm vermutlich das Augenlicht rettete. Trotzdem klaffte auf seiner Wange nun ein langer Schnitt auf.

Schockiert starrte Aleah auf das herausperlende Blut, während der Gardist bereits erneut ausholte.

Er war unglaublich flink in all seinen Bewegungen. Aber es gab jemand, der sich noch rasanter bewegte – Jase. Eben hatte er noch hinter Aleah gestanden, jetzt überwand er den Abstand innerhalb eines Wimpernschlags und boxte dem Gardisten kräftig in die Nierengegend. Dieser drehte sich zwar noch weg, konnte allerdings nicht komplett ausweichen, weil Darian seine ersten Angriffe bereits mit einem Faustschlag konterte und er diesem ebenfalls ausweichen musste.

Mit einem Knurren kommentierte er den höchstwahrscheinlich nicht unerheblichen Schmerz, rammte sein Knie in Darians Unterleib und zielte parallel dazu mit der Messerklinge nach Jase' Hals. Es waren erneut so viele präzise und rasante Bewegungen gleichzeitig, dass Aleah gar nicht alle richtig wahrnehmen konnte.

Dieser Gardist war ein fantastischer Kämpfer! Aber Jase und Darian waren es ebenfalls. Geschickt tänzelten sie vor und zurück, bedrängten den Gardisten abwechselnd oder gemeinsam und setzten ihm mehr und mehr zu. Und als sich Ethan nun ebenfalls mit einmischte, hatten sie den Mann gleich darauf entwaffnet und überwältigt. Sie drückten den Gardisten bäuchlings zu Boden, Ethan fixierte seine Beine, Darian hielt seine Arme fest und Jase hockte sich vor seinen Kopf, sodass er dem Mann direkt in die Augen sehen konnte.

»Danke. Das war knapp.« Darian blickte ernst zu Jase, wohingegen Ethan sich scharf erkundigte: »Was soll das eigentlich werden?«

»Wir müssen endlich los!«, drängte nun auch Thane und griff entschieden nach Neias Hand. »Wir verstehen, wie schwer es euch fällt zu sehen, wie jemand stirbt, selbst wenn es diese –«

»Darum geht es überhaupt nicht!« Aleah sprach schnell und überaus eindringlich, um zu verhindern, dass sie die letzte Gelegenheit verloren, die sie noch hatten. »Es geht darum, dass dieser Gardist leben muss. Denn er wird Neia mitnehmen. Sie wird wieder eine Bürgerin der United Nation.«

»Ihr seid verrückt!«, entfuhr es Thane und Aleah bemerkte, wie sich der Druck seiner Finger um Neias Hand verstärkte. »Wir hatten das besprochen! Sie würde sofort eliminiert werden.«

»Nicht, wenn ich diesen Idioten überzeugen kann, dass es besser ist, wenn Neia lebt«, verkündete Jase und starrte den Gardisten noch intensiver an als zuvor.

»So ist es doch, nicht wahr? Dir wurde befohlen, uns in Ruhe zu lassen. Und Neia um jeden Preis zu schützen und unversehrt nach City Zero zurückzubringen. Das ist deine Order – kämpfe nicht mehr gegen uns! Schütze Neia! Bringe sie zurück in ihr Zuhause! *SCHÜTZE NEIA!*«

Der Gardist schwieg, wirkte zunächst spöttisch, aber dann urplötzlich verwirrt.

»Wir erklären euch später, was genau wir uns dabei gedacht haben«, bemerkte Aleah, während Jase seine Worte in einem hypnotischen Klang wieder und wieder aufsagte. Und weil er zwar hoffentlich mit seiner neu entdeckten Fähigkeit diesen einen Mann beeinflussen konnte, es jedoch keinesfalls funktionieren würde, wenn gleich eine ganze Horde Gardisten aufkreuzte, ergänzte sie hastig: »Ihr habt recht, wir müssen jetzt unbedingt hier weg! Es ist Neias freier Wille zu bleiben, sie weiß, dass ihre Chancen verschwindend gering sind. Trotzdem möchte sie probieren, wieder eine Magistratin zu werden. Sie wird Elcaer um Verzeihung für ihre Fehler bitten. Keinesfalls wird sie mit uns nach Phantom Point zurückkehren.«

»Und ob sie das wird!« Thane hatte noch nie so wütend ausgesehen. Es schossen förmlich Blitze aus seinen nachtschwarzen Augen und er bebte am gesamten Körper. Auch Ethan wollte etwas sagen, aber sein Bruder ließ ihn nicht sprechen.

»Es ist unmöglich, dass Neia wieder eine Magistratin wird! Sie hat keine ›verschwindend geringe Chance‹, sondern überhaupt keine! Elcaer ist kein wohlwollender Mann, sondern ein Monster und wird ihr niemals ihren vermeintlichen Verrat vergeben. Ihr müsst diese tödlich naive Einstellung endlich ablegen.« Hart fixierte er Neia. »*Du* musst diese Einstellung endlich ablegen!«

»Weißt du nicht mehr?«, fragte Neia sanft. »Wir waren schon mal in einer fast identischen Situation. Gardisten, Rauch, Feuer, ein demoliertes Gebäude … Damals hast du mich gebeten, dir zu vertrauen. Jetzt bitte ich dich, mir zu vertrauen.«

»Aber –«

»Shel Silverstein«, unterbrach Neia Thanes Einwand mit einem Namen, den Aleah noch nie gehört hatte. Aber Thane kannte ihn offenbar, denn er presste seine Lippen zu einem schmalen Strich zusammen. Und Neia rezitierte ein Gedicht:

»›*Listen to the MUSTN'TS, child,*
Listen to the DON'TS.
Listen to the SHOULDN'TS
The IMPOSSIBLES, the WONT'S.
Listen to the NEVER HAVES
Then listen close to me –
Anything can happen, child,
Anything can be!‹«

Sie löste ihre Hand aus Thanes. »Alles ist möglich«, wiederholte sie. »Und entweder ihr lasst mich jetzt gehen oder ihr müsst mich für alle Zeiten einsperren. Ich werde nämlich niemals aufgeben, um zu entkommen und das zu tun, woran ich mit aller Macht glaube!«

»Mich müsst ihr dann ebenfalls einsperren«, sagte Aleah in einem festen Tonfall und trat einen Schritt nach vorne.

»Und mich ebenfalls.« Celtan stieß einen grellen Pfiff aus und wenige Sekunden später landete Ami elegant auf seinen Schultern und faltete die Flügel zusammen.

»Für mich gilt das Gleiche.« Jase erhob sich vom Boden. »Ich denke, ihr könnt ihn jetzt loslassen.«

Ethan murmelte etwas Unverständliches, das wie ein Fluch klang, bedeutete Darian aber, den Gardisten loszulassen. Aleah hätte sich vor lauter Anspannung fast erneut auf die Innenseite ihrer Wange gebissen. Langsam und unter höchst wachsamen Blicken erhob sich der Gardist. Er starrte in die Runde, und zwar alles andere als freundlich. Aber er griff sie nicht an.

»Ich sage es ja nur ungern«, vermeldete Zhou in dieser Sekunde. »Die Trümmer, die wir im Auge behalten sollten, wackeln allerdings bedenklich. Schätze, hier werden gleich ein paar übelst gelaunte Scruniskäfer durchbrechen.«

»Ethan.« Thane blickte beschwörend zu seinem Bruder. Dieser blickte genauso beschwörend zurück und schüttelte den Kopf. »Nein. Wir gehen jetzt.«

»Wie lange hält dieser Zauber noch mal an?«, raunte Celtan Jase zu, der inzwischen wieder neben ihn getreten war.

»Lange genug!«, erklärte Jase vollkommen überzeugt. »Mindestens ...« Er legte den Kopf schief und wurde wohl doch unsicher. »Nun ja, dieser Kerl wird ja höchstens ein Minütchen oder so von seinen eigenen Kollegen aufgehalten werden, oder? Er hat zwar eine gesuchte Rebellin dabei und wenn er etwas gefragt wird, redet er vermutlich ziemlich wirres Zeug, und –«

»Ethan!« Thane ballte die Fäuste und seine Atmung verlief derart abgehackt, dass es sogar Aleah hören konnte.

»Ich sagte *Nein*.«

Und bei dieser Antwort blieb es.

Siebenundzwanzig

Tote Zone, Ausläufer der Rocky Mountains, etwa hundert Kilometer von Phantom Point entfernt

Es wurde der längste Rückflug seines Lebens. Und das lag keineswegs an ihren hartnäckigen Verfolgern, die sie nur mit größter Mühe hatten abschütteln können.

Schweigend saß Ethan Travis auf seinem Platz und starrte in die Dunkelheit nach draußen. Jetzt war alles friedlich, keine Geschosse heulten mehr durch die Nacht, keine rauchenden Schluchten galt es mehr zu durchqueren und rasante Kamikazeausweichmanöver waren ebenfalls nicht mehr notwendig.

Aleah hatte schon vor einer ganzen Weile zu reden aufgehört und auch sonst sagte niemand etwas. Alle schienen auf seine Reaktion zu warten. Doch obwohl Hunderte Fragen durch Ethans Geist hätten schwirren sollen, fiel ihm nur eine einzige ein. Und schließlich stellte er sie.

»Warum hast du mir nicht früher gesagt, was ihr vorhabt?«

Er wünschte es sich so sehr, er hätte Aleah davon abhalten können, diesen vermaledeiten Alarmknopf zu drücken. Sie hatte nichts in ihrer Erzählung zurückgehalten, hatte die Verantwortung an all dem, was geschehen war, sofort auf sich genommen. Aber sie wusste noch nicht, was er wusste.

Als das Fabrikgelände unter Beschuss geraten war, hatte das nicht nur die Halle in ihren Grundfesten erschüttert. Sondern es waren auch die darunterliegenden Tunnel eingestürzt. Dieser Phantom Fighter war zwar voll besetzt, aber sie hatten nun ein weiteres Mitglied ihres Teams zu beklagen. Abbi. Sie hatte es nicht mehr rechtzeitig genug aus dem Wartungsschacht herausgeschafft.

Tobis und Sirah waren fix und fertig, weil sie sich zwar gerade noch rechtzeitig durch den engen Tunnel hatten retten können, durch den sie ursprünglich gekommen waren, es ihnen jedoch nicht mehr gelungen war, auch ihre Kameradin zu retten.

Ethan gab nicht Aleah die Schuld an Abbis Tod. Sie hatte die verhängnisvolle Rakete nicht abgefeuert. Aber er war sich sehr sicher, dass Aleah sich selbst die Schuld geben würde. Vielleicht hätte sie ihre Entscheidung trotzdem so getroffen, wie es nun einmal passiert war, weil sie ein Leben gegen das Leben von vielen verrechnet hätte.

Doch Aleah war gerade erst den Geiseln der United Nation entkommen und sie war so verdammt jung. Zu jung für die Last auf ihren Schultern, die er als ausgebildeter Commander hätte tragen sollen!

Aleah wandte ihm das Gesicht zu, zögerte. Als sie dann sprach, klang sie unglaublich verletzlich. »Violette. Ich habe sie zufällig getroffen ...«

Das Mädchen mit den blaulilafarbenen Augen, welches er Aleah hatte vorstellen wollen, wenn Montcroix es nicht strikt abgelehnt hätte, dass ihre Tochter auch nur am Rande erwähnt wurde! Mit Daumen und Zeigefinger kniff sich Ethan in den Nasenrücken und holte tief Luft. Kein Wunder, dass Aleah, Celtan, Neia und Jase zu dem Entschluss gekommen waren, niemanden in ihren Plan einzuweihen. Wo sie offenkundig ebenfalls in viele wichtige Dinge nicht miteinbezogen wurden.

Thane, der neben ihm saß, machte eine schnelle Handbewegung und Ethan wusste genau, was er damit meinte.

»Ich werde dem General den Hals umdrehen!«

Er hätte seinen Bruder zur Ordnung rufen sollen, aber dafür fehlte ihm die Kraft.

»Nur fürs Protokoll«, verkündete Jase in diesem Moment. »Ich hätte genauso gehandelt! Ich meine, wenn Montcroix mir den Ring gegeben hätte anstatt Aleah und ich ihn auf die Rückbank hätte legen sollen.«

Ethan war von nichts anderem ausgegangen. Immerhin wollte Jase um jeden Preis seine Mutter retten. Und dabei vertraute er seinen drei Freunden mehr als dreitausend Rebellensoldaten ...

Celtan sagte nichts, sondern kraulte abwesend das Köpfchen seines Fledermausadlers, der auf seinem Schoß hockte.

Bis zur Landung sann Ethan darüber nach, wie wohl Montcroix den Bericht dieses katastrophalen Einsatzes kommentieren würde. Den schlimmsten Einsatz in seiner bisherigen Karriere. Unauffällig rein, unauffällig und vor allen Dingen *vollzählig* wieder raus, das war die Prämisse gewesen. Stattdessen lag jetzt halb City LIV in Trümmern! Und Elcaer schäumte bestimmt bereits vor Wut und plante einen fatalen Vergeltungsschlag.

Als sie endlich im Hangar aufgesetzt und die Phantom Fighters verlassen hatten, warteten schon Antoin und Charles Gilkes auf sie.

»Ihr seid die Besten der Besten!«, grüßte Ersterer strahlend. Das Bein eingegipst, den Arm verbunden, mit dem Rücken an die Hallenwand gelehnt und das Gesicht noch immer unglaublich bleich. Es war offensichtlich, dass Antoin besser im Bett geblieben wäre. Und seine gute Laune verstand Ethan erst recht nicht, hatten sie die Basis doch bereits per Funk über die wichtigsten Geschehnisse informiert.

»Ich glaube, da hast du etwas missverstanden«, murmelte Thane, der ihm gefolgt war, aber Antoin winkte sofort ab.

»Nein, nein! Das gesamte Militär redet von nichts anderem mehr. Montcroix hat offiziell bestätigt, dass wir endlich genau dort stehen, worauf wir so lange hingearbeitet haben. Und *mein* Team hat dabei die wichtigste Rolle gespielt!«

Antoins Strahlen verstärkte sich und Ethan spürte, wie etwas in ihm anschwoll, noch tosender und noch gefährlicher wurde. Mit verengten Augen wandte er sich an Gilkes. »Was soll das heißen?«

»Hmhm.« Der Vizegeneral verschränkte die Arme auf dem Rücken, blickte kurz zu Thane und dann zu ihren jüngsten Teamzugängen, die gerade von Wilson und Darian aus der Halle geleitet wurden, und schließlich zurück zu ihm.

»Die korrekte Wortwahl wäre wohl, Ihr Team hat *unwissentlich* die wichtigste Rolle gespielt, Commander Travis. Wir bedauern zutiefst den Verlust von Abbi Redding. Allerdings wirkt es nun noch echter. Aleah ist eine gute Taktikerin. Was sie sich ausgedacht hat, um ihren Freunden zu ermöglichen –«

»Ihr habt *gewusst*, dass sie einen Alarm auslösen würde?« Ethans Stimme war bedrohlich leise geworden, aber Gilkes ließ sich davon nicht einschüchtern.

»Natürlich haben wir es die gesamte Zeit gewusst! In Aleahs, Celtans, Jase' und Neias Quartier befindet sich ein Abhörsender. Als ob wir sie nicht auf jede nur erdenkliche Art überwacht hätten. Der General hat diese Mission extra so ausgewählt, damit endlich der Zug möglich war, der in diesem beschissenen Krieg nun einmal erforderlich ist. Sie haben übrigens in den letzten Wochen einen sehr guten Job gemacht, Commander. Wir sind sehr zufrieden mit Ihnen.«

Gilkes' Miene wurde nachdenklicher. »Ich muss schon sagen, ich hätte nicht geglaubt, dass sich Ihre Schützlinge so verhalten, wie Scarlett das prophezeit hat. Einige kleine Manipulationen und Anpassungen waren zwar nötig. Aber von Anfang an, noch bevor Sie mit Ihrer Mannschaft ausgerückt sind, um die vier aufzustöbern, war bereits klar, wo dies enden soll. Die Anordnung, keine Isolationshaft zu verhängen, Celtan, Neia, Jase und Aleah all das Positive hier sehen und eine Beziehung zu euch aufbauen zu lassen und gleichzeitig so viel Misstrauen zu schüren, dass mindestens einer von ihnen zurück in die United Nation kehrt –«

»Ethan!« Obwohl er selbst ebenfalls vor Zorn mit den Zähnen knirschte, legte sich Thanes Hand warnend auf seinen Arm. Dieses Mal reichte es jedoch nicht. Sein Zwilling konnte die lauernde Gefahr in Ethans Innersten nicht bändigen. All die Emotionen, die Thane so oft so völlig offen zeigte und auslebte – sie waren lediglich ein schwaches Abbild gegen jene Gefühle, die Ethan mit eiserner Disziplin tief in sich vergaben hatte. Die sich dort angestaut, intensiviert hatten und immer explosiver wurden.

Tausende Stunden Training, Tausende aufgebaute Mauern, Tausende Affirmationen, nichts davon zählte mehr. Ethan drehte sich auf dem Absatz herum und marschierte schnurstracks zur Kommandozentrale.

»Haben es gewusst ... Abhörsender ... Manipulation ... wirkt umso echter ... sehr guter Job, Commander ...«

Einen staubverdammten Scheiß! Abbi war tot, ein Mitglied seiner Mannschaft! Eine wundervolle Frau, eine fantastische Kämpferin, eine mitfühlende Freundin. Noch immer gab Ethan Aleah nicht die Schuld daran. Aber er gab sie Montcroix, die seine Loyalität nicht verdient hatte, wenn sie bei ihrem Versuch, Elcaer zu besiegen, sämtliche Grenzen sprengte. Wenn sie ihm immer ähnlicher wurde und alles verdrehte, was Ethan selbst wichtig war. *Der Zweck heiligt nicht die Mittel!*

Die Tür zur Kommandozentrale glitt auf und sobald Ethan Montcroix erblickte – schlug er zu.

~ x ~

City Zero, United Nation, private Räume von Magistratspräsident Hosni Elcaer

Zufrieden lehnte sich Hosni in seinem dunklen Sessel hinter dem Ebenholzschreibtisch zurück. Bis auf vier Außenstationen hatten inzwischen alle ihre Bereitschaft gemeldet. Und das bedeutete, der große Tag stand unmittelbar bevor! Der Tag, an dem das Schicksal der Welt nicht mehr nur länger für eine einzelne Dekade, sondern für ein gesamtes Jahrhundert besiegelt wurde.

Die Forschungen waren mühsam gewesen und hatten extrem lange angedauert, um wirklich etwas hervorzubringen, was unumkehrbar war. Was sich nicht vielleicht schon früher wieder auflöste oder mit den richtigen Mitteln beseitigen ließ. Die Menschheit benötigte dieses Geschenk so dringend, denn es brachte ihnen Ordnung, Stabilität und Frieden für eine sehr lange Zeit. Es brachte ihnen die gewohnte Herrschaft.

Ohne stringente Führung ging es schließlich nur in eine einzige Richtung – abwärts. Das war eine bewiesene Tatsache. Gab man jemandem zu viel freien Raum für Entscheidungen, wurden die allermeisten dadurch keineswegs glücklich. Sondern sie fühlten sich verloren, flohen in Süchte und Egoismus. Wie viele Milliarden Menschen waren auf diesem Planteten bereits gestorben, nur weil die antiquierten Gesellschaftssysteme versagt hatten? Kontrolle war unvermeidlich, wenn es um Gesundheit für alle ging, Beschäftigung, Wohlstand. Und einige kleinere Punkte ließen sich gewiss noch optimieren, allerdings ... Hosni streckte die Hand aus und betätigte eine Taste an seinem Terminal.

»Keine Hungersnöte«, verkündete die dreidimensionale, projizierte Holo-Pyramide mit sonorer Stimme. Weder unter seiner Regentschaft noch der seiner Vorgängerin. Seiner Mutter, mit der er zwar keine gemeinsamen Gene geteilt, die ihn jedoch trotzdem als Sohn und Nachfolger ausgewählt hatte. Auch sein Großvater hatte das Ernährungsproblem längst im Griff gehabt.

»Keine Pandemien seit der Teilung. Nur eine einzige tödliche Komplikation unter den Neugeborenen während der letzten 50 Jahre. Kein Todesfall aufgrund von sexuell hochansteckenden Krankheiten. Kein Todesfall aufgrund von übermäßigem Zucker- oder Tabakkonsum.«

Ehrlich gesagt wusste Hosni überhaupt nicht, was Tabak war. Aber er wusste, dass dieses Zeug einst Millionen Menschen geschadet hatte und trotzdem legal gewesen war. Was nur noch mehr von der Unfähigkeit der damaligen Regenten zeugte.

Kopfschüttelnd lauschte Hosni noch einer Weile den glanzvollen Statistiken, für die seine bluts- oder eben nichtblutsverwandte Familie gesorgt hatte. Dann schaltete er das Hologramm wieder ab, um mit seinen täglichen Routineaufgaben zu beginnen. In einer Stunde würde es eine Plenarsitzung geben und –

Ein Klopfen ertönte und die Tür schwang auf.

»Ich bitte um Entschuldigung für die frühe Störung.« Die Miene des eintretenden Captains war wie immer unbewegt und ließ nicht erkennen, ob es einen frohen oder schlechten Anlass für sein unaufgefordertes Erscheinen gab.

Hosnis Bauchgefühl nach zu urteilen, waren es jedoch negative Nachrichten. Immerhin gab es noch eine Zahl, die er jeden Morgen aufs Neue verfluchte und die für die Öffentlichkeit natürlich beschönigt wurde. Die Zahl der Toten aus Gewaltverbrechen. Weil Rebellen meinten, sie müssten handeln und ihn damit ebenfalls zum Handeln zwangen. Weil sie fest daran glaubten, ihre Aktionen würden der Allgemeinheit *helfen*.

Wie gerne hätte Hosni diese närrischen Idealisten zurück ins dunkle Zeitalter verbannt, wo sie vermutlich dahingesiecht wären, bevor sie das Wort *Freiheit* auch nur hätten buchstabieren können! Und die schlimmsten Terroristen …

Unbewusst öffnete Hosni die oberste Schreibtischschublade einen Spalt breit. Darin ruhte eine getrocknete

Silberschlehenblüte, die ihm einst ein geliebtes, kleines Mädchen geschenkt hatte. Ein Mädchen, das längst zu einer riesigen Enttäuschung, zu einer unbeugsamen, irrgeleiteten Frau geworden war, deren Aufenthaltsort er noch immer nicht kannte.

»Was gibt es?«, erkundigte sich Hosni unwirsch beim Anführer seiner Garde und knallte die Schublade wieder zu.

Guerrez erstattete Bericht und mit jedem einzelnen seiner Worte richtete sich Hosni mehr in seinem Sessel auf. Schließlich erhob er sich sogar ganz von seinem Platz, weil er es im Sitzen nicht mehr aushielt.

»Wie kann das sein?« Bedrohlich beugte er sich über seinen Schreibtisch. »Gerade erst wird mir vermeldet, nach meinem ausdrücklichen Statement werde es so schnell keinen Ärger mehr geben, und jetzt das? Allmählich fällt mir für Ihre Unfähigkeit nichts anderes mehr ein als ... Stecken Sie mit diesen Terroristen etwa unter einer Decke, Guerrez?«

Mit einem Blick tödlicher als jedes Gift starrte Hosni sein Gegenüber an.

»Sie zweifeln an meiner Integrität?« Der Captain rührte sich nicht vom Fleck. Für einen winzigen Moment blitzte ein Ausdruck in seinen Augen auf, der an eine fassungslose Kränkung erinnerte. Doch er verschwand sogleich wieder.

»Wenn ich tatsächlich zweifeln würde, würden Sie längst nicht mehr hier stehen.« Hosni überlegte, wie er am besten gegen den Captain vorgehen konnte, um zu verdeutlichen, wie unzufrieden er mit dessen Leistung war. Er glaubte wirklich nicht, dass Guerrez hinter seinem Rücken irgendwelche Spielchen trieb. Sonst hätte er nicht gerade einige seiner eigenen Männer ausgesiebt, die aus mangelnder Sorgfalt Terroristen indirekte Unterstützung geliefert hatten.

Trotzdem ging es so nicht weiter. Tausende von Verhaftungen waren in den letzten Tagen durchgeführt worden, allesamt durch Hinweise aus der aufgescheuchten Bevölkerung. Sicherheitslücken waren geschlossen, die Grenzen stärker gesichert worden. Was aber offenbar immer noch nicht genügte.

»Ihre Männer sind schlampig geworden«, bemerkte Hosni eisig. »Ich bin mir nicht sicher, ob das Wort *Elite* noch zu euch passt.«

Der Captain neigte den Kopf auf eine Art, die sowohl Zustimmung als auch Ablehnung hätte bedeuten können, und Hosni schnaubte genervt.

Sollte er Grace erwähnen? Soweit er wusste, hatte Guerrez seine einstige Gemahlin allerdings seit Jahren nicht mehr gesehen. Und sein einziger Sohn war bereits verurteilt und ebenfalls nicht mehr länger im Leben des Captains präsent.

Womöglich ist es an der Zeit, ihn über ein anderes Kind zu informieren, dachte Hosni. Allerdings bestand auch in diesem Fall kein Kontakt, kein Zuneigungsgefühl, das er als Druckmittel hätte verwenden können.

»Da wäre noch etwas.« Der Captain schritt zurück zur Tür, gab jemandem auf dem Flur draußen ein Zeichen. Eine junge Frau mit auf dem Rücken gefesselten Händen wurde von einem Gardisten in den Raum geführt.

Hosni starrte sie verblüfft an, dann sah er mit verengten Augen zu Guerrez. Natürlich hatte er sich diese Überraschung bis zum Schluss aufgehoben. Wohl um zu beweisen, dass er und seine Männer doch nicht völlig unfähig waren.

»Warum lebt sie noch?«

Neia Webster zuckte bei seinen harten Worten zusammen. »Magistratspräsident Elcaer, was für ein Glück, Euch endlich zu sehen! Ich bin zurückgekehrt, um –«

»Schweig! Mit dir habe ich nicht geredet.« Mit großen Schritten ging Hosni um seinen Schreibtisch herum und auf Guerrez zu. »Waren die Befehle nicht eindeutig genug?«

»Ich würde sie zunächst gerne verhören«, erwiderte der Captain bittend. »Sie zeigt sich äußerst kooperativ und ist womöglich das Schlüsselelement, um Scarlett Montcroix endlich in die Finger zu kriegen.«

»Als wenn sie nicht alles sagen würde, um am Leben zu bleiben!« Verächtlich blickte Hosni zurück zu Neia, die unterwürfig zu ihm aufsah. Ihre Lippen bebten und ihre Augen schimmerten feucht. Doch je länger er sie anstarrte ... Was waren das für Feuerfunken, die dort plötzlich in der Tiefe aufstoben?

»Ihr werdet mich nicht töten«, sagte Neia leise.

Natürlich werde ich das! Ich werde ... Hosni hielt inne. Überlegte.

»Ihr braucht mich«, raunte Neia.

Ist das so? Hosni wollte instinktiv verneinen, geriet jedoch ins Zweifeln. Aus sehr gutem Grund hatte er gerade diese junge Frau als Magistratin ausgewählt. Weder ihr tadelloses, vorbildliches Verhalten noch ihre ausgezeichneten Zensuren waren der Grund gewesen, warum sie sich nicht zunächst als Assistenzregentin hatte bewähren müssen. Nein, er hatte herausfinden wollen, was an den Daten dran war, die ein IT-Spezialist aus einer alten, halb zerstörten Terminalplatine gezogen hatte.

Dr. Ann Reynolds hatte ihn darum gebeten. Sie wusste selbst nicht genau, woher die Platine stammte. Anscheinend war diese bereits durch etliche Hände gewandert. Aber Ann hatte vermutet, es könnten sich um wichtige Forschungsergebnisse handeln, die ihr womöglich bei ihrem aktuellen Projekt behilflich waren. Und da diese Frau im Gegensatz zu manch anderen – Hosnis Blick flackerte verärgert zu Guerrez – überragende Arbeit leistete, hatte er ihr den Gefallen erwiesen. Leider hatte Leo Deforest, so gut er auch war, nicht viel Brauchbares retten können. Kryptische Fragmente, die alles und nichts bedeuten konnten. Nur eine Zahlen-Buchstaben-Kombination war äußerst interessant gewesen.

Deforest war natürlich vorsorglich unschädlich gemacht worden. Es war schade um seine herausragenden Fähigkeiten. Aber nur so konnte sichergestellt werden, dass er niemals jemandem den Geburtscode verriet, der schließlich zu einer sechzehnjährigen Absolventin geführt hatte. Zu Neia Webster.

»Ihr werdet mich nicht töten«, wiederholte sie eindringlich und lauter als zuvor. »Ihr braucht mich.«

Hosni wurde noch eine Spur nachdenklicher. Als er nach Neias Ankunft in City Zero ihre persönlichen Sachen hatte durchsuchen lassen, war er zunächst mehr als schockiert gewesen. Hatte die junge Frau doch einen Atlas mit diversen Karten dabeigehabt, welche die exakten Positionen aller relevanten Außenstationen zu Zeiten seines Großvaters preisgab. Offenbar gerade noch rechtzeitig war der Verfasser – wohl ein Mann namens Ásdís Partha – aufgehalten worden, bevor ein Geheimnis aufgedeckt wurde, welches den Untergang der United Nation bedeutet hätte.

In keinem System waren Informationen zu Ásdís Partha gespeichert gewesen, egal wie sehr Hosni auch danach hatte suchen lassen. Was auch gut so war. Gefährliche Individuen durften nicht noch die Zukunft beeinflussen!

Neia hatte nicht gewusst, was sie da besaß. Das hatte Hosni aus seinen eigenen Beobachtungen und den von einer äußerst gesprächigen Eloise Knight gelieferten Informationen gefolgert.

Weiß sie es jetzt? Er fixierte Neia, eine vollkommen gewöhnliche junge Frau. Womöglich ein wenig attraktiver als der Durchschnitt. Ein wenig intelligenter als der Durchschnitt. Und gleichzeitig so abhängig, folgsam und blind.

Hosnis Mundwinkel hoben sich. Jetzt wusste er, wie er gleich eine ganze Reihe an Problemen auf einen einzigen Schlag beheben konnte.

»Löst ihre Fesseln. Und dann lasst uns allein!«, befahl er scharf. Guerrez zögerte zunächst, ehe er gehorchte und zusammen mit seinem Untergebenen lautlos aus dem Zimmer verschwand.

Als Neia nun so ganz alleine vor ihm stand, wirkte sie erstaunt, unsicher und verängstigt zugleich. Und ein winziges bisschen ... stolz? Und voller *Hass*? Irritiert sah Hosni erneut in ihr Gesicht, doch der Ausdruck war verschwunden. Unruhig rieb sich Neia über die Handgelenke, wo zuvor die Fesseln gewesen waren.

»Du bist jetzt in Sicherheit.« Mit Bedacht wählte Hosni jenen einnehmenden Tonfall, der ihm bereits viele Türen geöffnet hatte. »Du musst Entsetzliches durchgemacht haben, Neia, während du dich in der Gefangenschaft dieser Bestien befunden hast! Erzähle mir später davon. Zunächst möchte ich dir verraten, welch freudiges Ereignis dir in Kürze bevorsteht.«

Er griff nach Neias Arm und geleitete sie fürsorglich zu einem Sessel, damit sie sich setzen konnte.

»Danke«, murmelte sie angespannt.

Hosni lächelte noch stärker. Er trat zurück an seinen Schreibtisch und zog einen eleganten, silbernen Halsreif aus einer Schublade, den er Neia sogleich umlegte. »Für dich. Als Anerkennung deines Mutes und deiner Stärke.«

Und als zusätzliche Vorsichtsmaßnahme – schließlich befand sich eine genau berechnete Menge Sprengstoff innerhalb des Reifs.

»Das ... das ist sehr nett von Euch.«

»Weißt du, Neia, ich habe mir immer eine Tochter gewünscht«, erklärte Hosni, während die junge Frau ihn mit großen Augen anstarrte und vorsichtig ihren neuen Halsschmuck betastete. »Eine Tochter, die loyal an meiner Seite steht. Der ich eines Tages die Führung der Nation anvertrauen kann.«

»Aber ...« Neia ließ die Hand sinken. Die Überraschung in ihrer Miene war echt, dessen war Hosni sich vollkommen sicher. »Ihr denkt doch nicht etwa, ich ...«

»Ja.« Er nickte nachdrücklich. »Allerdings müsstest du noch einiges lernen. Wie unumgänglich es ist, schwierige Entscheidungen zu fällen und auszuführen. Wie unumgänglich es ist, dass sich die Welt wieder verfinstert.«

»*Wieder* verfinstert? Was meint Ihr damit?« Stirnrunzelnd blickte Neia aus dem Fenster in die Dunkelheit, die durch die Lichter von City One nur umso mehr betont wurde.

Hosni machte eine ausholende Geste. »Das werde ich dir gleich erklären. Meine Glückwünsche übrigens ...« Er beugte sich vor und tippte einige Befehle in sein Terminal. »Meine Glückwünsche zu deiner Vermählung!«

Neia erstarrte. Ihr Mund öffnete sich, aber kein einziger Ton drang daraus hervor. »Was?«, fiepte sie schließlich nach einer ganzen Weile der Stille.

Nur mit Mühe konnte Hosni ein Lachen unterdrücken. Es war klar, dass sich Neia niemals wieder unbewacht bewegen durfte. Vielleicht würde sie eines Tages wirklich eine gute Tochter abgeben. Oder auch nicht. Auf jeden Fall war niemand geeigneter als ein gewisser Captain, um sie im Auge zu behalten. Ein Captain, der schon viel zu lange ohne Gattin dastand.

Neias und Guerrez' Parameter waren zwar laut dem Matching-Algorithmus nicht sonderlich kompatibel, aber die Werte ließen sich ja überschreiben. Der Altersunterschied war ebenfalls vernachlässigbar, hatte der Matching-Algorithmus doch bereits Ehegatten zusammengeführt, die weitaus mehr Jahre trennten. Und würde sich Neias Leib erst runden, weil einem Medicop aus unerklärlichen Gründen ein Fehler bei der Verhinderung einer natürlichen Schwangerschaft unterlaufen war ...

Hosni lachte nun ganz offen. Grace hatte ihm wunderbar bewiesen, wie erpressbar ein Baby machte. Sie hatte jenen Mann verlassen, den sie aufrichtig liebte, und war eine fleißige Bürgerin der roten Stadt geworden.

Gegen Guerrez würde er somit ebenfalls ein neues Druckmittel in der Hand halten. Und er konnte endlich eine letzte Bindung kappen. Während er die Silberschlehenblüte aus seiner Schreibtischschublade hervorholte und sie langsam zwischen seinen Fingern zermalmte, blickte er Neia von oben herab an.

»Meine Liebe, du solltest folgendes wissen: Kein Meteorit ist für das Fehlen der Sonne verantwortlich! Für unser Leben in Kälte und Eis. Für all die Einschränkungen, die Dunkelheit, den Staub. Wer all das verursacht ... bin ich!«

Achtundzwanzig

48 Stunden später, am Rande der United Nation

»Wird er sie finden?« Nervös spähte Thane in den Himmel, aber natürlich entdeckte er keine Spur von Federn oder ledrigen Schwingen. Ami war ja soeben erst aufgebrochen.

»Er schafft das.« Zuversichtlich blickte Celtan den Hügel hinab zu jenem Elektrozaun, der die United Nation von dem Rest der Welt abgrenzte. Oder vielleicht auch die Welt von der United Nation, wer wusste das schon. Jetzt wandte er sich Aleah und Jase zu und begann ein Gespräch mit ihnen.

»Wir sollten ihnen vertrauen.« Ethans Hand senkte sich schwer auf Thanes Schulter. Eigentlich müsste er sich zurzeit in Phantom Point aufhalten und die Fragen eines Disziplinarausschusses beantworten. Fragen zu dem Loch in der Wand der Kommandozentrale. Montcroix war darüber nicht gerade erfreut gewesen, aber Thane vermutete stark, dass ein Loch in ihrem Kopf sie noch sehr viel weniger begeistert hätte.

Er selbst war äußerst erleichtert gewesen, dass der Ausraster seines Bruders vergleichsweise glimpflich abgelaufen war. Und da Ethan jetzt ohnehin schon jede Menge Ärger an der Backe hatte, hatte dieser es sich nicht nehmen lassen, zu dem nächtlichen kleinen Ausflug mitzukommen.

Wenn Thane nicht so verdammt hibbelig gewesen wäre, hätte er seinen Zwilling gewiss mit der Bemerkung geneckt, dass er die Anordnungen des Generals endlich mal etwas lockerer nahm. Aber so atmete er nur einmal tief durch und nickte. »Ja. Wer weiß, was wir bereits hätten erreichen können, wenn wir von Anfang an wirklich zusammengearbeitet hätten.«

Je länger sie warteten, desto mieser fühlte sich Thane wegen all dem, was vorgefallen war. Sein Bruder hatte ihn in City LIV mit einem unbeugsamen »Nein« davon abgehalten, Neia zurück zur Basis zu schleifen. Und das war die einzig richtige Entscheidung gewesen. Eine, die er nur wenige Sekunden später selbst gefällt hätte.

Ohnehin hätte er niemals Gewalt gegen Neia eingesetzt. Aber das wusste sie nicht. Weil er die letzten gemeinsamen Augenblicke damit verschwendet hatte, auf die Angst zu hören, die sich wie ein eisiger Klumpen in seinem Magen gebildet hatte. Eine Angst geschürt von der Vorstellung, niemals herauszufinden, was vielleicht aus dem zarten Band hätte wachsen können, das ihn so sehr zu der jungen Frau hinzog.

Und nun hatte er es verpasst, ihr zu sagen, wie beeindruckt er von ihr war! Dass er sie selbstverständlich unterstütze bei ihrem Vorhaben, unschuldige Kinder aus einem Genoptimierungsprogramm zu retten. Neia fühlte sich verantwortlich, allein deshalb weil es niemand anderes tat und sie nun mal von der Existenz dieser für fehlerhaft erklärten Kinder wusste. Weil sie leicht selbst ein solches Kind hätte sein können!

Als Neia Aleah um Hilfe bat, hatte diese vollkommen richtig erkannt, dass sie einen Insider brauchten, um den genauen Aufenthaltsort der Kinder aufzuspüren und eine enorme Anzahl an Sicherheitssystemen auszutricksen. Einen Insider und Freund wie Leo Deforest, der leider nichts mehr für sie tun konnte.

Neia hatte darauf bestanden, seinen Platz einzunehmen. Sie wollte alles herausfinden, was für ein erfolgreiches Vorgehen notwendig war. Und ihr Wissen Aleah, Celtan und Jase mitteilen, damit diese entsprechend handeln konnten.

Im Gegenzug dafür, auch sämtliche Informationen zu Jase' Mutter Grace aufzustöbern und diese ebenfalls aus der United Nation zu holen, hatte Jase Neia gezeigt, wie sie ihre Fähigkeit bewusst anwenden konnte. Unbewusst hatte sie das nämlich durchaus bereits einige Male getan und obgleich Zweifel zu säen nicht dasselbe war, wie eine Lüge für die Wahrheit zu erklären, gab es ausreichend Parallelen.

Celtan und Ami hatten von Aleah die Aufgabe übertragen bekommen, für den Austausch der Nachrichten zu sorgen. Jede zweite Nacht, beginnend mit Neias Rückkehr nach City Zero – weswegen sie ja nun alle gemeinsam hier standen und gespannt nach einem gefiederten Geschöpf Ausschau hielten.

Dass sämtliche ihrer heimlichen Überlegungen und Übungen, die sie im Dämmerlicht ihres Quartiers durchgeführt hatten, von

Montcroix belauscht worden waren, das hatten Ethan und Thane Celtan, Aleah und Jase gemeinsam erzählt.

»Jedes Opfer war es wert, um die vier genau so zu platzieren, wie sie es nun sind!«, klang Thane noch immer Montcroix' Rechtfertigung in den Ohren, mit der sie Ethan in einem Vieraugengespräch abgespeist hatte, um sein Bombardement an Vorwürfen endlich zu beenden. Sein Zwilling war sehr nachdenklich aus dem Gespräch gekommen und hatte auf dem Rückweg in ihren Sektor nicht viel mehr als diesen einen Satz gesagt.

Auf die anschließende Verkündung hatte Jase mit einem simplen Schulterzucken reagiert. »Wir sind gut«, hatte er in größter Selbstverständlichkeit erklärt. »Nein, falsch – wir sind besser als gut. Wir sind etwas Besonderes. Ich würde uns auch einsetzen, um einen Vorteil zu gewinnen. War doch klar, dass Montcroix uns nicht aus reiner Herzensgüte in der Human Defence Organization haben will.«

Aleah war am wütendsten gewesen. Für etliche Minuten war sie einfach aus dem Raum gestürmt und Thane hatte sich bereits gefragt, ob es in der Wand der Kommandozentrale wohl bald ein zweites Loch geben würde. Aber dann war sie zurückgekommen und hatte sich mit in die Hüften gestemmten Händen vor Celtan aufgebaut.

»Genau das wollte ich nicht! Wie eine Schachfigur hin und her geschoben werden. Aber dadurch dass ich es nicht wollte, habe ich anscheinend ja gerade dafür gesorgt, dass ich es wurde. Weil Montcroix wusste, was ich wusste, und … Arrgh, ich bekomme Kopfschmerzen! Das ist wie als ich mit Kasdy geübt habe, wie ich Jase beeinflussen kann, das zu tun, was ich will, indem ich ihm weismache, er würde das tun, was er will!«

An dieser Stelle hatte sich Jase mit einem empörten »Wie bitte?« eingemischt, doch Aleah hatte nur weiter Celtan angestarrt.

»Wie kann ich mich davor schützen? Du verstehst dich doch so gut auf Menschen und was sie empfinden!«

»Ich habe leider nicht die geringste Ahnung«, hatte Celtan sich bekannt. »Aber vielleicht ist auch Montcroix nur eine Figur in einem noch viel größeren Werk, als wir es derzeit begreifen.«

Das hatte sie alle sehr zum Grübeln gebracht. Und –

»Ami ist zurück!« Celtans Ausruf veranlasste Thane, erneut sehnsüchtig in den Himmel zu blicken. Schneeregen hatte eingesetzt und er konnte absolut nichts erkennen, was wie die Silhouette eines Fledermausadlers ausgesehen hätte. Trotzdem glaubte er sofort, dass sich der Vogel in der Nähe befand.

Tatsächlich dauerte es noch eine ganze Weile, aber dann flatterte Ami in einer großen Kurve über den Zaun und landete elegant auf Celtans Schultern.

»Geht es dir gut? Hattest du Schwierigkeiten? Hat dich jemand gesehen? Oder gar auf dich geschossen?«, erkundigte sich Celtan liebevoll und besorgt zugleich. Mit den Fingerspitzen strich er behutsam über das nasse Gefieder seines Freundes, der einige – wie es Thane erschien – zufriedene Krächzlaute ausstieß.

Er selbst konnte die Augen nicht von dem eingerollten Papier lassen, das mit einem Stück Schnur an Amis rechtem Fuß befestigt war. Endlich löste Celtan es und streckte es in Ethans Richtung. Thane war allerdings schneller und schnappte sich das Papier.

Mit einem knappen Blick ließ sein Zwilling ihn gewähren. Er trat lediglich neben ihn, um ebenfalls lesen zu können, was Neia ihnen mitzuteilen hatte.

Fassungslos las Thane den Text einmal, zweimal, dreimal. Das Papier war etwas aufgeweicht vom Regen und einige Buchstaben dadurch verschwommen. Missverständnisse am Inhalt waren dennoch ausgeschlossen.

»Das ... das ist ...« Thane fehlten die Worte. Natürlich gab es auch in Phantom Point Wissenschaftler. Aber in all der Zeit, in der die Widerstandsbewegung nun schon existierte, waren sie so sehr auf den Kampf gegen den Magistratspräsidenten und seine Vorgänger fixiert gewesen, dass sie dabei ein anderes Übel gar nicht mehr richtig wahrgenommen hatten. Ein Übel, das einem jedem als unveränderlich erschienen war. Das niemand je im Detail untersucht hatte.

»Sie hat es mir gesagt«, gestand Ethan leise. »Mein letztes Gespräch mit Montcroix – sie hat mir verraten, dass der Meteoritenschauer im Jahr 2053 wirklich viele Teile der Erde verwüstet und Milliarden Menschen getötet hat. Eine Staubwolke hat den Himmel verdunkelt, allerdings fiel der Staub bald wieder zu Boden. Die winzigen Schwefelsäuretröpfchen, die bei den Einschlägen entstanden sind, haben sich deutlich länger in der Luft gehalten. Aber auch diese hätten lediglich für wenige Jahre eine Reflexion der Sonnenstrahlen zurück in den Weltraum und eine dadurch bedingte Abkühlung des Planeten verursacht. Nicht für Jahrhunderte! Jedenfalls nicht, wenn die Stratosphäre nicht vorsätzlich wieder und wieder mit einem Gemisch aus Staub und Schwefel vergiftet worden wäre.«

Thane war noch immer zu schockiert, um etwas zu erwidern, als sein Bruder bereits weitersprach.

»Ich musste Montcroix schwören, niemandem etwas zu sagen. Auch dir nicht. Es ist nämlich keineswegs Frieden, den sie den Menschen bringen will. Sie möchte uns das Sonnenlicht zurückholen! Und das wird alles andere als friedlich vonstattengehen. Es geht nicht nur darum, Elcaer aufzuhalten. Stell dir vor, es gelingt uns – was für einen Umbruch würde es für die Welt bedeuten, wenn es plötzlich hell und warm ist?«

Sich das auszumalen, überstieg zumindest im Moment Thanes Vorstellungskraft bei Weitem. Einen Präsidenten auszutauschen, nach und nach Gesetze zu ändern oder sogar das Leben von Millionen Bürgern zu beeinflussen, ohne ihnen jedoch jegliche Grundlage zu nehmen, das war das eine. Was aber, wenn sich nicht nur die Menschen, sondern auch die komplette Natur an völlig andere Bedingungen anpassen musste? Konnte das überhaupt funktionieren?

Niemand sollte so viel Macht besitzen, um Entscheidungen mit einer solchen Tragweite zu fällen! Ein Mann hatte es allerdings bereits getan ...

»Neia schreibt, dass bislang wohl jede Dekade der Schwefel neu in der Atmosphäre verteilt werden musste. Jetzt aber geht es um ein Gemisch für hundert Jahre.«

»Ja.« Ethan nickte. »Montcroix weiß das noch nicht. Wenn sich für unsere und die nächsten Generationen irgendetwas ändern soll, ist es nun noch wichtiger, Elcaer rechtzeitig zu stoppen!«

Thanes Blick wanderte zurück auf das Papier. Er spürte eine tiefe Wut und gleichzeitig unsägliche Angst. Seltsamerweise war es jedoch Neias letzter Satz, der ihn noch wesentlich härter getroffen hatte als die Information, die sämtliches Leben auf der Erde betraf. »Ich möchte ihr sofort eine Antwort schicken.«

Ethan blinzelte überrascht. »Das war so nicht abgemacht. Wir müssen erst zurück zur Basis und uns absprechen. In zwei Nächten können wir –«

»Jetzt!«, beharrte Thane, während er bereits einen Stift aus seiner Tasche zog, den er aus einem unbestimmten Gefühl heraus kurz vor ihrem Aufbruch eingepackt hatte.

Womöglich würde Ami die junge Frau kein zweites Mal in dieser Nacht aufstöbern können. Womöglich gefährdete er sogar Neias Tarnung. Doch er konnte keine einzige Sekunde länger warten, Neia mitzuteilen, wie stolz er auf sie war. Dass er ihr alle Zeit lassen würde, die sie brauchte, um ihren Überzeugungen zu folgen und das zu tun, was sie im Innersten ausmachte. Aber er würde ihr auch schreiben, dass es nur eines einzigen Zeichens von ihr bedurfte und er würde selbst durch die entsetzlichste Hölle marschieren, um sie aus City Zero zu holen. Um sie dorthin zu bringen, wo sie immer ein Zuhause haben würde. Wo es jemanden gab, dem sie etwas bedeutete, weit über eine normale Freundschaft hinaus. Und der einen Scheiß darauf gab, dass sie inzwischen verheiratet war und Neia Guerrez hieß!

Und so begann Thane zu schreiben:

Du bist nicht Neia Guerrez! Du bist Neia Webster und die unglaublichste, mutigste und mitfühlendste Frau, die ich jemals getroffen habe. Ich vermisse unsere Gespräche, ich vermisse unsere Streits und vor allen Dingen vermisse ich dein Lächeln! Ich wünschte mir, du wärst hier, aber da dies nun mal nicht möglich ist, möchte ich dir sagen: Ich bin bei dir. All meine Gedanken, meine Hoffnungen, meine Stärke und mein Glaube in dich – sie sind bei dir in City Zero. Wann immer du nach Hause möchtest, ich werde dich sofort holen. Aber zunächst: Leg endlich diesen furchtbaren Brief zur Seite und zeige es ihm! Ich weiß, du wirst es schaffen ...

Neunundzwanzig

Phantom Point, Beta-Sektor, Quartier von Aleah, Jase, Neia und Celtan

Wie vom Donner gerührt hatte Aleah die Neuigkeit aufgenommen, was es mit der Finsternis ihres Planeten tatsächlich auf sich hatte. Celtan und Jase war es ähnlich ergangen und die Tatsache, dass ihre Freundin nun die Gattin des Anführers der schwarzen Garde – Jase' Vater! – war, hatte ihnen ebenfalls völlig den Boden unter den Füßen weggezogen.

Da war es kaum verwunderlich, welchen Mist sie wieder träumte, als sie endlich in den frühen Morgenstunden eindämmerte. Ein Teil von ihr wusste, dass es lediglich ein Traum war. Und da sie ja inzwischen ebenfalls wusste, dass es noch nicht einmal ihr eigener Traum war, sah sich Aleah resigniert, aber auch ein klein wenig neugierig um.

Sie befand sich in einem Zimmer, das ihr vage vertraut vorkam. Es war gigantisch groß, unglaublich luxuriös eingerichtet, mit weichen Teppichen und Vasen voller Silberschlehenzweigen. Sie bewegte sich in Richtung eines Türbogens und verschmolz immer mehr mit der Person, in deren Unterbewusstsein sie gerade wandelte. Das Gefühl von Vertrautheit wurde intensiver. In diesem Gebäude war sie Zuhause! Hier lebte sie ein wundervolles Leben und gleich würde sie *ihn* wiedersehen. Ihre große Liebe …

Ein Mann betrat den Raum und sie musste laut lachen. Nein, an ihren Vater hatte sie gerade gewiss nicht gedacht. Aber sie freute sich natürlich dennoch, ihn zu sehen. »Hi, kann ich dir bei irgendetwas helfen?«

»Das kannst du in der Tat.« Magistratspräsident Hosni Elcaer schmunzelte, allerdings nur kurz. »Es ist an der Zeit, dass du endlich erwachsen wirst, Scarlett! Du kannst nicht weiter alles tun, was du gerade möchtest. Als meine Tochter hast du eine große Verantwortung und diese wirst du von nun an auch wahrnehmen. Aber sei dir gewiss, ich werde immer für dich da sein. Und bald noch jemand …«

Ihr Vater zog etwas aus der Tasche, einen wunderschönen, schmalen Goldring, den er ihr lächelnd entgegenstreckte. »Er wird dir ausgezeichnet stehen, meine Liebe!«

Scarletts Herz machte vor Freude einen Sprung. »Wirklich, Vater?« Sie hatte ihm nie von Daniel erzählt, aber ihr Vater wäre nicht der Mann, der er nun mal war, wenn er es nicht trotzdem herausgefunden hätte. Und er hatte ja recht – sie sollte sich wirklich mehr mit den Belangen der Bürger dieser Nation befassen. Mit den beiden wichtigsten Männern an ihrer Seite würde ihr das auch ganz gewiss gelingen.

»Oh, ich bin so glücklich!« Scarlett jauchzte und drehte sich übermütig einmal im Kreis. Jetzt wusste sie auch, warum ihr Vater sofort eingewilligt hatte, als sie ihn am Morgen um ein Treffen mit einem führenden Medicop gebeten hatte. Daniel sollte ihrem Vater anvertrauen, was sein Gewissen so sehr belastete. Dieses ausgeartete Genprojekt, an dem er als junger Mann zur medizinischen Überwachung beteiligt gewesen war. Und ihr Vater wollte Daniel gewiss fragen, ob er sich nicht vorstellen könnte, offiziell der Partner seiner Tochter zu werden.

»Was meinst du, Vater? Daniel wird doch zustimmen, oder? Ich werde ihm gleich Bescheid geben, damit er früher kommt –«

»Daniel? Daniel Morgan?« Eine steile Falte zeichnete sich auf der Stirn ihres Vaters ab und sein Lächeln verblasste. »Nein, Scarlett, da hast du etwas missverstanden.«

Jetzt blickte ihr Vater sogar ausgesprochen grimmig drein. »Deinen unerfreulichen *Kontakt* mit diesem Kerl habe ich lange genug geduldet. Du wirst ihn keinesfalls heiraten!«

Scarletts Inneres gefror zu Eis. Ihre gesamte Welt zerbarst, während ihr Vater einfach weitersprach.

»Der Matching-Algorithmus hat einen idealen Gatten für dich gefunden. Jemanden, den ich selbst überaus schätze. Vize-Captain James L. Guerrez. Er nimmt bereits am Verehelichungsprogramm teil, doch die Fünf-Jahres-Frist läuft in wenigen Tagen aus. Und seine Frau wird einer Verlängerung nicht zustimmen.«

»Hat ... hat er nicht auch einen Sohn?« Scarlett wusste nicht, warum sie sich gerade an diese Tatsache klammerte. Warum sie sich so krampfhaft an den Jungen zu erinnern versuchte, den der

Stellvertreter des Gardeanführers einst auf einen Besuch mitgebracht hatte. Vielleicht weil alles andere zu weh tat.

Der seltsame silberne Schimmer rund um die Pupillen von Vater und Sohn war ihr aufgefallen. Und wie liebevoll Guerrez mit dem kleinen Jase umging.

»Hat er«, bestätigte ihr Vater ungerührt. »Und bald wird er noch ein Kind haben. Von dessen Existenz er allerdings nie etwas wissen wird. Genauso wenig, warum ihn seine Frau verlässt. Erst heute wurde Grace die unerwartete Schwangerschaft bestätigt. Was für eine wunderbare Fügung, findest du nicht? Was meinst du, wie weit ist diese Frau bereit zu gehen, um ihr Ungeborenes zu schützen?«

Wenn Grace auch nur den Hauch dessen empfand, was Scarlett in Guerrez' Haltung gelesen hatte, als dieser Hand in Hand mit seinem Sohn zurück zum Helikopterlandeplatz schritt – dann lautete die Antwort *alles*. Grace würde alles tun, um ihr Baby zu retten.

Scarlett wurde noch kälter, obwohl das überhaupt nicht mehr hätte möglich sein sollen. »Was hast du vor, Vater?«, flüsterte sie tonlos.

»Das, was notwendig ist. Es wird James guttun, mit dir zusammen zu sein. Er versucht es zwar zu verbergen, aber seine Familie ist ihm viel wichtiger, als es jemandem in seiner Position sein sollte. Ohne diese Gefühlsduselei hätte ich ihn schon längst zum Anführer ernannt. Dieser Mann ist brillant! Du wirst ihn lieben lernen. Oder zumindest, ihn zu respektieren.«

»So stellst du dir also meine Zukunft vor?« Scarlett blickte ihren Vater an und erkannte ihn nicht wieder. Ja, sie wusste, wie streng er sein konnte. Zum Teil sogar grausam. Aber das war er doch immer nur gewesen, wenn er es sein musste. Weil er nun mal den einzigen Ort des gesamten Planeten schützen musste, an dem ein geordnetes und friedliches Leben möglich war.

»Werd nicht melodramatisch.« Ihr Vater legte den Goldring auf einem kleinen, runden Tischchen ab. »Perfektion hat immer ihren Preis. Das weißt du, Scarlett. Und wenn du dir schon Fragen stellen willst, sollte es folgende sein: Bist du bereit, diesen Preis zu bezahlen?«

»Nein.« Dieses Mal flüsterte Scarlett nicht mehr, sondern ihre Stimme war laut und deutlich.

Ihr Vater schüttelte seufzend den Kopf. »Stell es dir nur einmal vor: die Präsidentin der Nation und der Anführer der schwarzen Garde! Was für ein Bild, was für einen Einfluss, was für eine Macht!«

»Ich sagte Nein!«, unterbrach Scarlett die Schwärmerei ihres Vaters und zum ersten Mal fühlte sie sich tatsächlich nicht mehr wie die sorglose junge Frau, die in den Tag hineingelebt und ihre Privilegien genossen hatte. Etwas regte sich in ihr. Ein erbitterter Widerstand gegen jenen Weg, den ihr Vater für sie vorgesehen hatte.

»Nun, dann werde ich dafür sorgen, dass du keine Wahl hast, als das zu tun, was für dich, für James und die gesamte Nation am besten ist!« Verärgert wandte sich ihr Vater ab und schloss geräuschvoll die Tür hinter sich. Eine Tür, die sich auch dann nicht mehr öffnete, als Scarlett beharrlich an der Klinke rüttelte. Oder wütend dagegentrommelte. Oder als sie von plötzlicher Furcht gepackt schrie und rief und flehte, so lange, bis ihre Kehle völlig heißer war.

Wieder versuchte Scarlett es und wieder und wieder, doch das Einzige, was sich an ihrem Eingesperrtsein änderte, war –

Die Tür! Plötzlich sah sie ganz anders aus, war wesentlich schlichter und nicht mehr weiß, sondern grau. *Der Traum verändert sich*, dachte jemand, der da war, aber auch wiederum nicht.

Als sich die Tür urplötzlich öffnete, stand da ein kleines, schmollendes Mädchen mit blaulilafarbenen Augen. »Warum muss ich immer diese blöden Kontaktlinsen tragen? Ich will nicht, ich will nicht, ich will nicht!« Bekräftigend stampfte es zu jedem ihrer Worte fest mit dem Fuß auf.

»Ach, Violette.« Liebevoll zog Scarlett die Kleine in ihre Arme. »Du weißt doch, warum.«

»Weil niemand wissen soll, wie meine Augen tatsächlich aussehen.« Das Mädchen hatte sich schon wieder etwas beruhigt und schmiegte sich nun eng an sie. »Weil es Menschen in Gefahr bringen könnte, denen ich wichtig bin. Und wenn meine Augen auffällig lila sind, denken alle immer nur an das Lila und sonst an nix. Richtig?«

»Das hast du dir gut gemerkt«, lobte Scarlett und Violette neigte nachdenklich den Kopf. »Bin ich dir denn wichtig?«

»Natürlich.« Sanft streichelte sie der Kleinen über den Rücken. Nie hätte sie gedacht, wie viel ihr dieses kleine zappelnde Bündel bedeuten könnte, das sie auf einem ungewissen Pfad zu ungewissen Leuten mitgenommen hatte. Weil die Kleine dort immer noch bessere Überlebenschancen haben würde als bei jener Frau, die sie geboren hatte.

Die Scarlett in ihrer Trauer um Daniel mehrfach aufgesucht hatte, weil sie ihr damals als einzige Verbündete erschien – betrogen um das, was ihr am meisten bedeutet hatte. Angefleht hatte diese Frau sie, ihr Neugeborenes mitzunehmen, da sie das Baby niemals selbst verstecken könnte. Nicht in City IV und erst recht nicht in jener Stadt, in der sie sich nach ihrem verschleierten Aufenthalt im Geburtszentrum würde einfinden müssen.

Scarlett hatte zunächst ablehnen wollen. Was sie plante, war viel zu riskant. Aber dann hatte Violette sie angesehen. Ein einziger Blick aus diesen unverwechselbaren silbrig-schwarzen Augen und es war um sie geschehen. Und dann –

Wieder änderte sich der Traum, wurde düsterer, bedrohlicher. Es brannte, Menschen schrien und rannten um ihr Leben. Dutzende Gebäude lagen in Schutt und Asche. Es herrschte Krieg und statt dem gewohnten Eis regnete es giftige Säure auf sie herab. Diese verätzte alles, was je gut und schön gewesen war. Alles verendete. Aber ...

Aleah wurde gepackt und brutal herumgerissen. Sie brüllte vor Schmerz auf, wurde wieder zu Scarlett, wurde zu sich selbst, bevor sie in einen Traum katapultiert wurde, der dem vorherigen so ähnlich und doch vollkommen anders war. Es war der Traum von Magistratspräsident Hosni Elcaer. Sie erkannte das, weil sie ihn erkannte. Sein Gesicht spiegelte sich im Glas der Fensterscheibe, durch die er auf ein flammendes Inferno starrte.

Nun gut, dachte er völlig emotionslos. Seine Spezialisten hatten ihn schließlich gewarnt. Jenen, denen er vorgegaukelt hatte, sie würden daran forschen, die Erde zu einem besseren Ort zu gestalten. Die absolut alles über Schwefel und Staub hatten herausfinden sollen, um diesen für immer unschädlich zu machen. Wie leicht hatten sich ihre Formeln von einer Handvoll Auserwählter ins Gegenteil verdrehen lassen!

»Das ist zu viel«, hatte einer von ihnen geunkt. »Dieser extreme Eingriff wird alles zerstören. Unser Planet hält das nicht mehr länger aus!«

Er hatte den Mann rasch ersetzt. Offenbar sollte dieser noch über den Tod hinaus recht behalten.

Aber das ist es wert gewesen! Jetzt war da doch ein Gefühl, ein Gefühl, das Aleah mehr erschreckte, als jede Hochnäsigkeit, jeder Zorn oder Hass es getan hätte. Denn es war Traurigkeit, eine wirklich ernst gemeinte, tiefe Traurigkeit, gepaart mit Wehmut und Bedauern.

Die Chance auf hundert Jahre Stabilität, Zufriedenheit und Wohlergehen für nahezu alle Menschen – das ist jedes Risiko absolut wert gewesen! Dieser merkwürdige Moment war der letzte auf der Erde. Mit einer gigantischen Explosion verging ein Stern, zu unbedeutend und klein, als dass das Universum davon Notiz genommen hätte.

Aleah schrie qualvoll auf, trieb hilflos in endloser Schwärze davon, schrie erneut ...

»Aufwachen, verdammt!« Jemand rüttelte so fest an Aleahs Schultern, dass sie bestimmt blaue Flecken davontragen würde. Völlig verdattert schlug sie die Augen auf und blickte in Jase' Gesicht.

»Na endlich.« Schnaubend ließ er sich neben ihr zurück in die Kissen und Decken sinken. Obwohl er so genervt tat, streckte er gleichzeitig seinen Arm aus und zog Aleah fest an sich.

»Willst du uns erzählen, was du geträumt hast?« *Uns ...* Aleah bis sich auf die Lippen. Das bedeutete wohl, Celtan war auch wach. Und richtig, als sie den Blick zum gegenüberliegenden Bett hob, sah sie, wie Celtan sich aufrichtete und es sich im Schneidersitz auf seiner Matratze bequem machte. Schweigend und bereit, ihr zuzuhören.

Nur Ami schlief, den Kopf halb unter den Flügeln versteckt. Neia gleich zweimal innerhalb kürzester Zeit in City Zero aufzusuchen, war ja auch gewiss anstrengend gewesen.

Aleah rieb sich über die pochende Stirn und sann eine Weile darüber nach, wie seltsam es war, wie sich alles entwickelt hatte. Und ob etwas dran war an Celtans Bemerkung, sie wären vermutlich alle nur Figuren in etwas wesentlich Größerem.

Wer es wohl ist, der uns beliebig verschiebt und schließlich vom Spielbrett wieder hinunternimmt?

Als sich ihr Herzschlag endlich wieder halbwegs normalisiert hatte und sie keine allzu heftigen Schauder mehr verspürte, richtete sich Aleah ebenfalls auf. Nachdenklich blickte sie in die Runde. »Jase, ich glaube, ich habe deine Schwester gefunden. Und übrigens – die Welt geht unter.«

~ X ~

Phantom Point, Basis der Human Defence Organization, nur wenige Räume weiter

Sein Finger schwebte über der Taste, doch noch drückte er sie nicht. Er wollte ihn auskosten, jenen Moment, auf den er so lange gewartet hatte.

Mehrere Jahre war es inzwischen her, dass über ihn ein Urteil der Stufe zwanzig verhängt worden war. Nur zum Schein, versteht sich. Guerrez hatte ihm wieder und wieder eingebläut, was von ihm erwartet wurde. Und siehe da – es war wesentlich einfacher gewesen, die Basis zu infiltrieren, als gedacht. Ja, es hatte noch andere wie ihn gegeben, die in der eisigen Einöde der *Toten Zone* ihr Leben gelassen hatten. Und auch sein Zustand hatte auf Messers Schneide gestanden, als er halb erfroren entdeckt und in den Bunker gebracht worden war. Nach seiner Genesung war er eine lange Zeit isoliert worden und hatte sich etlichen Tests unterziehen müssen, die seine Gesinnung auf die Probe stellten.

Aber Fakt war, er hatte es geschafft! Inzwischen war er ein geschätztes Mitglied eines überaus wichtigen Teams. Er kannte nicht nur den genauen Standort des Terroristen-Nestes, sondern auch dessen komplette Organisationsstruktur. Er wusste, wie die Zugangscodes zu den Hangartoren lauteten, wo sich die Fluchttunnel befanden, wer die Spitzel in den eigenen Reihen waren, wie kommuniziert wurde und vieles mehr.

Der Befehl des Captain war eindeutig gewesen. Es würde nicht nur einen simplen Angriff mit einigen hübsch anzusehenden Leichen geben. Nein, der erste Schlag würde zugleich jener sein, der die Human Defence Organization von der Wurzel bis zur Spitze radikal ausrottete!

»Also schön.« Die beiden Worte durchdrangen die Stille des Raums mit einem blechernen Klang. In der United Nation wäre die synthetische Modulation perfekt gewesen, allerdings lagen die Prioritäten hier deutlich anders.

Was soll's ... Der Finger senkte sich herab und bestätigte die Order, die er vor wenigen Minuten erhalten hatte.

AKTIVIERUNG SCHLÄFER-PROTOKOLL SUCCUBUS IOTA-E

Einen kleinen Zusatz fügte er noch hinzu, bevor sich die Botschaft in kryptische Symbole verwandelte und auf den Weg zum hochrangigen Empfänger machte. Ein Zusatz, der alles enthielt, was für die entscheidende Schlacht von Belang war.

Der Sieg ist unser!

Namensverzeichnis

Abbi, Antoin, Elian, Liu, Tobis, Zhou – Mitglieder in Ethans Mannschaft

Aleah Holmes – sechzehnjährige Urteilsfällerin aus der Stadt der sechsten Profession, hasst es, Menschen tödliche Strafen auferlegen zu müssen, und tut absolut alles, um in einem stringenten System so fair wie nur irgendwie möglich handeln zu können

Ami – Fledermausadler, ein sehr intelligenter Vogel, der sich mittels Echoortung orientieren kann, gilt in der United Nation als Parasit und seine Spezies wurde bereits fast vollständig ausgerottet; treuer Freund von Celtan

Dr. Ann Reynolds – führende Technikwissenschaftlerin im Bereich der Künstlichen Intelligenz

Brendan, Ysaak, Sirah – Technikspezialisten in Ethans Mannschaft

Cam – Lieutenant in Ethans Mannschaft; ist ein gaaanz kleines bisschen süchtig nach Adrenalin-Kicks

Cazé, Ceila, Orin, Rube, Saeva – Piloten in Ethans Mannschaft

Celtan McLeod – sechzehnjähriger Pflanzengenetiker, liebt seinen tierischen Gefährten Ami über alles, ist äußerst emphatisch und hält die Gruppe seiner Freunde (Aleah, Jase und Neia) stets zusammen

Charles Gilkes – Stellvertreter und rechte Hand von Scarlett Montcroix; kann einem guten Pokerspiel nicht widerstehen

Cooper – Berichterstatter aus City CXIII, Vorgesetzter und Freund von Jase

Darian – Mitglied in Ethans Mannschaft; versierter Kämpfer, der der United Nation den Verlust seiner Zunge zu verdanken hat

Magistratspräsident Hosni Elcaer – residiert in City Zero und sieht sich selbst als Retter der Menschheit, denn große Visionen fordern nun mal auch große Opfer

Eloise Knight – Assistenzregentin von Neia in City Zero, liebt ihre Arbeit und ist glücklich verheiratet mit Maurice

Ethan Travis – 19 Jahre alt, jüngster Commander der Human Defense Organization, Zwillingsbruder von Thane; hat sich eiserne Disziplin und Konzentration antrainiert, ist tief in seinem Innersten jedoch noch immer von Rache erfüllt, weil Elcaer seine Eltern hat hinrichten lassen

Grace – Bewohnerin der roten Stadt, Mutter von Jase, ehemalige Gattin von Captain Guerrez; würde alles tun, um diejenigen zu schützen, die sie liebt

Isbel Tanner – geschickte Schneiderin in Phantom Point, trauert um ihren Bruder

Jacquine – Pilotin in Ethans Mannschaft, ist ausgesprochen tierlieb und baut eine Beziehung zu Ami auf

Captain James L. Guerrez – Vater von Jase, Anführer von Elcaers elitärer Sicherheitsgarde, gehorcht skrupellos jedem Befehl und besitzt dennoch ein Herz

Jase Guerrez – sechzehnjähriger Sohn des Gardecaptains, äußerst sportlich und kampferprobt, aber auch hitzköpfig und arrogant; ist zunächst als Einzelgänger unterwegs, später lernt er die Hilfe seiner Freunde jedoch sehr zu schätzen

Kasdy – Ensign aus Ethans Mannschaft, Allround-Talent, braucht noch etwas mehr Selbstbewusstsein

Marcelo Morris – Vice Captain der Sicherheitsgarde in der United Nation

Leo Deforest – IT-Spezialist in der United Nation; selbst Magistratspräsident Elcaer weiß seine Fähigkeiten zu schätzen

Neia Webster – sechzehn Jahre alt, war für einen einzigen Tag als Magistratin tätig; sie braucht eine Weile, um zu erkennen, wie unperfekt Perfektion sein kann, und wenn sie überhaupt jemandem vertraut, so sind es ihre Freunde oder Thane Travis

Paxton – genannt Pax, bester Scharfschütze in Ethans Mannschaft

Dr. jur. Eric Powell – Aleahs Supervisor in City VI, Pünktlichkeit ist für ihn die höchste Tugend
Dr. Quintin Stafford – Arzt in Phantom Point

Scarlett Montcroix – General der Human Defence Organization und brillante Strategin; verlor alles, was ihr einmal etwas bedeutet hat

Ste-Sheri – ein liebenswürdiger, stets zufriedener Urteilsfäller aus City VI; Aleahs Kollege

Thane Travis – 19 Jahre alt, Zwillingsbruder von Ethan, militärischer Berater; er besitzt ein phänomenales Gedächtnis, liest gerne und lässt ebenso gerne jegliche Regeln außer Acht, um sich zu amüsieren oder diejenigen zu unterstützen, die ihm wichtig sind

Wilson – bärbeißiger Lieutenant in Ethans Mannschaft mit schlechtem Filmgeschmack

Ortsverzeichnis

United Nation – gegründet Anfang des 22. Jahrhunderts auf kanadischem Gebiet; Einwohnerzahl im Jahre 2261 ca. 25 Millionen; Untergliederung in separierte, streng gesicherten Stadtareale; Machtinhaber: Magistratspräsident Hosni Elcaer

City Zero – Regierungssitz der United Nation, hier arbeiten und leben die Magistratsmitglieder sowie zehntausende Assistenzregenten
City I – Militärheimat der schwarzen Garde
City II – Standort zur Fusionsenergiegewinnung
City III – Lebensmittelindustrie
City IV – Medizinstandort
City V – Zentrum für Rohstoffgewinnung
City VI – Sitz der Judikative der United Nation, Stadtverwalterin Tory
City VIII – Zentrum für technischen Fortschritt, u. a. Erforschung künstlicher Intelligenz
City X – Gefängnisstadt
City XXI – Rohstoffverarbeitung, zum Beispiel Stahlherstellung
City LIV – Fabrikstadt, u. a. zur Herstellung von Aircraft-Mobilen
City LXXV – Zentrum für Tierforschung, Stadtverwalter Reuben Nova
City XCIX – Zentrum der Pflanzenforschung
City CXIII – ehemaliger Medienstandort
Rote Stadt – Stadt des körperlichen Vergnügens, wird nicht unter einer speziellen Nummer geführt

Stadt der Kinder – getrennt von den Eltern werden hier sämtliche Kinder der Nation aufgezogen, bis sie ihre jeweilige Ausbildung vollendet haben und einer der Städte der United Nation zugewiesen werden

Duskwatch Lair, Falcon Base, Utopia Towers – Außenposten der United Nation, die viele Tausend Kilometer entfernt, z. T. sogar auf anderen Kontinenten liegen

Phantom Point – Basis der Human Defence Organization, unterirdischer, ausgebauter Bunker; beherbergt knapp 6.000 Zivilisten und 3.000 Soldaten; liegt versteckt innerhalb der Rocky Mountains; oberste Befehlsgewalt hat General Scarlett Montcroix inne, Higgins ist amtierender Sprecher der Zivilbevölkerung

Danksagung

Viele wundervolle Personen waren an der Entstehung dieses Buchs beteiligt. Da es jedoch unseren Kindern gewidmet ist, möchte ich mich auch hier an all diejenigen wenden, die so sind wie die folgenden drei oder aber auch ganz anders :D

Für das kreative und gefühlsstarke Kind, das den ganzen Tag in einer Fantasiewelt verbringt und dort jede Rolle einnimmt. Jedenfalls solange es die Chef-Position ist. Das es völlig normal findet, im Eisprinzessinnenkostüm Ninja zu spielen, genauso wie im Ninjakostüm Prinzessin zu spielen. Welches Pink mag und Blau, Dinos und Einhörner und über viele Probleme von uns Erwachsenen zum Glück nur den Kopf schütteln kann.

Für das stets gut gelaunte Kind, welches so wunderbar versteht, im Moment zu leben, und sich mit allem irgendwie arrangieren kann. Mit Corona. Dauerregen. Schuhe, die immer entweder zu groß oder zu klein sind. Das Kind, das voller Energie steckt, niemals Chef sein möchte und für seine Freunde, ohne zu zögern, vom höchsten Klettergerüst in den tiefsten Abgrund springt. Selbst wenn Mami besorgt dagegen protestiert.

Und für das Kind, das alle mit seinem Lachen zu verzaubern vermag, das genau weiß, was es will und wann es will. Welches so voller Glück und Liebe und Leben ist, dass einem manchmal schier die Sprache verschlägt. Das Kuscheln zelebriert, Gänseblümchen für den größten Schatz der Welt hält und Spielzeug megalangweilig findet. Außer natürlich, es handelt sich um das Spielzeug anderer Kinder.

Lasst niemals zu, dass die Welt euch verändert, sondern geht hinaus und verändert die Welt!

MANUSKRIPTE GESUCHT.

Du hast ein Manuskript in deiner virtuellen Schublade oder arbeitest gerade an einer Herzensgeschichte? Dann immer her damit! Wir freuen uns über jedes eingereichte Manuskript, möchten dich jedoch bitten, folgendes zu beachten:

KRITERIEN.
- Gesucht werden ausschließlich Geschichten mit/über starke(n) Mädchen oder Frauen! Heldinnen, die sich behaupten können, oder die sich dazu entwickeln.
- Die Genres (samt jeglichen Subgenres) sind: Romance, Fantasy, Dystopien, Entwicklungsromane (Sehr gerne mit positivem Ende, ist aber kein Muss) und Sachbücher (hier: Alles rund um Mädchen, Frauen, Lifestyle, Gesundheit & Wohlbefinden, usw.)
- Die Geschichte sollte mindestens 250 Normseiten lang sein.

EINZUREICHENDE UNTERLAGEN.
- Ein vollständiges Exposé mit folgenden Angaben: Titel, Genre, Umfang (Wörterangabe), geplante Fertigstellung, Zielgruppe, Handlungsort, Handlungszeit, Perspektive, Figurenliste, Kurzzusammenfassung, ausführliche Zusammenfassung
- Eine (Autoren)Vita mit Kontaktdaten und (falls vorhanden) sämtlichen Veröffentlichungen (bitte NICHT in das Exposé packen!)
- Eine Leseprobe (vom Anfang) im Umfang von 2 Kapiteln oder 30 - 50 Normseiten: Courier New oder Arial, 12pt, 1,5 Zeilenabstand, Linksbündig
- Dateien bitte ausschließlich in *.doc oder *.docx einsenden und mit Name, (Arbeits)Titel & Bezeichnung versehen: Name_Titel_Bezeichnung

WAS WIR BIETEN.
- Ein professionelles Lektorat sowie Korrektorat
- Ein liebevoll gestaltetes Cover
- Eine Veröffentlichung deiner Geschichte als E-Book & Print
- Verschiedene Werbemaßnahmen auf unterschiedlichen Plattformen
- Ein engagiertes und herzliches Team auf Augenhöhe

WISSENSWERTES.
- Bitte sende dein Manuskript per E-Mail an: dancingwords.verlag@posteo.de

- Andere Einsendungswege werden nicht berücksichtigt; für postalisch versandte Manuskripte übernehmen wir keine Haftung!
- Thriller, Kriminalromane, Lyrik, Kurzgeschichten oder Horror verlegen wir nicht.
- Wir antworten in jedem Fall, bitten aber um Geduld. Um jedes Manuskript sorgfältig zu prüfen, benötigen wir bis zu 4 Wochen.
- Im Falle einer Veröffentlichung entstehen dir natürlich keine Kosten.

Leseprobe
Das schwarze Arvain

Mecanaé.
Zu einer Zeit, als Magie noch die Welt durchströmte ...

Stjerna ging beschwingt durch den dunkler werdenden Wald. Ihr gefielen diese Momente, die sie für sich allein hatte, weit ab von den anderen Gauklern. Die sinkende Sonne malte goldene Flecken in den dunkelgrünen Forst und würziger Duft hing in der Luft. Stjerna streckte die feingliedrigen Finger nach einem Haselstrauch aus. Eigentlich sollte sie Bärlauch für die Suppe sammeln, aber Hasel half bei allerlei Verletzungen und davon würde es auf den Jahrmärkten einige geben – Schnitte, verbrannte Finger, Kratzer und Spuren von Auseinandersetzungen ...

Den Vorrat etwas aufzustocken, konnte nicht schaden. Sie schloss behutsam den Griff um die zarten, leicht samtigen Blätter und zupfte sie von den dünnen Ästen. Als sie genügend in ihrer Tasche verstaut hatte, pustete sie sich beiläufig eine ihrer langen Strähnen aus der Stirn. Sollte sie tiefer in den Wald gehen? Sicher verbargen sich noch mehr Heilpflanzen zwischen Sträuchern, Farnen und Bäumen, deren Umrisse sich in der Abenddämmerung langsam verwischten. Außerdem war es bald Zeit für das Abendessen und sie stand noch immer ohne Bärlauch da. Verborgen im Blätterdach zwitscherte ein Vogel. Stjerna lächelte. Sie fühlte sich frei.

Entschlossen setzte sie ihren Weg fort. Ihre Schritte verursachten ein leises Rascheln. Das Zirpen von Grillen und Quaken von Fröschen erfüllte den Klang der Umgebung. Stjerna zog ihren Umhang enger um die Schultern, als die abendliche Kälte sie zu umhüllen begann. Ein schmaler Stein, von Efeu umrankt und hinter Bäumen teils verborgen, zog durch seine bizarre Form ihren Blick auf sich.

Stjerna beschleunigte ihre Schritte, am glatten Stamm einer Buche stützte sie sich ab und kletterte behände über eine umgestürzte Birke. Vorsichtig schob sie das grün-braune Gewirr an Ästen aus dem Weg und kletterte durch die Öffnung auf eine kleine Lichtung. Säuselnd schlossen sich die Zweige hinter ihr.

Es war kein außergewöhnlich geformter Stein, dem sie sich näherte, sondern eine gehörnte Figur. Moos und Efeu bedeckten die Oberfläche an manchen Stellen, dennoch war die Gestalt deutlich zu erkennen – ein Niscahl-Dämon!

Stjerna erschauerte. Sie wusste, sie sollte es nicht, dennoch trat sie näher. Vorsichtig. Wer mochte die Figur eines solchen Dämons geschaffen haben? Einer unheilverheißenden Kreatur der Dunkelheit? Das Übernatürliche bevölkerte ihre Welt, doch als Mensch kam sie selten in Kontakt damit. Sie hatte Zeichnungen jener Wesen gesehen, Beschreibungen und Geschichten gehört, aber ein solches Abbild? Noch dazu von einem Niscahl? Faune, Waldgeister, Zentauren, diese Geschöpfe wurden gern dargestellt, doch Dämonen?

»Du bist doch aus Stein?«, fragte sie halblaut und bereit zum Sprung, sollte die Statue ihr etwa eine Antwort geben.

Die lebensgroße Figur eines Mannes kniete mit zum Kampf gezücktem Schwert, als setzte er an, einen Hieb abzuwehren, die linke Faust war zornig geballt. Sogar das zerschlissene Hemd sah aus, als flatterte es im Wind.

Stjerna tippte sich mit dem Zeigefinger auf die Lippen, dann umrundete sie die Statue. An der rechten Schulter schimmerte verschlungen ein goldenes Zeichen, wie ein Siegel. Sie hob die Hand, hell zeichneten sich ihre Finger gegen die vom Dämmerlicht in Dunkelblaugrün getauchte Umgebung ab. Zaghaft streckte sie den Arm aus und fuhr mit den Fingerspitzen über das glitzernde Metall. Ihre Haut kribbelte von der kalten Oberfläche des Goldes, welches beinahe vibrierte. Rasch unterbrach Stjerna die Berührung. Ihre Hand gegen ihren Leib pressend wich sie ein Stück zurück und wartete unruhig ab. Nichts regte sich. Die Grillen und Frösche um sie herum waren jedoch verstummt. Was für ein seltsames Gefühl sie durchdrungen hatte …

»Du bist wirklich nur eine Statue, hm?«, flüsterte sie und schob vorsichtig die Efeuranken beiseite, die sich um den Niscahl schlangen.

Sie entrollte der Statue das störende Grün wie eine Krone um das gehörnte Haupt und betrachtete neugierig das Antlitz der Figur. Die Züge waren filigran gearbeitet und überraschend menschlich. Die steinernen Augen blickten ein wenig verwegen in den Wald. Die kunstfertig dargestellte Haut erinnerte in ihrer Maserung an eine Schlange. Stjerna beugte sich näher zum Gesicht des Dämons.

»Stjerna!«

Erschrocken zuckte sie zusammen und drehte sich zu dem Sprecher um. Sie war so versunken gewesen, dass sie ihn nicht hatte kommen hören.

»Du hast mich erschreckt, Rilan.«

Der junge rothaarige Mann blickte sich misstrauisch um und ließ schließlich sein Messer sinken. »Was machst du denn hier?«

»Na was schon? Bärlauch suchen, darum hat Betha mich gebeten«, gab sie spitz zurück. Warum nur musste er sie stets infrage stellen? Und warum konnte sie nicht einfach allein sein und tun, was sie für richtig hielt?

»Aber sie hat sicher nicht verlangt, dass du allein so tief in den Wald gehen sollst. Was ist das da?« Mit der Klinge zeigte er auf die Statue und trat dann neben Stjerna.

»Großartig, nicht wahr? Sieh nur, mit welch feinen Nuancen und Details der Stein bearbeitet wurde, wie lebenswirklich der Ausdruck ist. Wer das wohl geschaffen hat?« Mit schwungvoller Geste deutete sie auf die Figur.

Eine steile Falte erschien zwischen Rilans Augenbrauen, als er die Figur inspizierte. Unwillkürlich strich er sich über die hohe Stirn. »Wohl niemand mit guten Absichten. Wer würde schon freiwillig einen Niscahl darstellen? Komm jetzt.«

»Aber –«

»Komm endlich, Stjerna!«, befahl er knapp. »Es wird dunkel, die anderen warten und dieses ... Ding ist tief verborgen im Wald am besten aufgehoben. Niscahle sind gefährlich für Menschen, erst recht in der Dunkelheit, und auch mit einem Dämon aus Stein solltest du dich nicht abgeben.«

Stjerna straffte die Schultern. »Du weißt schon, dass ich kein Kind mehr bin?«

»Ich mache mir eben Sorgen um dich. Deine Aufmerksamkeit wird entschieden zu leicht von törichten Dingen gefesselt und das Übernatürliche interessiert dich so sehr, dass ich Angst habe, du könntest in seine Fänge geraten. Komm jetzt.«

Sein Tonfall war diesmal etwas weniger belehrend. Er drehte sich abrupt um und bedeutete ihr, ihm zu folgen. Sie setzte an, etwas zu erwidern, sah aber, sich an frühere Diskussionen erinnernd, ein, dass es zwecklos war. Er würde jedes ihrer Argumente entweder abtun oder kleinreden.

Ihre Tasche umständlicher schulternd als nötig, trottete sie ihm mit etwas Abstand hinterher und verdrehte dabei genervt die Augen. Rilan war so unglaublich prosaisch, manchmal trieb er sie mit seiner Art regelrecht zur Weißglut. Stets glaubte er, alles besser zu wissen, und irgendwie konnte er einfach nicht davon ablassen, sie wie ein Kind zu behandeln. Bedauernd warf Stjerna zwischen den Bäumen hindurch einen Blick zurück zu dem steinernen Dämon. Narrte die Dunkelheit sie? Stjerna starrte angestrengt durch die Äste hindurch. Konnte das wirklich sein?

»Stjerna, komm! Oder soll ich dich holen?«

Sie wirbelte herum und folgte Rilan mit langen Schritten. Der Eindruck, dass die Figur das Schwert hatte sinken lassen, musste eine Illusion gewesen sein.

***

Die Truppe hatte sich im Halbkreis auf Baumstämmen um eine Feuerstelle niedergelassen. Der Duft von heißer Kräutersuppe hing in der Luft und Rauch zeichnete sich gegen den Nachthimmel ab. Die beiden Holzwagen, den die zehn Gaukler ihr Eigen nannten, standen zwischen den Bäumen. Die kräftigen Schecken, die diese auf ihren Reisen zogen, waren am losen Strick daneben angebunden und grasten. Es war zwar noch kalt in den Frühlingsnächten, aber trocken, daher würden sie alle unter dicke Felle gehüllt die Nacht draußen schlafen. Solange Stjerna sich zurückerinnern konnte, zog sie mit dieser alteingesessenen Truppe durchs Land. Einzelne Mitglieder wechselten dann und wann, doch seit mehreren Jahren waren sie nun in der gegenwärtigen

Besetzung unterwegs. Von Jahrmarkt ging es zu Jahrmarkt, wo sie mit Artistik, Messerwerfen, Kartenlegen, Handlesen, Feuerspucken und dergleichen ihr Geld verdienten. Wenn sie Glück hatten, lud sie hin und wieder im Winter ein Edelmann an seinen Hof ein, um dort für Unterhaltung zu sorgen. Wenn nicht, dann hieß es, von dem zu überleben, was sie während des Jahres erarbeitet hatten, und auf den Beginn der neuen Saison zu warten, der ihnen jetzt einmal mehr ins Haus stand.

Das Lagerfeuer knisterte leise und wehte den Duft von Rauch zu Stjerna hinüber, die, ohne hinzusehen, mit einem Stöckchen Linien in den Boden ritzte. Die Flammen tanzten vor ihr. Sie war nicht besonders gesprächig an diesem Abend. Halbherzig nur lauschte sie der Geschichte, die Rilan erzählte. Die anderen Gaukler lachten häufig, Stjerna lächelte dann und wann, wenn sie gewahrte, dass er sie ansah. Im Grunde aber hing sie ihren Gedanken nach.

Plötzlich prasselte nur noch das Feuer und die Geschichte war verstummt. Rilans stämmige Silhouette tauchte neben ihr auf, er ließ sich nieder und legte ihr den Arm um die Schultern. Der Messerwerfer, der mehrere Jahre älter war als sie selbst, war so etwas wie ihr Beschützer, seit er zu ihrer Truppe gestoßen war. Er kam zwar aus dem gleichen Dorf wie Stjerna, doch von dort hatte sie keinerlei Erinnerung an ihn.

»Alles in Ordnung? Du bist so still.« Rilan drückte sie.

»Hm«, erwiderte sie und rutschte ein Stück von ihm weg.

»Was ist das denn?«, zischte er unvermittelt und deutete auf das, was sie in den Boden gekratzt hatte – eine gehörnte Gestalt.

»Ich weiß auch nicht.« Stjerna zuckte mit den Schultern. »Ich habe einfach vor mich hin gekritzelt.«

Mythen und Geschichten über das Übernatürliche hatte sie stets gemocht. Wann immer jemand solch eine Geschichte erzählte, lauschte Stjerna gebannt, und das bereits schon als Kind. Warum es aber nun ausgerechnet der Niscahl-Dämon war, der ihre Aufmerksamkeit fesselte, vermochte sie nicht zu sagen.

»Du bist zu verträumt, Kind. Wir sind Menschen und teilen die Welt mit den übernatürlichen Kreaturen. Es ist jedoch für alle besser, wenn beide Seiten unter sich bleiben. Das mag einst anders gewesen sein, aber dieser Tage sollten wir unserer Wege gehen und die Kreaturen des Übernatürlichen ihrer. Es bringt nichts Gutes, sich zu viel für sie zu interessieren, Stjerna«, warf Betha, die alte Wahrsagerin, ein. »Deine Mutter war genauso.«

Betha, die ihr weißes Haar stets unter einem farbigen Tuch verbarg, war die inoffizielle und doch unangefochtene Chefin der Gauklertruppe. Was sie gebot, wurde ausgeführt, in der Regel ohne Widerworte. Stjerna fand, dass Betha sich über die Jahre kein bisschen verändert hatte. Die zahlreichen Falten hatte die Wahrsagerin schon immer im Gesicht gehabt und die blauen Augen hatten nichts an Klarheit eingebüßt.

»Das mag sein. Ich weiß ja kaum etwas von ihr.« Hoffnungsvoll blickte Stjerna hinüber. Wie gerne würde sie mehr über ihre Herkunft erfahren. So viel mehr!

»Was du weißt, genügt. Was willst du auch mehr wissen? Ihr Interesse für das Übernatürliche wurde ihr zum Verhängnis. Wir sind seit Langem deine Familie und sorgen dafür, dass dir nicht das gleiche Schicksal widerfährt. Deswegen frag nicht nach Dingen, die dich nur belasten und in Gefahr bringen würden.« Damit wandte Betha sich ab.

Stjerna biss zornig die Zähne aufeinander. Sie war diese Andeutungen so leid. Doch egal wie oft sie fragte, wie sehr sie versuchte, das Gespräch in diese Richtung zu lenken, die anderen erzählten ihr nichts. Was war da nur in ihrer Vergangenheit, das sie nicht wissen durfte?

»Betha hat recht. Und du solltest keinen Niscahl malen. Das bringt nur Unglück!« Forsch fuhr Rilan mit dem Fuß über die Linien und zerstörte die Zeichnung gründlich.

»Entschuldigung, ich konnte nicht ahnen, dass du dich vor einem Abbild fürchtest«, meinte sie abschätzig.

Mit zusammengekniffenen Augen begegnete er ihrem Blick. »So eine Kreatur war für den Tod meines Vaters verantwortlich. Und das weißt du auch!« Sein Tonfall war deutlich schärfer als gewöhnlich.

Stjerna schnappte nach Luft. Unbehaglich gewahrte sie, wie die Aufmerksamkeit der anderen Gaukler sich völlig auf ihr Gespräch richtete. »Verzeih. Ich wusste nicht, dass diese

Geschichte wirklich stimmt. Ich dachte, du hättest mir das früher erzählt, um mir Angst zu machen.«

»Nein.« Betreten kratzte Rilan sich an der hohen Stirn. »Er wurde angegriffen, im Wald. In den Tagen danach erzählte er immer wieder davon, bis er schließlich starb. Besonders die Augen der Bestie verfolgten ihn, funkelnd wie violette Kohlen.«

»Das –«

»Ich wusste nicht, dass Niscahle Menschen direkt angreifen«, schaltete Bellin, die Seiltänzerin ihrer Truppe, sich ein. »Ich nahm an, sie brächten Dunkelheit und Albträume, helfen Dieben und Mördern ...«

»Nun, offenbar agieren sie auch selbst und sind den Menschen nicht freundlich gesinnt. Waldgeister, Faune und andere übernatürliche Kreaturen mögen friedlich sein, Niscahle demgegenüber ...«, erwiderte Rilan stoisch.

»Genug!« Betha hob die Hand. »Dies ist kein Gespräch für die Nacht. Und Rilan hat nicht ganz unrecht. Es ist besser, das Übernatürliche vom Menschlichen zu trennen. Es gibt Geschöpfe in Wäldern und Auen, die freundlich sind. Es gibt freilich auch jene, die gefährlich sind. Am besten für Menschen ist es, sie allesamt in Ruhe zu lassen.«

Stjerna zerbrach ihr Stöckchen und warf es in die Flammen. Knisternd wurde es vom Feuer verschlungen. »Die Statue war trotzdem großartig«, flüsterte sie nur für sich selbst und ging hinüber zum Lager, wo einige andere Mitglieder ihrer Truppe bereits schliefen.

***

Lachend legte Rilan Stjerna den Arm um die Schultern. »Das war ein guter Auftakt heute Nachmittag!«

»Allerdings«, stimmte Stjerna zu. »Dein Auftritt als Messerwerfer hat uns gute Einnahmen beschert.«

Der erste Jahrmarkt des Jahres war immer mit mehr Nervosität verbunden als die darauffolgenden. Zwar reisten sie seit Jahren zu den gleichen Orten, dennoch fragte sich Stjerna jedes Mal vor ihrer ersten Station, ob alles glattgehen würde wie erhofft.

Auf dem Weg zu ihrem Lager gingen sie zwischen den Menschen hindurch, die lärmend und fröhlich über den Turnierplatz strömten. Rundherum war eine Fülle von Ständen aufgebaut, bunte Fahnen flatterten im Wind und Händler boten lautstark allerlei Waren feil. Von überall drangen Gesprächsfetzen herüber, es roch nach Lagerfeuern, frischem Brot und Süßwaren. Kinder lachten, Hunde bellten und von irgendwo wehten die zarten Klänge einer Laute heran, ohne dass der Spieler des langhalsigen Saiteninstruments zu entdecken war.

»Deine Fähigkeiten als Kartenlegerin sind auch ziemlich beliebt.« Rilan drückte sie. »Es ist unglaublich, mit welch verblüfften Mienen deine Kunden dich verlassen.«

Stjerna zog sacht den Kopf ein und machte unangenehm berührt einen Schritt zur Seite. Sie konnte es nicht ausstehen, wenn Rilan so aufdringlich wurde. Ständig fasste er sie an.

»So schwer ist das nicht«, wehrte sie eilig ab. »Wenn ich die Leute ein bisschen beobachte und dann die Fantasie spielen lasse, kommt der Rest ganz von allein.« Sie zwirbelte eine ihrer blonden Haarsträhnen zwischen den Fingern.

»Tatsächlich? Nun, mir würde sicher so prompt nichts Passendes einfallen. Du beeindruckst die Menschen. Was du weissagst, entspringt allein deiner Fantasie, nicht wahr?« Eindringlich schaute er sie an.

Ehe Stjerna antworten konnte, musste sie behände einem Pony ausweichen, das mit trappelnden Hufen durch die Menge galoppierte. Ein schreiender Junge folgte dem Tier, ein Halfter umklammernd. Etliche der Umstehenden lachten. Stjerna war dankbar für die Ablenkung, denn es stimmte, was Rilan gesagt hatte. Inzwischen eilte Stjerna ein gewisser Ruf in der Kunst des Kartenlegens voraus. Oft waren ihre Dienste gefragter als das Handlesen von Betha. Gleichwohl sprach sie ungern darüber, was tatsächlich während des Kartenlesens in ihr vorging. Sie war selbst nicht sicher, redete sich immer wieder ein, dass ihre Fantasie bloß schnell arbeitete und sie das erfand, was sie sagte. Es war bestimmt besser, bei dieser Geschichte zu bleiben, besonders nach dem, was die anderen neulich so deutlich über das Übernatürliche hatten verlauten lassen. Jede Andeutung, dass da vielleicht mehr war als bloße Vorstellungskraft, würde sicher nicht gut aufgenommen werden.

Stjerna schluckte schwer und antwortete endlich auf Rilans Frage. »Ich sage nur das, was mir beim Betrachten der Karten in den Sinn kommt. Ich denke mir einfach etwas aus, was auf den jeweiligen Menschen zu passen scheint.«

Rilan nickte. »Gut. Es gibt sicher Wahrsager, die meinen, wirklich etwas zu wissen. Ich bin froh, dass es bei dir nicht so ist. So etwas zu glauben, wäre völliger Irrwitz. Menschen verfügen über solche Fähigkeiten nicht. Denk immer daran, Stjerna.«

Sie seufzte. »Manchmal würde ich mir wünschen, die Karten sprächen tatsächlich mit mir. Vor allem wenn ich sie über mich befrage.«

Rilan blieb abrupt stehen und hielt Stjerna grob am Arm fest. »Sei vorsichtig mit deinen Wünschen!«

»Über meine Familie wüsste ich dennoch gerne etwas. Betha weiß einiges und du auch!« Wütend riss sie sich los. »Mir sagt indes keiner was. Ich bin ein Teil dieser Gauklertruppe, so lange ich mich zurückerinnern kann, ich kenne dich seit Jahren, aber ...«

»Was?« Er tippte ungeduldig mit dem Fuß auf.

»Was war davor? Woher komme ich? Was sind meine Wurzeln?« Sie hob die Hände. »Und warum will Betha nicht, dass ich darüber etwas erfahre?«

Rilan atmete betont aus und trat dichter an Stjerna heran. »Es gibt Dinge, die besser im Verborgenen bleiben, Stjerna. Deine Mutter hat sich mit dem Übernatürlichen eingelassen und es hat sie getötet.«

Stjerna schnaubte. »Das höre ich immer wieder von euch allen. Ist das nicht auch nur eine dieser Geschichten, die ihr mir als Kind erzählt habt, um mir Angst zu machen?«

»Nein«, flüsterte er und ließ die Mundwinkel hängen. »Du kamst in die Obhut der Gaukler, weil die Bewohner unseres Heimatdorfes fürchteten, übernatürliche Geschöpfe könnten auf der Suche nach dir sein.«

Stjerna legte den Kopf in den Nacken. Die Wolken zogen langsam über den blauen Himmel und sie brauchte einen Augenblick, um sich zu sammeln. Schließlich richtete sie ihre

Aufmerksamkeit wieder auf Rilan. »Du meinst also, meine Mutter –«

»Wurde von einem übernatürlichen Wesen getötet. Ja. Es tut mir leid, aber so ist es.«

»Und das weißt du woher?«

»Von Betha. Und mein Vater wusste es auch. Vor seinem Tod hat er mir davon erzählt. Er war ein Freund deiner Mutter. Ich glaube, nach dem Tod meiner Mutter hätte er sie am liebsten zur Frau genommen, aber sie …« Er unterbrach sich und machte eine wegwerfende Handbewegung. »Wie auch immer, ich selbst ging später zu den Gauklern, weil es in Zarant, unserem Heimatdorf, für mich nichts gab, was mich hielt. Und natürlich um auf dich achtgeben zu können. Mein Vater bat darum, ehe er starb.«

»Und was –?«

»Genug jetzt!«, unterbrach er sie harsch. »Ich habe dir schon weit mehr offenbart, als gut ist. Wie gesagt, es gibt Dinge, die besser im Verborgenen bleiben, und Geschichten, die besser nicht erzählt werden, denn wer kann wissen, was sie nach sich ziehen. Komm!«

Eilig lief Rilan weiter. Stjerna folgte ihm widerwillig mit einigem Abstand durch die Menge. Sie stieß gegen eine Frau, die sie nicht einmal gesehen hatte, und entschuldigte sich mechanisch. Was Rilan gesagt hatte, warf mehr Fragen auf, als es Antworten geliefert hätte. Warum sollte das Übernatürliche an ihr interessiert sein? Musste sie diese Wesen wirklich fürchten? Wenn es doch nur jemand anderen gäbe, den sie um Rat fragen könnte. Jemanden, der sie ernst nahm und sie nicht ständig mit Brotkrumen fütterte, nur um sie ihr dann wieder wegzunehmen.

Stjerna hielt inne. Rilan war längst im Getümmel verschwunden. Um sie herum wuselten Menschen. An einem Stand prüfte eine Frau irdene Waren, ein Falkner präsentierte etwas weiter vorne seine Tiere. Ein kleines Mädchen, an der Hand seiner Mutter, lief vorüber. An einem Waffenstand war ein Vater, der seinem Sohn gestenreich etwas erklärte. Sie hingegen stand wie ein einsamer Felsen da. Allein inmitten eines Menschenstroms.

Stjerna atmete hörbar aus und verbiss sich Tränen der Wut und der Ratlosigkeit. Es vermeidend, den Blick auf ihre Umgebung zu lenken, ging sie träge weiter, starrte auf das zertretene Gras vor ihren Füßen. Wieder rempelte jemand gegen sie und Stjerna japste erschrocken auf. Wie ein Blitz durchzuckte es sie und alles um sie herum war fortgewischt.

Klirrende Schwerter, ein Kampf. Schreie. Ein strahlender Blitz schoss auf sie zu und sie sah siedendes Gold.

Keuchend presste Stjerna die Hände gegen ihre Brust und schnappte nach Luft – eine Vision!? Ihr Blick schwirrte wild umher und blieb an einem jungen Mann hängen, der ihr gegenüberstand. Blaugraue Augen mit violetten Sprenkeln in den Iriden fixierten sie. Stjerna machte zitternd einen Schritt zurück. Unvermittelt griff der Fremde nach ihr. Seine Hand war seltsam kalt, als wäre keinerlei Wärme in ihm.

»Stjerna?«

»Hier!« Sie schoss herum und die Hand des Fremden glitt an ihrer Schulter ab. Ohne noch einmal zurückzublicken, rannte sie mit wehendem Rock zwischen den Menschen hindurch. Ihr Atem ging schnell, als sie endlich auf die Person traf, die sie gerufen hatte.

Seiltänzerin Bellin nickte ihr zu. »Alles in Ordnung?«

»Ja, ich bin nur ... Ich ... Ach, vergiss es.«

Ohne weiter nachzubohren, liefen Bellin und sie zurück zum Lager. Stjerna schlang die Arme eng um ihren Leib und hielt sich dicht bei der anderen Gauklerin. So etwas war ihr noch nie passiert. Eine Vision von dieser Klarheit war ihr nicht geheuer und erst recht nicht dieser intensiv fordernde Blick des Fremden, der sie immer noch zu verfolgen schien, als würde er an ihr haften.

***

Wie so oft war es am Abend Rilan, der zu ihr kam und sie auf ihre Schweigsamkeit ansprach. Die anderen waren ausgelassen und der Wein floss reichlich, denn der Tag hatte einige Einnahmen gebracht. Süßlich duftender Met machte die Runde, ebenso Kräuterbrot, Gänsefleisch und kandierte Äpfel. Sicher hatten die Übrigen ebenso bemerkt, dass Stjerna nicht recht in ihre Fröhlichkeit einzustimmen vermochte.

»Ich hätte vorhin nichts sagen sollen, Stjerna«, wisperte er und strich sich über den rötlichen Bart, während er sich neben sie setzte. »Manchmal ist es besser, nichts zu wissen.«

»Hm?« Sie sah auf. »Das ist es gar nicht, da war –«

»Da war was?«, fragte er wachsam.

»Nicht so wichtig. Was du gesagt hast, wirft nur noch mehr Fragen auf. Wer war mein Vater? Und selbst wenn meine Mutter sich mit dem Übernatürlichen eingelassen hat, warum darf ich nichts von meiner Herkunft wissen?«

»Genau deswegen, Stjerna. Wegen deiner Neugier. Du stellst Fragen und du versuchst, Dinge herauszufinden, selbst wenn sie besser unangetastet bleiben sollten.« Rilan tastete nach ihrer Hand, Stjerna zog sie weg und legte sie in ihren Schoß.

»Dein Vater«, fuhr er leise fort, »war kein guter Mann, zumindest hat mein Vater das immer betont. Das ist alles, was du wissen solltest. Was den Rest angeht, gib dich mit dem zufrieden, was ich dir gesagt habe und was du von Betha weißt. Es birgt Gefahren, wenn du dem Übernatürlichen in unserer Welt zu viel Aufmerksamkeit schenkst. Wenn du Pech hast, wird es dann nämlich auch auf dich aufmerksam.« Er ballte die Fäuste.

»Du glaubst das wirklich, nicht wahr?« Stjerna zog die Brauen zusammen. »Dass all diese Geschöpfe nur Unheil bringen. Ich meine, Niscahle, nun gut, denen möchte ich auch nicht unbedingt begegnen, aber die anderen Kreaturen – bergen sie wirklich alle Gefahr?«

»Zumindest dann, wenn man sich mit ihnen einlässt, ja. Es genügt, den Waldgeistern oder Faunen dann und wann ein Geschenk auf dem Feld zu lassen, um sie milde zu stimmen und zu hoffen, dass sie in schlechten Zeiten geneigt sind, mit ihren Kräften zu helfen. Dafür muss man sie weder sehen noch treffen.«

Sie setzte an, etwas zu erwidern, verbiss es sich jedoch. Es war zwecklos, einen Streit mit Rilan anzufangen und sich einen seiner Vorträge darüber einzuhandeln, warum das Übernatürliche sie als Mensch nicht interessieren dürfe und warum sie so zu denken habe, wie es die anderen für richtig befanden. Alles in ihr schrie danach, endlich die Wahrheit zu erfahren. Rilan, das musste sie einsehen, würde ihr dabei keine Hilfe sein. Seit jeher hatte sie sich in ihrer Fantasie die kühnsten Dinge ausgemalt. Dass ihr Vater ein Herzog sein mochte oder ihre Mutter eine Prinzessin. Derlei Kindereien hatte sie hinter sich gelassen. Das Verlangen, ihre Vergangenheit zu ergründen, verspürte sie allerdings noch immer – und vielleicht stärker als zuvor.

Erleichterung breitete sich in ihr aus, als Rilan nach einigen weiteren Bemerkungen wieder ging. Es gab Themen, in die er sich geradezu verbeißen konnte. Außerdem kam es ihr gelegen, allein zu sein, die Begegnung mit dem Fremden und die seltsame Vision hing noch in ihren Gedanken, mehr noch in ihren Gliedern.

***

In der Nacht schreckte Stjerna hoch. Sie wusste, dass sie geträumt hatte, konnte sich nur nicht erinnern, was es gewesen war. Das Feuer war zu orange schwelender Glut herabgebrannt. Leise hörte sie die anderen atmen, der Alkohol ließ die Gaukler tief schlafen. Sie wollte ihre Decke über sich ziehen und sich umdrehen, als sie erstarrte. Die Silhouette eines Mannes zeichnete sich schwarz gegen die Umgebung ab. Stjerna war einen Wimpernschlag lang wie paralysiert, unfähig, sich zu rühren. Dann wollte sie aufspringen, doch er war schneller. Sein Gewicht drückte sie nieder, mit einer Hand packte er sie an der Schulter, mit der anderen hielt er ihr den Mund zu. Sie strampelte wild mit den Beinen, versuchte, ihn zu beißen, ihren Leib irgendwie aufzurichten. Ihr Körper bog sich, sie zitterte und probierte zumindest zu schreien. Doch nur kläglich erstickte Laute verhallten in der Nacht. Heiße Panik stieg in ihr auf. Ihre Versuche blieben desolat, ihre Kraft reichte nicht aus. Wie Eisenklammern hielt er sie fest, drückte sie energisch zu Boden, sein Griff tat ihr weh. Stjerna wurde schwindelig. Hektisch rang sie nach Luft und spürte, wie sie immer mehr entglitt und alles schwarz wurde.

Die 19-jährige Kartenlegerin Stjerna reist mit ihrer Gauklergruppe von Ort zu Ort, um den Menschen Ablenkung und Freude zu bringen. Bei einem zufälligen Zusammenstoß mit einem Fremden wird sie von einer verstörenden Vision heimgesucht. Darüber aufgeschreckt sucht sie in ihrer Gruppe nach Antworten - was bedeuten diese Bilder? Und sind diese mit ihrer eigenen, unbekannten Herkunft verknüpft? Aber so sehr Stjerna auch auf Antworten hofft, die Gaukler lassen sie darüber im Unklaren. Als Stjerna kurz darauf erneut auf den geheimnisvollen Fremden trifft, bittet dieser sie, ihn zu begleiten, da er dringend ihre Hilfe benötigt. Stjerna ist hin- und hergerissen zwischen Neugier und Furcht, doch viel Zeit zum Nachdenken bleibt ihr nicht. Denn schon im nächsten Moment wird Stjerna in ein gefährliches Abenteuer gezogen, welches sie nicht nur ihrem attraktiven Begleiter Maró näherbringt,
sondern auch ihrer eigenen Wahrheit ...

Autorin: Maria Linwood
Genre: High Fantasy, Romance
Alter: ab 15 Jahren
Seiten: 320
ISBN: 978-3-7534-2418-7
Preis: 4,99€ (E-Book) 12,99€ (Print)

Weitere Bücher

Eighteen Tapes, Laini Otis

Ein Käfer.
Eine Harley.
Achtzehn Tapes.
Und der Roadtrip ihres Lebens.
Lee hat von Männern die Nase gestrichen voll! Anstatt zuzusehen, wie ihr bester Freund und ihre erste große Liebe ein anderes Mädchen heiratet, stürzt sie sich in ihrem Käfer in ein waghalsiges Roadtrip-Abenteuer entlang der Küste.
Unterwegs trifft sie auf den geheimnisvollen Biker Devil, der sie auf unerklärliche Weise anzieht wie das Licht die Motte. Der unverschämte Kerl hält nichts davon, Lee ihren Schmerz auskosten zu lassen, stattdessen bringt er sie dazu, ihr Leben aus einem neuen Blickwinkel zu betrachten und erneut Gefühle zuzulassen. Ein gefährliches Wagnis, denn Devil hütet ein Geheimnis, das ihrer beider Welten völlig aus den Fugen geraten lässt ...

***

Whisky Heart, Laini Otis

Was bleibt von einem noch übrig, wenn man von Schuldgefühlen aufgefressen wird?
Die 23-jährige Liv verbringt ihr Leben seit dem Tod ihres Bruders Presley in einem Rausch aus Whisky und Schuldgefühlen.
Der Einzige, der sie in ihrer Abwärtsspirale nicht im Stich lässt, ist Josh – ihre einstige große Liebe und der Verantwortliche für den Tod ihres Bruders.
Doch dann zwingt ein Unfall Liv dazu, sich der Vergangenheit zu stellen, und von einem Tag
auf den anderen steht sie nun am Wendepunkt ihres Lebens: Ist

sie bereit, die Vergangenheit hinter sich zu lassen, und nicht nur sich, sondern auch Josh zu verzeihen?

***

Summer of Heartbeats, Laini Otis

Regel Nummer eins?
Verliebe dich niemals in deinen Ferienflirt!
Doch Beaus Herz schert sich nicht um Regeln und so erliegt sie dem Zauber des geheimnisvollen Cash, der sie nach einer gemeinsamen Nacht sitzen lässt.
Bei einem unverhofften Wiedersehen erfährt Beau, dass Cash nicht der ist, der er vorgab zu sein, und als wäre das nicht Schock genug, schlittert sie in eine berufliche Beziehung mit dem sexy Rockstar. Nun muss sie sich entscheiden, ob sie ihre gesamte Zukunft für einen Kerl auf Spiel setzen will, dessen Probleme ihre Vorstellungskraft bei Weitem übersteigen ...

***

The Z in me, Cat Dylan

Es gibt drei Dinge, die mich total abtörnen: Friedhöfe, Gothic-Rock und melancholische Gedanken. Doch genau das ist jetzt mein Leben. Und alles nur, weil mir letztes Jahr auf dem Exkursion-Wochenende im Smoky Nationalpark echt ein Scheiß passiert ist. Und ich meine: Ein. Wirklich. Krasser. Shit. Obwohl ... eigentlich ist es unfair mich darüber zu beklagen, denn die anderen, die es ebenfalls erwischt hat, sind tot. Also, so richtig tot, im Gegensatz zu mir.
Seither verstecke ich mich hinter schwarzer Kleidung, vermeide Körperkontakt und hänge, je nach Mahlzeit, trübsinnigen Gedanken nach. Gleichzeitig versuche ich ein Heilmittel zu finden, in Mathe nicht durchzufallen und vor allem der Gemeinschaft "Against unnatural", die meine Eltern mitgegründet haben, nicht in die Quere zu kommen.

Ach, bevor ich es vergesse: Mein Name ist June O'Hara. Ich bin 16 Jahre alt. Und ein Zombie.

***

Pandoras Fluch, Cat Dylan

Das Leben der siebzehnjährigen Ocean ist alles andere als glänzend – hin und her geschoben zwischen Heim und Pflegefamilien findet sie Sicherheit bei ihren Freunden und einem Plan für eine bessere Zukunft. Für einen festen Freund gibt es deswegen keinen Platz in ihrem Leben.
Bis sie eines Tages auf den gleichaltrigen Indio trifft, der ihre Ansichten massiv ins Wanken bringt. Den düsteren Punk umgibt etwas, das Ocean unwillentlich in den Bann zieht. Doch sich ausgerechnet auf ihn einzulassen, bedeutet ein waghalsiges Spiel um ihr Herz. Indio ist nämlich kein Geringerer als der Sohn der Pandora – und seine Seele verflucht ...

***

Wunschmagie, Kiara Roth

Sei vorsichtig mit deinen Wünschen ... sie könnten wahr werden!
Die 16-jährige Roxy ist zutiefst verletzt! Hintergangen von ihrer besten Freundin, ihrem Ex-Freund und ihrer Erzrivalin, löscht sie in Wut deren Nummern aus ihrem Handy mit dem sehnlichsten Wunsch, keinem von ihnen je wieder begegnen zu müssen.
Am nächsten Tag sind die drei tatsächlich wie vom Erdboden verschluckt und alles gerät in Aufruhr – die panischen Familien, die ratlose Polizei und vor allem die verwirrenden Gefühle von Roxy. Trägt sie etwas Schuld am Verschwinden der Vermissten? Um den Dingen auf die Spur zu kommen, begibt sich Roxy auf eigene Faust auf eine waghalsige Suchaktion. Dabei bekommt sie Hilfe vom 17-jährigen Alex, dem attraktiven älteren Bruder ihrer Erzrivalin. An seiner Seite muss Roxy nicht nur gegen ein eigensinniges Höhlenlabyrinth, sondern vor allem gegen ihre widersprüchlichen Wünsche ankämpfen, die seit dem Verrat ihrer

Freunde in ihr toben. Denn schon sehr bald stellt Roxy fest, dass alles miteinander verknüpft zu sein scheint …

Notizen & Gedanken zum Buch

Lieblingsstellen aus dem Buch